Scoop !

UNE ENQUÊTE DE VICKY HILL

Couverture : Sébastien English
Publié pour la première fois aux États-Unis sous le titre
A Vicky Hill Exclusive!
ISBN : 978-2-8246-2163-0
Code Hachette : 23 3234 0

Collection dirigée par Christian English & Frédéric Thibaud
Catalogues et manuscrits : city-editions.com

Dépôt légal : Février 2023

Scoop !

UNE ENQUÊTE DE VICKY HILL

HANNAH DENNISON

Traduit de l'anglais
par Marion Boclet

City
Roman

1

L'enveloppe brune adressée à Annabel Lake était posée sur sa chaise vide.

Certes, c'était un pli confidentiel, mais étant donné qu'Annabel était chez elle, souffrant d'une intoxication alimentaire sévère, je me suis dit qu'il serait plus prudent de l'ouvrir. Après tout, il se pouvait que ce soit quelque chose d'urgent, et puis, qu'est-ce qu'un nom, au fond ? Nous autres, journalistes, n'étions-nous pas tous en quête de vérité et de justice ?

La courte lettre portait la date du jour, mais n'était pas signée, ce qui suscitait la curiosité. J'eus un frisson d'excitation. Apparemment, quelque chose de « macabre » avait été découvert à la décharge de Gipping, et on voulait savoir si « Annabel Lake pouvait y aller immédiatement ».

Quelques minutes plus tard, j'avais mon gros titre : RESTES EN PUTRÉFACTION DÉCOUVERTS À LA DÉCHARGE : UNE EXCLUSIVITÉ DE VICKY HILL ! Ou, si la découverte se révélait véritablement épouvantable : TERREUR À LA DÉCHARGE DE GIPPING : découverte de morceaux de corps.

Tout ce que j'avais à faire, c'était persuader Pete Chambers, mon patron et reporter en chef de la *Gazette de Gipping*, de me confier la rédaction de l'article.

J'allai frapper à la porte du bureau de Pete et je me préparai psychologiquement au déluge d'obscénités qui ne manquerait pas de se produire.

— Bordel ! cria-t-il. Qui est-ce ?

— C'est Vicky.

J'entrouvris la porte et agitai la lettre et l'enveloppe dans sa direction.

— Ça vient d'arriver. Ça pourrait être un gros coup.

— Je voudrais bien voir ça ! répondit Pete d'un ton railleur, en me faisant signe de traverser l'écran de fumée de cigarette pour entrer dans son bureau exigu. Tu finiras par apprendre, mon petit.

J'avais de la peine pour Pete. À un moment donné, il avait perdu ses illusions et était devenu blasé. Apparemment, cela arrivait souvent aux journalistes d'un certain âge qui avaient vu trop de cruautés. Cela ne m'arriverait jamais, à moi.

Pete parcourut la lettre des yeux, les sourcils froncés.

— C'est adressé à Annabel. Où est-ce qu'elle est fourrée, putain ?

— Elle a la diarrhée, répondis-je, essayant de prendre un ton compatissant. Elle est vraiment mal. Toutes les cinq minutes…

— C'est écrit *Confidentiel* sur l'enveloppe, Vicky.

— Je me suis dit que ça avait l'air urgent. La diarrhée peut durer des jours. Je ne l'aurais jamais ouverte, sinon – honnêtement.

— Où sont passés les autres ?

— Tony a la crève – une grippe, en fait – et Edward est au tribunal pour couvrir le procès dans l'affaire du triangle amoureux et du mouton victime de mauvais traitements, ça pourrait durer toute la semaine…

Je souris.

— … mais je peux…

— Non, tu ne peux foutre pas.

Pete fit tomber sa cendre par terre.

— Tu couvres les funérailles de Trewallyn. Bon sang ! Comment est-ce qu'Annabel a pu me faire ça ? Elle savait que c'était une journée importante, aujourd'hui.

J'avais envie de lui faire remarquer qu'Annabel n'avait pas fait exprès de manger un curry douteux, mais je me dis qu'il valait mieux que je me taise. De plus, je savais très bien pourquoi Pete était angoissé – même si je ne l'aurais jamais montré. Lui et Annabel travaillaient secrètement sur quelque chose d'important. J'avais saisi des bribes de conversation et avais entendu qu'il s'agissait du *plus gros scoop qu'il y avait jamais eu à Gipping* et que *le rapport confirmerait tout ça.*

Puis, la veille, quand je leur avais apporté leur thé, en fin d'après-midi, et que j'avais fait une remarque innocente au sujet des funérailles de sir Hugh Trewallyn, Annabel s'était troublée. Elle s'était empressée de mettre son ordinateur en veille pour que je ne puisse pas voir ce qu'il y avait sur son écran. Franchement ! Quelle immaturité ! Ne savait-elle donc pas que j'avais l'intention de devenir une célèbre correspondante internationale comme Christiane Amanpour ? Ce n'était qu'une question de temps pour que je découvre ce qui se passait.

— Je m'étais dit que je pourrais passer à la décharge en allant à l'enterrement, me risquai-je à suggérer.

— Non, répondit Pete, tambourinant sur le bureau du bout des doigts. C'est la piste d'Annabel, Vicky. Pas la tienne.

J'avais envie de hurler : *Non ! Non ! J'étais là avant elle. Ce n'est pas juste !* mais au lieu de cela, j'affichai un grand sourire et je dis :

— J'essayais juste de me rendre utile.

— Eh bien, n'essaie plus.

Pete écrasa sa cigarette avec colère et en alluma une autre. Je savais que le fameux *rapport* devait arriver le jour même et, à en juger par la réaction de Pete, je devinai que l'un de ses indicateurs devait le lui remettre discrètement.

— Et si tu y allais, *toi* ? suggérai-je d'un air innocent, les yeux écarquillés. Je resterais ici pour attendre le rapport tant attendu.

— Le rapport ? répéta Pete d'un ton sec. Annabel t'en a parlé ?

— Oh, tu la connais ! répondis-je avec désinvolture.

Annabel ne m'avait rien dit du tout.

— Putain ! Je n'ai pas vraiment le choix, si ? On me tient par les couilles.

Je m'efforçai de chasser cette image de mon esprit. Avant que Pete ne puisse changer d'avis, j'enfilai ma saharienne beige – Christiane porte tout le temps la sienne sur le terrain – et je me dirigeai vers la porte.

— Tu ne le regretteras pas, dis-je.

— Attends !

Pete sortit une clé de sa poche, déverrouilla le tiroir du bas de son bureau, et en sortit un appareil photo numérique Nikon.

— Tu ferais mieux de prendre ça. Annabel m'a dit que tu n'en avais pas.

— Bien sûr que si ! Il est en réparation, dis-je, maudissant intérieurement Annabel, qui prenait toujours un malin plaisir à me faire passer pour incompétente.

Papa m'avait offert un Canon Digital Rebel avant que Maman et lui ne partent pour l'Espagne, mais le flash de ce modèle s'était avéré défectueux. À cause du système de suivi à code-barres, je ne pouvais même pas me servir de la garantie pour me le faire remplacer. C'était extrêmement contrariant.

— J'espère que tu ne l'as pas confié à Ken's Kamera, dit Pete. Il est infoutu de faire quoi que ce soit.

— Non, m'empressai-je de répondre.

Évidemment, c'était ce que j'avais fait.

— Un reporter ne devrait jamais se balader sans appareil photo, de nos jours, gronda Pete, surtout pas quand il s'agit de la une.

La une ! Ce pouvait être enfin mon coup de veine !

— À ton avis, qu'est-ce que je vais trouver à la décharge ?

— Qu'est-ce que j'en sais, moi ? fit Pete d'un ton hargneux. C'est ton boulot.

— C'est vrai. Désolée.

Pete me tendit l'appareil photo.

— Tu sais ce que tu dois demander ?

— Qui, quoi, quand, où, comment et pourquoi, récitai-je d'une voix monocorde, faisant machinalement un salut militaire.

Je me dépêchai de sortir de son bureau. Annabel étant immobilisée, j'avais enfin l'occasion que j'attendais depuis si longtemps de montrer de quoi j'étais capable et d'échapper à l'univers de la rubrique nécrologique, qui me semblait être une impasse.

Quand mes parents avaient quitté le pays, quatre mois plus tôt, j'avais quitté le nord de l'Angleterre pour entrer en apprentissage à la *Gazette de Gipping*, dans le Devon. Je m'imaginais que j'allais travailler au bureau des affaires criminelles, ou couvrir des meurtres épouvantables au tribunal de police. J'avais été terriblement déçue.

Gipping-sur-Plym devait être la ville la plus ennuyeuse de toute l'Angleterre. Elle était séparée en deux par la rivière Plym : le Haut-Gipping, au Nord, était le quartier des aristos, des riches agriculteurs, et des nouveaux riches – le genre d'endroit où Papa aurait fait des affaires ; par comparaison, le Bas-Gipping, au Sud, ressemblait à la ville minière misérable d'un roman de D.H. Lawrence. C'était autrefois une communauté dynamique qui s'enorgueillissait de travailler pour Trewallyn Laine et Textiles, mais la vieille usine était fermée depuis bien longtemps, et les habitants étaient désabusés et au chômage.

Les scoops les plus captivants qui avaient fait les gros titres au cours des vingt dernières années avaient été encadrés et accrochés aux murs, à l'accueil : LA CRUE DE 1993 ; qui avait obligé Withybottom à fermer pendant deux jours entiers ; LA DÉBANDADE DE 1980, quand vingt-cinq vaches s'étaient échappées d'une ferme du coin et avaient traversé la ville dans un vacarme assourdissant en pleine nuit ; et, le plus palpitant de tout, la semaine précédente, La tragédie de la tour de la vallée de la Plym, la dernière gaffe d'éco-activistes qui avaient essayé d'empêcher Devon Satellite Bell d'ériger un émetteur de téléphonie mobile sur le clocher de l'église Saint-Andrew. Cette bande de fauteurs de troubles sans scrupule, qui se faisaient appeler « Éco-guerriers », étaient convaincus que les ondes électromagnétiques pouvaient exposer la communauté à de dangereuses radiations. Malheureusement, leur manifestation, à la lueur des bougies, s'était terminée quand un nid d'oiseaux avait pris feu, engloutissant le clocher du XVe siècle dans les flammes.

Je mourais d'envie de couvrir de vraies actualités mais, jusque-là, je n'avais rien fait d'autre que me tenir à la porte de l'église pour prendre les noms des personnes assistant aux obsèques des gens du coin, veillant à bien les orthographier.

La *Gazette* était connue pour être l'un des derniers journaux du pays à consigner le nom de tous les proches des défunts. Elle était très fière de sa réputation de précision et de souci du détail. D'après mon registre, j'avais assisté à cent cinquante-sept funérailles, jusque-là. J'étais très étonnée de voir combien de vieilles personnes vivaient – ou mouraient, plutôt – dans la région. J'en avais conclu que ce devait être la campagne. La plupart des gens imaginaient qu'un régime d'air frais et de grands espaces faisait des merveilles pour la constitution, mais je n'étais pas d'accord ; en tant qu'experte en matière de mort, j'estimais que c'était l'exposition constante aux odeurs de ferme – celle du purin de cochon étant la pire de toutes – qui finissait par terrasser les personnes âgées.

En bas, à l'accueil, je pris le parapluie que me tendait Barbara Meadows, notre réceptionniste dodue, qui était fière d'avoir commencé à travailler ici « quand les Beatles avaient sorti *A Hard Day's Night* » et qui se nourrissait des potins du coin. La pluie menaçait à nouveau.

— Tu pars de bonne heure, me dit-elle. L'enterrement de Trewallyn ne commence qu'à 11 heures.

— Je vais à la décharge, répondis-je, incapable de contenir mon enthousiasme. Il y a un gros scoop là-bas.

— Oh ! Ne fais pas attention à ce que raconte Ronnie Binns, ma chérie, dit Barbara d'un air dédaigneux.

— Ronnie Binns ?

— L'éboueur ! Un petit homme vraiment puant.

Elle rit. Barbara croyait peut-être tout savoir, mais elle n'avait pas le flair du journaliste pour les nouvelles pures et dures.

— Il passe tout le temps avec ses petits mots *anonymes* ridicules pour Annabel. Il n'arrête pas de crier au loup. Je l'ai dit à Annabel : si elle voulait un indic fiable, j'aurais pu lui dresser la liste d'une douzaine d'hommes virils et vigoureux qui pourraient…

— C'est peut-être sérieux, cette fois, dis-je, essayant d'ignorer la nouvelle fâcheuse selon laquelle Annabel avait son indic personnel. En tout cas, Pete a l'air de penser que ça vaut le coup de se pencher sur la question.

Barbara haussa les épaules.

— Fais comme tu veux ! Franchement, il ne faut pas prendre pour argent comptant ce que disent les gens nés dans le Bas-Gipping.

Elle avait baissé la voix – même si ce n'était pas la peine, étant donné que l'accueil était vide.

— Une espèce tout à fait *indigne de confiance.*

Barbara habitait dans les Marshes – une petite zone de marais traversée autrefois par la Plym, hautement susceptible d'être inondée.

— Je garderai ça à l'esprit. Au revoir !

Je me sentis aussitôt abattue. Tout de même, si Pete avait soupçonné que la lettre ne valait rien, ne m'aurait-il pas dit de ne pas y prêter attention ? Peut-être voulait-il simplement se débarrasser de moi pour que je ne sois pas là quand le rapport arriverait ?

Dehors, dans la Grand-Rue, la pluie tombait dru et le vent soufflait en rafales. Je me suis mise en marche d'un bon pas. Il me faudrait environ vingt minutes pour aller à la décharge. Il était déjà 9 h 30. Les funérailles de sir Hugh avaient lieu à l'autre bout de la ville, alors j'avais intérêt à me dépêcher. Si seulement j'avais pu me payer une voiture !

Annabel conduisait la nouvelle BMW 328i gris métallisé, et pourtant, nous touchions toutes les deux le même salaire dérisoire de stagiaire. Je la soupçonnais d'avoir des parents fortunés et généreux. Son père était peut-être banquier, un peu comme mon père, qui était aussi dans la finance – quoique de manière peu conventionnelle.

Contrairement à moi, Annabel pouvait toujours se permettre de s'habiller à la dernière mode. Je me rappelais son premier jour à la *Gazette*, quand elle était arrivée avec un jean taille basse Dolce & Gabbana révélant un ventre nu aux muscles parfaitement dessinés et au nombril percé. Une veste courte assortie accentuait sa silhouette voluptueuse. Pete avait été tellement sidéré qu'il avait failli en avaler sa cigarette. Même Wilf Veysey, notre rédacteur en chef solitaire, était sorti de son bureau, chose qu'il faisait rarement, pour venir voir ce qui se passait. Il avait déclaré que ce n'était pas professionnel de montrer tant de peau en public, mais Annabel avait protesté, soutenant qu'elle avait toujours trouvé que ses choix vestimentaires constituaient un atout journalistique. Au grand regret de Pete, on avait renvoyé Annabel chez elle pour qu'elle se change.

Tandis que je remontais les rues du petit bourg et pataugeais dans les flaques, saluant d'un sourire tous ceux que je croisais – une journaliste n'a jamais trop de relations –, j'avais du mal à ne pas ruminer au sujet de ma rivale. Au départ, j'étais impatiente de me faire une nouvelle amie.

Nous parlerions de petits amis – même si je n'en avais jamais vraiment eu –, nous passerions notre temps libre à nous soûler aux Trois Fûts, le vendredi soir, ou à aller en boîte à Plymouth.

Quand Annabel était arrivée, je m'étais tout de suite rendu compte que l'amitié était la dernière chose qu'elle avait en tête. Dès le début, elle m'avait clairement fait comprendre qu'elle ne me considérait pas comme son égale, même si nous avions le même âge. Elle avait à plusieurs reprises rejeté mes suggestions pour que nous mangions nos sandwiches ensemble au jardin public, préférant passer du temps avec Pete et appliquer à nouveau son rouge à lèvres.

Je ne me maquillais jamais. Il n'y avait pas de place pour la vanité sur le front. Je préférais les vêtements chauds et les chaussures confortables. En tant qu'ancienne éclaireuse, j'aimais me tenir toujours prête. J'emportais partout un couteau suisse, une lampe de poche et un sifflet, glissés dans l'une des poches de ma saharienne.

Annabel se moquait éperdument que j'aie commencé à travailler au journal des mois avant elle. Étant donné que c'était elle la dernière arrivée, c'était à *elle* qu'aurait dû revenir la responsabilité de préparer le thé pour nous tous. Au lieu de cela, c'était toujours moi qui m'en chargeais. Annabel avait décrété que c'était trop dangereux pour elle de descendre l'escalier raide et branlant qui conduisait au sous-sol où se trouvait notre kitchenette de fortune, avec son évier en porcelaine fêlé, son chauffe-eau à gaz et son petit réfrigérateur.

Annonçant qu'elle était allergique aux émanations de gaz, Annabel avait insisté pour que Pete aille vérifier avec elle que le matériel ne fuyait pas. Ils étaient partis au moins une demi-heure, et quand ils avaient fini par réapparaître, Annabel avait affiché un petit air suffisant et avait déclaré que préparer le thé présenterait un risque pour ses poumons. Pete, tout rouge, tenait un exemplaire d'un journal devant son entrejambe. La une disait : Une vague de chaleur inattendue provoque une rupture du réservoir, ce que j'avais trouvé tout à fait approprié dans les circonstances.

Évidemment, j'avais bien compris ce qui s'était passé au sous-sol ! Les roses et les choux n'étaient pas un mystère pour moi. Ma maman m'avait avertie que les hommes confinés dans des espaces restreints avec des filles aux gros seins arrivaient rarement à se maîtriser.

Je m'empressai de chasser de mon esprit l'image de Pete et d'Annabel. Je me lançais enfin dans mon premier vrai travail de reporter et, tant que je n'étais pas sûre qu'il s'agisse d'un canular, je refusais de m'attarder sur de telles frivolités.

La lettre disait que la découverte était « macabre ». C'était un mot étrange. Il évoquait des scènes atroces de *Mégères vaudoues*, le thriller dont j'avais fini la lecture la nuit précédente. Dans ce livre, le mot *macabre* était utilisé pour décrire les poulets mutilés et les poupées vaudoues grotesques qui jonchaient le sol de la jungle. Peut-être que l'une des Mégères avait fait tout le chemin depuis le fin fond de l'Afrique noire jusqu'au Bas-Gipping ? Je l'espérais de tout cœur.

Alors que je m'engageais dans la rue de la décharge publique, j'eus soudain le trac. À n'en pas douter, l'endroit grouillerait de spectateurs curieux, désireux de se repaître de la tragédie d'autres personnes. Je me disais que la police aurait bouclé la zone à l'aide de ruban bleu et blanc, comme on le voyait à la télé.

Je me préparai aux horreurs qui m'attendaient. À mon grand mécontentement, la décharge ne montrait absolument aucun signe d'activité. Apparemment, Barbara avait raison.

Le gigantesque portail en fer était fermé et cadenassé mais, en réalité, la clôture rouillée et cassée qui entourait la décharge n'aurait jamais dissuadé un intrus déterminé.

À part une benne à ordures boueuse qui portait le logo CONSEIL RÉGIONAL – LES REBUTS NE NOUS REBUTENT PAS, en stationnement à côté d'une caravane, l'endroit était désert. J'éprouvai une pointe de déception, mais je me rappelai que j'avais quand même un travail à faire. Je me dirigeai vers la caravane – une boîte sur roues sans âme qui, je le supposais, devait être le bureau de la décharge.

— *Gazette de Gipping* ! criai-je, éprouvant soudain un sentiment d'importance grisant, en frappant à la porte à petits coups secs. C'est la presse !

— Une minute ! cria une voix d'homme de l'intérieur de la caravane.

J'attendis un laps de temps qui me sembla interminable.

La porte s'ouvrit brusquement.

— Bonjour, me dit l'homme qui apparut devant moi.

Il avait entre soixante et soixante-cinq ans, était maigre et commençait à perdre ses cheveux. Il portait une salopette en gabardine sale et des cuissardes en caoutchouc qui avaient l'air trop serrées pour être confortables.

— Ronnie Binns ? demandai-je, réprimant un haut-le-cœur alors qu'une vision de Ronnie et Annabel s'embrassant passionnément s'imposait à moi.

— Qui êtes-vous ? demanda Ronnie d'une voix empreinte de méfiance. Où est Annabel Lake ?

— Vicky Hill, dis-je, lui tendant la main et la retirant rapidement, pratiquement terrassée par l'odeur nauséabonde de chou bouilli qui l'enveloppait comme une atmosphère.

Barbara avait raison, encore une fois.

— Annabel est malade, dis-je aimablement. La *Gazette* m'a envoyée à la place.

C'était tout à fait vrai.

— Ah, d'accord.

Ronnie s'essuya le nez du revers de la main et me regarda de la tête aux pieds avec une concupiscence à peine dissimulée.

— Je suppose que vous ferez l'affaire. Mêmes conditions ?

Je sentis mon visage s'empourprer. Toute forme de paiement était hors de question, que ce soit en nature ou autre, avec ce répugnant petit individu.

Papa m'avait bien expliqué comment m'y prendre avec les indics, en particulier ceux qui avaient l'air trop présomptueux : premièrement, ne jamais me sentir intimidée ; deuxièmement, ne jamais payer d'avance ; troisièmement, être prête à tourner les talons.

— J'ai bien peur que non, répondis-je d'une voix ferme. Les termes de l'accord ont changé.

— Un accord est un accord, dit Ronnie d'un ton catégorique. Pas d'argent, pas de scoop. Je vous souhaite une bonne journée.

Il fit un pas en arrière et essaya de fermer la porte, mais je glissai le pied dans l'entrebâillement.

— N'allons pas trop vite en besogne, monsieur Binns ! dis-je, profondément soulagée d'apprendre que le sexe n'était pas à l'ordre du jour. Comme vous pouvez l'imaginer, nous avons beaucoup de lecteurs fidèles prêts à donner des tuyaux à leur journal préféré. *Gratuitement.*

C'était probablement vrai.

— En échange, ils reçoivent des remerciements tout particuliers pour avoir veillé sur la communauté. Parfois, leur nom est même mentionné dans le journal.

— C'est leur affaire.

Ronnie poussa fortement la porte contre mon pied.

— Excusez-moi, mais j'ai un coup de téléphone à passer.

Seigneur ! Il va appeler Annabel.

— Je ne ferais pas ça, si j'étais vous, m'empressai-je de dire. Elle est très malade. Elle est peut-être même dans le coma.

— Ce n'était pas *elle* que j'allais appeler, répondit Ronnie. Je suis sûr qu'un autre journal s'intéressera à ce que j'ai trouvé hier. Tant pis pour vous.

Zut ! Quel petit homme exaspérant ! me dis-je intérieurement. Tout haut, je me contentai d'un petit rire indulgent.

— Oh, monsieur Binns ! Je ne suis pas venue pour vous parler de ce que vous avez trouvé à la décharge.

— Ah bon ? s'étonna Ronnie, clignant des yeux. Qu'est-ce que vous voulez, alors ?

Je marquai un temps d'arrêt pour trouver une autre raison.

— Je crains que notre rédacteur en chef n'ait appris que certains des témoignages que vous avez portés à notre attention ne sont que des âneries.

— Qui a dit ça ?

— À votre avis ?

Les yeux de Ronnie lancèrent des éclairs.

— Elle m'a dit que nos échanges étaient privés.

— Ah ! eh bien, Annabel est nouvelle et trop enthousiaste, dis-je d'un ton enjoué. Prenez cette visite comme un avertissement amical, monsieur Binns. Nous adorons que le public nous donne des tuyaux, mais personne ne peut crier au loup trop de fois ! Ravie de vous avoir rencontré. Il faut que je file. Au revoir.

Je tournai les talons, faisant mine de partir et m'apprêtant à entendre l'inévitable.

— Attendez ! Revenez ! cria Ronnie, me courant après. Crier au loup ! Personne ne me traite de menteur.

Je m'arrêtai.

— Monsieur Binns, vous faites perdre son temps à la *Gazette*. J'ai bien peur de ne tout simplement pas pouvoir vous payer.

— Ce n'est pas une question d'argent ! C'est une question de *respect* !

Ronnie semblait sincèrement contrarié.

— Personne ne bafoue impunément le nom des Binns !

— Si vous avez vraiment envie de me dire ce que vous avez à dire, alors faites-le. Je suis tout ouïe.

Je sortis mon carnet de journaliste d'un geste vif et préparai mentalement ma liste de questions habituelles.

— Et pas de flics. Ça reste entre vous et moi.

J'étais tout à fait d'accord sur ce point, ayant entendu un nombre incalculable de fois mon père dire : *Un bon flic est un flic mort*. Personnellement, je ne serais pas allée aussi loin, mais je voyais tout de même la police d'un mauvais œil.

— Où est-ce que ça se trouve, exactement ?

— Comme je l'ai dit, là-bas.

Il indiqua le portail fermé d'un geste vague.

— Quand cela s'est-il produit ?

— Hier, comme je l'ai déjà dit.

— Qu'est-ce que c'est ?

Ronnie marqua une pause et me regarda d'un drôle d'air.

— C'est l'œuvre du diable. Voilà ce que c'est.

Zut ! C'était une totale perte de temps. Ces gens de la campagne voyaient le diable partout. Je continuai et posai ma question suivante, par pure habitude.

— Comme je l'ai déjà dit, je les ai trouvés au Manoir.

— Chez Trewallyn ?

Le monde est petit, pensai-je, comme ma prochaine étape était l'enterrement de sir Hugh Trewallyn. Des rumeurs circulaient, racontant qu'on avait retrouvé le corps de sir Hugh mystérieusement étendu de tout son long au milieu d'une haie d'ifs, sur la propriété. Je trouvais l'idée d'un acte criminel assez tirée par les cheveux.

Sir Hugh avait soixante-quinze ans, ce qui était un âge tout à fait acceptable pour partir. Il était célèbre pour ses performances dans le saut de haies – le passe-temps local –, et il avait vraisemblablement succombé à une crise cardiaque alors qu'il tentait de sauter par-dessus cette haie d'ifs trop haute et représentant un véritable challenge. Je me rappelai qu'il était important pour une journaliste de ne pas faire de suppositions avant d'avoir recueilli tous les faits, ce que j'aurais fait après les funérailles, plus tard dans la journée.

— Vous voulez le voir ? chuchota Ronnie en sortant une clé de sa poche et en me faisant signe de le suivre.

Je haussai les épaules.

— Si nous nous dépêchons.

Nous nous arrêtâmes devant le portail cadenassé.

TUT ! TUT ! TUUUUUT !

Les coups de klaxon me firent sursauter. Je fis volte-face et je fus momentanément aveuglée par une paire de phares clignotants emplissant mon champ de vision.

Ronnie resta paralysé comme une BMW gris métallisé arrivait en trombe dans notre direction. Puis il se tourna vers moi avec une expression accusatrice.

— Vous m'aviez dit qu'elle était à l'article de la mort !

Zut ! C'était Annabel.

2

— Dieu merci, tu es en vie ! m'écriai-je, ouvrant la portière de la voiture d'Annabel. Elle est en vie, c'est un miracle ! criai-je à Ronnie, qui se tenait devant le portail ouvert, l'air furieux.

— Pour l'amour du ciel, Vicky, tu es vraiment hypocondriaque ! s'exclama Annabel d'un ton méprisant. Ce n'était qu'une petite intoxication alimentaire. Tu ne survivras jamais sur le terrain si tu t'inquiètes pour des broutilles, comme ça.

— Je ne…

— Je vais prendre le relais, maintenant.

Annabel regarda son reflet dans le rétroviseur. Avec ses cheveux auburn (Roux Cuivré Naturel de Nice'N Easy), elle était pâle et belle. Elle portait encore une nouvelle tenue – une minijupe en jean tellement courte qu'elle en était indécente et un blouson d'aviateur en cuir –, manifestement en l'honneur de Ronnie Binns.

— Il y a des toilettes, dans le coin ?

— Je crois qu'il y en a dans le bureau.

Je sais que ce n'était pas très charitable de ma part, mais je ne pouvais pas m'empêcher d'espérer qu'elle fasse une rechute abominable.

— Tu n'es pas censée aller à un enterrement, toi ?

Annabel ouvrit la boîte à gants et en sortit une enveloppe qui, à mes yeux exercés, avait l'air d'être pleine de billets de banque.

— Tu n'as pas à payer M. Binns, déclarai-je.

Ronnie se dirigeait vers nous à grandes enjambées avec un air arrogant et indigné.

— Il dit que cela ne le dérangeait pas de nous renseigner gratuitement.

— Rien n'est jamais gratuit, Vicky…

Baissant la voix, elle ajouta d'un ton menaçant :

— … et si tu essaies encore une fois de me voler l'un de mes scoops, je ferai ce qu'il faut pour que tu sois virée.

— C'est Pete qui m'a envoyée ici. Il pensait que tu serais alitée pendant des jours.

Montrant du doigt l'appareil photo numérique accroché autour de mon cou, j'ajoutai :

— Il m'a même prêté le Nikon.

— Eh bien, vraiment !

Annabel avait l'air contrariée, mais elle se mit à faire son numéro de charme dès que Ronnie nous rejoignit, apportant son odeur de chou bouilli.

— Ronnie chéri ! Je suis ravie de te voir !

Je remarquai qu'elle n'allait tout de même pas jusqu'à accompagner ses effusions d'une étreinte chaleureuse.

Les yeux de Ronnie se posèrent sur l'enveloppe qu'Annabel avait à la main. Il me lança un regard triomphant.

— Est-ce que c'est pour… ?

— Parfait ! Tu y as pensé, dis-je en arrachant l'enveloppe des mains d'Annabel et en la glissant rapidement dans ma poche.

Je la pris à part.

— Tu te rends compte que tout le monde à la *Gazette* sait que ses tuyaux sont inventés de toutes pièces ? chuchotai-je.

Annabel ne répondit pas. À n'en pas douter, elle se sentait ridicule d'avoir payé pour écouter les élucubrations du vieil homme.

— Je me sens un peu bizarre.

Elle se mit à sautiller sur place.

— Il n'y a pas de quoi. Nous faisons tous des erreurs. Il n'en vaut pas la peine.

Je jetai un coup d'œil à Ronnie, qui me fusillait du regard.

— Je n'ai pas toute la journée ! cria-t-il. Vous voulez le voir, oui ou non ?

— On arrive tout de suite ! répondis-je.

Je reportai mon attention sur Annabel et partageai avec elle l'un des conseils pleins de sagesse de Papa.

— Tu es bien trop naïve. Ne paie jamais d'avance pour des renseignements.

— Tu ne sais pas de quoi tu…

Annabel ne termina pas sa phrase. Elle ferma les yeux et fit la grimace.

Seigneur ! N'avait-elle donc aucun courage ? Si elle était intimidée par quelqu'un de l'acabit de Ronnie Binns, elle ne serait jamais capable de traiter avec les mouchards du crime organisé.

— Ne t'inquiète pas, dis-je, je ne parlerai pas à Pete de ton arrangement financier avec l'éboueur.

— Espèce d'idiote !

Annabel serra les poings, puis elle s'immobilisa brusquement.

— Les toilettes. J'ai besoin de… Oh, mon Dieu !

Là-dessus, elle s'élança comme une flèche dans la direction de la caravane. Elle ouvrit la porte d'un mouvement brusque et disparut à l'intérieur.

— Elle en a pour longtemps ? ronchonna Ronnie avant de rajuster ses cuissardes avec un gémissement plaintif. Je me suis levé à 4 heures et je dois encore faire Cowley Street.

Je mourais d'envie de les laisser se débrouiller tous les deux, mais Ronnie allait forcément répéter à Annabel que je lui avais dit qu'il était viré. Elle serait furieuse que je me sois mêlée de leurs affaires. Je touchai l'enveloppe dans ma poche, presque tentée de la lui donner quand même pour en finir ; mais, bien sûr, je ne pouvais pas faire une chose pareille. Les principes de ma famille étaient profondément ancrés en moi. Les Hill ne payaient jamais pour des informations sans avoir d'abord eu des preuves.

— Mieux vaut attendre Annabel.

Un silence gêné s'installa entre nous. Je sentais que Ronnie me dévisageait.

— Je sais qui vous êtes, déclara-t-il soudain. Vous êtes la jeune femme qui loge chez Mme Poultry, sur Rumble Lane !

— Oui, répondis-je avec méfiance, contente de changer de sujet mais me demandant ce que ma logeuse avait bien pu dire à mon sujet. Pourquoi ?

— C'est une brave femme.

— Oui, Mme Poultry est vraiment super, n'est-ce pas ?

Je me demandais si nous parlions bien de la même personne.

— Elle a un cœur d'or.

— C'est une femme très généreuse.

Je ne relevai pas. Manifestement, nous n'avions pas du tout la même définition du mot *généreuse*. Je repensai au thé trop léger accompagné d'une tranche de pain en guise de petit-déjeuner, à la règle selon laquelle « la cuisine était fermée après 18 heures », qui signifiait que j'avais rarement l'occasion de me préparer un repas chaud, le soir.

Pour couronner le tout, Mme Poultry dirigeait une agence d'événementiel appelée Traiteur du berceau au cercueil. L'un des rares avantages que j'appréciais après avoir assuré la couverture d'un enterrement était d'être invitée à suivre les proches du défunt chez eux pour manger de la viande froide et du cake aux fruits ; mais comme c'était généralement ma logeuse qui fournissait ces mets délicats, elle se plaignait toujours que je mangeais ses bénéfices.

— C'est un plaisir de vider ses poubelles, dit Ronnie. On peut en dire long sur une personne à la façon dont elle traite ses déchets.

— Mme Poultry aime assurément que ses poubelles soient propres, acquiesçai-je.

— Est-ce qu'il lui arrive de… parler de moi ? demanda-t-il timidement.

Il ne s'était tout de même pas entiché de cette vieille virago renfrognée ?

Enfin, qui étais-je pour porter des jugements ? Ma maman disait toujours : *Tout le monde peut trouver chaussure à son pied.*

— Mme Poultry dit que vous êtes digne de confiance.

— *Digne de confiance*, vous voyez ? fit-il, se frappant la poitrine. Elle ne m'accuserait jamais de crier au loup ! Elle me croirait, *elle* !

Là-dessus, il tourna les talons et, furibond, repartit vers le portail ouvert en criant :

— Le diable est à l'œuvre ici, à Gipping, et je vais le prouver !

Et s'il avait raison ? Je ne pouvais pas risquer de voir Annabel me prendre sous le nez un scoop qui ferait la une. Je m'élançai à la poursuite de Ronnie en courant, persuadée que Christiane Amanpour en aurait fait autant dans des circonstances similaires.

La puanteur des ordures en décomposition était irrespirable. Comment qui que ce soit pouvait donc travailler là ? La pluie des quelques semaines précédentes avait transformé en un véritable bourbier les allées étroites et boueuses entre les piles impressionnantes d'ordures.

Nous passâmes en pataugeant devant des tas d'articles ménagers abandonnés – des matelas, des dizaines de landaus rouillés, et de vieux réfrigérateurs.

— Par ici, dit Ronnie en pointant le doigt en direction d'un déblaiement au milieu des déchets.

Je distinguai une forme de petite taille sous une bâche de plastique noir.

Mon cœur se mit à battre plus vite comme j'étais prise de l'espoir fou que, même si ce n'était pas un corps, ce serait peut-être un membre. Je m'armai de courage. Une tête, quoique choquante, serait du meilleur effet en première page.

— Attendez-moi !

En entendant crier, je tournai la tête : Annabel tentait de nous rattraper avec ses petits talons aiguilles. De la boue éclaboussait ses jambes nues, et elle glissait en tous sens.

— Vicky ! Attends-moi ! hurla-t-elle. C'est mon reportage !

Ronnie se baissa et retira prestement la bâche en plastique.

Trois oiseaux blancs duveteux étaient entassés les uns sur les autres.

— Des poulets.

J'éprouvai une pointe de déception. Tout ce remue-ménage pour rien.

— Juste des poulets.

— Ce ne sont pas n'importe quels poulets.

Ronnie poussa le tas du bout de sa botte et retourna l'une des malheureuses créatures.

— Ils ont été totalement vidés de leur sang, vous voyez ?

Je m'agenouillai pour les regarder de plus près. Les poils se hérissèrent sur ma nuque.

— On leur a tranché la gorge, regardez, dit Ronnie. D'habitude, on se contente de leur couper la tête, mais là, quelqu'un s'est donné beaucoup de mal. Si vous voulez mon avis, ce n'est pas normal.

Il avait raison. Chacun des cous fragiles était coupé net, et pourtant, il n'y avait pas une seule goutte de sang sur les plumes blanches comme neige.

Apparemment, Ronnie Binns était expert en abattage de poulets.

— D'abord, vous prenez votre poulet, commença-t-il, et vous le pendez par les pattes…

— Où sont passées leurs pattes, d'ailleurs ? demandai-je, effarée.

Des organes vitaux manquaient à chaque poulet. Ronnie avait raison de décrire ce spectacle comme macabre. Cela me rappelait la scène de la malédiction au chapitre quatre de *Mégères vaudoues* – quoiqu'il manquât un élément essentiel : la poupée vaudoue. La marque de fabrique de la Mégère.

— Vous avez bien fait d'attirer notre attention sur ceci, monsieur Binns.

J'esquissai un geste pour prendre mon appareil photo.

— Non, arrête !

Annabel nous rejoignit en chancelant et regarda les pauvres bêtes en silence.

Enfin, elle fit signe à Ronnie de remettre la bâche.

— Désolée de vous avoir fait perdre votre temps, monsieur Binns.

— Quoi ?

J'étais stupéfaite.

Ronnie se gratta la tête, ce qu'il faisait apparemment souvent – peut-être avait-il des pellicules, ou pire. Des poux ?

— Elle ne trouve pas que ce soit du temps perdu, *elle*.

— Vicky ne sait pas de quoi elle parle, dit Annabel d'un ton brusque. La *Gazette* vous remercie, mais il n'y a pas matière à reportage, ici.

Annabel tourna les talons et commença à repartir en direction de la voiture en pataugeant dans la gadoue.

— Viens, Vicky.

— Je rentrerai à pied, dis-je, désireuse de parler encore un peu avec Ronnie.

De toute évidence, Annabel n'avait pas lu *Mégères vaudoues*.

— Ne dis pas n'importe quoi. Il va pleuvoir, je vais te déposer, décréta-t-elle. D'ailleurs, ajouta-t-elle d'un air sombre, j'ai à te parler.

Je ne voulais surtout pas me retrouver coincée dans la voiture d'Annabel, à l'écouter me sermonner. Cependant, je jetai un coup d'œil à ma montre – une véritable Christian Dior, d'après Papa – et m'aperçus que j'avais tout intérêt à me faire déposer dans le Moyen-Gipping.

— Je reviendrai plus tard, chuchotai-je à Ronnie, résistant à l'envie de lui donner l'argent, en fin de compte. N'allez pas trouver un autre journal, s'il vous plaît. Je vous crois.

Il me gratifia d'un sourire édenté.

— Dites bonjour de ma part à votre charmante logeuse.

Dans la voiture, je trouvai Annabel en train de redisposer soigneusement les protections en papier du concessionnaire au pied des sièges.

— Laisse tes pieds là-dessus, dit-elle. La moquette est neuve.

Nous remontâmes la petite route boueuse, glissante de résidus d'ordures. Annabel, jurant tout bas, fit de son mieux pour contourner les nombreux nids-de-poule pleins d'eau de pluie.

Au bout de quelques minutes, elle poussa un profond soupir.

— Vicky, Vicky, *Vicky* ! Qu'est-ce que je vais bien pouvoir faire de toi ?

— C'est Pete qui m'a dit de venir.

J'avais l'impression d'avoir six ans.

— Tu n'avais pas à ouvrir une lettre confidentielle, me gronda-t-elle. Ronnie n'est pas toujours un indic fiable, mais il reste *mon* indic.

— L'argent…

— L'argent est à moi. Pete me donne une petite somme d'argent pour ce genre de faux frais.

Je me sentais jalouse. Annabel avait des frais de représentation.

— À ce propos, l'enveloppe, s'il te plaît.

Annabel retira une main du volant et la tendit vers moi, paume levée vers le ciel.

— Je ne voudrais pas que Pete pense que tu me voles de l'argent en plus de me voler des reportages.

L'insulte me laissa sans voix. J'avais peut-être hérité de nombreuses caractéristiques des Hill, mais la tendance au vol n'en faisait pas partie.

— Je te conseille d'oublier tout ce qui concerne Ronnie Binns et les poulets.

Annabel rit.

— Il y en a plein la campagne, après tout, morts ou vifs ! ajouta-t-elle.

Je jetai un coup d'œil à ma rivale. Elle affichait un sourire suffisant. Elle croyait me berner. Elle rêvait ! Quoi que ces poulets puissent représenter pour elle, il était évident qu'elle était décidée à ne pas partager ses théories avec moi.

Il était presque dix heures et quart.

— Ça te dérangerait de me déposer à l'église ? Si j'y vais à pied depuis la *Gazette*, je n'arriverai jamais à l'heure à l'enterrement de sir Hugh.

— Impossible. Je dois retourner au bureau.

Annabel fit la grimace.

— Il faut que tu apprennes à gérer ton temps.

— Si c'est pour Pete, dis-je d'un ton lourd de sous-entendus, ça ne presse pas. Il va attendre le rapport.

Annabel rougit.

— De quoi est-ce que tu parles ?

Je fis semblant de bâiller, feignant l'indifférence.

— Il m'a tout dit.

— Pete t'a parlé du rapport du médecin légiste, à *toi* ?

C'était une information intéressante. Un rapport du médecin légiste offrait un tout nouvel angle sur la situation.

— Pourquoi est-ce qu'il ne m'en aurait pas parlé ?

Elle émit un grognement railleur.

— Incroyable ! C'est typiquement masculin !

— Je n'avais encore jamais vu Pete aussi perturbé, dis-je, commençant à prendre goût à mon histoire.

— Eh bien, oui, on le serait à moins, répondit Annabel avec une moue boudeuse. Si quelqu'un l'apprenait, ça pourrait lui coûter son travail.

Le mystère s'épaississait ! Accéder au rapport d'un médecin légiste avant l'enquête était illégal.

— C'est un peu risqué, non ?

— Évidemment, mais les circonstances sont tout à fait particulières.

Je passai en revue mentalement la liste de tous ceux qui étaient morts récemment et en conclus que cela avait forcément un rapport avec sir Hugh.

— Ce pauvre vieux Trewallyn ! bluffai-je. Ce sera une bonne chose pour nous de découvrir la vérité.

Annabel me regarda d'un air mauvais.

— C'est à *moi* que Pete a confié ce reportage, Vicky.

Il y avait donc bien un lien avec sir Hugh ! Mon intuition avait été bonne. Apparemment, j'avais un don pour soutirer des informations à des gens sans avoir besoin de recourir aux pots-de-vin, au chantage ou à la torture.

— Bien sûr que c'est ton reportage, répondis-je.

Je voyais qu'Annabel était résolument hérissée et je savourai ce moment précieux.

— Je garderai l'œil ouvert quand j'irai au Manoir, après la messe, et que j'interrogerai la famille.

— Changement de programme, annonça Annabel en me lançant un regard triomphant et en rejetant ses cheveux en arrière. Sa femme ne veut pas de journalistes à la réception qui suivra la cérémonie, alors Pete et moi irons la voir demain matin… après avoir examiné le rapport, bien sûr.

J'eus l'impression d'avoir reçu un coup de poing dans le ventre. Tous mes efforts pour rester courtoise s'évanouirent.

— Toi ? Pourquoi ? C'est *moi* qui m'occupe de tous les enterrements. D'ailleurs, arrête la voiture. Je peux faire le reste du trajet à pied.

J'avais besoin d'être seule.

— Arrête la voiture *tout de suite*.

— Ne sois pas puérile. Il va pleuvoir.

— Ce n'est qu'une petite bruine.

À ce moment-là, le ciel se déchira et une pluie battante se mit à marteler le pare-brise dans un vacarme assourdissant. Je me mordis la lèvre, profondément contrariée. C'était un véritable déluge.

Annabel tendit le bras et me tapota le genou avec condescendance.

— Je vais te conduire à l'église, voyons, ne sois pas ridicule !

J'étais furieuse. C'était *moi* que Pete aurait dû emmener pour interroger la famille. Les enterrements étaient ma spécialité. C'était *moi* qui allais à l'église ; *moi* qui prenais les noms à la porte et qui attendais la fin de la cérémonie ; *moi* qui, enfin, allais chez les parents du défunt, prenais le thé et une part de cake aux fruits, me mêlais à la foule des proches endeuillés, et me chargeais de leur poser des questions pour rédiger la notice nécrologique. Les enterrements étaient *mon* domaine.

Ce n'était vraiment pas juste. Tout à coup, je détestais Gipping. Je détestais la monotonie de la vie à la campagne. Je me sentais prise au piège et déprimée.

— Allons, ne bouge pas ! me dit Annabel. C'est à quelle église, déjà ?

— Saint-Pierre-*Martyr*, répondis-je, m'identifiant aisément au saint en question. Tourne à gauche ici.

Annabel fit prendre un virage serré à la BMW, s'engageant dans une ruelle étroite bordée de hautes haies d'ifs entourant l'église. Nous nous arrêtâmes sur un parking gravillonné désert, devant l'église romane du XIIe siècle, en pierre grise.

L'église de Saint-Pierre-Martyr se trouvait dans le Haut-Gipping. Elle s'enorgueillissait du plus grand cimetière du sud-est du Devon, qui était plein de monuments commémoratifs médiévaux, de pierres tombales couvertes de lichen datant du XVIIe siècle, et de cryptes familiales en marbre. C'était, tout simplement, l'endroit où il fallait être inhumé.

La pluie avait cessé aussi brusquement qu'elle avait commencé. Annabel s'arrêta devant le portail en bois du cimetière.

— Voilà, tu vois : tu es bien en avance, dit-elle. Tu t'es inquiétée pour rien. Tu es sûre que c'est ici ? Il n'y a personne.

— *Pour le moment*, dis-je d'un ton hargneux. Il n'y a personne *pour le moment*. C'est important d'arriver de bonne heure.

— Oh mon Dieu, regarde ! Là-bas !

Annabel resta bouche bée, en admiration devant une Porsche noire aux lignes épurées garée un peu plus loin dans la ruelle, à l'ombre de la haie.

— Ça confirme ce que je viens de dire, dis-je. Cette voiture est peut-être celle d'un proche du défunt.

— Je ferais n'importe quoi pour faire un tour dans une voiture comme celle-là, s'extasia Annabel. Sois gentille, assure-toi de découvrir à qui elle appartient.

— Ne t'enflamme pas trop, répondis-je en ouvrant la portière. Ça ne doit pas être quelqu'un d'ici.

— Vicky, attends !

Annabel m'attrapa par le bras, enfonçant ses ongles écarlates dans ma saharienne.

— Écoute, je sais que tu as commencé à la *Gazette* une éternité avant moi…

— Trois mois, pour être exacte.

— Oh ! Vraiment ?

Je n'étais pas dupe de l'air surpris d'Annabel.

— Ce que j'essaie de dire, reprit-elle, c'est que l'univers du journalisme est impitoyable. Impitoyable, impitoyable, *impitoyable* ! Nous devons penser à notre propre intérêt, mais ça ne veut pas dire que nous ne pouvons pas être amies. Hmm ?

— Absolument.

Je lui adressai un sourire crispé totalement hypocrite et retirai vivement mon bras pour le dégager de son étreinte.

— Merci de m'avoir déposée.

— Et n'oublie pas de te renseigner sur le conducteur de cette Porsche ! dit Annabel en se tortillant d'un air aguicheur. Je ne *peux* pas résister à un homme qui conduit une voiture de sport…

— Il faut que j'y aille. J'espère que ta diarrhée va se calmer.

Je claquai la portière derrière moi, poussai le portail du cimetière et, furibonde, remontai l'allée de briques en chevron en direction de l'église. J'en avais assez d'entendre parler de l'obsession d'Annabel pour les voitures de sport – ou, plutôt, pour ceux qui les conduisaient.

Moi aussi, j'étais curieuse de savoir à qui appartenait cette Porsche. Gipping attirait peu de visiteurs tape-à-l'œil. La ville accueillait sa part de touristes, mais la plupart d'entre eux venaient des quartiers est de Londres ou des villes industrielles du Nord. Je me demandais ce qui avait amené le conducteur dans un coin aussi isolé et rural de l'Angleterre pendant la basse saison. Peut-être était-ce un parent de sir Hugh, perdu de vue depuis longtemps, venu réclamer son héritage ?

Je regardai autour de moi, cherchant à apercevoir le mystérieux conducteur. Peut-être était-il déjà dans l'église, en train de prier le Seigneur notre Sauveur ? Je jetai un coup d'œil à l'intérieur, respirant l'odeur réconfortante des livres de prière qui sentaient le moisi, et du produit pour nettoyer le cuivre, mais, à part les gerbes de fleurs qui bordaient l'allée centrale de l'entrée jusqu'à la chaire, l'église était vide.

Dehors, je balayai du regard le cimetière. Les enterrements pouvaient être éprouvants dans le meilleur des cas. Peut-être était-il sorti fumer une cigarette pour se calmer ?

Mon instinct était juste. À côté de la haie se tenait un homme en train de fumer. Il portait un long imperméable noir, avait les cheveux noirs et courts, et avait des lunettes de soleil. C'était difficile à dire d'aussi loin, mais il ressemblait de manière frappante à Pierce Brosnan.

Après un instant d'hésitation, je décidai d'aller lui demander son nom – non pas pour satisfaire la curiosité d'Annabel, mais pour avoir une longueur d'avance sur la liste des personnes assistant aux obsèques. Si des étrangers devaient y assister, il risquait d'y avoir beaucoup de monde. Sortant mon carnet de journaliste de la poche de ma veste, je lui fis signe de la main d'un air enjoué et commençai à traverser la pelouse humide. À mon grand étonnement, l'homme tourna brusquement les talons et disparut dans une trouée dans la haie.

Quelle impolitesse incroyable ! Personne ne se rendait donc compte des compétences nécessaires pour noter tous ces noms ? Il était essentiel de les orthographier correctement. L'intégrité du journal était en jeu. Maintes fois, par le passé, la *Gazette* avait dû publier des excuses embarrassantes pour une faute d'orthographe, pour avoir omis un participant ou – bien plus abominable – pour avoir mentionné la présence de quelqu'un qui avait en fait une querelle de longue date avec le défunt et qui avait déclaré qu'il « n'irait pour rien au monde à l'enterrement du vieux Johnson ».

Les rancœurs mesquines allaient bon train à Gipping-sur-Plym – généralement au sujet de bétail ou de cousins issus de germains volages, pris en flagrant délit dans des lieux semi-publics.

J'étais très contrariée. La matinée promettait d'être terriblement éprouvante – d'autant plus que l'apparition de l'homme en noir laissait à penser que des gens viendraient peut-être de tout le pays pour assister aux funérailles et que certains ne seraient donc pas habitués à leur déroulement.

Des voitures commencèrent à arriver sur le parking, et des passagers vêtus de nuances sombres, de gris, de noir et de bleu marine, en descendirent. Ils remontèrent lentement l'allée en direction de l'église, où j'attendais impatiemment, mon stylo et mon carnet ouvert à la main. Mon expression montrait, je l'espérais, un mélange agréable de professionnalisme attentif et de respect.

Heureusement, les personnes du coin assistant aux obsèques connaissaient la marche à suivre. Ils aidèrent ceux de passage à m'épeler soigneusement leur nom. Au cours des rares instants où je ne me débattais pas avec des orthographes extraordinaires, mes pensées se tournèrent à nouveau vers les pauvres poulets mutilés. Pourquoi les avait-on retrouvés au Manoir ? Ma maman disait toujours : *Les coïncidences n'existent pas.*

Comme la cloche de l'église sonnait 11 heures, le cortège funèbre arriva.

— Bonjour, jeune Vicky ! dit le révérend Whittler d'une voix de stentor.

Il avait pour habitude de surgir de nulle part, ce que j'avais toujours trouvé déroutant.

— Nous devons vraiment arrêter de nous rencontrer, comme ça… Les gens vont jaser !

Je souris faiblement et sentis dans son haleine une bouffée de bonbons à la poire et de whisky. Whittler me mettait toujours mal à l'aise avec ses plaisanteries qui se voulaient osées. Grand et maigre, avec son nez aquilin et sa longue cape noire à capuche, il me faisait davantage penser à la Faucheuse qu'à un homme de Dieu.

Il frappa brusquement dans ses mains et cria :

— Avancez, avancez, mesdames et messieurs. Veuillez vous asseoir.

Docilement, les gens avancèrent en masse et entrèrent dans l'église.

Whittler se tourna vers moi avec un sourire plein d'espoir.

— Vous joindrez-vous à nous pour l'office, aujourd'hui ?

Pierce Brosnan n'était toujours pas entré.

— Je ne peux pas me permettre de rater ceux qui arriveraient à la dernière minute, répondis-je, mais je serai avec vous par la pensée.

Les porteurs du cercueil, vêtus d'un pantalon à fines rayures, de manteaux noirs et de hauts-de-forme, sortirent précautionneusement du corbillard le cercueil, chargé de chrysanthèmes blancs.

Lady Trewallyn descendit majestueusement de l'une des berlines. J'avais entendu dire que la seconde épouse de sir Hugh était plus jeune que lui, mais je ne m'étais pas attendue à voir quelqu'un d'une trentaine d'années.

Elle portait un élégant tailleur haute couture noir, avec un chapeau muni d'une voilette. Même de là où j'étais, je pouvais voir son rouge à lèvres écarlate à travers la voilette, et je me dis qu'elle ressemblait à une vedette de cinéma des années 1940.

Quelques flagorneurs du coin s'affairèrent autour de la veuve, pour se joindre au cortège qui remonterait lentement l'allée et entrerait dans l'église.

Whittler sortit un petit sifflet argenté d'une poche cachée et en donna trois coups brefs. À ce signal, le vieil orgue revint péniblement à la vie et joua les premiers accords maussades de la *Marche funèbre* de Chopin.

Je promenai une fois encore mon regard sur le cimetière ; il n'y avait toujours aucun signe de Pierce Brosnan. Soudain, à ma grande stupéfaction, j'entrevis une silhouette familière sortant de l'ombre, à proximité de l'endroit où j'avais tout d'abord aperçu le mystérieux inconnu.

J'aurais reconnu n'importe où ce manteau en tweed marron et ce chapeau cloche assorti.

C'était ma logeuse, Mme Poultry.

Sa présence était très surprenante. Non seulement c'était une athée autoproclamée, mais elle aurait dû être au Manoir en train de préparer son buffet.

À mon grand étonnement, Mme Poultry ne jeta même pas un coup d'œil en direction de l'église. Au lieu de cela, elle longea la haie à pas de loup en direction de la grille en fer forgé richement ouvragée qui entourait un petit mausolée au toit en dôme – la crypte familiale des Trewallyn.

Flanquée de colonnes de granit, la porte en bronze était ouverte, comme pour inviter quiconque à entrer. La devise de la famille était gravée au-dessus de la porte : *Homo proponit, sed Deus disponit* – « L'homme propose, Dieu dispose. » L'espace d'un instant, médusée, je crus qu'elle allait bel et bien entrer dans le mausolée, mais elle se dirigea en fait vers un gros buisson d'aubépine, quelques mètres plus loin.

Comme hypnotisée, je regardai Mme Poultry se laisser tomber à genoux. À une vitesse impressionnante – d'autant plus étant donné son âge avancé et l'arthrite chronique dont elle souffrait – elle se glissa sous les branches en rampant et disparut de mon champ de vision.

3

Une demi-heure et deux cantiques plus tard, je me rendis compte que Mme Poultry ne ressortirait pas. À un moment donné, je me demandai s'il ne serait pas plus sage d'aller jusqu'au buisson pour la saluer amicalement, mais, repensant à la manière subreptice dont elle avait gagné sa cachette, je me dis qu'elle souhaitait ne pas être vue. Chacun prend le deuil à sa façon.

Il n'y avait toujours aucun signe non plus de Pierce Brosnan. C'était assez facile d'observer à la fois la haie et le buisson depuis l'entrée de l'église, qui offrait également une vue dégagée sur le mausolée.

Je tapai des pieds pour les réchauffer et pensai à ma logeuse. Dieu seul savait ce qu'elle pouvait bien faire là-dessous. Nous ne nous voyions qu'à l'heure du petit-déjeuner – qui était servi entre 7 h 45 et 8 h 15 – et parfois le soir, quand j'allais à la salle de bains et que je la croisais sur le palier.

J'avais trouvé la chambre meublée sur Rumble Lane dans les petites annonces de la *Gazette*. Elle se trouvait à la périphérie du Moyen-Gipping, à un quart d'heure de marche du bureau, ce qui était bien pratique pour moi.

Comme dans la plupart des pièces mansardées, les murs étaient inclinés du plafond jusqu'au sol. La lumière tombait d'une lucarne minuscule au-dessus d'un placard en bois encastré, qui abritait un ballon d'eau chaude bruyant. J'avais un lit en fer étroit, un bureau à la taille d'un enfant, une petite chaise, et un portant à vêtements métallique sur roulettes, en guise de garde-robe. Derrière la porte, il y avait une commode en plastique d'une affreuse couleur rose saumon. Je n'arrêtais pas de me répéter que ce n'était qu'une situation temporaire, en attendant que je puisse me permettre de prendre un appartement.

Mes pensées se tournèrent vers Ronnie Binns, et je repensai à la curieuse remarque qu'il avait faite au sujet de Mme Poultry, qui était soi-disant toujours propre et dont il vidait les poubelles avec tant de plaisir. Je voulais bien le croire : la maison de Mme Poultry était peu meublée, il n'y avait chez elle ni bibelots ni souvenirs. Ma logeuse soignait son apparence, ses cheveux gris étaient toujours impeccables, elle était toujours tirée à quatre épingles, ce qui rendait son incursion sous le buisson, dans la boue, d'autant plus surprenante.

Pourquoi donc avait-elle parlé de moi à l'éboueur ? L'espace d'un instant, horrifiée, je me demandai si la nouvelle de l'exil de mes parents s'était ébruitée et si elle avait entendu parler de la récompense pour leur arrestation. Peut-être avait-elle trouvé la boîte en plastique hermétique que j'avais cachée dans le réservoir d'eau, et découvert les deux cartes postales que Maman m'avait envoyées d'Espagne ? Mon estomac se noua à la pensée des conséquences que cela aurait eues.

Je me frappai violemment le front avec mon carnet. *Ressaisis-toi, Vicky !* Peut-être avais-je raison de croire que Ronnie s'était entiché de Mme Poultry ? Ce n'était pas parce que l'on arrivait à un certain âge que le cœur n'était plus capable de grandes passions. Il avait assurément fait l'éloge des qualités de ma logeuse avec un enthousiasme inattendu. Je ne savais rien du passé de la dame, mais je supposais qu'elle avait été mariée – même si je pouvais me tromper. Les vieilles filles se défendent d'être laissées pour compte et de mourir vierges ; pourquoi ne pas s'inventer un mari mort ?

Mes conjectures se portèrent sur Pierce Brosnan. Apparemment, lui non plus n'allait pas réapparaître. Il ne pouvait s'agir d'un proche du défunt, en fin de compte. Peut-être était-ce une sorte de pervers, habitué des enterrements, qui aimait être témoin du chagrin des autres ? À mesure que j'avançais en âge, je me rendais compte à quel point la vie est fugace, en réalité. Entre le réchauffement climatique, les pandémies, et les guerres biologiques, menaces bien trop réelles, qui aurait pu dire quand la fin arriverait ? Cette pensée glaçante me fit prendre conscience du fait que je risquais moi-même de mourir vieille fille si je ne me magnais pas.

Je ne voyais qu'un homme remplissant les conditions requises pour faire le sale boulot : Dave Randall, le champion de course de haies que j'avais rencontré le dimanche précédent. J'étais sur le point de m'attarder sur ses qualités viriles quand une pensée extraordinaire s'imposa à moi. Le corps de sir Hugh n'avait-il pas été retrouvé dans une haie ? Ne pratiquait-il pas le saut de haies en passionné ? Le monde du saut de haies était sûrement un assez petit monde. Pourquoi Dave n'était-il pas là, en ce moment même, pour rendre un dernier hommage à cet homme, qui était l'un des siens ?

C'était une piste intéressante, et dont Annabel n'avait absolument pas connaissance. Dave deviendrait mon indicateur personnel. Puisqu'elle en avait un, pourquoi n'en aurais-je pas ? Si Dave et moi finissions dans un lit, parfait ! Je ferais d'une pierre deux coups.

Le cantique *Heureux ceux qui ont le cœur pur* indiqua la fin du service. Quelques minutes plus tard, les personnes qui assistaient aux obsèques sortaient de l'église. Je jetai un dernier coup d'œil au buisson et conclus soit que Mme Poultry était accablée de chagrin, soit qu'elle faisait une petite sieste matutinale.

J'allai me placer derrière un pilier de pierre, et je regardai Whittler ouvrir la marche pour emmener le cortège jusqu'au caveau des Trewallyn, dans un coin du cimetière.

Je jetai un coup d'œil autour de moi et fus surprise de voir à nouveau Pierce Brosnan, qui rôdait dans l'ombre de la haie.

Je fus agacée de le voir se diriger lui aussi vers le caveau, car je savais qu'il aurait été inconvenant de ma part de le suivre à toute allure pour lui demander son nom aussi tardivement. Je m'arrachai à mes pensées en voyant l'homme se frayer un chemin à travers la foule en bousculant tout le monde. Avec un culot monstre, il alla se placer juste devant lady Trewallyn. Elle s'immobilisa, prise au dépourvu. L'homme souleva calmement sa voilette.

Il y eut un silence de mort. Ni l'un ni l'autre ne bougea. On aurait entendu une mouche voler, comme le dit l'expression. Les personnes présentes semblaient sidérées devant une telle inconvenance.

Soudain, Pierce Brosnan prit le menton de lady Trewallyn et l'embrassa sauvagement sur la bouche. Les spectateurs, incrédules, horrifiés et ravis à la fois, en eurent le souffle coupé. J'éprouvai un picotement familier dans le bas-ventre, mais cela ne dura pas. Lady Trewallyn revint brusquement à la raison ; elle le repoussa brutalement et se mit à hurler.

Les spectateurs étonnés ne réagirent pas, regardant, les bras ballants, l'homme tourner les talons et se diriger de nouveau vers la haie d'un pas nonchalant. Lady Trewallyn, criant comme une perdue, retira ses chaussures à talons et s'élança à sa poursuite en courant. Sa condition physique était prodigieuse. En l'espace de quelques secondes, elle le rattrapa, et elle se jeta alors sur son dos, lui passant les bras autour du cou et soulevant les pieds du sol – espérant probablement que son poids les ferait basculer tous les deux dans la boue.

Lady Trewallyn avait beau être agile, il était plus fort qu'elle. D'un mouvement fluide, il saisit ses mains autour de son cou, fit un petit saut pour écarter les jambes, et la fit passer par-dessus son épaule droite. Elle atterrit brutalement sur les fesses, sans émettre le moindre cri. C'était une excellente prise de judo.

Les personnes venues assister aux obsèques restèrent en état de choc tandis que l'homme se fondait dans la haie et disparaissait. Puis ce fut le chaos. Tout le monde, à l'exception du pasteur, courut vers lady Trewallyn, qui s'était déjà relevée. Refusant toute aide, elle se contenta de remettre son chapeau convenablement, jeta à peine un coup d'œil aux taches de boue sur sa jupe, et retourna en boitillant vers le caveau, où Whittler – qui suivait un programme très strict – avait poursuivi la cérémonie tout seul.

Je remontai l'allée à toute allure et arrivai dans la ruelle alors que le rugissement grave d'un moteur indiquait que le mystérieux inconnu décampait. Surexcitée, je me dis que mon cœur allait exploser, au moment même où la Porsche noire – aux vitres teintées et dépourvue de plaque d'immatriculation – passait à toute vitesse devant moi.

La Porsche s'arrêta brièvement au niveau de la rue principale, avant de tourner à gauche en direction du fin fond du Dartmoor et de disparaître.

Tandis que je regagnais le cimetière, j'eus une illumination. Lady Trewallyn – qui était jeune, belle et en bonne santé – avait tué son vieux mari pour son argent. Pierce Brosnan était son amant et son complice.

Comme on pouvait s'y attendre, maintenant que le vieil homme était mort, elle n'avait plus besoin des services de son amant, et – c'était toujours comme ça, avec les hommes – il n'allait pas accepter d'être rejeté sans rien faire.

Dans une ville où tout le monde savait tout, je ne devrais pas avoir trop de mal à découvrir l'identité véritable de Pierce Brosnan.

Comme ma mère aurait dit, il faut battre le fer pendant qu'il est chaud, et c'était exactement ce que j'avais l'intention de faire.

4

— Est-ce que quelqu'un connaît le conducteur d'une voiture noire ? demandai-je aux personnes venues assister aux obsèques comme elles sortaient du cimetière par petits groupes.

La plupart d'entre elles semblaient emballées par l'extraordinaire esclandre du cimetière, tandis que d'autres évitaient soigneusement lady Trewallyn. Ce ne fut que lorsqu'une dame au visage pâle et aux cheveux lavande permanentés se tourna vers moi pour me foudroyer du regard que je m'aperçus de mon faux pas : le corbillard, bien entendu, était noir.

— Je suis désolée, je voulais dire une Porsche noire. Vous savez, une voiture de sport ?

J'adoptai mon expression la plus aimable et parcourus la foule des yeux pour voir si cela disait quelque chose à quelqu'un. Je ne croisai que des regards ébahis ou hostiles.

— C'est typique des journalistes, dit sèchement Mme Permanente-Lavande. Le corps de ce pauvre sir Hugh n'est même pas encore froid, et ils fouinent déjà pour savoir s'il avait du linge sale.

Elle me lança un regard venimeux.

— Vautours !

— Allons, allons, madame Pratt, dit Sharpe, le vieux médecin légiste, Vicky essaie seulement de faire son travail.

Mme Permanente-Lavande s'éloigna avec un air renfrogné.

J'aimais bien le vieux médecin légiste. Avec son gros ventre, sa barbe et ses sourcils blancs broussailleux, il me faisait penser au Père Noël. Sharpe assistait à autant de funérailles que moi, et à presque autant que Whittler. Je trouvais touchant qu'il ait à cœur de mener un travail à terme, littéralement.

— Merci, monsieur Sharpe, lui dis-je avec un sourire de reconnaissance. Je suis contente que quelqu'un me comprenne.

— Je ne vous comprends que trop bien, ma chère, répondit-il. Nous sommes tous les deux au service du public, chacun à notre manière.

Voir Sharpe me rappela l'arrivée imminente de son rapport. Je me sentis soudain mal à l'aise. Avait-il conscience qu'il y avait un traître dans sa morgue ? N'aurais-je pas dû sous-entendre que des magouilles se préparaient ?

Sharpe marmonna quelque chose au sujet de lady Trewallyn et prit la direction de l'endroit où elle se tenait, appuyée à l'une des berlines noires. L'injustice de ne pouvoir assister à l'entretien du lendemain au Manoir me frappa à nouveau. Et si je demandais à lady Trewallyn qui était son jeune ami ? Là, tout de suite. Je me dirigeais vers eux d'un pas rapide.

L'élégant tailleur de lady Trewallyn était couvert de boue – de même que ses genoux. À mon grand étonnement, Sharpe s'empressa de sortir son mouchoir de sa poche, cracha dessus, et commença à les frotter vigoureusement. Lady Trewallyn avait l'air insensible à ses efforts fébriles. À vrai dire, elle semblait perdue dans ses pensées.

— Lady Trewallyn ! dis-je. Puis-je vous parler un instant ?

Elle s'arracha à sa rêverie, poussa Sharpe pour monter précipitamment dans la berline, et verrouilla la portière. La voiture démarra sur les chapeaux de roues et quitta le parking en trombe.

Sharpe eut un petit rire.

— Katherine n'aime pas les journalistes.

Je n'avais encore jamais été rabrouée aussi ouvertement, mais quelque chose me disait que j'avais intérêt à m'y habituer. Je faisais partie des journalistes. Des paparazzis. Peut-être étais-je même quelqu'un dont on devait se méfier ?

Sharpe avait appelé lady Trewallyn par son prénom. Peut-être savait-il qui était le conducteur de la Porsche ?

— Désolé, Vicky, dit-il comme s'il lisait dans mes pensées. Je ne répondrai à aucune question.

Là-dessus, il tourna les talons, remonta dans sa Mercedes CL550 Coupé, et s'en alla.

Il fallait absolument que je mette la main sur le rapport du médecin légiste. Il n'y avait rien d'étonnant à ce que Pete et Annabel veuillent à tout prix se le procurer. À mes yeux, la fuite de lady Trewallyn confirmait sa culpabilité. Peut-être Sharpe était-il aussi impliqué ? Que signifiaient les poulets mutilés ? Et pourquoi Mme Poultry avait-elle décidé d'observer les funérailles sous un buisson d'aubépine ?

Il était temps de mener une enquête approfondie.

5

Alors que je me faufilais à quatre pattes sous les branches du buisson d'aubépine tentaculaire, mon admiration pour l'agilité de ma logeuse s'accrut considérablement. Des épines se prirent dans mes cheveux et, à deux reprises, accrochèrent ma saharienne.

Inutile de dire que Mme Poultry n'était plus là. Je me tortillai et parvins à manœuvrer pour m'asseoir. À travers une petite trouée dans le feuillage, j'apercevais le caveau des Trewallyn – maintenant fermé. Peut-être Mme Poultry avait-elle simplement décidé d'aller rendre un dernier hommage au défunt en privé ?

Je me démenai pour ressortir, bien décidée à aborder le sujet des funérailles de sir Hugh avec elle la prochaine fois que nos chemins se croiseraient. Je ne manquerais pas non plus de mentionner la haute estime de Ronnie pour ses poubelles impeccables. J'aimais assez l'idée de jouer les cupidons pour les personnes âgées.

Je jetai un coup d'œil à ma montre et m'aperçus que je pourrais peut-être encore choper Ronnie sur Cowley Street. J'étais sûre qu'il me ferait part de ses théories au sujet des poulets si nous étions seuls.

J'avais de la chance : il était en train de vider la toute dernière poubelle de la rue quand je le rattrapai.

— Monsieur Binns ! appelai-je en agitant joyeusement la main.

Ronnie finit de renverser le contenu de la poubelle à l'arrière du camion et la reposa sur le trottoir.

— Vous vous souvenez de moi ? Vicky Hill, dis-je avec enthousiasme. Nous nous sommes rencontrés ce matin à la décharge.

Ronnie, qui avait les joues toutes rouges à cause de l'effort, fronça les sourcils et secoua la tête.

— Non, je dois dire que je ne vois pas.

— La pensionnaire de Mme Poultry ?

Seigneur ! pensai-je. *C'était il y a à peine deux heures. Qu'est-ce qui cloche, chez lui ?*

— Vous m'avez dit que ses poubelles étaient toujours propres et que c'était un plaisir de les vider.

Le visage de Ronnie resta inexpressif. Mon aspect avait-il tant changé depuis mon incursion sous la haie ?

Gênée, j'arrangeai mes cheveux et en retirai plusieurs petits piquants marron.

— J'avais une question au sujet des poulets.

— Des poulets ?

— Les poulets que vous m'avez montrés à la décharge. Les poulets blancs duveteux. ajoutai-je obligeamment. Vous savez, ceux qui ont été décapités ?

— Je ne vois pas de quoi vous parlez, marmonna-t-il, baissant les yeux sur ses bottes en caoutchouc vertes.

Me rappelant que le journalisme était affaire de persévérance, j'insistai.

— Elles étaient sous une bâche en plastique noir.

Ronnie secoua la tête.

— Non. Désolé. Au revoir, bonne journée à vous.

Là-dessus, après un bref salut, il grimpa dans le camion et le fit démarrer.

Abasourdie, je regardai le camion disparaître de mon champ de vision. Ronnie mentait, bien entendu. Dans le court laps de temps depuis que nous avions discuté, quelqu'un l'avait intercepté. Je reconnaissais les signes : il évitait de croiser mon regard, paraissait fasciné par ses chaussures et, bien sûr, semblait comme par hasard faire une crise d'amnésie.

Le démenti de Ronnie confirmait mes soupçons de quelque chose de louche. Par ailleurs, je savais qui l'avait mis en garde. Annabel avait dû retourner à la décharge après m'avoir déposée à l'église. Son argent lui avait servi à acheter l'histoire de Ronnie, et son silence.

Maudite Annabel ! Je repensai à ses efforts maladroits pour m'envoyer sur une fausse piste : son manque d'intérêt feint devant les cadavres de poulets et la façon dont elle avait fait taire Ronnie, prétextant qu'il lui faisait perdre son temps. Annabel avait peut-être gagné cette bataille, mais cela ne signifiait pas qu'elle avait gagné la guerre. Je n'en avais pas encore tout à fait fini avec Ronnie Binns.

6

Quand j'arrivai dans la Grand-Rue, il y avait une grande agitation devant les bureaux de la *Gazette*. On entendait des éclats de voix, des coups de klaxon assourdissants, et l'inévitable groupe de passants curieux qui semblait surgir de nulle part à la moindre échauffourée était là, bien sûr.

Apparemment, Annabel avait pris la dernière place de stationnement restante dans cette rue à sens unique embouteillée, ce qui avait excité la fureur d'une vieille dame qui portait un chapeau en lainage marron. Celle-ci l'accablait d'obscénités et faisait preuve d'une force considérable comme elle s'appuyait contre la portière d'Annabel, vraisemblablement pour l'empêcher de descendre de voiture. Je ne pouvais pas m'empêcher d'admirer le sang-froid d'Annabel. Manifestement, ses intestins s'étaient calmés. Elle semblait insensible à l'agression verbale, trop occupée qu'elle était à retoucher son rouge à lèvres dans le rétroviseur.

Une vieille Mini rouge, sans doute celle de la vieille dame indignée, était arrêtée au beau milieu de la rue et bloquait la circulation, qui s'étendait jusqu'à la bibliothèque municipale. Je ne voulais surtout pas qu'Annabel me remarque et, pire encore, qu'elle m'entraîne dans la mêlée. Je traversai la rue comme une flèche et me réfugiai à La Bouilloire de cuivre.

Bien que le salon de thé en question se trouvât en face du bureau, je n'y étais encore jamais allée. L'endroit était un peu décevant.

La Bouilloire de cuivre se trouvait dans l'une des deux rangées de maisons de l'époque de la reine Anne, contiguës et toutes identiques, qui bordaient la Grand-Rue. Le salon de thé était manifestement une ancienne boutique banale. Des bouilloires en cuivre étaient disposées sur toute la longueur du vieux comptoir. Des photos de mauvaise qualité de jeux du temps passé étaient accrochées aux murs défraîchis. L'établissement était mal entretenu. Il n'y avait pas un seul client.

Je pris la table à côté de la fenêtre, qui m'offrait une vue imprenable sur Annabel et sur la rue. Un coup d'œil rapide me permit de voir qu'un contractuel chargé de la circulation était arrivé et essayait de servir de médiateur entre la vieille dame, qui continuait à gesticuler dans tous les sens, et Annabel, qui refusait de descendre de sa voiture et que tout ce bazar avait l'air d'ennuyer.

Une jeune serveuse au teint terreux, qui avait eu la main lourde avec l'eye-liner noir et qui portait une robe médiévale en serge vert olive et une charlotte en dentelle, s'empressa de venir me saluer.

— Je suis vraiment désolée, dit-elle, mais cette table est réservée.

Je balayai le salon de thé du regard.

— Il n'y a personne d'autre.

— J'aime bien laisser cette table libre. On ne sait jamais…

Elle fronça les sourcils, puis son visage s'éclaira subitement.

— Vous travaillez pour le journal, n'est-ce pas ?

— Oui. Pourquoi ? demandai-je avec méfiance.

Les gens feraient n'importe quoi pour voir leur nom imprimé noir sur blanc.

— Vous êtes Vicky Hill ! s'exclama-t-elle avec un sourire éclatant exposant d'immenses gencives.

Devais-je être flattée ou inquiète ? Ma mère avait horreur des voisins fouineurs, et elle avait toujours insisté pour que la famille Hill ne se montre pas trop sociable. Ce qui s'était produit avec la police en rapport avec les activités nocturnes de papa avait largement expliqué sa prudence.

La serveuse tira une chaise et se laissa tomber lourdement.

— Je savais bien que je vous connaissais ! Je m'appelle Topaz Potter.

— Grand bien vous fasse, dis-je, me sentant passablement offensée par la trop grande familiarité de la serveuse. Je voudrais une tasse de thé et une tranche de cake aux fruits.

— Je rêve de devenir journaliste, s'extasia-t-elle, ignorant ma commande.

— J'aimerais vraiment une tasse de thé, dis-je, regrettant amèrement l'impulsion qui m'avait mise dans cette position.

Jusque-là, la journée était une succession d'événements délirants : Ronnie et les poulets maléfiques, le comportement bizarre de lady Trewallyn avec le mystérieux conducteur de la Porsche, ma logeuse qui se cachait sous un buisson… et maintenant, ceci.

— Je ferais une sacrée bonne journaliste ! Je vois tout ce qui se passe par ici, dit Topaz en se tapotant le côté du nez. C'est pour ça que j'aime bien laisser cette table libre.

— Ce n'est pas facile de percer dans le journalisme.

— Le boulot et le danger ne me font pas peur, dit Topaz. Vous ne serez pas déçue, ajouta-t-elle avec passion.

Une partie de moi était galvanisée par son admiration évidente ; l'autre décida de ne plus jamais mettre les pieds dans ce salon de thé. Je jetai un coup d'œil par la fenêtre.

La circulation était à nouveau fluide. La BMW était toujours là, mais Annabel avait disparu.

Je me levai.

— À la réflexion, je ferais mieux d'y aller. Je suis très occupée…

— Je vais vous chercher votre thé tout de suite ! dit Topaz en se levant d'un bond. Vous pouvez travailler *ici*… N'hésitez pas ! C'est calme et agréable.

Sans me laisser le temps de protester, elle disparut à travers un rideau de franges rouges et blanches en plastique, qui donnait sûrement sur la cuisine. C'était vrai : il régnait un silence de mort dans le salon de thé. Topaz avait peut-être raison. C'était difficile d'avoir les idées claires à la *Gazette*, alors que tout le monde était toujours sur le qui-vive, anticipant le prochain scoop.

Je me rassis et ouvris mon carnet. Retrouver le conducteur de la Porsche noire devrait être assez facile. On voyait rarement des voitures comme celle-là, dans le coin. Quant au ménage à trois, eh bien, on pouvait le comprendre, en fait : lady Trewallyn était jeune, et sir Hugh avait soixante-quinze ans. On pouvait supposer en toute logique que Pierce Brosnan et lady Trewallyn étaient amants, malgré son accès de colère au cimetière. L'adultère était un passe-temps rural bien connu. Toutefois, la vraie noblesse distinguée avait tendance à éviter comme la peste les esclandres publics.

Je griffonnai : *Lady Trewallyn est-elle née dans une famille riche ou a-t-elle fait un mariage d'argent ?*

Topaz revint avec un plateau à fleurs sur lequel il y avait une théière, une soucoupe et une tasse ébréchée, et une fine tranche de cake.

— Il y a du lait et du sucre sur la table, dit-elle. Je ne vous dérangerai plus, je vous laisse faire votre travail.

— Merci.

— Je vais attendre ici. Faites-moi signe si vous avez besoin de quoi que ce soit.

Elle s'empressa de s'asseoir à la table voisine – juste en face de moi. Elle joua avec une mèche folle de ses cheveux brun foncé, qui dépassait de sa charlotte, tout en me regardant fixement. C'était passablement déroutant. Je déplaçai ma chaise pour lui tourner le dos.

Versant le liquide grisâtre dans la tasse, je jetai un coup d'œil au cake et sus tout de suite qu'il serait décevant. Il avait l'aspect cireux de ceux de la voiture-bar des trains de la British Rail. J'en pris une bouchée. J'avais raison : il était absolument immangeable.

Ce cake me rappelait douloureusement qu'Annabel allait savourer l'une des tranches qui resteraient du cake aux fruits de Mme Poultry au Manoir, le lendemain matin. C'était Annabel qui se chargerait de l'entretien. C'était elle qui poserait les questions orientées. C'était elle qui aurait le rapport du médecin légiste et qui saurait tout. C'était elle qui *brillerait. Maudite Annabel !*

Sentant le regard intense de Topaz posé sur ma nuque, je feuilletai rapidement mon carnet avec un professionnalisme feint et écrivis tous les mots qui me vinrent à l'esprit – *sexe, mort, diable, poulets.*

Je tombai sur les notes que j'avais prises pour l'article de fond sur la course de haies que j'avais rédigé dans mon temps libre. J'étais allée jusqu'à en déposer une copie sur le bureau de Pete, mais il ne m'en avait pas encore parlé. Apparemment, le journal ne s'intéressait pas aux articles de fond. Il estimait sans doute que ses lecteurs n'avaient pas envie d'ouvrir leur esprit et qu'ils se contentaient du régime habituel d'obsèques, d'expositions florales et de pièces de théâtre atrocement embarrassantes interprétées par les Chantres de Gipping.

Néanmoins, avec la mort de sir Hugh et ce nouveau lien avec le saut de haies, mon article sur Dave Randall aurait peut-être un certain poids. Je relus mes notes. Le rouge me monta aux joues quand je m'aperçus que j'avais dessiné un cœur transpercé d'une flèche autour du nom de Dave et écrit : *Dave Randall est CANON, et je sais de quoi je parle.*

J'avais espéré que Dave aimerait mon article sur ses triomphes – suffisamment pour m'inviter à sortir avec lui, et peut-être m'emmener au Cricket Lodge, où il habitait, comme Mellors, le garde-chasse de *L'Amant de lady Chatterley.* À l'insu de Dave, je l'avais désigné comme l'heureux élu auquel je donnerais ma virginité. Réprimant un frisson de plaisir anticipé, je repensai au week-end précédent, quand nous nous étions rencontrés pour la première fois, et le décor du salon de thé disparut autour de moi.

La course de haies était un sport encore controversé dans le sud-ouest de l'Angleterre, car les écologistes le considéraient comme barbare. Quand j'avais vu pour la première fois les panneaux indiquant l'événement, j'avais supposé qu'il s'agissait d'un événement classique de saut équestre. On peut aisément imaginer quelle avait été ma surprise quand je m'étais rendu compte qu'il n'y avait pas un seul cheval à l'horizon. Des dizaines d'hommes qui portaient des vestes épaisses et des pantalons en gabardine renforcés de guêtres s'échauffaient sur un terrain bordé d'une haie d'aubépine de deux mètres de haut parfaitement taillée.

La haie était sectionnée en différentes parties par des rubans bleus et chaque partie était numérotée. Chaque concurrent tirait un numéro et se dirigeait vers son tronçon, où un juge traçait un trait à la craie blanche sur le sol, à soixante centimètres de la base de la haie.

Les spectateurs s'étaient rassemblés en petits groupes épars. Quelques-uns avaient une Thermos de café ou une flasque de cherry ; certains étaient seulement venus pour encourager leur athlète préféré, d'autres, pour se repaître de l'arrivée d'une ambulance, le cas échéant.

Je n'avais pas tardé à comprendre les règles. Les coureurs étaient autorisés à prendre de l'élan sur sept mètres au maximum, cette distance étant indiquée par un cône orange, puis, au coup de feu du starter, ils se mettaient à courir à toute vitesse vers leur destin. Sur la ligne tracée à la craie, ils bondissaient suivant leur style de saut préféré et, avec un peu de chance, ils atterrissaient sains et saufs de l'autre côté de la haie.

Le trophée était remis à l'homme ou à la femme qui sautait par-dessus la haie sans causer de dégâts à la splendeur de Dame Nature ou à ses organes vitaux. Les points étaient accordés pour le style – et il en existait de nombreux. Le Fosbury Flop, le rouleau ventral, ou le Straddle.

La première fois que je regardai Dave tenter le Fosbury Flop, je craignis qu'il fût en train d'essayer de se suicider d'une curieuse manière et qu'il se rompît le cou. Il avait foncé sur la haie d'une démarche qui ressemblait à celle d'un canard boiteux. Au dernier moment, il avait fait un écart à droite, avait planté un pied sur la ligne tracée à la craie, et s'était contorsionné de sorte que son dos était tourné vers la haie. Regardant par-dessus son épaule, il s'était lancé dans les airs, les jambes pointées vers le ciel, et il était passé par-dessus la haie, son dos l'avait à peine frôlée, puis il avait disparu, tête la première, de mon champ de vision. Heureusement, un tonnerre d'applaudissements s'était élevé de l'autre côté et m'avait indiqué qu'il était sain et sauf.

Pour moi, cela avait été le coup de foudre. J'avais cherché un moyen de provoquer des présentations, et j'avais trouvé l'idée de l'article de fond. Il avait été ravi de parler à la presse, et avait même promis de passer au bureau avec quelques photos professionnelles, spécialement pour moi.

En réalité, c'était Tony le journaliste sportif – le saut de haies étant sans doute un sport – mais quand j'avais abordé le sujet, il l'avait aussitôt écarté, déclarant que le journal ne s'adressait pas aux fous, qu'en parler « reviendrait à cautionner la chose ».

Chassant Dave de mon esprit, je finis mon thé trop léger et refermai mon carnet. Topaz s'approcha de moi et me tendit l'addition.

— Vous avez fini votre article ?

— Pas tout à fait.

— Ça parle de quoi ?

— C'est un secret.

Topaz joignit les mains avec ravissement.

— J'adore les secrets ! Je suis vraiment très douée pour les garder, en plus. Dites-moi ce que c'est !

— Si je vous le disais, ce ne serait plus vraiment un secret, si ? dis-je, espérant qu'elle comprendrait le message et qu'elle la fermerait.

Je fis l'appoint en petite monnaie et le laissai sur la table.

— Merci pour le thé.

Je me levai et me dirigeai vers la porte. Topaz me suivit avec le dévouement d'un chien.

— Dites, ça vous dirait d'aller boire un verre, demain soir ?

— Demain ? répétai-je, préparant mentalement ma liste habituelle d'excuses mais éprouvant malgré tout une pointe de culpabilité.

Se pouvait-il que Topaz se sente aussi seule que moi ?

— S'il vous plaît ?

Topaz m'adressa un sourire rayonnant, puis son expression changea.

— Attendez ! Qu'est-ce que c'est que ça ?

Elle tendit la main et retira délicatement une épine de mes cheveux.

— Ça alors ! Vous avez joué dans une haie ? Dans une haie d'aubépine, pour être exacte, ajouta-t-elle d'un ton soupçonneux.

— Non…

La question, étrangement précise, me prit au dépourvu. Topaz n'avait pourtant pas l'air d'être du genre à jardiner.

Elle glissa l'épine dans sa poche avec un visage de marbre.

— Vous connaissez Dave Randall ?

Je marquai un temps d'arrêt, ne sachant pas très bien comment répondre. Je trouvais très surprenant qu'elle associe l'épine à Dave. Topaz m'avait avoué qu'elle rêvait d'être journaliste. Mon idée sur le saut de haies était unique. Le plagiat était partout – même dans les salons de thé de la rue principale. Comment être sûre qu'elle ne s'était pas tenue derrière moi sans faire de bruit pour lire mon travail par-dessus mon épaule ?! Qu'est-ce qui l'empêcherait de soumettre l'article elle-même ? Plus important encore : qui était vraiment Topaz ? Elle paraissait trop chic pour être serveuse, et elle ne savait assurément pas préparer un bon thé.

— Dave comment ?

— Dave Randall, répondit-elle froidement. Le champion de course de haies.

— J'ai entendu parler de lui, bien sûr.

Ce n'était pas un mensonge. Je ne connaissais pas Dave personnellement – même si j'en avais bien l'intention.

— C'est un ami à vous ?

Topaz secoua la tête et regarda par la fenêtre d'un air morose.

— Il se passe des choses horribles à Gipping. Des choses horribles.

Mon cœur fit un bond dans ma poitrine. Connaître quelqu'un comme Topaz serait peut-être utile, après tout – d'autant plus qu'elle avait une tendance évidente à l'espionnage.

— Demain soir, ce serait parfait.

— Rien que nous deux.

Topaz me saisit le bras.

— Ne le dites pas à cette exécrable Annabel Lake, d'accord ?

— Bien sûr que non, répondis-je, acquiesçant sans réserve d'un hochement de tête. Rien que vous et moi.

Je traversai la rue d'un pas guilleret. La journée tournait plutôt bien, en fin de compte. Sans qu'il fût question de rémunération pour services rendus, je venais juste de recruter ma toute première indic.

7

Annabel m'attendait à l'accueil.

— Te voilà ! s'écria-t-elle, perchée sur le comptoir qui séparait les classeurs à tiroirs de Barbara du reste de la pièce.

— Me voilà, répondis-je, consternée de voir qu'elle s'était miraculeusement rétablie de son intoxication alimentaire. Est-ce que le rapport… ?

— Chut !

Annabel sauta agilement du comptoir, avec la grâce d'un chat, et m'attrapa par le bras.

— Vite, allons dans l'alcôve pour parler.

L'allusion à « l'alcôve » était une plaisanterie entre collègues. Au début des années 1970, un mince panneau en contreplaqué avait été sommairement dressé pour cloisonner le bout de l'accueil et en faire un espace provisoirement réservé aux interviews, qui garantirait soi-disant l'intimité et le confort. L'intimité était discutable, étant donné que les cloisons étaient fines comme du papier à cigarettes. À l'entrée, il y avait un rideau marron et crème pailleté, qui ressemblait beaucoup à celui que l'on peut voir dans le salon d'une diseuse de bonne aventure.

Annabel m'entraîna à l'intérieur et ferma le rideau d'un geste théâtral. L'alcôve était sombre et sentait le tabac froid à cause des mégots de cigarette qui remplissaient le cendrier posé sur la petite table ronde en plastique. Annabel me fit asseoir sur l'une des deux chaises en plastique vert.

— Comment s'est passé l'enterrement ? chuchota-t-elle, pointant le doigt d'un geste exagéré dans la direction de Barbara. Il ne faut pas qu'elle t'entende… C'est une sale fouineuse.

— Tu as reçu le rapport ? demandai-je à voix basse.

— Tu as obtenu le nom du conducteur de la Porsche ?

C'était typique ! Annabel marchandait pour avoir une information en échange d'une autre.

— Pas encore, mais j'ai découvert que ce n'était pas un Trewallyn.

— Il n'est pas du coin, et il n'est pas non plus de la famille ? s'étonna Annabel, les sourcils froncés. C'est vraiment bizarre…

Je lui jetai un coup d'œil rapide, me demandant si elle avait déjà eu vent de la rixe du cimetière.

— Pourquoi ? Tu as entendu dire autre chose ?

— J'aurais dû aller à l'église, évidemment.

— Ce n'était qu'un enterrement comme les autres.

J'étouffai un bâillement, consciente que mon cœur s'était mis à marteler ma poitrine d'une manière irrégulière et déconcertante.

— Pourquoi cet intérêt soudain ?

— Oh, tu sais… Les détails, les petits indices révélateurs, les faux pas…

— Manifestement, tu as lu le compte rendu du médecin légiste.

J'essayai de ne pas laisser ma voix trahir ma jalousie.

— Chut ! Pour l'amour du ciel, Vicky, ne parle pas si fort, siffla Annabel. Nous ne l'avons pas encore reçu. Pete va devenir fou. Il est même allé chercher Brian en personne.

— Quelle barbe…

Je n'avais pas la moindre idée de qui était Brian.

— Pete est terrifié à l'idée qu'il puisse tomber en de mauvaises mains.

Les pensées se bousculaient dans ma tête. À moins qu'Annabel ne m'induise délibérément en erreur, elle n'était pas allée interroger Ronnie Binns, en fin de compte. Peut-être son démenti fervent au sujet des poulets signifiait-il que quelqu'un d'autre avait réussi à le faire parler avant nous ; à moins qu'il ne soit allé vendre son histoire ailleurs.

— Tu as repensé à ces poulets morts ? demandai-je d'un air dégagé.

— Franchement, Vicky ! Tu es végétarienne, ou quoi ?

— Je n'aime pas la cruauté envers les animaux, c'est tout, répliquai-je.

— Tu ne seras jamais une bonne journaliste si tu laisses ta sensiblerie se mettre en travers de ton professionnalisme.

Je m'émerveillais du talent d'Annabel pour parvenir à se servir de tout ce que je disais pour m'insulter.

Soudain, elle se tut, son expression figée en un froncement de sourcils forcé. Je voyais bien qu'elle voulait me demander quelque chose.

— Vicky, tu peux me rendre un petit service ?

— Ça dépend, répondis-je, craignant qu'elle me demande de préparer du thé et la maudissant déjà intérieurement.

Pete étant parti et Tony et Edward étant absents, il n'était pas question que je fasse le thé pour quelqu'un de moins expérimenté que moi.

— Il faut que j'aille aux toilettes. Tout de suite, à vrai dire.

Je m'aperçus que sa grimace était en fait une grimace de douleur.

— Tu peux attendre ici au cas où le coursier, Brian, arriverait ?

Sans me laisser le temps de répondre, elle sortit comme une flèche de l'alcôve.

Je m'empressai de retourner à l'accueil et m'affalai dans l'un des fauteuils en similicuir marron, qui étaient aussi inconfortables qu'ils en avaient l'air.

Barbara apparut derrière le comptoir.

— Ton sauteur de haies sera là d'une minute à l'autre.

Mon cœur fit un bond.

— Dave Randall ? Aujourd'hui ?

— Il a des photos pour toi, il voulait les déposer mais je lui ai dit de repasser plus tard.

Barbara sortit le miroir au cadre en écaille et le peigne assorti qu'elle gardait toujours sous la main.

— Oh là là, il faut absolument que j'arrange tes cheveux…

Elle se baissa pour passer sous le comptoir et, d'un air critique, se mit à peigner mon carré brun.

— Tu devrais vraiment les laisser pousser, comme Annabel, dit-elle. Les hommes aiment les cheveux longs. Ça fait ressortir leur instinct d'hommes des cavernes.

Les cheveux gris fer de Barbara étaient attachés en un chignon serré. Je m'efforçai de ne pas l'imaginer vêtue de peaux de bête.

Je regardai mon reflet dans le miroir. Maman avait décrit mon physique comme *beau* et *naturel*. Je devais bien reconnaître que j'avais une très belle peau, ce dont je pouvais effectivement m'estimer heureuse. On m'avait même déjà demandé si je portais des lentilles de contact de couleur, tant le bleu saphir de mes yeux était inhabituel.

— Dave est *canon*, hein ? roucoula Barbara. C'est bien ce que vous dites, vous, les jeunes, n'est-ce pas ?

Elle cacha précipitamment le peigne et le miroir derrière son dos quand la porte s'ouvrit et que Dave entra avec une grande enveloppe de papier kraft à la main. Je retins mon souffle. J'avais oublié à quel point il était beau. Je priai pour que la diarrhée d'Annabel la tienne captive un bon moment. Je n'aurais eu aucune chance avec Dave si elle s'était pointée avec les bouées qui lui servaient de nichons.

Dave était un peu plus âgé que moi. Il portait un pantalon épais, un pull marin bleu marine, et un bonnet en laine dont s'échappaient des boucles brunes. Je rêvais de passer mes doigts dans ces boucles et de découvrir son torse poilu –

j'espérais qu'il avait le torse poilu. Maman disait toujours que les poils sur le torse étaient un signe de virilité.

— Vicky, et si tu emmenais M. Randall dans l'alcôve ? suggéra Barbara avec un clin d'œil entendu.

— Non, nous sommes très bien ici.

Je ne savais pas quel effet cela aurait eu sur Dave de se retrouver seul avec moi dans un espace clos. Le souvenir de Pete revenant du sous-sol avec Annabel continuait à me fasciner et à me dégoûter tout à la fois. De plus, je voulais que ma première fois soit romantique. Je voulais des fleurs, des chocolats, Céline Dion chantant *My Heart Will Go on*, et pas être tripotée dans une alcôve minable qui sentait légèrement le moisi et le tabac froid.

Bien sûr, j'avais une autre raison de vouloir rester là : si Brian arrivait et que j'étais dans l'alcôve, il devrait faire face à la curiosité insatiable de Barbara, et elle vendrait la mèche. Barbara était peut-être une commère, mais elle faisait son travail consciencieusement. Le journal était toute sa vie. Si elle soupçonnait quelque chose d'illégal, elle en ferait indubitablement part au rédacteur en chef.

Consciente qu'Annabel pouvait refaire surface à tout moment, je reportai mon attention sur Dave, qui avait l'air de s'ennuyer. Il valait mieux lui prendre les photos et le congédier le plus vite possible. Au moins, je savais où il habitait. Je n'aurais pas de mal à inventer un détail crucial de dernière minute en rapport avec l'article, qui nécessiterait une visite chez lui.

— Merci d'être venu, Dave, lui dis-je avec mon plus beau sourire. Je suis un peu pressée, cet après-midi, alors je n'ai pas beaucoup de temps pour discuter.

J'ignorai le regard surpris de Barbara. Elle avait l'air déçue. Elle avait sans aucun doute l'intention de vivre quelque chose par procuration.

Je m'assis dans l'un des fauteuils en similicuir et fis signe à Dave de prendre place dans l'autre. Il marmonna quelque chose d'inintelligible. J'éprouvai une pointe de déception. Où était passé l'homme que j'avais vu sur le terrain ? Là-bas, manifestement grisé par sa victoire triomphale, il était surexcité, comme s'il savait qu'il allait y avoir des larmes avant la fin de la journée. Les célébrités étaient comme ça : elles brillaient quand les caméras étaient braquées sur elles, mais s'avéraient ennuyeuses comme la pluie dès qu'elles n'étaient plus sous les feux des projecteurs. Si j'avais eu d'autres prétendants, je serais partie vers de nouveaux horizons.

— Tenez…

Dave ouvrit l'enveloppe de papier kraft et, avec un sourire timide, en sortit des photos de format A4.

— Est-ce que le journal peut les utiliser, vous croyez ?

J'avais oublié à quel point son accent du terroir me faisait penser à Mellors, le garde-chasse. Je m'efforçai de me ressaisir. Ce n'était pas le moment de rêvasser.

Je regardai les photos.

— Waouh ! Elles sont magnifiques, m'extasiai-je, cachant ma consternation.

La première photo semblait n'être rien d'autre qu'un collage de feuilles vertes.

Dave indiqua du doigt le milieu de la photo.

— C'est moi.

À mon grand soulagement, une forme indistincte commença à apparaître.

— Grand Dieu ! En effet…

La tenue tout entière de Dave était vert mousse, y compris la casquette à visière qu'il portait crânement. Son visage était recouvert d'une épaisse couche de cirage marron, ce qui n'aidait pas beaucoup non plus.

Il était étendu de tout son long au milieu de feuilles piquantes, avec une expression non pas d'extase, mais de souffrance atroce.

— Cela a dû faire mal.

Je me demandais s'il faisait partie de ces hommes qui prenaient plaisir à avoir mal et qui fréquentaient des établissements louches dirigés par des Asiatiques au nom comme *Mme Fessée*.

— J'ai ma moleskine, dit-il d'un ton grave en se donnant une grande claque sur la cuisse. Ce n'est pas la peine de mettre un pantalon en sergé. Il ne tiendrait pas cinq minutes dans une haie d'aubépine. Avec une haie d'ifs, ça va.

J'essayai de prendre un air intéressé.

— Dites-m'en plus.

— Le *Taxus baccata*, ou if à baies, pour le commun des mortels, est difficile à sauter, dit Dave, s'enflammant. Le truc, c'est d'avoir une détente suffisante quand on arrive devant la haie.

N'étant pas disposée à m'appesantir sur les avantages et les inconvénients des haies, je montrai du doigt la deuxième photo, sur laquelle Dave brandissait ce que l'on n'aurait pas pu décrire autrement que comme un bâton rond de trente centimètres de long.

— C'est mon trophée.

Il tenait le bâton-trophée comme s'il s'agissait de la flamme olympique. Derrière lui, une haie ravagée semblait avoir été franchie par une division entière de chars d'assaut.

Il y eut un silence très pénible.

— Cette haie a l'air de s'être bien défendue, dis-je enfin.

Franchement, j'étais choquée par le massacre. Les objections ardentes de Tony, qui considérait ce sport comme barbare, étaient peut-être fondées, après tout.

— Elle n'était pas d'accord, au début, mais nous avons eu le dernier mot, dit Dave. Nous, les coureurs de haies, sommes toujours en quête de la haie parfaite. Parfois, continua-t-il d'un air rêveur, je m'emballe tellement quand je vois une haie de troènes impeccablement taillée que je vendrais ma grand-mère pour essayer de sauter par-dessus.

— Sir Hugh Trewallyn pratiquait aussi le saut de haies, n'est-ce pas ? demandai-je, saisissant l'occasion de faire dévier la conversation.

Je n'arrivais pourtant pas à imaginer le septuagénaire, encombré d'un déambulateur, parvenir à avoir une détente suffisante pour s'élever au-dessus d'une haie.

Je remis les photos dans l'enveloppe.

— Le monde du saut de haies est petit, vous deviez bien le connaître.

— Oui, c'était un homme bien.

— Vous devez avoir passé beaucoup de temps au Manoir.

Dave rougit.

— Qu'est-ce que vous entendez par là ?

— Quand vous vous entraîniez, dis-je. Je suppose que vous avez rencontré le type à la Porsche noire ?

Étonnamment, il pâlit considérablement.

— Non. Pourquoi l'aurais-je rencontré ?

— L'une des connaissances de lady Trewallyn a assisté à l'enterrement sans y avoir été invitée. C'était le portrait craché de Pierce Brosnan.

— Je dois rentrer, pour les faisans.

Dave se leva d'un bond et se dirigea vers la sortie.

— Je ne m'étais pas rendu compte de l'heure…

À ce moment-là, la porte du couloir s'ouvrit à toute volée.

— Enfin ! cria Annabel. Ma parole ! Attendez !

C'était vraiment typique d'Annabel d'arriver au moment crucial. Elle semblait avoir un don pour me gâcher la vie.

— Merci pour les photos. Je vous appellerai plus tard, dis-je en faisant sortir Dave sans ménagement.

Annabel pointa le doigt sur l'enveloppe que j'avais à la main.

— Je vais prendre ça.

Je serrai l'enveloppe contre ma poitrine.

— C'est à *moi*.

— Donne-moi ça, ordonna Annabel.

— Ce n'est pas ce que tu crois, dis-je, prise de panique.

Et si elle faisait le rapprochement et qu'elle s'apercevait que sir Hugh et Dave étaient tous deux de fervents coureurs de haies ? Elle me volerait alors mon unique piste.

— Je sais ce que tu manigances, Vicky Hill.

Les yeux d'Annabel lançaient des éclairs accusateurs. De toute évidence, elle avait eu tout le temps de réfléchir, aux toilettes.

— Tu veux me voler cet article depuis le début.

— Ce n'est pas vrai !

Annabel prenait Dave pour *Brian* ! Elle devait croire que l'enveloppe contenait le compte rendu du médecin légiste.

— Les filles, les filles ! Franchement !

Le visage de Barbara apparut derrière le comptoir.

— Pourquoi vous disputez-vous ?

Annabel et moi nous immobilisâmes immédiatement. Qu'avait entendu notre trop curieuse réceptionniste, au juste ?

Barbara eut un petit rire.

— C'est à propos d'un homme, je parie. Eh bien ! Permettez-moi de vous dire…

— Nous parlions de ton ongle de pied incarné, m'empressai-je de dire. Annabel disait que tu ne souffrais pas, et moi, je disais que ce n'était pas vrai.

— Oui, c'est ça, Barbara. Tu es tellement courageuse, dit Annabel en m'arrachant l'enveloppe des mains. Tellement courageuse, ajouta-t-elle avec insistance, que je crois que je vais en parler à *Pete*.

Barbara rougit.

— Oh, mon Dieu ! Ce n'est pas la peine d'ennuyer Pete avec ça.

— Je suis sûre que Pete aime *tout* savoir, pas toi, Vicky ? me demanda Annabel en me foudroyant du regard. Bon, il faut que je file… Sois gentille, fais-moi une tasse de thé. Je *meurs* de soif.

Là-dessus, Annabel s'éloigna d'un pas nonchalant, me laissant sans voix.

— Eh bien, c'est un jour à marquer d'une pierre blanche ! s'exclama Barbara avec un sourire rayonnant. Annabel ne s'était encore jamais intéressée à mon ongle incarné.

Ce n'était pas la peine de la contredire. Je me laissai tomber dans l'un des fauteuils.

— Tu peux monter la garde le temps que je fasse un petit tour aux toilettes ? me demanda-t-elle.

Je résistai à l'envie de grommeler que je n'étais apparemment bonne qu'à faire du thé et remplacer des gens pendant qu'ils allaient aux toilettes.

À peine Barbara eut-elle quitté la pièce que la porte d'entrée s'ouvrit. Un jeune garçon acnéique qui portait des vêtements de motard en cuir noir et avait sous le bras un casque bleu ciel entra tranquillement. Il jeta un coup d'œil autour de lui, visiblement nerveux, puis il se rua dans l'alcôve déserte et referma le rideau dans un bruissement de tissu.

Déconcertée par son comportement, d'autant plus étrange qu'il ne réapparut pas, je m'approchai de l'alcôve sur la pointe des pieds et écartai un coin du rideau.

— Je peux vous aider ?

— Je ne veux pas qu'on me voie, chuchota-t-il, jetant des coups d'œil furtifs de droite et de gauche. Il se baissa et regarda sous la table en plastique, comme s'il s'attendait à ce que Scotland Yard surgisse de nulle part et l'arrête.

— On n'est jamais trop prudent.

Je me glissai dans l'alcôve avec lui.

— Vous devez être Brian.

— Annabel, c'est ça ? J'ai ça pour vous, dit-il en grattant un bouton sur son menton.

Il ouvrit légèrement son blouson de cuir et en sortit vivement une enveloppe de papier kraft, chuchotant d'un ton pressant :

— Vous êtes bien Annabel Lake, n'est-ce pas ?

— En fait…

— Vous avez des lentilles de couleur ?

Brian me regardait fixement.

— Non, c'est la couleur naturelle de mes yeux.

— Elle est trop cool.

Il me fourra l'enveloppe dans les mains.

— Désolé pour le retard. Chromatographie liquide. Le vieux Sharpe devient lent.

Je n'avais pas la moindre idée de ce qu'était la chromatographie liquide, mais cela avait l'air important.

— Bon, eh bien, je vais y aller, dit Brian, qui ne fit toutefois pas mine de bouger.

Il y eut un silence gêné. Soudain, l'idée me vint à l'esprit qu'il attendait peut-être que je le paie.

— Pete ne vous a pas… ?

— Oh, si, mais…

Il tripota à nouveau son bouton prêt à exploser.

— … en général, on me donne un pourboire.

Un pourboire ! Comme c'était gênant. Je ne pouvais décemment pas demander de la monnaie à Barbara. Je sortis le portefeuille en Nylon en lambeaux de la poche de mon jean et l'ouvris. Il ne contenait qu'un billet de dix livres ; j'allais devoir demander de la monnaie. En un éclair, Brian me le prit des mains et, après m'avoir remerciée d'un hochement de tête, il disparut derrière le rideau. Je restai là, tristement, le regard perdu dans le vague, dans la direction qu'il avait prise. J'étais censée faire durer ces dix livres jusqu'au vendredi.

Je regardai l'enveloppe pleine de tant de promesses. Je n'avais encore jamais éprouvé un tel désir de déchirer quelque chose et d'en dévorer le contenu. J'étais aux prises avec ma conscience. J'aurais vraiment dû la donner tout de suite à Annabel. Pourtant, l'information qu'elle contenait s'avérerait sûrement cruciale pour ma propre enquête. De plus, ne venais-je pas de payer dix livres pour ce privilège ?

L'enveloppe était cachetée mais, par chance, elle n'était pas inviolable. Quand j'étais enfant, Maman m'avait montré comment décacheter une enveloppe avec de la vapeur. Elle affirmait que les couples mariés ne devaient avoir aucun secret, et m'avait fait jurer de ne rien dire à mon père. Elle disait que ce n'étaient que des factures, et que savoir combien il devait lui permettrait d'être une épouse plus économe. En grandissant, j'avais compris que Maman utilisait en fait cette méthode pour prouver la liaison de Papa avec Pamela Dingles.

Barbara apparut à l'entrée de l'alcôve. Surprise, je sursautai et cachai l'enveloppe derrière mon dos.

— Ah, ça va mieux ! dit-elle en se tortillant et en rajustant sa petite culotte. Il faut toujours faire un tel effort pour aller aux toilettes… Attends d'avoir mon âge, et tu verras !

— Il faut que j'y aille, excusez-moi…

Je me faufilai pour passer à côté d'elle, ouvris la porte du couloir d'un mouvement brusque et disparus, renversant au passage le satané vélo rose de Barbara. Il tomba sur le sol dans un fracas retentissant.

Zut ! Pourquoi la vieille bonne femme s'acharnait-elle à le ranger à l'intérieur ? Un jour, quelqu'un se ferait vraiment mal.

— Vicky, c'est toi ? cria Annabel du palier de l'étage. Qu'est-ce que tu fais ?

Sa voix trahissait son affolement.

— Il faut *absolument* que tu attendes à l'accueil ! Brian va arriver d'une minute à l'autre.

À mon grand désarroi, elle commença à descendre l'escalier.

Je regardai frénétiquement autour de moi, cherchant un endroit où cacher l'enveloppe. Je n'avais pas l'intention de la voler. Je la lui empruntais seulement.

— Tu m'as dit de faire du thé !

Je glissai précipitamment l'enveloppe derrière le radiateur en fonte. Une douleur fulgurante me transperça la main. Le métal était brûlant.

Quelques secondes plus tard, Annabel s'arrêtait à la porte de l'accueil.

— Apporte-moi mon thé ici. Je vais attendre Brian. Au fait, j'ai posé les photos sur ton bureau… Tu es au courant qu'il faut me soumettre toute nouvelle idée, maintenant, n'est-ce pas ?

Je ne le savais pas. C'était un autre coup porté à mon amour-propre. De toute évidence, l'ascension d'Annabel dans la hiérarchie était bien plus fulgurante que je ne l'avais mesuré. Imaginer Annabel comme ma supérieure officielle m'était insupportable. Cependant, je trouvais un certain réconfort dans la pensée qu'elle n'avait pas la moindre idée de l'importance de ces photos, et je ne pus m'empêcher de faire une remarque.

— J'ai bien essayé de te dire que tu n'avais pas la bonne enveloppe.

— Tu devrais apprendre à parler plus fort.

Avec un mouvement brusque de la tête, elle me bouscula pour passer et ouvrit la porte qui donnait sur l'accueil.

De nouveau seule, je reportai mon attention sur le radiateur. D'une façon ou d'une autre, il fallait que j'arrive à sortir le rapport de là-derrière. J'essayai de glisser les doigts entre le mur et le radiateur, mais je ne parvins qu'à me brûler la main.

Il me fallait un objet long et fin. Je descendis quatre à quatre les marches qui conduisaient au sous-sol, trouvai un bâton qui servait à déboucher les canalisations, mis l'eau de la bouilloire à chauffer, et remontai à toute allure.

J'essayai de tirer l'enveloppe de sa cachette, mais tout ce que je réussis à faire, c'était la faire glisser encore plus bas. Exaspérée, je me mis à genoux et tentai de l'atteindre par le bas pour la faire remonter. C'était sans espoir, car la plinthe était dans l'alignement de la base du radiateur. Soudain, une pensée horrifiante me traversa l'esprit : l'enveloppe aurait pu constituer un risque d'incendie. Tout le bâtiment aurait pu brûler. J'aurais même pu être emprisonnée pour incendie criminel !

Étouffant un cri de frustration, je retournai d'un pas lourd au sous-sol pour préparer le thé. Dans les situations comme celles-là, le thé mettait toujours du baume au cœur.

J'attendais que l'eau bouille quand, soudain, j'eus une illumination. Le chauffage central n'était-il pas éteint, la nuit ? Il me suffirait de revenir plus tard. Si je pouvais déposer le rapport sur le bureau de Pete avant le lendemain matin, personne ne se soucierait vraisemblablement de savoir comment elle avait atterri là, si ?

Quelques minutes plus tard, je regagnai l'accueil avec deux tasses de thé. Annabel était assise dans l'un des fauteuils en similicuir, occupée à feuilleter un magazine sur les tracteurs.

— Toujours aucun signe de Brian ? demandai-je en lui tendant sa tasse avec un sourire compatissant. Quelle barbe !

Elle secoua la tête.

— Barbara ferme à 17 heures. Je présume qu'il lui est arrivé quelque chose…

— Ça fait partie du boulot, n'est-ce pas ? Peut-être qu'il a eu l'impression d'être suivi ?

— Pete va être furieux…

Annabel avait l'air inquiète.

— Il m'a demandé explicitement de me le procurer aujourd'hui.

— Tu as essayé de l'appeler ?

Elle secoua la tête.

— Nous n'avons que son numéro de portable.

— Les risques de la vie dans une vallée ! dis-je, me réjouissant de l'absence totale de réseau à Gipping. Ça ne fait rien. Quand Devon Satellite Bell aura trouvé un nouvel emplacement pour cet émetteur, notre vie sera bien plus simple.

— Ça n'entre pas en ligne de compte à l'heure actuelle, dit Annabel avec un sourire méprisant.

— Ça ne peut tout de même pas être si important que ça.

— Eh bien, en fait, si, Vicky.

Elle déglutit difficilement et examina ses ongles. De toute évidence, elle n'était pas disposée à en dire davantage.

— On croirait que c'est une question de vie ou de mort, dis-je avec désinvolture.

— Tu ne sais vraiment pas de quoi tu parles, répliqua sèchement Annabel.

Son ton condescendant me piqua au vif.

— Peut-être, dis-je, mais ne sommes-nous pas censés former une équipe ?

Annabel regarda le contenu de sa tasse de thé.

— Je ne peux pas boire ça. Il est trop fort.

Quelle ingrate ! Pour qui se prenait-elle ? Pourquoi aurais-je récupéré le rapport du médecin légiste uniquement pour sauver la peau d'Annabel ? Dieu sait que j'avais essayé de lui tendre un rameau d'olivier un nombre incalculable de fois, mais c'était terminé. Dorénavant, c'était chacune pour soi.

8

Il était près de 1 heure du matin quand je m'éclipsai enfin furtivement de Rumble Lane. Les petites habitudes de Mme Poultry étaient réglées comme du papier à musique. C'était une couche-tard, elle ne se mettait jamais au lit avant minuit.

Il était parfaitement inutile d'essayer de quitter la maison sans être vue tant que ma logeuse était réveillée. Elle avait l'ouïe fine et laissait la porte du salon entrebâillée. Cela lui permettait de bien voir le couloir et la cuisine. Un jour, j'avais fait l'erreur d'essayer d'aller discrètement dans la cuisine pour me préparer un petit en-cas nocturne, mais à peine mon orteil avait-il touché le linoléum à fleurs qu'une voix s'était élevée de nulle part : *Victoria ! Accès interdit.* Je détestais que l'on m'appelle par mon prénom complet. Cela me donnait toujours l'impression d'être une enfant qui avait fait une bêtise.

Plus tôt dans la soirée, quand nous nous étions croisées, sur le palier, j'avais timidement abordé le sujet de l'enterrement de sir Hugh. J'avais remarqué que beaucoup de gens y avaient assisté, prenant soin de l'observer attentivement pour voir à son expression si elle s'était bel et bien trouvée sous ce buisson.

Mme Poultry, suçotant lentement l'une de ses pastilles pour la toux préférées, m'avait regardée fixement, en silence. Puis elle avait tourné les talons et était entrée dans sa chambre sans un mot. J'avais commencé à croire que j'avais tout imaginé, jusqu'au moment où j'avais enfilé mes vêtements d'extérieur.

Il y avait un perroquet de l'époque édouardienne contre le mur, à droite de la porte d'entrée. Comme je cherchais mon écharpe, je tombai sur le chapeau cloche de Mme Poultry, accroché à l'une des patères. À ma plus grande joie, une minuscule épine était enfoncée sous le bord. C'était la preuve qu'elle s'était trouvée dans le cimetière, mais la raison restait un mystère sur lequel je décidai de me pencher ultérieurement.

Je sortis sans faire de bruit ; Papa m'avait montré comment tourner un verrou de sorte qu'il n'émette pas de déclic. Je pris la direction du bureau d'un bon pas. Des bancs de brume me tombèrent sur les épaules, emplissant l'air d'une lourdeur oppressante, et, tout aussi soudainement, ils se dissipèrent pour révéler une nuit froide et étoilée et une demi-lune.

Je frissonnai et remontai mon écharpe en laine autour de mon visage pour me tenir chaud, contente d'être à Gipping au XXIe siècle et non à Londres en 1888. Ce temps étrange et angoissant aurait constitué une toile de fond propice aux folies meurtrières de Jack l'Éventreur.

Curieusement, je n'avais pas peur du noir. J'aimais le calme de la nuit, qui me donnait l'impression d'être la seule personne éveillée dans le monde entier. Je n'éprouvais aucune peur quand je pris le raccourci qui passait devant les ruines du château de Gipping pour emprunter les ruelles étroites.

Je ne tardai pas à arriver devant la *Gazette*. Le bâtiment de trois étages qui se dressait devant moi, menaçant, paraissait beaucoup plus grand dans l'obscurité. La Grand-Rue avait beau être déserte, la voix de Papa résonnait dans ma tête : *Le succès d'une entrée par effraction inaperçue réside dans l'aptitude à faire comme si on avait tous les droits de se trouver là où on est.* C'était la raison principale pour laquelle j'avais pris soin de choisir une écharpe aux couleurs vives, violette et verte à rayures, avec ma saharienne et mon jean, au lieu de m'habiller tout en noir – avec une cagoule noire en tricot –, comme les cambrioleurs aimaient à le faire. Si l'on me repérait, je dirais que je faisais simplement quelques recherches nocturnes.

La porte d'entrée était fermée à clé et verrouillée. Barbara faisait toujours preuve d'un excès de zèle quand il s'agissait de la sécurité. J'empruntai la petite rue pavée qui longeait le bâtiment jusqu'à l'arrière, qui donnait sur une ruelle étroite.

Cette entrée, rarement utilisée, était constituée d'un vieux portail en bois, qui sortait à moitié de ses gonds, encastré dans un mur en ardoise d'un mètre vingt. J'allais devoir sauter par-dessus. Je fis quelques pas en arrière, et effectuai un rouleau ventral assez impressionnant, effleurant à peine le portail. Quel couple parfait Dave et moi formerions ! Nous pourrions faire du saut de haies ensemble.

Ayant franchi le mur sans encombre, je me retrouvai face à d'immenses piles de journaux détrempés, jetés par la porte du sous-sol pendant des décennies et laissés là à moisir.

J'évaluais rapidement la tâche à accomplir, passant mentalement en revue la liste de Papa :

1. jauger la situation ;
2. chercher les risques ;
3. procéder avec prudence.

Au-dessus de la porte du sous-sol, à environ un mètre vingt sur la droite, se trouvait une alarme rouillée. Pete avait renoncé à convaincre Wilf de se procurer un système de sécurité à la pointe de la technologie. Il disait que c'était une dépense inutile.

Comme de nombreux propriétaires, il croyait stupidement que la seule vue d'une sonnette d'alarme ou d'un panneau sur lequel il était écrit *Attention, chien méchant !*

était un moyen de dissuasion efficace. Papa et moi riions toujours de cela, mais dans le cas présent, je ne pouvais pas me permettre de prendre le moindre risque.

Bien évidemment, il n'y avait pas d'échelle sur laquelle grimper pour examiner l'alarme de plus près. Me rappelant que tout obstacle forgeait le caractère, je jetai un coup d'œil autour de moi en quête d'une autre solution et, littéralement cinq secondes plus tard, j'eus une idée brillante.

Je commençai à empiler les vieux journaux contre le mur, sous l'alarme. C'était drôlement difficile car ils étaient détrempés et lourds. La plupart étaient tout ramollis et se désagrégeaient, mais je continuai quand même.

Après avoir passé dix minutes à soulever ces lourdes charges, je mourais de chaud, et je dus retirer mon écharpe et mes gants assortis, que je pliai avec soin et mis de côté.

Une demi-heure de travail éreintant plus tard, la pile de journaux était presque aussi grande que moi. Drôlement contente, je reculai pour admirer mon œuvre. Certes, elle penchait horriblement vers la gauche, mais il faudrait bien que cela fasse l'affaire.

J'étais complètement épuisée. Comme je passais une main sur mon front, je m'aperçus que je suais à grosses gouttes.

Il était temps de mettre le fruit de mes efforts à l'épreuve. Prenant de nouveau l'élan d'un coureur de haies, je reculai de plusieurs pas, sprintai sur quelques mètres, puis me lançai dans l'ascension avec entrain.

Pendant environ une minute, je me tins en haut de la pile, essoufflée mais triomphante. Puis, à mon grand dam, la pile commença lentement à ployer sous mon poids. Je cherchai désespérément une prise mais me retrouvai aussitôt projetée tête la première contre le mur de brique.

Mes bras étaient grands ouverts comme ceux de Jésus sur la croix, mes jambes, écartées, tremblant sous l'effort que je faisais pour ne pas tomber. Le sol n'était qu'à quelques mètres au-dessous, mais il aurait aussi bien pu être à cinquante mètres. J'étais coincée – mais, hélas, je ne le restai pas longtemps. Avec une secousse écœurante, la tour bancale s'effondra, je tombai sur le côté et fus catapultée sur la porte du sous-sol. Elle s'ouvrit brusquement au moment de l'impact.

Je culbutai, cul par-dessus tête, sur le sol carrelé collant, et je restai assise là, tout étourdie, me préparant psychologiquement au hurlement de l'alarme. Je ne m'étais jamais sentie aussi proche de Papa auparavant. D'une certaine façon, savoir qu'il avait dû connaître des moments comme celui-là me donnait le courage de ne pas céder à la panique. Le sous-sol sentait le moisi et l'humidité, mais il avait quelque chose de familier qui était réconfortant.

Il n'y avait pas un bruit. Le silence était total. Je comptai jusqu'à cent et me relevai, ignorant la douleur lancinante causée par ma chute qui me transperçait le coude. *Mon Dieu !* J'avais réussi !

Je pris une lampe de poche dans la kitchenette – que nous gardions à portée de main pour les pannes de courant régulières – et montai l'escalier qui donnait sur le couloir intérieur. Il faisait froid, ce qui signifiait que le radiateur serait froid aussi. Récupérer le rapport du médecin légiste serait un jeu d'enfant.

La lueur de la lune filtrait à travers le puits de lumière, au-dessus de ma tête, ce qui me permit de voir ce que je faisais. Abandonnant la lampe de poche, je plongeai la main derrière le radiateur, mais ne parvins à toucher l'enveloppe que du bout des doigts. Elle restait hors de ma portée.

Je retournai dans la cuisine, pris un couteau dans le tiroir et m'empressai de remonter. Je plantai avec précaution la pointe du couteau dans l'enveloppe et la fis glisser lentement vers le haut.

Dès que je vis le haut de l'enveloppe, je la saisis et tirai vivement dessus.

Elle se déchira et sortit de là légèrement roussie et arrachée. *Zut !* Mon cœur sombra. J'avais été trop pressée, terriblement négligente. Elle avait dû se prendre dans une vis desserrée ou dans un morceau de métal. Je ne pouvais vraiment plus la poser sur le bureau de Pete comme si de rien n'était, maintenant. Je pourrais m'estimer heureuse si j'arrivais moi-même à lire le rapport.

Soudain, j'entendis une latte du plancher craquer derrière moi et m'immobilisai. Mon cœur se mit à marteler ma poitrine. Il y avait quelqu'un dans le bâtiment. Lentement, je me tournai vers la porte close de l'accueil ; un rai de lumière passait sous la porte – signe de la présence d'un intrus.

Je me précipitai à l'étage sur la pointe des pieds, entrai furtivement dans la salle des journalistes, qui n'était jamais fermée à clé. Il devait bien y avoir un endroit où je pourrais me cacher. Le bureau ministre d'Annabel était idéal. Il était collé contre une vieille cheminée qui m'offrait une petite niche pratique dans laquelle me recroqueviller.

Quelques instants plus tard, la porte s'ouvrit et des pas lourds suivirent le faisceau lumineux d'une lampe de poche. J'avais l'estomac noué. Tout ce à quoi j'arrivais à penser, c'était au fait que je n'aurais jamais dû boire cette dernière tasse de thé. La nervosité me donnait désespérément envie d'aller aux toilettes.

Les pas s'approchèrent du bureau d'Annabel, puis se détournèrent et s'arrêtèrent devant le mien. Je ne voyais que de coûteuses chaussures de cuir noires qui dépassaient sous un long imperméable noir. Ce n'était pas un habitant du coin, vêtu d'un pantalon en velours côtelé et chaussé de Dr. Martens.

Je me tortillai pour mieux voir et fus surprise de reconnaître Pierce Brosnan. Vu de près, il ressemblait vraiment à James Bond – et il avait un petit quelque chose d'un parrain de la Mafia italienne.

Toujours recroquevillée dans ma cachette, je le vis enfiler des gants en latex et se mettre à fouiller méthodiquement mon bureau – en vrai professionnel ! Avec une pointe d'excitation, je me rendis compte qu'il devait chercher le rapport du médecin légiste. Pierce Brosnan devait être le meurtrier de Trewallyn ! Il était bien décidé à détruire les preuves, et rien ne pourrait l'en empêcher.

Je serrai l'enveloppe déchirée et froissée plus étroitement contre ma poitrine, consciente qu'il n'hésiterait pas à me tuer aussi s'il savait qu'elle était en ma possession. Il fallait que je reste en vie, d'une façon ou d'une autre, pour pouvoir dire la vérité au monde entier : LA MAÎTRESSE D'UN MAFIEUX AU CŒUR D'UNE INTRIGUE POLICIÈRE : UNE EXCLUSIVITÉ DE VICKY HILL !

Fascinée, je regardai Pierce Brosnan feuilleter mon carnet de journaliste. Je crus mourir quand je le vis recopier une information qu'il y avait glanée. En dehors de la liste des personnes présentes aux obsèques, je ne voyais pas ce qui pouvait l'intéresser – à part mon adresse.

Pourquoi voudrait-il savoir où j'habitais ? Une pensée plus horrible encore me traversa l'esprit : et s'il ne s'agissait pas du tout de la famille Trewallyn ? Et si – j'osais à peine y songer – tout cela avait un rapport avec *mon père* ?!

Toutes mes théories furent interrompues quand Pierce Brosnan trouva l'enveloppe contenant les photos de Dave et qu'il les en sortit. Il les examina minutieusement, l'une et l'autre, à la lumière de sa lampe de poche, puis il les glissa dans la poche intérieure de son imperméable. J'étais stupéfaite. Pourquoi pouvait-il bien vouloir les photos de Dave ?

Je repensai au départ précipité de Dave à l'évocation de la Porsche ; il était évident qu'il y avait un lien entre les deux hommes. Se pouvait-il que lady Trewallyn ait *déjà* pris un nouvel amant ? Ce devait être une nymphomane éhontée – le pauvre sir Hugh venait à peine d'être inhumé –, et c'était sans parler de l'égoïsme dont elle faisait preuve en s'appropriant ce qui semblait être le seul beau parti de Gipping.

Soudain, Pierce Brosnan s'immobilisa. J'avais vu un renard faire la même chose, un jour, les oreilles dressées, flairant le danger.

Je me ratatinai sous le bureau, me faisant le plus petite possible, et je ne tardai pas à lâcher l'enveloppe. J'étais dans un tel état de sensibilité exacerbée que j'aurais aussi bien pu lâcher une bombe atomique.

Pierce Brosnan braqua la lampe de poche dans ma direction. Je fermai les yeux, espérant de façon puérile que s'ils étaient fermés, je ne pourrais pas le voir et qu'il ne pourrait donc pas me voir non plus. Il fit un pas vers moi, dirigeant le faisceau lumineux sur mon visage. J'étais sous le feu des projecteurs. J'avais mal aux mâchoires tant je serrais les dents. D'un moment à l'autre, il me traînerait hors de ma cachette en me tirant par les cheveux.

Je pris une courte inspiration pour ne pas tomber dans les pommes et me mis à prier Dieu en silence, espérant que les changements de comportement que je proposais m'attireraient Sa clémence. Je jurai de ne pas lire le rapport du médecin légiste car, au fond, je savais qu'il ne m'appartenait pas de le faire. Je jurai d'être plus gentille avec Annabel, parce que des études indiquaient que les bourreaux de travail avaient généralement des parents durs et insensibles. Je paierais un verre à Topaz, parce qu'elle se sentait seule et que ce serait gentil de ma part. Enfin, plus grand sacrifice de tous, je me contenterais de rester vierge toute ma vie, et même d'entrer au couvent, si nécessaire. Résignée, consciente que j'avais fait tout ce qui était en mon pouvoir, je restai là à attendre de voir si mes prières seraient entendues, espérant seulement que ma mort serait rapide.

À mon grand étonnement, mon agresseur potentiel éteignit soudain la lampe de poche, tourna les talons, et quitta la pièce. J'écoutai ses pas descendre l'escalier et s'éloigner, puis le silence se fit à nouveau. Sa réaction était tellement inattendue qu'il me fallut un moment pour prendre pleinement conscience que j'étais tirée d'affaire.

Extraordinaire ! Il y avait donc du vrai dans toutes ces histoires de religion, après tout.

Alors que je sortais en rampant de ma cachette, je me demandai s'il se pouvait que Pierce Brosnan soit toujours dans le bâtiment. Je supposais qu'il avait trouvé ce qu'il cherchait, mais peut-être cherchait-il simplement à me donner un sentiment de sécurité trompeur ? Cependant, je pouvais difficilement rester là toute la nuit sans être obligée d'admettre que j'étais entrée par effraction.

Je me relevai avec raideur et redressai les épaules. *Courage, Vicky !* Qu'étais-je censée faire ? D'abord, je devais aller aux toilettes.

Heureusement, mon agresseur potentiel n'était pas sur le palier, comme je l'avais redouté. Je descendis à pas de loup et me faufilai dans les minuscules toilettes, à côté de la porte qui donnait sur l'escalier descendant au sous-sol. Il n'était pas là non plus. Il était parti.

Après être allée aux toilettes, je me sentais considérablement mieux, et je me demandai dans quelle mesure mon anxiété avait contribué à mon envie de faire pipi. C'est difficile de se concentrer sur quoi que ce soit quand on a besoin d'aller aux toilettes. Tandis que je me lavais les mains, j'aperçus mon reflet dans le miroir au-dessus du lavabo et j'en eus le souffle coupé. J'étais stupéfaite ! Le visage qui me rendait mon regard était noirci d'encre d'imprimerie. J'avais dû m'en mettre sur les mains en empilant les journaux.

Manifestement, j'avais inconsciemment un certain instinct de survie. Mon assurance monta en flèche. J'avais un talent inné pour l'espionnage. C'était dans mes gènes ! Pierce Brosnan ne m'avait pas vue du tout.

Un dilemme m'apparut. J'avais passé un accord avec Dieu dans un moment d'égarement. Le fait que j'aie, sans le vouloir, été camouflée pendant tout ce temps n'annulait-il pas notre arrangement ? En tout cas, Dieu ne voyait-il pas tout et n'était-il pas omniscient ? À n'en pas douter, mon comportement L'aurait beaucoup amusé, et Il aurait pris mes serments tels que je les avais faits – par plaisanterie. Il ne croyait tout de même pas que j'étais sérieuse à propos de la virginité et du couvent ?

Comme je retournai à mon bureau, mon euphorie s'évanouit. Mon carnet de journaliste était ouvert, mettant en évidence le petit cœur que j'avais gribouillé et les mots *Dave Randall est CANON, et je sais de quoi je parle* que j'avais écrits au feutre violet. L'adresse de Dave était commodément – et puérilement – notée à côté : *Cricket Lodge, Old Road, Haut-Gipping, Devon, Grande-Bretagne, Monde, Galaxie, Univers, Système Solaire*.

Étant donné que Pierce Brosnan avait volé les photos de Dave, on pouvait en toute logique supposer que c'était l'adresse de Dave qu'il avait griffonnée et non la mienne. J'avais, involontairement, signé l'arrêt de mort de Dave.

Je n'aurais pas voulu paraître sans cœur, mais je ne pouvais pas faire grand-chose pour Dave à ce moment précis. Le Cricket Lodge se trouvait au moins à cinq kilomètres de marche du bureau, et comme il n'y avait pas de réseau, l'appeler sur son téléphone portable n'aurait servi à rien.

Je m'assis sur ma chaise et allumai ma lampe de bureau. L'abat-jour vert projetait une lueur glauque sur les documents abîmés. La bonne nouvelle, c'était que seule la première page était légèrement brûlée. La mauvaise nouvelle, c'était que je ne comprenais pas le jargon juridique ni les phrases ampoulées et incompréhensibles. Le rapport aurait aussi bien pu être rédigé en russe. Je le parcourus, cherchant quelque chose de vaguement déchiffrable.

À mi-page de la troisième feuille, une expression familière me sauta aux yeux : *Chromatographie en phase gazeuse – Spectroscopie de masse*, ou CPG-SM. C'était cette analyse-*là* que le vieux Sharpe attendait. Cela devait être important.

J'allumai mon vieil ordinateur et entrai mon mot de passe. J'avais hâte d'être une journaliste chevronnée et de recevoir un ordinateur portable tape à l'œil surpuissant. Même Annabel n'en avait pas un.

Google décrivait la CPG-SM comme « une technique séparative permettant d'identifier formellement un stupéfiant, un poison ou une substance similaire ».

Je reportai mon attention sur le rapport du médecin légiste et repris ma lecture. *Traces de* Digitalis purpurea *retrouvées dans l'estomac de la victime. Cause probable de la mort : empoisonnement à la digitale.*

Du poison ! D'après le rapport, lady Trewallyn avait découvert le corps de son mari cinq minutes avant minuit, étendu au milieu d'une haie d'ifs, sur la propriété. Il n'était pas étonnant que Pete et Annabel aient cherché à mettre la main là-dessus avant l'entretien nécrologique du lendemain. Cela leur aurait permis d'être en position de force pour poser des questions incriminantes.

J'imaginais lady Trewallyn en train de préparer la décoction mortelle et de la glisser dans le verre de cognac ou de lait que sir Hugh prenait avant d'aller se coucher. Il l'aurait regardée avec des yeux remplis d'amour et de confiance, sans se douter qu'elle avait l'intention de mettre la main sur ses millions depuis le jour où ils s'étaient rencontrés. Elle l'aurait embrassé pour lui dire bonne nuit, lissant avec douceur ses cheveux en arrière – s'il avait des cheveux, je n'avais personnellement jamais rencontré sir Hugh – puis elle se serait tapie quelque part, à l'abri des regards mais à portée de voix. Il serait resté dans la bibliothèque, songeant à la chance qu'il avait d'avoir une jeune épouse aussi attentionnée.

Un peu plus tard, il y aurait eu un cri de douleur, suivi du bruit d'un corps tombant sur le sol. Lady Trewallyn se serait empressée d'aller auprès de lui vérifier qu'il était raide mort. De derrière les rideaux, son complice – et amant –, Pierce Brosnan, aurait alors apparu.

Les deux meurtriers impitoyables auraient tiré l'homme hors de la maison, en pleine nuit, et ils auraient disposé son corps de manière artistique dans la haie d'ifs. On aurait eu l'impression que sir Hugh était sorti seul pour faire du saut de haies. Il aurait semblé avoir mal évalué un saut et être tombé en avant, bouche bée d'étonnement. Alors que les branches d'ifs auraient amorti sa chute, il aurait accidentellement avalé une brindille de baies d'ifs écarlates, dont tout le monde savait qu'elles étaient toxiques.

Toutefois, j'étais perplexe. Grâce à la leçon de Dave sur les mérites de l'if commun, je savais que le *Taxus baccata* n'était pas la *Digitalis purpurea.*

En cherchant la *Digitalis purpurea* sur Google, je fus encore plus déconcertée de découvrir que c'était la digitale pourpre commune qui, quand elle était ingérée, pouvait provoquer « des contractions irrégulières du cœur entraînant un arrêt cardiaque et finalement la mort ». L'article continuait joyeusement : « Cela a donc valu à la digitale pourpre plusieurs noms sinistres, notamment ceux de *clochettes-du-mort* et de *gants-de-sorcière.* »

Vraisemblablement, Dave était sorti pour faire un peu de saut de haies nocturne et il avait été témoin de l'élimination du corps, d'où la frayeur que lui inspirait l'homme à la Porsche noire.

Contente de mes découvertes, je ne pouvais m'empêcher d'éprouver une certaine fierté. Ces meurtres étaient assez simples à élucider pour quelqu'un de logique.

Alors que j'éteignais mon ordinateur et que je remettais le rapport dans l'enveloppe, je remarquai quelque chose qui me glaça jusqu'à la moelle.

Au dos de la dernière page, sous l'intitulé *Observations diverses*, il était écrit ceci : « La bouche du défunt contenait six pattes de poulets, avec les doigts, les griffes et les plumes, attachées par un cordon de soie noir, et placées *post mortem.* »

J'eus chaud et froid à la fois. Il ne fallait pas être un génie pour comprendre qu'il y avait un lien entre ces membres et les trois corps que Ronnie avait trouvés à la décharge.

Glissant le rapport du médecin légiste dans la veste de ma saharienne, je me demandai si je m'étais trompée au sujet d'Annabel. Peut-être n'avait-elle pas payé Ronnie pour le faire taire ; peut-être que quelqu'un d'autre s'en était chargé. Et si Ronnie avait essayé de nous avertir de choses diaboliques qui se passaient à Gipping et que nous l'avions discrédité ? Lady Trewallyn flirtait-elle avec les sciences occultes ?

Des forces maléfiques étaient à l'œuvre à Gipping, et il m'incombait, pour les habitants de la ville, de les révéler toutes.

9

L'adrénaline déferla en moi comme je descendais précipitamment l'escalier qui conduisait au sous-sol. Pour la première fois, je ne me réjouissais pas à l'idée de faire le trajet à pied toute seule dans les ruelles sombres pour rentrer à la maison.

Aurais-je dû avoir une conversation avec Whittler ? Je doutais cependant de son empressement à se mêler d'affaires concernant le diable. Plus je pensais aux brèves conversations que j'avais eues avec lui au cours des quelques derniers mois, plus je me demandais s'il se souciait vraiment de la question du bien et du mal. Whittler était probablement l'un de ces pasteurs des bons jours. Du moment que tout se passait bien et que les gens mouraient de causes naturelles, il était le meilleur ami de tout le monde ; mais vous faisiez simplement allusion aux forces des ténèbres, et il n'y avait plus personne.

Dans la kitchenette du sous-sol, je fus surprise de constater que la porte de dehors était fermée. J'aurais juré l'avoir laissée entrebâillée. Pierce Brosnan avait dû sortir par là. Dès que j'ouvris la porte, je faillis faire une crise cardiaque.

Un bruit métallique fracassant s'éleva des profondeurs du bâtiment. L'alarme fonctionnait, après tout ! La sonnerie se prolongeait, et elle paraissait de plus en plus forte.

Quelle erreur stupide ! Heureusement que Papa n'était pas là pour être témoin de mon impair. De toute évidence, Pierce Brosnan avait désactivé l'alarme *avant* mon arrivée, et il l'avait réactivée en partant.

La sonnerie stridente continuait. Mon cœur battait si vite que je craignais de devenir hystérique si je ne passais pas à l'action. Cinq minutes plus tard, la police serait là. Je courus au-dehors, ramassai une poignée de cailloux, et les lançai au hasard sur la sonnette. La plupart tapèrent dans le mille, mais cela ne changea absolument rien.

Regagnant le sous-sol, je saisis un balai à franges au long manche en bois et ressortis en courant. J'enfonçai ma perche, franges vers le haut – pour assourdir le bruit – dans la sonnette d'alarme, priant pour qu'elle s'enraye. La sonnette frissonna vaillamment, puis rendit l'âme tout à fait avec un *Pfiout !* pitoyable. Le balai resta coincé là, preuve accablante de ma culpabilité. *Zut !* Je ne pouvais pas l'atteindre, et ma tour de journaux était effondrée depuis longtemps. J'allais devoir le laisser là.

Je quittai la ruelle à toute allure, m'engageai dans la Grand-Rue, et m'arrêtai net. *Zut !* J'avais oublié mon écharpe et mes gants à la porte du sous-sol. Ils n'étaient pas exactement ordinaires, en plus, puisqu'ils étaient violet vif et vert fluo à rayures. Tant que j'y étais, j'aurais aussi bien pu laisser une carte de visite. Comment pouvais-je oser me prendre pour la digne fille de mon père ?

Comme paralysée, je me tenais devant La Bouilloire de cuivre quand une voiture de police, sirène beuglant à plein volume, gyrophare lançant des éclairs bleus et rouges, remonta la Grand-Rue en trombe dans ma direction. Bon sang ! Les flics étaient efficaces, ce soir. Il ne s'était guère écoulé plus de deux minutes depuis que l'alarme s'était déclenchée.

Soudain, des mains m'empoignèrent par les épaules. Je me débattis pour me libérer, mais on me plaqua fermement une main sur le nez et la bouche.

— Vite… Par ici ! cria Topaz en me tirant en arrière pour me faire passer la porte du salon de thé.

Avec une force surprenante, elle me poussa par terre sur le ventre, et se jeta sur moi.

Le souffle coupé, j'avalai l'air par bouffées, totalement décontenancée par la tournure des événements et par l'apparition de ma sauveteuse inattendue.

— Ne bougez pas, dit Topaz.

Je me retins de lui faire remarquer que je ne pouvais pas bouger. Elle était lourde. Son souffle était chaud sur ma nuque, et son corps s'enfonçait dans mon dos.

— On va attendre que la voie soit libre, me chuchota-t-elle à l'oreille.

Heureusement, Topaz ne pouvait pas voir mon expression horrifiée. Qu'avait-elle vu, au juste, et pourquoi était-elle venue à la rescousse ?

— Je ne peux plus respirer, Topaz, dis-je dans un gémissement, essayant de la faire basculer pour me dégager. S'il vous plaît !

— J'ai une idée, dit-elle, roulant sur le côté et se mettant à genoux. Suivez-moi, mais restez au ras du sol !

Elle avança à quatre pattes, comme un léopard, jusque sous la fenêtre au-dessus de la table à laquelle je m'étais assise quelques heures plus tôt.

— On a une bonne visibilité, d'ici.

Je la suivis diligemment, remarquai qu'elle portait sa charlotte et me demandai si elle dormait avec.

Nous nous agenouillâmes toutes les deux sous la fenêtre, jetâmes un coup d'œil par-dessus le rebord et vîmes une autre voiture s'arrêter dans un crissement de pneus. Deux autres flics en bondirent et se ruèrent vers la *Gazette* comme si c'était une banque qui avait été cambriolée. J'avais le ventre noué. Ils allaient trouver le balai à franges – couvert de mes empreintes digitales –, mon écharpe et mes gants. J'étais cuite, je n'aurais plus qu'à me rendre.

Médusées, nous vîmes les lumières s'allumer l'une après l'autre aux fenêtres de la *Gazette*. La police passait le bâtiment au peigne fin, méthodiquement. Topaz tourna la tête vers moi et me regarda droit dans les yeux.

— Qu'est-ce qui s'est passé, à votre avis ?

Ne le savait-elle vraiment pas, ou me mettait-elle à l'épreuve ?

Papa soutenait toujours qu'il valait mieux rester le plus près possible de la vérité quand on mentait. Je haussai les épaules évasivement.

— Ça m'a tout l'air d'être un cambriolage.

— C'est ce que je me suis dit.

Topaz marqua une pause, puis elle ajouta d'un air sombre :

— Je l'ai vu, vous savez.

— Qui ?

Une horrible boule se forma dans ma gorge.

— L'Américain.

— *L'Américain ?*

J'étais sidérée ! Pierce Brosnan était *un étranger* ?

Je m'efforçai de garder mon calme.

— Est-ce que c'est l'un de vos habitués ?

— Oh, *non* ! Ce n'est pas un client, dit-elle d'un ton mystérieux. Certainement pas.

— Qui est-ce, alors ?

Je parvenais à peine à dissimuler ma curiosité. Comme c'était bizarre et commode que l'identité de l'homme que je voulais justement connaître soit sur le point de m'être révélée innocemment par une serveuse !

Topaz hocha la tête.

— Je sais qui c'est, ça, c'est sûr.

La patience commençait à me manquer.

— Eh bien, *qui est-ce* ? demandai-je avec insistance. Pourquoi voudrait-il entrer par effraction dans les bureaux de la *Gazette* ?

— Pourquoi les gens font-ils ce qu'ils font ?

Elle tourna à nouveau le visage vers moi pour me regarder intensément. Jusque-là, je n'avais pas remarqué à quel point ses yeux d'un vert profond rappelaient ceux de Kaa, le serpent du *Livre de la jungle* de Walt Disney.

— Topaz…

— Ce qui est drôle, continua-t-elle d'un air pensif, c'est que je croyais que vous étiez là-bas aussi. Un rendez-vous galant de minuit entre deux amants, peut-être ?

— Vous plaisantez…

Je m'apprêtais à ajouter que Pierce Brosnan devait avoir quarante ans quand trois policiers surgirent de la ruelle.

— Chouette ! s'écria Topaz d'une voix aiguë. Ils ont trouvé quelque chose.

J'avais envie de vomir. Un jeune policier fermait la marche, brandissant le balai à franges dans les airs comme s'il s'agissait du saint Graal. Ses collègues s'assemblèrent autour de lui pour le féliciter et lui donner de grandes tapes chaleureuses dans le dos. Je m'efforçai de rester calme. S'ils relevaient mes empreintes digitales, je pourrais sûrement leur expliquer comment elles s'étaient retrouvées là – après tout, je travaillais à la *Gazette*. En revanche, mon écharpe et mes gants étaient une autre histoire. Les avaient-ils trouvés aussi ?

Après avoir rencontré quelques difficultés initiales, les flics réussirent à attacher la preuve incriminante sur la galerie de toit de l'un des véhicules à l'aide de ficelle agricole orange. Ils s'engouffrèrent dans leurs voitures respectives et démarrèrent en trombe.

— C'est incroyablement excitant ! s'exclama Topaz en se relevant. Ils vont sûrement interroger tous les habitants du quartier demain matin.

Mon cauchemar ne s'arrêterait-il donc jamais ?

— Ça alors ! Il est tard… Il faut vraiment que j'y aille.

Je me relevai et me dirigeai vers la porte.

Topaz s'élança comme une flèche et me devança.

— Vicky, vous ne m'avez toujours pas dit ce que *vous* faisiez là-bas en pleine nuit.

Elle s'adossa à la porte, couvrant la poignée de son corps.

J'étais très inquiète. Le salon de thé n'était plus un refuge accueillant. Topaz était très légèrement vêtue, elle portait une courte robe de nuit en coton, mal assortie à sa charlotte. Aussitôt, mes yeux se posèrent sur le médaillon victorien qu'elle avait autour du cou. Suivant mon regard, Topaz gonfla la poitrine d'un air de défi. Je me sentis rougir et m'empressai de détourner les yeux. Elle n'avait tout de même pas cru que je regardais *ses seins* ?

— S'il vous plaît, dites-le-moi… *S'il vous plaît*, dit-elle d'un ton ingénu.

Me rappelant un autre des dictons favoris de Papa, *Veillez sur vos amis, mais veillez d'encore plus près sur vos ennemis*, je me forçai de rester calme.

— Topaz, vous et moi sommes des âmes sœurs… commençai-je.

Je pris soin de croiser les doigts derrière mon dos. Je ne mentais pas réellement.

— Je souffre d'insomnies, en ce moment. Mon cerveau travaille constamment à des articles, à trouver de nouvelles idées. Vous savez ce que c'est ?

L'expression de Topaz resta indéchiffrable. Elle ne dit pas un mot, se contentant de rester là, les mains sur les hanches. Je continuai à discourir.

— Je n'arrivais pas à dormir, alors j'ai décidé d'aller au bureau pour travailler plutôt que de déranger ma logeuse. Et devinez quoi ? J'étais à peine arrivée à la porte *d'entrée* que l'alarme s'est déclenchée, et…

— Vous avez pris peur, dit Topaz, dont la déception était évidente.

— Exactement ! répondis-je, soulagée. J'ai eu une peur bleue, à vrai dire. C'est à ce moment-là que vous êtes sortie, et… vous connaissez la suite. Il faut que j'y aille. Je suis épuisée.

Topaz hocha lentement la tête.

— Alors, voyons… Quand la police m'interrogera, est-ce que je devrai dire que je vous ai vue, ou pas ?

— Pardon ?

J'étais perplexe. Qu'est-ce qui clochait chez cette fille, était-elle stupide ? Elle avait un drôle d'air, qui ne me plaisait pas du tout.

— Bien sûr que vous m'avez vue. Pourquoi mentir ? m'étonnai-je, les yeux écarquillés d'un air innocent.

— C'est ce que vous voulez que je dise ? insista Topaz. Vous le voulez vraiment, *vraiment* ?

— Pourquoi pas ?

Je n'en étais plus si sûre, maintenant. Topaz était une étrange créature. Que faisait-elle debout, si tard dans la nuit, à espionner les gens qui ne se doutaient de rien ? Cherchait-elle matière à faire chanter quelqu'un ?

Avec un soupir, elle ouvrit la porte d'entrée du salon de thé, puis elle sortit et regarda d'un côté et de l'autre dans la Grand-Rue.

— La voie est libre. Chacun est rentré chez soi.

— C'est exactement ce que je vais faire aussi.

Elle s'empressa de me poser une main sur le bras et se pencha vers moi. L'espace d'un instant, je songeai avec horreur qu'elle allait essayer de m'embrasser.

— J'ai hâte d'aller boire ce verre avec vous, demain. Oh ! c'est déjà demain.

— Moi aussi, répondis-je, pressée de partir et regrettant d'avoir accepté son invitation.

Enfin, je pris la direction de chez moi. La nuit avait été extraordinaire, quoique perturbante. Et si Pete découvrait que j'avais subtilisé le rapport du médecin légiste et qu'il me renvoyait ? Pire encore : et si j'étais arrêtée pour être entrée par effraction dans le bâtiment ? *Oh, mon Dieu !* Les conséquences auraient pu être considérables.

Quand mes parents s'étaient enfuis en Espagne, j'avais reçu l'ordre formel de ne jamais les contacter, au cas où Interpol aurait localisé l'appel. Si la police m'interrogeait, on ne tarderait pas à découvrir la vérité – sauf si je disais que j'étais orpheline. Personne ne connaissait ma famille, ici, dans le Devon. Prétendre être une orpheline, seule au monde, n'était pas une si mauvaise idée. Évidemment, il faudrait que je trouve un moyen de faire mourir mes parents ; un accident de voiture ferait l'affaire. Je n'étais pas superstitieuse. Naturellement, cela serait arrivé des années plus tôt – dans un pays lointain, comme l'Afrique, pour que la police ne puisse pas le vérifier.

Cela étant décidé, je reportai mon attention sur les révélations de la nuit. Topaz savait qui était Pierce Brosnan. Peut-être avait-elle des informations de première main sur la nature de la relation qu'il avait avec lady Trewallyn. Ou, mieux encore, peut-être savait-elle pourquoi il s'intéressait à ce point à Dave Randall et à ses photos. C'était probablement une bonne idée de maintenir notre rendez-vous pour aller boire un verre. L'alcool levait les inhibitions. Je pourrais la faire parler avec du sherry bon marché – elle avait l'air d'être du genre à aimer cela – mais je me demandais si je pouvais lui faire confiance. Qui était Topaz Potter, et comment se faisait-il qu'elle en sache autant ? Pourquoi s'intéressait-elle à ce point à mon Américain ?

Je jetai un coup d'œil à ma montre et m'aperçus qu'il était près de trois heures et demie du matin. Cependant, comme Christiane Amanpour, je ne cédais jamais à la fatigue. Il fallait avoir de l'étoffe pour être journaliste d'investigation.

J'étais sur le point de faire une grande découverte, et je commençais même à attendre avec impatience ma soirée avec Topaz ; mais d'abord, une autre journée chargée à la *Gazette* m'attendait. J'étais prête.

10

Je m'attendais à ce que la police passe à la *Gazette* le lendemain matin, mais j'eus quand même l'estomac noué en voyant la voiture pie au gyrophare bleu garée devant le bâtiment. Une foule de passants curieux s'était déjà assemblée dans la Grand-Rue. C'était vraiment typique des flics de faire une montagne d'une taupinière ; à moins que Topaz n'ait déjà parlé et qu'ils se soient rendu compte qu'ils avaient sur les bras un véritable crime – une effraction. La pancarte sur la porte de La Bouilloire de cuivre indiquait que l'établissement était fermé.

Je serrai les dents et, me faisant bousculer au passage, me frayai un chemin à travers la foule jusqu'à l'entrée de la *Gazette*, où Barbara, pâle et anxieuse, tenait la porte entrebâillée. J'espérais simplement que, si j'étais arrêtée et conduite au poste, les flics auraient pitié de moi et me couvriraient le visage d'une cagoule noire.

Le souvenir de la condamnation de mon pauvre père au tribunal d'Old Bailey me revint en mémoire. Comme il avait dû souffrir ! Je n'avais que dix ans, à l'époque, et je n'avais pas eu le droit d'assister au procès. Maman et moi avions regardé Papa être emmené au journal télévisé. J'étais tellement excitée de le voir à la télévision, sans me rendre compte qu'il n'y avait pas de quoi se vanter de ce genre de notoriété. Ma journée d'école du lendemain avait été particulièrement désagréable.

Je me glissai dans l'entrebâillement de la porte d'entrée vitrée, que Barbara claqua et verrouilla derrière moi. Je m'efforçai de prendre un air dégagé.

— Que font ces petits garçons en bleu ici ?

— La vieille alarme rouillée s'est déclenchée, hier soir, répondit Barbara en baissant le store de la porte. Quelqu'un a essayé d'entrer par effraction.

— On a volé quelque chose ?

— Je ne crois pas.

La curiosité qui faisait briller les yeux de Barbara d'habitude avait laissé la place à l'expression que j'avais vu ma mère afficher chaque fois que la police nous avait rendu visite : elle avait peur. Se pouvait-il que Barbara cache quelque chose ?

— Vicky ! cria Pete. Par ici !

Tout le monde était là. Pete, Tony, et Edward, ainsi que deux policiers qui parlaient apparemment à quelqu'un, assis dans l'un des fauteuils en similicuir marron – Annabel, à n'en pas douter.

Je m'approchai du groupe, tête haute. Je n'avais aucune raison de m'inquiéter. Ces hommes étaient des flics de campagne, pas des officiers aguerris chevronnés de Scotland Yard.

Mon aplomb s'évapora à l'instant même où je m'aperçus que ce n'était pas Annabel qui était assise dans le fauteuil, mais Topaz – et en plus de cela, elle avait mon écharpe autour du cou ! Elle avait dû la ramasser quand j'étais dans le bâtiment. Je fus prise de vertige à la pensée de ce que cela impliquait.

Elle avait aussi mes gants, qu'elle agita joyeusement dans ma direction.

— Vicky ! Viens, joins-toi à nous !

J'affichai un sourire crispé alors que Topaz se levait et m'enveloppait dans ses bras.

— Je racontais justement à tout le monde la bonne soirée que nous avions passée ensemble, hier. Je leur ai tout dit.

Il y eut un silence de mort. On n'entendit qu'un ricanement, sans doute de la part de Pete, qui voyait des connotations sexuelles partout. L'insinuation de Topaz devait le ravir. Comment avais-je pu ne pas m'en rendre compte plus tôt ? Topaz devait être lesbienne. Hier soir, ou plutôt ce matin, très tôt, elle avait cru à tort que j'admirais ses seins, et non le médaillon en argent qui pendait autour de son cou.

Ne s'était-elle pas jetée sur moi, dans le salon de thé, et n'était-elle pas restée étendue sur mon dos bien plus longtemps que nécessaire, dans sa robe de nuit légère ? N'avait-elle pas fait mine de vouloir m'embrasser quand nous nous étions dit bonne nuit ?

Je restai là, éberluée, à regarder Topaz qui, souriant toutes dents dehors comme le chat du Cheshire, semblait se délecter de l'attention qu'elle recevait. Pourquoi me tourmentait-elle ? Nous venions de nous rencontrer et, à ma connaissance, je ne lui avais jamais rien fait de mal. Certes, je ne lui avais pas laissé de pourboire la veille, mais elle ne pouvait tout de même pas être aussi mesquine.

Dieu merci, Annabel n'était pas là pour se repaître de mon embarras. Peut-être souffrait-elle d'une autre crise de diarrhée.

— Mademoiselle Hill ? fit le plus jeune des deux policiers. Je suis l'inspecteur Probes.

Je le reconnus comme étant celui qui avait quitté la ruelle avec le balai à franges, la veille au soir. De près, il avait l'air à peine plus âgé que moi. Il était grand, avait les cheveux d'un roux flamboyant et le visage couvert de taches de rousseur, et il était à vrai dire assez séduisant. C'était dommage qu'il soit flic.

— Et je suis l'inspecteur principal Stalk, aboya son coéquipier, tapotant distraitement le dossier du fauteuil de Topaz avec sa matraque.

Stalk était une brute barbue. Sa réputation à Gipping était légendaire, car il arrêtait régulièrement des gamins innocents dans les rues pour les accuser d'avoir « fait du repérage » ou d'avoir « eu un comportement représentant une menace pour la société ». Neuf fois sur dix, les gamins étaient relâchés, et le rêve de Stalk d'être promu à Plymouth restait seulement cela – un rêve.

Mon cœur sombra. Si c'était Stalk qui était chargé de l'enquête, c'était comme si j'étais coupable. Je me rappelai alors que *j'étais* effectivement coupable.

— Bon ! eh bien, maintenant que nous nous sommes tous présentés, dit-il d'une voix de stentor, je vais y aller. C'est l'inspecteur Probes qui va se charger de l'enquête. J'ai mieux à faire.

Dieu merci ! Probes était un petit jeunot. Je n'aurais pas de mal à l'embrouiller.

Pete s'avança.

— Et si nous allions tous dans l'alcôve ? suggéra-t-il. La présence de ces flics se pressant à l'accueil est une mauvaise publicité pour la *Gazette*.

Topaz se leva d'un bond.

— Où est l'alcôve ? demanda-t-elle.

Elle me prit par la main. Je me hérissai à ce contact.

— Ça a l'air douillet…

— Vous avez dix minutes de mon temps, monsieur l'inspecteur, dit Pete.

Il était visiblement anxieux. Il avait une cigarette aux lèvres et en allumait déjà une autre.

— Vicky et moi avons des affaires à régler, ce matin.

— Ah bon ?

Mon cœur se serra. Pete ne m'incluait jamais dans aucune de ses *affaires*.

— Ce n'est pas la peine que vous restiez, Topaz, ajouta Pete. Je suis sûr que monsieur l'inspecteur veut nous parler à nous tous seuls.

— Non. J'ai juste besoin de Mlle Hill.

Probes m'adressa un sourire aimable. Ses dents étaient petites et me faisaient penser à celles d'un requin.

— C'est moi le putain de reporter en chef, je devrais être présent.

Pete me dit quelque chose d'incompréhensible, remuant les lèvres silencieusement et agitant les sourcils – craignant probablement que je ne mentionne son arrangement illégal avec Brian.

— Eh bien, *moi*, je crois que je ferais mieux de rester au cas où vous auriez d'autres questions, dit Topaz en se laissant retomber dans le fauteuil en similicuir et en se mettant ostensiblement à jouer avec les pompons de mon écharpe.

Pete posa une main sur l'épaule de Topaz.

— Allons, mon petit, si on a besoin de vous, l'inspecteur Probes saura où vous trouver.

Le ton autoritaire de Pete indiquait clairement qu'il ne plaisantait pas, et qu'il avait de l'expérience avec les enfants. Sa voix était à la fois cajoleuse et chargée de la menace tacite d'une bonne claque si son ordre était ignoré.

Topaz se leva à contrecœur et eut le front de *faire un clin d'œil* à Probes. Celui-ci resta impassible, mais je compris ce qui se passait : elle m'avait déjà trahie. Ce qui m'attendait dans l'alcôve n'était que pure formalité.

Barbara rouvrit le store et déverrouilla la porte d'entrée. Une dame qui portait un foulard rouge avait le nez pressé contre la vitre. Les habitants du coin étaient vraiment des vautours.

Tout en se dirigeant vers la sortie d'un pas nonchalant, Topaz m'envoya un baiser.

— N'oublie pas notre rencard de ce soir… 19 heures pile !

J'en restai sans voix. *Notre rencard ?* Je n'étais pas lesbienne ! Heureusement, le sous-entendu sexuel échappa à Pete, qui était trop occupé à ramasser le briquet qu'il avait fait tomber par terre – sûrement parce qu'il était nerveux.

Topaz s'arrêta à la porte.

— Oh ! et, encore une chose, Vicky : n'oublie pas de parler à ce charmant policier de ton ami américain qui conduit cette belle Porsche noire.

Horrifiée, je reportai vivement mon attention sur Probes, qui examinait les scoops encadrés accrochés aux murs. Il semblait ne pas avoir entendu.

Barbara poussa Topaz dehors sans ménagement, et cette dernière fut aussitôt engloutie par une foule sanguinaire, dont les membres criaient, pleins d'espoir : *Est-ce que quelqu'un a été poignardé ? Est-ce que quelqu'un est mort ?*

— Tony ! Edward ! aboya Pete. Remontez tout de suite ! Bon sang… Vous avez déjà foutu en l'air la moitié de la matinée !

Probes attendit patiemment pendant que les deux autres quittaient docilement l'accueil.

Pete se tourna vers moi.

— Vicky, emmène monsieur l'inspecteur dans l'alcôve. C'est plus intime.

Je ne relevai pas. Les murs étaient fins comme du papier à cigarette. Il voulait sûrement écouter secrètement ma conversation. Il n'aurait pas dû s'inquiéter. J'avais à ce moment précis de bien plus grandes préoccupations que les affaires louches de Pete – ma liberté, pour commencer.

— Suivez-moi, s'il vous plaît.

J'avais les jambes en coton.

Nous entrâmes dans l'alcôve. Le cendrier avait été vidé, mais l'odeur de tabac froid imprégnait encore les lieux. Je fermai derrière moi le rideau pailleté et fis signe à Probes de s'asseoir. J'avais la bouche toute sèche. Papa avait probablement ressenti ce que je ressentais en cet instant chaque fois que la police l'avait emmené de force pour l'interroger. Je n'avais pas la moindre idée de ce que Topaz avait dit à mon sujet avant que j'arrive. Ce n'était guère étonnant que les criminels présumés exigent qu'un avocat soit présent pendant ces interrogatoires. Il fallait quelqu'un qui sache répondre aux questions embarrassantes. Il fallait quelqu'un qui sache quand il était opportun de prononcer une phrase toute faite comme : « Vous n'avez pas à répondre à cette question. » Par chance, l'un de mes jeux de société préférés quand j'étais enfant était Interroge le flic. Tant que je dirigeais le cours de l'entretien, tout se passerait bien.

Je considérai mon jeune adversaire d'un œil sagace. Avec un peu de chance, il était encore dans cette phase idéaliste – comme beaucoup d'agents de police débutants –, désireux de croire que tout le monde était innocent jusqu'à preuve du contraire.

Je posai ma première question.

— Puis-je vous offrir une tasse de thé ?

— Non, merci. Jamais pendant le service.

Probes retira son casque et le posa avec précaution sur la table. Il avait une tignasse éclatante de boucles cuivrées. Je me demandai à quoi il ressemblait tout nu.

Je me perchai sur le coin du bureau pour être assise en hauteur par rapport à lui – une autre stratégie de pouvoir psychologique.

— Vous êtes nouveau venu dans la région, n'est-ce pas ?

— Je suis nouveau à Gipping, mais je ne le suis pas dans la police, mademoiselle Hill, répondit Probes d'un ton ferme.

Il sortit un crayon de sa poche de poitrine et ouvrit rapidement son carnet.

— Et si nous commencions ?

— Avec plaisir ! m'exclamai-je, essayant de paraître enthousiaste. À quelle heure l'alarme s'est-elle déclenchée ?

Probes me regarda avec étonnement. Mon toupet l'avait sans aucun doute désarçonné.

— Nous avons reçu l'appel un peu après 2 h 05 du matin. Pourquoi ?

— Bien. Y avait-il le moindre signe d'effraction ? Des serrures abîmées ? Des vitres cassées ?

Il feuilleta rapidement son carnet.

— Non, mais…

— Excellent. Alors, pas de dégâts ?

— Quelqu'un avait enfoncé un balai dans la vieille sonnette d'alarme.

— Des amateurs. Intéressant, dis-je avec un hochement de tête entendu. Probablement une farce de gamins.

— Je n'avais pas envisagé…

— Quelqu'un a vu les frères Barker s'enfuir en courant ?

C'était un pari sans risque. Leur nom apparaissait assez souvent dans le journal. Les trois jeunes adolescents s'attiraient toujours des ennuis pour vandalisme et chapardage.

— Les frères Barker ?

Probes tapota ses dents de devant du bout de son crayon.

— Barker… Barker… Ce nom me dit quelque chose.

— Ils vivent dans le lotissement des Marshes. Ils se font appeler les Chiens des marais, dis-je d'un ton dédaigneux. Ne vous inquiétez pas. Vous entendrez parler d'eux bien assez tôt une fois que vous aurez habité…

— J'ai entendu parler d'eux, m'interrompit Probes, les sourcils froncés. Ils purgent une peine de prison à Plymouth pour avoir volé un tracteur.

Zut ! Probes semblait mieux informé que je ne l'avais supposé.

— Oh, les *meneurs*, vous voulez dire…

Je baissai la voix.

— À vrai dire, monsieur l'inspecteur, on raconte que les Chiens ont quelques nouvelles recrues. C'était peut-être l'une d'elles qui se faisait les dents.

C'était tout à fait possible. Il y avait beaucoup de chômeurs en colère parmi les jeunes de Gipping.

— La police de Gipping recherche quelqu'un qui ait fait l'école de la rue, mademoiselle Hill, dit Probes d'un air optimiste. Peut-être aimeriez-vous être notre indicatrice ?

— Bien sûr. J'en serais ravie.

Je blêmis. *Plutôt mourir !*

— Revenons à la nuit dernière, reprit Probes. Topaz Potter, la jeune femme du salon de thé, a décrit très précisément le coupable.

Je me sentais tout étourdie. D'après Topaz, qui avait quitté le bâtiment en courant – l'Américain, ou moi ? L'expression impavide de ce satané flic ne trahissait rien.

Je me pinçai subrepticement l'intérieur de la cuisse – la douleur ne manquait jamais d'éclaircir les idées. Je ne pouvais pas laisser Probes prendre le dessus.

— Cette chère petite Topaz ! dis-je avec un gloussement. Quelle imagination débordante ! Sauf votre respect, vous ne devriez rien prendre de ce qu'elle vous dit pour argent comptant.

— Vraiment ?

Probes examina à nouveau son carnet.

— Êtes-vous en train de me dire que vous n'étiez *pas* avec elle ?

— De quel jour parlons-nous ? Je n'arrête pas de passer au salon de thé.

— Mlle Potter dit que l'alarme vous a empêchées toutes les deux de dormir. Je cite…

Il consulta son carnet et lut d'une voix monocorde.

— « Vicky et moi sommes des filles résolument modernes, monsieur l'inspecteur. Nous aimons faire des expériences, et cette sonnerie stridente nous distrayait. »

Le culot et l'imagination de Topaz étaient renversants ! Elle s'était entichée de moi, c'était évident. J'allais devoir la larguer en douceur ; mais pour l'heure, son béguin de collégienne allait me tirer d'affaire.

— Quelle coquine, cette Topaz, dis-je, baissant la voix. Pour être honnête, monsieur l'inspecteur, ces ébats entre filles sont nouveaux pour moi. Je ne suis pas sûre que ce soit ma tasse de thé – pas encore –, alors je préférerais ne pas en parler, si cela ne vous dérange pas.

Le sang-froid de Probes fut enfin ébranlé par mon aveu audacieux. Il devint rouge comme une tomate et fit tomber son crayon sous la table. Il refit surface quelques instants plus tard, et me jaugea du regard, d'un air qui indiquait plus qu'un vague intérêt pour les chamailleries lesbiennes. Ah, les hommes ! Maman avait raison. C'étaient tous des voyeurs pervers.

Il s'éclaircit la voix, luttant pour retrouver son calme.

— C'est vous qui avez eu l'idée de vous servir du balai ?

J'avais été tellement emballée de me présenter comme l'amante de Topaz que j'en avais oublié le but du mensonge. Avais-je fait tout cela pour rien ? Est-ce que je venais de nourrir les fantasmes de Probes à mes dépens ?

— Oui, répondis-je avec un haussement d'épaules. L'alarme s'est déclenchée inopinément. Ça nous a complètement coupées dans notre élan. Je ne voyais pas quoi faire d'autre.

Probes se mordit la lèvre, au supplice, ou pour maîtriser son désir.

— Racontez-moi ce qui s'est passé.

— J'ai pris le balai à franges dans la cuisine de Topaz. J'ai traversé la rue en courant et j'ai enfoncé le balai dans la sonnette d'alarme. Elle s'est arrêtée. La police est arrivée. *Nous* sommes retournées nous coucher.

Probes griffonna en silence mes aveux dans son carnet, puis il le referma et se leva.

— Trafiquer une alarme pourrait être considéré comme un délit, dit-il d'un air sévère, mais nous allons laisser passer pour cette fois.

J'étais euphorique. Les desseins prédateurs de Topaz m'avaient fourni un alibi en béton.

— Ces vieux systèmes se déclenchent, de temps en temps, et c'est une galère pour les désactiver.

Probes prit son casque et le cala sous son bras.

— C'était une bonne idée d'utiliser ce balai. Bon ! je vais y aller.

Je serrai la main qu'il me tendait – contente que Papa ne soit pas là pour me voir toucher un flic. Sa poignée de main était ferme, et mes parties inférieures furent parcourues d'un frisson aussi inattendu que délicieux. Je ne pouvais pas m'empêcher de reconsidérer son potentiel sexuel – même si c'était un policier. Se pouvait-il que ce jeune flic en apparence impassible soit un lion insatiable au lit ?

— Oh ! juste une dernière chose, ajouta-t-il, les sourcils froncés. Votre ami américain ? Celui que Mlle Potter a mentionné, qui a une Porsche ?

— Quel ami ? Quelle Porsche ?

Je fus prise de panique. Je savais bien que c'était trop beau pour être vrai. J'étais victime d'un moment à la *Columbo.*

Columbo était l'émission de télé des années 1970 préférée de mon père. Il avait téléchargé la série complète – piratée, bien entendu – sur DVD, et il nous avait encouragées, Maman et moi, à étudier l'approche psychologique que l'inspecteur Columbo adoptait lors des interrogatoires. C'était incroyable de voir comment il amenait ses suspects à avouer leurs crimes en ajoutant simplement, comme après coup et d'un ton détaché : *Juste une dernière chose.*

L'œil droit de Probes cligna rapidement, plusieurs fois. Allait-il jusqu'à imiter le tic oculaire qui constituait la marque de fabrique de Peter Falk ?

— Mlle Potter a dit que vous le connaissiez.

— Moi ? Un ami qui aurait une Porsche ?

Je ris un peu trop fort.

— Est-ce que j'ai l'air de quelqu'un qui a un ami qui conduit une Porsche, *moi* ? Je n'ai même pas de voiture !

Le regard de Probes était tellement intense que je détournai la tête.

— Mlle Potter a beaucoup insisté…

— D'ailleurs, je n'ai même pas de *parents* !

Avec un gémissement de chagrin, je m'assis et m'enfouis le visage dans les mains.

Le rideau s'ouvrit brusquement, et nous sursautâmes tous les deux. Pete s'empressa de venir à mes côtés.

— Bon sang ! Qu'est-ce qui se passe, ici ? Vous l'avez bouleversée ?

Il me passa un bras autour des épaules, soi-disant pour essayer de me réconforter. Son haleine puait le tabac.

— Nom de Dieu, Vicky ! Tu es orpheline ?

Pete lança un regard furieux à Probes, qui avait l'air vraiment mortifié.

— Je n'étais pas au courant.

— Je suis désolé, dit Probes, l'air malheureux. Je ne le savais pas.

— Eh bien, maintenant, vous le savez, aboya Pete.

— Ce n'est pas sa faute, dis-je. Je n'aime pas en parler.

— Vous feriez mieux d'y aller.

Pete fit un signe de tête à Probes.

Probes ouvrit la bouche, comme s'il s'apprêtait à répondre, mais il la referma sans rien dire. Il se faufila de l'autre côté du rideau ouvert, l'air déconfit. L'espace d'un instant, j'eus même un peu de peine pour lui.

Pete s'assit et me serra brutalement contre son torse. Son bras m'écrasait le sein gauche.

— Pauvre Vicky, chantonna-t-il, frottant délibérément son coude contre ma poitrine. Tu aurais dû me le dire…

— Ça va, je vous assure, dis-je en le repoussant. C'est arrivé il y a longtemps.

— Les flics sont des abrutis insensibles, explosa Pete. Allez, viens ! Tirons-nous d'ici.

Il m'attrapa par le bras et me propulsa hors de l'alcôve. Je fus soulagée de me trouver à nouveau en sécurité dans la lumière fluo éblouissante de l'accueil. L'alcôve était oppressante et me donnait les jetons, surtout quand je m'y trouvais en présence d'un pervers.

Pete jeta un coup d'œil à sa montre.

— Merde, alors ! Nous allons être en retard ! Retrouve-moi dehors dans cinq minutes. Je vais chercher la bagnole.

— Moi ? Pourquoi ? Où allons-nous ?

Je m'affolais. Je ne voulais vraiment pas me retrouver seule avec Pete, surtout pas dans son vieux van.

— J'ai un travail fou, aujourd'hui.

— Ça devra attendre.

Il quitta l'accueil en toute hâte. J'étais franchement nerveuse. Les questions de Probes étaient un jeu d'enfant par rapport au caractère explosif de Pete.

Où était Annabel ? Elle et Pete n'étaient-ils pas censés aller au Manoir pour poser des questions afin de rédiger la notice nécrologique ? Et si elle avait trouvé Brian et qu'il lui avait dit qu'il m'avait remis le rapport du médecin légiste – à moi, la fille dont les yeux avaient une couleur *trop cool* ?

Tandis que j'attendais Pete dehors, j'eus du mal à me retenir de songer à l'ironie du sort. Je n'avais échappé à l'interrogatoire et à une arrestation de la police de Gipping que pour être vraisemblablement confrontée à une agression sexuelle de la part de mon patron et à la très concrète possibilité d'être renvoyée.

C'était un moment décisif, pour moi. Il devait y avoir un moyen de tourner cette situation délicate à mon avantage. Allais-je être obligée d'envisager de sacrifier mon corps pour conserver mon emploi ? Ou, pire encore, de coucher pour voir mon nom figurer en première page des journaux ? Jusque-là, je n'avais jamais vraiment compris les tentations auxquelles Annabel était exposée dans sa quête de gloire et de fortune. Cela semblait si simple d'acquiescer et d'en finir. Maman disait qu'il ne fallait que dix minutes de complaisance pour rendre un homme heureux. Je devais pouvoir y arriver, n'est-ce pas ?

Le van de Pete apparut au coin de la rue et s'arrêta à ma hauteur dans un crissement de pneus. Il ouvrit grand la portière côté passager.

— Monte, mon petit !

Ma décision était prise, et je montai dans le van.

11

La banquette avant du vieux van bleu de Pete était jonchée de barquettes alimentaires en carton de chez Mr Chinkie's Chow et de différentes pièces d'un jouet M. Patate.

— Ah, les gosses ! marmonna-t-il, repoussant les détritus dans l'espace pour les jambes.

Je m'assis avec précaution et attachai ma ceinture de sécurité. Je supposais que Pete avait des enfants, même s'il n'en parlait jamais. Cela rendait l'épreuve qui m'attendait encore plus écœurante.

Il démarra sur les chapeaux de roues et nous descendîmes la Grand-Rue à toute allure en direction de la lande. J'avais mal au cœur, mais je n'aurais pas su dire si c'était à cause de la conduite de Pete – il conduisait comme un dingue – ou à cause de ma nervosité, ou bien encore parce que l'habitacle se remplissait rapidement de fumée de cigarette.

Je me cramponnai à la poignée de la portière.

— Je peux baisser la vitre ?

— Elle est bloquée, mon petit, répondit Pete.

Trop tard. La poignée me resta dans la main. Je la laissai tomber par terre et donnai un coup de pied dedans pour la cacher sous une barquette de plat à emporter.

— Alors, qu'est-ce que tu penses de tout ça ?

Pete me posa une main sur la cuisse et exerça une pression sur mon genou.

Je m'immobilisai, ne sachant comment réagir et ne comprenant même pas de quoi il parlait. Il pouvait s'agir de bien des choses.

— C'est un sacré bordel, continua-t-il, tirant une grosse bouffée de sa cigarette. J'étais *sûr* que j'aurais dû me procurer ce rapport moi-même.

— Ma mère dit toujours : *Si tu veux être sûr que quelque chose soit bien fait, fais-le toi-même.*

— Je croyais que ta mère était morte ?

— Elle l'est. Mes parents sont morts tous les deux.

Je rougis.

— Ses dictons sont tellement vivants que j'ai parfois l'impression qu'elle est encore en vie.

— Eh bien, ta mère – que Dieu ait son âme – avait raison.

Il hocha énergiquement la tête.

— Je n'aurais pas dû confier une si grosse responsabilité à Annabel.

— Je suis sûre qu'elle a fait de son mieux.

J'étais mal à l'aise, non seulement parce que cela me hérissait d'avoir fait mourir mes parents, mais aussi parce que j'avais attiré des ennuis à Annabel.

Le van quitta le cadre rassurant de Gipping et s'élança en trombe dans la campagne.

— Comment Brian a-t-il fait pour mettre la main sur ce rapport en premier lieu ? demandai-je.

— Il fait des petits boulots à la morgue.

Je n'imaginais rien de pire. De quel genre de petits boulots pouvait-il bien s'agir ? Du rangement d'organes internes ?

— Il nous file des tuyaux si quelque chose de suspect se produit, continua Pete.

— Et la mort de sir Hugh était vraiment suspecte.

— Comment le sais-tu ? me demanda Pete, l'air contrarié. C'est Annabel qui te l'a dit ?

— Bien sûr que non.

C'était vrai. Elle ne me l'avait pas dit.

— C'est juste une intuition.

— Je parie que c'est pour ça que Brian ne s'est pas pointé, marmonna Pete pour lui-même. Quelqu'un a dû le dissuader. Nous devrions peut-être passer chez lui pour vérifier ?

— Non ! m'écriai-je aussitôt. Les indics sont payés pour prendre des risques.

— Oui, mais je connais Brian. Il aurait appelé s'il n'avait pas pu tenir ses engagements.

— Pas s'il n'a qu'un téléphone portable, lui fis-je remarquer.

Pete ne m'écoutait qu'à moitié.

— Nous passerons à la morgue dès que nous en aurons fini avec ça, juste pour vérifier.

Ça ? Le van ralentit, me ramenant à la situation présente. À ma grande surprise, nous ne nous trouvions pas dans un endroit désolé de la lande, propice à la séduction.

Nous nous étions arrêtés devant un impressionnant portail en fer forgé flanqué de deux maisons de gardien de l'époque victorienne.

— Où sommes-nous ?

— Au Manoir, bien sûr.

— Pour interroger les Trewallyn ?

Je n'arrivais pas à le croire. C'était comme si j'avais enfin gagné au loto ! Pendant tout ce temps, j'avais imaginé le pire pour rien. Les voies du Seigneur étaient véritablement impénétrables. C'était la chance de ma vie. J'allais maintenant pouvoir impressionner Pete avec mon large éventail de compétences verbales et de questions provocantes.

— Alors, nous ne sommes que tous les deux ?

— Ouais. Tous les deux, mon petit.

Nous nous engageâmes dans l'allée bordée d'hectares de parc boisé qui semblaient s'étendre sur des kilomètres.

— Si vous pensez vraiment qu'il s'agit d'un acte criminel…

Je laissai ma phrase en suspens. Cela me faisait penser à un autre acte criminel : Ronnie Binns n'avait-il pas dit qu'il avait trouvé les pauvres petits poulets duveteux au Manoir ? C'était l'occasion idéale pour faire du repérage.

— Tu disais ? me demanda Pete.

— Je disais juste que c'était une bonne occasion pour nous d'infiltrer la maison Trewallyn et de chercher des indices.

Mon assurance croissait de minute en minute.

— Et peut-être d'observer lady Trewallyn ? Elle était beaucoup plus jeune que lui, vous savez.

— Ouais, répondit Pete avec un regard libidineux. Je l'ai vue plusieurs fois dans le centre-ville. Elle a de sacrés nichons. Qu'est-ce qu'elle trouvait au vieux schnock, à ton avis ? J'ai mes théories.

— L'argent, répondis-je sans ambages. C'est évident.

— Ah ! c'est là que tu te trompes, dit Pete avec un petit sourire satisfait. Trewallyn était fauché.

— Comment ça ?

J'étais choquée. Si c'était vrai, ma théorie d'une jeune femme épousant un vieux dinosaure richissime ne valait pas tripette.

— Trewallyn a dilapidé la fortune familiale en pariant sur les chevaux. Sa première épouse était pleine aux as, mais il n'a pas tardé à dépenser tout son argent.

— Qu'est-elle devenue ?

— Crise cardiaque.

Pete était tellement naïf ! De toute évidence, il ne comprenait pas les femmes. Lady Trewallyn avait vu un homme âgé accablé de chagrin. Elle l'avait cru riche comme Crésus et l'avait épousé après un veuvage récent. Des mois plus tard, elle s'était rendu compte de la vérité et l'avait tué dans un accès de dépit. Il avait probablement une importante assurance vie.

Alors que nous approchions du Manoir, à peine visible au loin, parmi les grands pins, la clôture laissa la place à une haie d'ifs dense de trois mètres de haut.

— Nom de Dieu ! s'exclama Pete en freinant brusquement.

Le van dérapa dans un nuage de poussière.

— Qu'est-ce qui s'est passé, ici ?

La haie était criblée de trous béants.

— Les sauteurs de haies, déclarai-je. Ils s'entraînent sur le domaine du Manoir.

— Il y a matière à rédiger un putain d'article, ici, ma fille.

Mon cœur fit un bond dans ma poitrine.

— Justement, oui, et j'en ai écrit un.

Cette journée tournait mieux que je n'aurais osé l'espérer.

— Sous quel angle ?

— Les hommes se mesurent à…

— L'homme se mesurant à la nature ! s'écria Pete avec exubérance. Oui ! J'adore. Où est ton papier ?

— Apparemment, Annabel doit approuver toute…

— Qu'elle aille se faire foutre. Tu as des photos ?

— Bien sûr.

J'étais enchantée. J'étais enfin admise au sein du cénacle de la *Gazette*. Avec un peu de chance, il ne faudrait pas longtemps pour qu'Annabel soit au sous-sol en train de préparer du thé pour *moi* !

Pete tourna la tête vers moi avec une expression pleine d'espoir.

— Tu peux essayer de glisser une dimension sexuelle ?

— Une quoi ? demandai-je, cachant ma consternation.

Les sauteurs de haies avaient été fortement rembourrés afin d'être protégés contre le courroux de la nature. Même les efforts d'un peloteur déterminé ne lui auraient pas permis de pénétrer des vêtements aussi épais que la peau d'un rhinocéros.

Pete redémarra, et nous poursuivîmes notre chemin.

— Le sexe fait vendre, dit-il d'un ton enjoué. C'est *ça* que veulent les lecteurs.

— Comme le *Plymouth Bugle*, vous voulez dire ?

Fondé par deux marins dans les docks de Plymouth, le *Bugle* était notre rival. Ce journal était censé fournir du matériel pédagogique au personnel de la marine parti en mer. Je l'avais déjà feuilleté, et j'avais été choquée de découvrir des pages consacrées à des strip-teaseuses aux seins nus, avec des gros titres sordides comme ORGIES À L'HORIZON ! ou MATELOTES DE CATIN !

— Ouais, exactement.

Je me demandais ce que notre rédacteur en chef vieux jeu penserait de la pornographie flagrante.

Comme s'il lisait dans mes pensées, Pete continua :

— Wilf est coincé au Moyen Âge, mais un scandale sexuel en première page…

— Augmenterait les ventes, dis-je, hochant la tête.

— Et comment ! Le vieux croûton verrait que nous avions raison, s'enthousiasma Pete. Nous formons une bonne équipe, toi et moi, Vicky.

Une équipe ? L'avais-je mal compris ? Tous les soupçons que j'avais eus un peu plus tôt quant aux motivations sexuelles de Pete se dissipèrent. Sa femme était sans doute une femme frigide. Une mégère. Quelqu'un qui dépensait tout l'argent qu'il gagnait à la sueur de son front pour s'acheter des vêtements. D'après les magazines féminins, les hommes qui se sentaient sous-estimés chez eux étaient contraints de trouver du réconfort ailleurs.

Nous passâmes sous une arche en brique – surmontée d'un magnifique clocher de l'époque victorienne éclaboussé de fiente d'oiseaux – et arrivâmes dans la cour pavée du Manoir. Celle-ci était entourée d'écuries aux portes peintes en vert. Les lucarnes crasseuses, au-dessus, indiquaient les anciens quartiers des domestiques et des palefreniers d'une époque révolue. J'éprouvais une pointe de nostalgie en pensant aux jours de gloire de l'Empire britannique, mais j'avais conscience qu'à l'époque les gens comme moi trimaient en bas dans l'arrière-cuisine et n'étaient jamais à l'étage avec ceux de la haute.

Nous continuâmes à rouler sur les pavés parsemés de mauvaises herbes. Les peintures étaient écaillées, et l'abreuvoir de pierre était couvert d'un dépôt visqueux vert. Je comprenais pourquoi Papa ne se sentait pas franchement coupable quand il traitait avec ses clients qui appartenaient à l'aristocratie, qui laissaient si négligemment leurs propriétés se délabrer. À bien des égards, c'était un Robin des Bois des temps modernes. Pourquoi ne pas prendre aux riches – qui s'en moquaient – pour revendre aux pauvres à un prix avantageux ?

Nous quittâmes la cour en passant sous une seconde arche, identique à la première, et arrivâmes à la porte de derrière du Manoir.

— Oh non, murmurai-je, stupéfaite.

La BMW d'Annabel était garée devant une rangée de dépendances en ruines. Elle était assise, perchée sur le capot, emmitouflée dans un blouson en fausse fourrure pour se prémunir contre le froid automnal. Elle avait à la main une enveloppe en papier kraft, qu'elle agita. Ce devait être le rapport du médecin légiste. Elle avait dû retrouver Brian, en fin de compte. Il se serait sans aucun doute souvenu de mes yeux à la couleur *trop cool* et aurait vendu la mèche. Mon cœur sombra. Ma carrière était terminée.

— Dieu merci, elle l'a, dit Pete, essuyant ce qui semblait être une larme. Merde, alors ! On l'a échappé belle. Sacrée Annabel ! C'est vraiment la meilleure.

— Oui, elle est formidable, dis-je sombrement.

Pete arrêta le van à côté de la voiture d'Annabel et descendit pour l'étreindre de manière fort peu professionnelle. La même main qui avait passé la majeure partie des vingt dernières minutes sur mon genou empoignait maintenant fermement la fesse gauche d'Annabel. Je remarquai qu'elle ne tentait même pas de s'écarter pour échapper à ce contact. Le sentiment de compassion que j'avais eu pour Pete quelques moments plus tôt en pensant à son mariage s'évapora complètement. Cet homme n'avait-il donc aucun contrôle de lui-même ?

Ils se dirent quelque chose à voix basse, sur le ton de la conspiration, puis ils regardèrent dans ma direction. Je me préparai à un cri de colère ou à une réprimande de la part de mon futur ex-patron.

— Vicky ! appela Pete. Nous n'avons plus besoin de toi pour le moment. Tu peux nous attendre ici.

— Nous en aurons pour une heure environ, me cria Annabel, attirant Pete vers elle pour lui chuchoter quelque chose à l'oreille.

Ils rirent. J'étais sûre qu'ils parlaient de moi, ou de sexe.

— Annabel dit que si tu t'ennuies, tu peux nettoyer mon van à fond ! dit Pete en ricanant.

— Bonne idée ! criai-je en réponse, contenant ma fureur tandis que je les regardais se diriger, bras dessus, bras dessous, vers le petit escalier de pierre qui menait à la porte de derrière.

Nettoyer *le van* à fond ? Pour qui me prenaient-ils ? La femme de ménage ? Eh bien, ils me connaissaient mal ! Papa ne disait-il pas : *La chance frappe à la porte quand on s'y attend le moins* ?

Et Ronnie Binns, lui, ne disait-il pas que l'on pouvait en dire long sur une personne d'après l'état de ses déchets ? Pete et Annabel avaient involontairement joué mon jeu. Il était temps de fouiller dans les poubelles de lady Trewallyn.

12

Pete ne s'était pas trompé quand il avait dit que sir Hugh était sans le sou. L'arrière de la maison était vraiment décrépit. Une rangée de dépendances délabrées abritait un vieux tracteur dépourvu de roues et différentes machines agricoles rouillées.

Il y avait deux poubelles en métal à l'autre bout de la cour, qui était jonchée de verre brisé et de canettes de bière vides. Repensant au conseil de Papa, je jetai à nouveau un coup d'œil autour de moi pour déceler le moindre signe d'activité. Étant donné l'état général de délabrement, il semblait peu probable qu'un jardinier ou un homme à tout faire égaré apparaisse subitement, mais on n'était jamais trop prudent. Je me sentais très exposée et me demandais quelle raison je pourrais bien donner si l'on me surprenait en train de fouiller dans les poubelles des Trewallyn.

Soudain, me vint à l'esprit une idée tellement brillante que je ne pus m'empêcher d'être impressionnée par ma propre ingéniosité.

Je retournai au van pour prendre l'une des barquettes en carton vides de Pete. Ignorant la sauce aigre-douce qui coulait du fond de la boîte et me gouttait sur le pied, je traversai la cour sans me presser.

Les poubelles se trouvaient sous la fenêtre couverte de toiles d'araignée d'une porcherie en pierre. Sur la droite, une barrière en bois s'ouvrait sur un chemin de charretier étroit et plein d'ornières, qui faisait sans doute une boucle pour mener à nouveau à l'entrée de service et, de là, à l'allée principale.

À mesure que j'avançais, je commençai à éprouver une étrange sensation de picotement dans tout le corps, et mon cœur se mit à marteler ma poitrine. Quelqu'un m'observait.

Réprimant une forte envie de regagner le van en courant, je brandis bien haut mon alibi en carton et me mis à fredonner mon cantique préféré, *Jérusalem*, pour me donner du courage.

La première poubelle était vide – il n'y avait même pas une épluchure de pomme de terre à l'intérieur. Ronnie avait fait du bon travail. Je soulevai le deuxième couvercle et étouffai un hurlement.

Au fond de la poubelle métallique se trouvait le corps d'un *autre* poulet blanc et duveteux – au cou tranché net et aux pattes coupées. Un sentiment d'allégresse m'envahit. Franchement, je ne m'étais pas réellement attendue à trouver quoi que ce soit. Pourtant, quelque chose me contrariait : Ronnie avait déclaré avoir trouvé les trois autres poulets au Manoir, alors pourquoi en laisser un derrière lui ? Le rapport du médecin légiste indiquait que sir Hugh avait été retrouvé avec six pattes de poulet enfoncées dans la bouche ; où étaient les pattes de ce petit-là ?

Se pouvait-il – mon estomac se noua comme j'envisageai ce que cela signifierait – que lady Trewallyn préparait un *deuxième* meurtre ? Quelle négligence de laisser des preuves pour que l'éboueur les trouve !

J'eus de nouveau la sensation d'être épiée. Je regardai par-dessus mon épaule, mais la cour était déserte. Reportant mon attention sur la porcherie, je faillis faire une crise cardiaque.

Pierce Brosnan regardait à travers la vitre couverte de toiles d'araignée, le nez pressé contre le carreau. Nos regards se croisèrent. Un sentiment de panique aveugle s'empara de moi, mais, *cette fois*, j'étais bien décidée à garder mon sang-froid. Je détournai le visage nonchalamment, jetai la barquette qui coulait dans la poubelle, sur le poulet, et remis le couvercle. Me frottant les mains de façon théâtrale, je dis d'une voix forte :

— Il faut veiller à la propreté de la Grande-Bretagne.

Là-dessus, je tournai les talons.

Pierce Brosnan donna plusieurs coups secs sur la vitre.

— Eh ! Attendez !

Je fis mine de ne pas l'avoir entendu et m'éloignai d'un pas rapide. Je m'empressai de franchir la barrière et de reprendre le chemin en sens inverse pour retourner à l'avant de la maison.

— Stop ! cria Pierce Brosnan.

Je ne me retournai pas. Il commençait à me rattraper. Cela ne m'étonnait pas. Ses prises de judo dans le cimetière avaient prouvé qu'il était en bonne condition physique. Je me mis à courir.

À ma grande consternation, le chemin *s'éloignait* en fait du Manoir, et de la sécurité qu'il représentait. À vrai dire, il se changeait en un passage étroit entre de grands sapins. Je courus sur le sentier, m'élançai comme une flèche dans une trouée, et tombai sur la Folie de Hugh.

Avec ses dix mètres de hauteur et sa minuscule fenêtre tout en haut, elle ressemblait à la tour de Raiponce, dans le conte des frères Grimm. Je n'avais pas le temps de crocheter la serrure du lourd cadenas qui en protégeait la porte. Je me contentai de faire le tour de l'épaisse haie d'ifs à la base de la tour, et plongeai dans une trouée bien pratique.

La manche de ma saharienne s'accrocha aux branches intérieures tandis que je me tortillais pour m'enfoncer le plus loin possible – Dave avait raison au sujet de la moleskine et de l'importance de vêtements adaptés.

Pierce Brosnan ne penserait jamais à me chercher là. Je me sentais en sécurité dans ce cocon, coupée du monde extérieur.

Lentement, je parvins à reprendre mon souffle et à observer mon nouvel environnement. C'était bien plus spacieux que je ne l'aurais imaginé et, en fait, cela aurait fait un repaire fantastique.

Alors que les battements de mon cœur s'espaçaient pour retrouver leur rythme naturel, je me demandai pourquoi je n'avais pas attendu de voir ce que l'Américain voulait. Mieux encore : j'aurais dû retourner la situation et exiger qu'il me dise ce qu'il pouvait bien faire là, à rôder dans l'ancienne porcherie. Je m'étais comportée de manière peu professionnelle, et je résolus fermement à ne plus jamais faire une chose pareille. J'étais sûre que Christiane Amanpour ne se serait jamais précipitée dans la tente en entendant la première petite détonation.

Je consultai ma montre. L'heure tournait. Il se pouvait même que Pete et Annabel soient déjà ressortis et qu'ils se demandent où j'étais. En dehors du gazouillis de quelques oiseaux et du bruissement du vent dans les feuilles, la voie avait l'air d'être libre.

À peine m'étais-je aventurée en rampant en direction de l'entrée que mon cœur chavira. Des chaussures noires qui m'étaient familières bloquaient la seule issue. L'Américain avait été silencieux comme un renard. Quelle idiotie de ma part ! Papa disait toujours que, dans les situations comme celle-là, il était essentiel d'attendre que la nuit tombe pour faire le moindre mouvement – au lieu de se contenter d'attendre dix petites minutes. J'avais fait preuve d'imprudence, et cela risquait de me coûter la vie.

Il y avait des gens qui disparaissaient tous les jours. Personne ne savait où j'étais. De plus, Pete et la police croyaient que j'étais orpheline – et, avec mes parents qui se terraient en Espagne, c'était tout comme.

Dieu seul pouvait me venir en aide maintenant, et, franchement, même moi j'en avais assez de Lui demander service. Avoir le Tout-Puissant dans mon camp avait beau être commode, je me rendais compte que j'étais plutôt débrouillarde et que j'avais – jusque-là – réussi à régler toute seule mes problèmes.

Cette fois, j'allais faire cavalier seul.

13

C'est incroyable de voir à quel point l'esprit peut être inventif quand il est menacé d'anéantissement. Je décidai d'être sauteuse de haies.

Me redressant pour me mettre dans une position accroupie, je me mis à faire de brusques mouvements de droite et de gauche en criant :

— Youpi ! Youpi ! Yahouuuuu !

Je m'agitai en tous sens dans une frénésie de bonds athlétiques, pour le plus grand mécontentement d'une volée de pigeons, qui s'envola à tire-d'aile.

— Madame ? Madame ? Il y a quelqu'un ?

L'Américain paraissait inquiet.

Je m'arrêtai, pris une profonde inspiration et, prenant un ton courroucé, criai :

— Bon sang ! Qu'est-ce que c'est ?

— Tout va bien ?

Les chaussures disparurent, pour être remplacées par la tête de Pierce Brosnan, qui apparut dans la trouée. Il retira ses lunettes de soleil, révélant des yeux bleus perçants.

— J'ai cru que vous étiez en train de vous faire assassiner.

Très drôle, pensai-je. *Un tueur qui a le sens de l'humour.* Je rampai dans sa direction.

— Je vais très bien, merci. Je faisais quelques exercices.

— Vraiment ?

Ses yeux pétillèrent. À mon grand étonnement, ils ne semblaient pas être ceux d'un homme dangereux.

— Permettez-moi de vous aider.

Il me tendit galamment une main gantée de noir.

— C'est inutile. Tout cela fait partie de mon entraînement de saut, dis-je avec insistance.

Je sortis tant bien que mal et me relevai avec raideur.

Élégant et distingué, l'Américain était vêtu d'un long manteau de cachemire noir. Ses cheveux aussi étaient d'un noir de jais – teints. Je reconnaissais la nuance bleutée pour avoir vu la même chez Papa, dans ses tentatives pour rajeunir de dix ou vingt ans.

L'Américain fronça les sourcils.

— Vous dites que vous pratiquez le saut de haies ?

— Oh ! Vous aussi ? demandai-je, comme si je parlais des mérites de la pêche. C'est amusant, n'est-ce pas ?

— Où sont passées mes bonnes manières ? Je m'appelle Chester Forbes.

Nous nous serrâmes la main. Ses doigts s'attardèrent sur ma paume une seconde de plus que nécessaire, et j'en éprouvai un picotement inattendu jusque dans la plante de mes pieds. C'était vraiment un homme très séduisant, en dépit de son âge.

— Enchantée, dis-je, consciente d'un nouveau dilemme.

La moindre allusion au fait que j'étais journaliste aurait pu être désastreuse. J'étais pratiquement sûre qu'il ne m'avait pas remarquée au cimetière, et certaine que mon camouflage involontaire avec l'encre d'imprimerie la veille au soir m'avait rendue invisible, sous le bureau d'Annabel. Pour le moment, Chester Forbes ne savait absolument pas qui j'étais, et j'étais bien décidée à faire en sorte que cela ne change pas.

— Mes amis dans le milieu de la course de haies m'appellent simplement Vicky, dis-je d'un air dégagé.

— Alors vous devez connaître Dave Randall.

Zut ! Chester avait volé les photos de Dave, alors il n'y avait rien d'étonnant à ce qu'il s'enquière de lui.

— Tout le monde connaît Dave, répondis-je avec un enthousiasme feint. Il est célèbre pour le Fosbury Flop.

— Vous ne trouvez pas qu'étant un ami de sir Hugh…

Il marqua une pause.

— … M. Randall aurait pu *faire un saut* à son enterrement ?

De toute évidence, c'était une question piège. Réfléchissant à toute vitesse, je répondis :

— Dave ? Il paraît qu'il était accablé de chagrin. Il ne pouvait pas quitter son lit.

— Vraiment ?

À en juger par son expression, Chester était dubitatif. Il me regarda intensément.

— J'ai l'impression de vous avoir déjà vue quelque part.

Je fis mine de réfléchir à la question.

— Je ne vois vraiment pas où.

— Je vous ai vue au cimetière, hier.

— Vous y étiez aussi ? m'extasiai-je. Je me disais bien que vous me disiez vaguement quelque chose ! Très belle cérémonie, n'est-ce pas ?

Je toussotai nerveusement et me tus, puis, consultant ma montre, je m'exclamai :

— Mon Dieu ! Il est déjà si tard que ça ? Il faut vraiment que j'y aille.

Chester me prit par le coude et m'attira vers lui.

— Alors vous avez vu ce qui s'est passé ?

— Oh, ça ! dis-je d'un ton détaché. Une jeune veuve déchaînée… Ça arrive souvent, à la campagne.

— Oui… Elle était vraiment déchaînée, c'est sûr.

Était-ce une lueur d'amusement que je décelais dans les yeux bleus de Chester ?

Je jugeai bon de faire une remarque pour lui montrer que j'étais de son côté.

— J'ai trouvé que vous aviez très bien géré la situation.

— Kandi a toujours été un sacré numéro.

— Kandi ? répétai-je, passant habilement en mode journaliste. Le surnom de Katherine, je présume.

— Alors comme ça, c'est *Katherine*, maintenant ?

Chester secoua la tête avec un soupir.

— Elle est américaine. Vous êtes américain.

Je me lançai dans mon numéro de journaliste.

— Où vous êtes-vous rencontrés ?

— En Amérique, répondit-il d'un ton empreint d'amertume.

J'aurais aimé avoir du papier et un stylo.

— Comment vous êtes-vous rencontrés ?

— Pourquoi toutes ces questions ?

L'expression de Chester s'assombrit. Brusquement, il me prit la main et la retourna. Alarmée, j'essayai de me libérer de son étreinte, mais il me tenait fermement.

— Trop douces, dit-il, examinant ma paume.

Je sentis mes joues s'empourprer.

— Que voulez-vous dire ?

— Vos mains sont trop douces pour être celles d'une coureuse de haies.

Il plongea ses yeux dans les miens.

— Qui êtes-vous en réalité, Vicky la coureuse de haies ?

— Je viens de vous le dire. Parole d'honneur.

Je retirai vivement ma main de la sienne, rouge de honte.

— Si ma peau est si douce, c'est parce que… je porte des gants, d'habitude. Pour tout vous dire, je vais au lit avec les mains enveloppées d'huile.

Je me sentis rougir encore davantage. Pourquoi parler à cet homme de lit et de mains huilées ?

— Ne vous inquiétez pas, mon chou, dit-il avec un rire feutré. Tôt ou tard, vous me direz pourquoi vous vous êtes réellement enfuie en me voyant, et cachée dans une haie.

— Enfuie ? répétai-je d'un ton dédaigneux. Quelle drôle d'idée ! Je travaillais ma technique de sprint et de plongeon. Bon ! j'ai apprécié notre conversation, mais je dois vraiment y aller, maintenant.

Je tentai de passer à côté de lui, mais il me barra le passage.

— Et si je vous escortais jusqu'à votre voiture ?

— Je suis venue à pied.

Je ne voulais surtout pas tomber sur Pete et Annabel.

— La course de haies est un sport exténuant. Une bonne condition physique est essentielle.

J'exécutai plusieurs squats et fentes énergiques en guise de démonstration.

Chester m'observa, les mains sur les hanches. Quand je m'arrêtai – haletant bruyamment –, il dit :

— Permettez-moi de vous déposer en ville.

— Vous êtes *sûr* que cela ne vous dérange pas ? demandai-je d'un ton enthousiasme, priant pour que mon expression ne trahisse pas la soudaine terreur que j'éprouvais.

Après tout, Annabel était peut-être dans la maison, en train de s'occuper de l'entretien, mais j'étais quant à moi dehors, dans le froid, avec le tueur.

Chester m'offrit son bras.

— Eh bien, Vicky ? On y va ?

Dorénavant, je n'étais plus Victoria Brenda Hill, journaliste débutante pour le journal le plus barbant du monde, j'étais Vicky Hill, détective privée vive et roublarde, et j'étais en mission secrète.

Passant mon bras dans celui de Chester, je lui adressai mon plus beau sourire.

— Je vous suis !

14

La Porsche était en partie cachée sous une rangée d'arbres aux branches basses. Dès l'instant où Chester ferma la portière côté passager, je sus que j'avais fait une grossière erreur. Non seulement je montais dans la voiture d'un parfait inconnu, mais en plus, j'avais brisé la règle fondamentale pour faire mon travail de journaliste en toute sécurité en ne disant à personne où j'allais.

Allais-je être une autre Peggy Fowler ? J'étais âgée de six ans quand ma camarade de classe avait disparu, par un bel après-midi d'été. Le corps de Peggy avait été découvert des mois plus tard, enfoui sous un tas de feuilles sur le bord de la route, dans un fossé. C'était Martin Whelks, le facteur, qui avait fait le coup. Il avait attiré Peggy dans sa camionnette avec un sachet de Sherbet Pips. Quelques semaines avant la disparition de Peggy, Martin m'avait offert exactement les mêmes bonbons. Je préférais le chocolat. Cela prouve que la vie est une question de choix. Grâce aux fèves de cacao, j'avais eu la vie sauve. Pourtant, comment savoir si j'allais tromper la mort une seconde fois ?

Avec un grand sourire que je n'aurais pu décrire que comme féroce, Chester se glissa à la place du conducteur et claqua la portière. Il se tourna alors vers moi, les doigts tendus vers ma gorge. *Grand Dieu !* Allait-il tenter de m'étrangler tout de suite ? Avant que je n'aie pu me jeter sur la poignée de la portière, sa main se referma sur la ceinture de sécurité, derrière mon épaule.

— J'aime conduire vite, dit-il en la tirant en travers de mon corps et en l'attachant dans un petit bruit sec. Il ne faudrait pas que vous passiez à travers le pare-brise et que vous soyez défigurée, avec ce joli petit minois… Vous êtes prête ? me demanda-t-il en mettant le contact.

Le moteur guttural de la Porsche rugit, et mon corps tout entier fut parcouru d'une vibration exaltante. La voiture noire aux lignes épurées, tapie au ras du sol comme une panthère à l'affût, avait quelque chose de prédateur. Je ne pouvais pas m'empêcher de me dire qu'Annabel aurait été jalouse si elle m'avait vue en ce moment même.

Chester fit marche arrière pour sortir la voiture de sa cachette et s'engagea en douceur sur le chemin herbeux qui conduisait à l'allée principale. Le toucher de sa main sur le levier de vitesses était une caresse, très différent des tâtonnements maladroits de Pete. Je ne pus m'empêcher d'imaginer la main de Chester se poser sur mon genou puis, peut-être, remonter lentement le long de ma jambe. Je frissonnai et resserrai instinctivement les cuisses.

Je lui lançai un coup d'œil, me rappelant que c'était un Américain flippant qui était presque aussi vieux que mon père. Malgré tout, semblait émaner de lui le charme sophistiqué de James Bond, ce que je trouvais séduisant et troublant. Si je devais être séduite par Chester, il s'avérerait sûrement expérimenté pour les choses de l'amour ? Peut-être même que cela me plairait !

— Regardez-moi ça ! s'exclama-t-il avec colère, mettant un terme à mes rêveries virginales.

Il ralentit jusqu'à rouler au pas comme nous passions devant la haie, décimée sur plusieurs mètres, qui bordait l'allée.

— Un vrai massacre, gronda-t-il avant de tourner la tête vers moi. Pourquoi vouloir prendre part à un passe-temps aussi barbare ? N'avez-vous donc aucun respect pour la nature ?

Zut ! Je n'avais rien à dire pour ma défense. Comment aurais-je pu prévoir que mon intérêt prétendu pour le saut de haies se retournerait contre moi de manière aussi épouvantable ? Tous mes efforts courageux pour établir une amitié – et ainsi obtenir des aveux – se dissolvaient maintenant dans le mépris de Chester.

— Il a fallu des décennies pour cultiver des haies comme celles-là, continua-t-il à tempêter, rouge de colère.

— Je suppose…

— Certaines de ces demeures de campagne ont des haies qui remontent au XVIIe siècle !

— Je ne…

— C'est suffisant pour pousser un homme à faire justice lui-même !

Merde, alors ! C'était la troisième fois que Chester avouait pratiquement avoir commis un meurtre.

Encouragée par sa fureur, la Porsche prit encore de la vitesse. Avec une expression sévère lui crispant le visage, il ajouta :

— Il faut que Dave Randall et moi ayons une petite conversation, et c'est *vous* qui allez faire le nécessaire pour que cela se produise.

Nous étions arrivés aux maisons de gardien de l'époque victorienne et, à mon grand soulagement, la voiture tourna en direction du lieu sûr qu'était Gipping et non en direction de la lande désolée.

— Je ne connais vraiment pas Dave si bien que ça, répondis-je, détestant soudain Dave Randall et son passe-temps ridicule.

La Porsche allait de plus en plus vite. Je m'éclaircis la voix.

— Excusez-moi, mais je crois que c'est limité à cinquante kilomètres à l'heure, ici.

— Vous m'avez dit que vous le connaissiez.

Chester appuya délibérément sur l'accélérateur pour aller encore plus vite. Tout soupçon de gentillesse s'était évanoui. Je me cramponnai à mon siège-baquet et jetai un coup d'œil au compteur. Nous allions à plus de cent kilomètres à l'heure ! Les voitures qui roulaient en sens inverse nous faisaient des appels de phares et klaxonnaient. Dans d'autres circonstances, l'expérience aurait été grisante.

— Si vous voulez en savoir plus sur Dave, vous feriez bien d'acheter le journal local, dis-je, évaluant combien de membres je me serais cassés si j'avais sauté de la voiture en marche. Il y a un excellent article de fond à son sujet, dedans. Je parie qu'il répondrait à toutes les questions que vous vous posez, et… holà !

La voiture fit une embardée en direction du bas-côté et s'arrêta brusquement. Mon cœur martelait ma poitrine.

Chester se tourna vers moi, les yeux plissés.

— Je sais que vous mentez, dit-il sèchement. Si vous couvrez Dave Randall, vous commettez une erreur très dangereuse.

Il fallait absolument que je descende de voiture.

— Je crois que je vais être malade, déclarai-je.

C'était ma tactique préférée pour les longs trajets en voiture, quand j'étais enfant, et elle était très efficace. Chester ne voudrait sûrement pas que quelqu'un vomisse dans son impeccable Porsche.

— J'ai besoin d'air frais, dis-je avant de feindre deux haut-le-cœur très convaincants. Je vais vomir…

— Eh bien, descendez, alors, dit froidement Chester. Je ne vous retiens pas.

Une main plaquée sur la bouche, je défis la ceinture de sécurité et ouvris la portière.

— Au revoir, Vicky, dit-il. Je vous souhaite un bon rétablissement, ajouta-t-il avec une pointe d'ironie.

— Merci, répondis-je en descendant de voiture tant bien que mal, surprise de constater que mes jambes flageolaient et que j'avais bel et bien la nausée.

La Porsche redémarra dans un rugissement de moteur. Je la regardai s'éloigner d'un œil noir. Aucun gentleman digne de ce nom n'aurait abandonné une femme malade sur une route déserte. À moins, bien sûr, qu'il ne m'ait pas crue.

Mis à part un troupeau de vaches jersiaises, j'étais seule. Il n'y avait pas une maison en vue, rien en dehors d'un chapelet de poteaux télégraphiques s'étirant au loin. J'étais bien trop loin du Manoir pour y retourner. J'allais devoir faire la route à pied jusqu'au bureau.

Je me mis à avancer d'un pas lent. Le trajet me paraissait interminable. Pour couronner le tout, une pluie fine commença à tomber, du genre que l'on connaît bien dans le sud-ouest de l'Angleterre : elle paraissait inoffensive mais, en réalité, transperçait jusqu'au plus épais des imperméables.

Je passai encore et encore dans ma tête la conversation que j'avais eue avec Chester, regrettant toutes les occasions à côté desquelles j'étais passée. Que faisait-il à Gipping, à rôder dans une porcherie ? Il m'avait mise en garde contre Dave Randall, mais je ne lui avais pas demandé pourquoi. Pourquoi appelait-il lady Trewallyn « Kandi », et pourquoi avait-elle aussi peur de lui ? Était-il vraiment impliqué dans le meurtre de sir Hugh ?

Soudain, j'entendis des pneus sur la chaussée mouillée, derrière moi. Une voiture approchait. Il y eut deux coups de klaxon sonores. Mon cœur chavira. C'était forcément Chester ! La tête haute, je me retournai pour faire face à mon destin, avec dignité.

15

La BMW gris métallisé d'Annabel apparut soudain dans mon champ de vision. Je n'avais encore jamais été aussi heureuse de la voir – même si le soulagement que j'éprouvais était mêlé d'inquiétude. Annabel avait forcément dit à Pete la vérité au sujet de la disparition du rapport du médecin légiste. J'aurais encore préféré une altercation avec le tueur à une prise de bec avec mon chef. Pourtant, ma petite bévue serait considérée comme insignifiante comparée à la révélation sensationnelle selon laquelle sir Hugh avait été sauvagement assassiné.

En arrivant à ma hauteur, la voiture éclaboussa généreusement mon jean déjà détrempé d'une eau boueuse qui ressemblait étrangement à du purin. Toutefois, même cette humiliation – sans parler de la puanteur – ne parvint pas à refroidir la joie que m'inspirait son arrivée.

J'ouvris d'un coup sec la portière côté passager.

— Mince alors ! Ce que je suis contente de te voir !

— Attends ! s'écria Annabel, se pinçant le nez. Certainement pas. Tu pues les égouts.

— Pour l'amour du ciel ! Ce n'est qu'un peu de fumier.

Annabel secoua la tête d'un air catégorique.

— Cette voiture neuve, ça fait seulement six semaines que je l'ai. Tu vas devoir marcher.

Manifestement, les caractéristiques du Bon Samaritain ne faisaient pas partie de ses attributs.

Je jetai un coup d'œil à l'arrière.

— Il y a encore les housses en plastique du concessionnaire sur la banquette arrière.

— Je ne veux pas la salir.

— Je vais m'asseoir là-dessus.

J'ouvris la portière arrière et me glissai dans la voiture avec l'impression d'être une enfant qui aurait fait une bêtise.

Annabel pivota sur son siège pour vérifier ce que je faisais. Satisfaite, elle redémarra, et la BMW partit à vive allure.

— Pourquoi ne nous as-tu pas attendus, Pete et moi ? demanda Annabel en me regardant dans le rétroviseur.

Je posai les mains sur le dossier de son siège et me penchai en avant.

— J'ai décidé…

— Recule ! ordonna-t-elle en me donnant une claque sur les doigts.

Je me laissai retomber en arrière. Toute la gratitude que j'avais pu éprouver parce qu'elle était venue à mon secours s'évanouit. Comment osait-elle me parler d'un ton aussi cinglant et condescendant ? Après tout, j'avais quatre mois de plus qu'elle.

— Ce n'était vraiment pas professionnel de ta part de ne pas nous dire que tu avais décidé de partir de ton côté, continua Annabel. Tu n'as pas… ?

— Qu'est-ce que ça peut te faire ? On est dans un pays libre, non ?

Je me sentais inexplicablement au bord des larmes. Ma rencontre avec Chester m'avait plus affectée que je ne l'aurais cru.

— Pete et moi nous sommes inquiétés pour toi, c'est tout.

— Eh bien, il n'y avait pas de quoi.

Mes yeux piquaient. L'espace d'un instant, j'eus l'horrible sensation que j'allais bel et bien me mettre à pleurer.

Annabel m'observa dans le rétroviseur.

— Ça va ?

— Bon sang ! Des cornes me sont poussées sur le front, ou quoi ? m'emportai-je, avant de détourner le visage pour regarder lugubrement à travers la vitre.

— Tu es un peu pâle, c'est tout. Tu devrais vraiment te maquiller.

— Je me maquille, figure-toi. Simplement, je ne me badigeonne pas le visage de maquillage comme d'une peinture de guerre.

Il y eut un silence sinistre. Me sentant vaguement coupable, je fis un effort suprême pour me monter courtoise.

— Comment ça s'est passé, au Manoir ?

— Ça n'a rien donné, répondit Annabel d'un ton amer.

— Aucun secret extraordinaire dans le rapport du médecin légiste ? demandai-je, me penchant en avant. Pas de circonstances suspectes autour de la mort ?

Cette fois, Annabel ne m'ordonna pas de reculer.

— Sir Hugh Trewallyn est mort d'une crise cardiaque.

— *Quoi ?* fis-je, stupéfaite. Ce n'est pas possible.

Elle haussa les épaules.

— Apparemment, lady Trewallyn l'a trouvé dans la bibliothèque.

— Dans la *bibliothèque* ! m'écriai-je. Et tu me dis que l'enquête a conclu à une mort *naturelle* ?

La voix d'Annabel tremblota, puis elle se brisa dans un sanglot.

— Oh, Vicky, je voulais *tellement* que sir Hugh ait été assassiné !

Moi aussi.

— Ma pauvre…

Je lui tapotai maladroitement l'épaule, profondément déconcertée par la tournure des événements.

— Oui, pauvre de moi.

Elle prit un mouchoir en papier dans un distributeur sous le tableau de bord et se moucha.

— Ce n'est pas la fin du monde, dis-je vivement. Ce n'était qu'un enterrement, il y en aura plein d'autres d'ici la fin de l'année.

— C'est gentil de dire ça, mais ça allait être ma chance de percer, dit Annabel avec un soupir. Tu peux garder un secret ?

— Peut-être, répondis-je avec méfiance.

— J'ai un accord avec le *Bugle*, dit-elle en me regardant dans le rétroviseur. Mon article sur le meurtre aurait fait la première page.

J'étais vexée. En principe, tout article au sujet d'un meurtre aurait dû me revenir, à *moi*. Sans parler de la question de la loyauté envers l'entreprise !

— Et la *Gazette* ?

— La *Gazette* ! fit Annabel avec dédain. Ce journal est tellement ennuyeux, Vicky. Le *Bugle* veut un chroniqueur judiciaire…

— Mais tu es encore en formation ! l'interrompis-je, le spectre de la jalousie surgissant.

J'avais entendu parler de ce poste, moi aussi, mais je l'avais écarté d'emblée, considérant qu'il revenait à quelqu'un qui avait plus de bouteille.

— Il faut avoir de l'expérience pour ce poste, des contacts dans la police… Des indics professionnels *fiables*, pas comme l'éboueur du coin !

— Oh, Vicky ! s'exclama Annabel avec mépris. Tu ne crois tout de même pas que le vieux Binns est mon *seul* informateur ?

— Bien sûr que non !

J'eus une nouvelle bouffée d'envie.

— Qui y a-t-il d'autre ?

— Non, impossible. Je dois protéger mes sources.

Annabel eut un petit sourire satisfait et ajouta :

— Toi et moi sommes vraiment très différentes, Vicky. Tu es heureuse dans cet endroit miteux. Tu n'as pas mon ambition. Moi, j'étouffe, ici. Vraiment.

Je m'apprêtais à lui dire que moi aussi, je m'ennuyais à mourir, mais je me ravisai : je ne lui faisais pas confiance, elle risquait de le répéter à Pete.

— Est-ce que mon mascara a coulé ?

Annabel ressemblait à un panda.

— Pas vraiment.

— Je vais te déposer.

Elle s'arrêta devant la *Gazette*, sans se soucier de la circulation, derrière nous.

— Je dois aller voir quelqu'un.

— M. Binns doit être de retour à la décharge, maintenant, dis-je, me demandant si elle allait le gronder pour la fausse piste au sujet des poulets.

— Oh, lui, dit Annabel d'un ton dédaigneux. Je suis passée à autre chose. Pete a besoin de nouveaux gros titres, et je vais lui en trouver.

J'étais sur le point de lui dire que Pete avait approuvé l'article sur le saut de haies quand mon ventre se noua : devant la poste, entre une Volkswagen Coccinelle jaune pâle et une très vieille Reliant Robin – danger ambulant s'il en était –, était tapie la Porsche noire à la silhouette nettement reconnaissable. Je m'efforçai de garder mon calme. Peut-être Chester était-il allé acheter des timbres ?

— Tu vas rester assise là toute la journée ? me demanda Annabel tandis que l'automobiliste derrière nous donnait trois coups de klaxon. Dépêche-toi, Vicky, j'ai plein de choses à faire !

Je balayai la rue du regard. Il n'y avait aucun signe de l'Américain. Je descendis de voiture à contrecœur. La BMW redémarra. Alors que je me retournais pour adresser à l'automobiliste impatient un sourire contrit, celui-ci baissa sa vitre et me lança des obscénités. À mon grand mécontentement, plusieurs piétons se retournèrent pour me dévisager. Ce n'était pourtant vraiment pas ma faute.

— Ohé ! appela une voix que je connaissais.

Topaz, qui portait *toujours* mon écharpe, se tenait sur le pas de la porte de La Bouilloire de cuivre.

J'avais un compte à régler avec elle et, au moins, de l'intérieur du salon de thé, je pourrais surveiller la Porsche. Après la conversation animée que j'avais eue avec lui, je n'avais pas du tout envie de tomber sur Chester dans la Grand-Rue.

Il n'était que 16 h 30, mais Topaz retourna la pancarte sur la porte pour indiquer que l'établissement était fermé.

— Je mets de l'eau à chauffer ?

— Je ne suis pas venue prendre le thé.

Je la dépassai, me dirigeai vers la table à côté de la fenêtre, et m'y assis. La Porsche était juste sous mes yeux.

Topaz s'empressa de me rejoindre. Elle déroula lentement mon écharpe, puis me la mit autour du cou avec douceur.

— Oh, c'est la mienne ? fis-je, essayant de paraître indifférente.

De toute évidence, elle avait décidé de garder mes gants.

— J'ai dû l'oublier ici.

— Pas exactement *ici*.

Topaz tira une chaise et s'assit. Posant son menton au creux de ses mains, elle me regarda intensément.

— Je crois que c'est un prêté pour un rendu, non ?

— Je ne vois absolument pas de quoi tu veux parler.

Je détournai les yeux et regardai par la fenêtre. Je fus horrifiée de voir Chester quitter la *Gazette* ! L'idée que j'aurais pu tomber sur lui *là-bas* m'était insupportable. Je me sentais sur le point de défaillir. Il ne pouvait tout de même pas avoir découvert ma véritable identité, alors que j'avais été si prudente ?

— Ça va ?

Topaz tendit le bras sur la table pour me caresser la main.

— Tu es blanche comme un linge, tout à coup…

Je ne pouvais pas prendre le risque qu'elle voie Chester. Il fallait que je détourne son attention. Sur un coup de tête, je lui saisis la main et l'attirai vers moi.

— Topaz…

— Juste ciel, Vicky ! s'exclama-t-elle, les yeux écarquillés, émerveillée. J'espérais, bien sûr, mais je n'avais pas la moindre idée, vraiment…

Je sentais l'odeur corporelle de Topaz – un mélange de Blue Grass d'Elizabeth Arden et de cuisine – et j'étais donc certaine qu'elle pouvait sentir la mienne, d'autant que la chaleur du salon de thé faisait sécher mes vêtements mouillés.

J'avais raison. Elle renifla et fit la grimace.

— Si tu me permets de dire ça, tu empestes un peu.

— J'ai pris la pluie.

Topaz haussa les sourcils d'un air engageant.

— Tu veux retirer ces vêtements mouillés ? Nous faisons la même taille.

Elle avait la même lueur étrange dans le regard que celle que j'avais remarquée chez Pete quand il m'avait demandé si j'avais un petit ami.

Embarrassée, je détournai les yeux, juste à temps pour voir un éclair noir passer comme une flèche derrière la fenêtre. Il était impossible de ne pas reconnaître le rugissement du moteur de la Porsche. Heureusement, Chester était parti.

Le salon de thé était fermé. Si Topaz se jetait sur moi, personne n'entendrait mes appels au secours. Je me levai précipitamment.

— Tu sais quoi, et si nous allions prendre ce verre maintenant ?

— Je ne peux pas sortir dans cette tenue, déclara Topaz, montrant du doigt sa charlotte. Et si nous nous changions ensemble ?

— Mes vêtements sont presque secs, mais je t'en prie, vas-y, répondis-je en me dirigeant vers la porte du salon de thé. Retrouve-moi au bureau dans dix minutes.

Dehors, je pris une grande bouffée d'air frais, essayant de m'éclaircir les idées. Je saurais m'y prendre avec Topaz du moment que nous étions dans un lieu public. L'Américain m'inquiétait davantage. Pourquoi était-il retourné à la *Gazette* ? Avec un sursaut, je pris conscience de mon erreur. Je lui avais dit qu'il y avait un article sur Dave. Il devait être allé acheter un exemplaire du journal ; mais, le problème, c'était que l'article n'avait pas encore été publié. En fait, il attendait toujours sur le bureau de Pete.

Tandis que je traversais la rue, je priai pour que Chester n'ait pas posé trop de questions à Barbara. S'il découvrait ma véritable identité, je serais démasquée.

16

— Mon Dieu, Vicky… On dirait un rat noyé.

Barbara fronça le nez d'un air dégoûté.

— Quelle odeur…

— Que voulait l'Américain ?

Je n'étais pas d'humeur à parler de fumier alors que ma vie était en jeu. Dans le court laps de temps qu'il m'avait fallu pour traverser la rue, Chester s'était changé en tueur en série, et j'étais sa victime suivante.

— Quel bel homme ! s'exclama Barbara, les yeux brillants. Très poli… Il voulait en savoir plus sur l'article au sujet du saut de haies.

— Il n'y a pas d'article.

— C'est ce que je lui ai dit, mais il a soutenu le contraire.

Zut !

— Il n'aurait pas parlé de moi, par hasard ?

— Oh si, petite chanceuse ! dit-elle avec mélancolie. Si j'avais vingt ans de moins…

— Qu'a-t-il dit *exactement* ?

— Je lui ai dit qu'il était mal renseigné, puis il m'a demandé : « Puis-je parler à Vicky Hill ? » Je lui ai répondu : « Elle n'est pas là pour le moment, mais elle va revenir. »

C'était bien pire que je le craignais, car j'avais mis un point d'honneur à lui donner mon prénom.

— Ensuite, il m'a demandé si je connaissais le gars du saut de haies. Je lui ai dit qu'il fallait vraiment qu'il s'adresse à toi, parce que tu connaissais très bien Dave.

Barbara eut un rire cristallin.

— Les Américains sont vraiment charmants ! Pendant la guerre, j'ai eu une petite idylle avec un soldat américain…

— Jimmy Kitchen, je sais.

Je commençais à avoir mal à la tête. Barbara était tellement indiscrète ! C'était typique des vieilles filles de tomber en pâmoison dès qu'un bellâtre montrait le bout de son nez. Chester avait dû deviner qui j'étais dès le début. Quelle humiliation ! Et dire que j'avais prétendu être une coureuse de haies !

— Quel homme délicieux ! s'extasia Barbara. Il m'a dit que j'avais un *joli petit minois.*

Chester m'avait dit exactement la même chose. Ah, les hommes ! Topaz avait peut-être raison de préférer les filles. Au moins, elles n'étaient pas inconstantes.

Barbara montra la porte du doigt.

— C'est toi qu'elle attend ?

Quand on parle du loup… ! Topaz, qui avait dans les bras un balluchon de vêtements, se tenait le nez collé à la vitre.

— C'est ouvert !

Barbara lui fit signe d'entrer et reporta son attention sur moi.

— Bonté divine ! Est-ce qu'elle porte une perruque ?

En effet, Topaz portait une perruque – une longue perruque blond platine, pour être précise. Elle avait également soigné le reste de son apparence. Elle avait troqué le fameux uniforme en serge triste de La Bouilloire de cuivre pour une minijupe écossaise orange, un poncho à franges orange, et des bottes blanches en vinyle qui lui arrivaient aux genoux. Même son rouge à lèvres était orange.

— Je t'ai apporté des vêtements.

Elle laissa tomber le tas sur l'un des fauteuils en similicuir et se tourna vers Barbara.

— Bonjour ! Je suis Topaz Potter, de La Bouilloire de cuivre, sur le trottoir d'en face.

— Barbara Meadows, dit Barbara avec enthousiasme. J'ai une jupette exactement comme la vôtre. Parfois, je me dis que je devrais *vraiment* la remettre.

Topaz gratifia Barbara d'un large sourire dévoilant ses dents et ses gencives et s'écria :

— Oh ! Donnez-la-moi, je vous en prie ! J'adore les vêtements vintage, pas vous ?

Elle prit dans la pile un short moulant turquoise et vert à rayures.

— Un authentique Mary Quant des années 1960, parfait pour Vicky. Elle a de si jolies petites fesses, vous ne trouvez pas ?

Barbara haussa les sourcils si haut qu'ils disparurent sous sa frange. Je pris un pull jaune citron duveteux et un imperméable en plastique moutarde.

— Je vais juste t'emprunter ça, dis-je, espérant que l'imperméable couvrirait mes *jolies petites fesses*.

— Change-toi dans le couloir, ma chérie, me dit Barbara, mais fais attention à mon vélo.

Topaz s'affala sur le tas de vêtements, exhibant une grande surface de cuisse nue.

— Je t'attends ici, je vais discuter avec ton amie.

Je ne voulais pas qu'elle parle à Barbara, ou vice versa. Il n'y avait pas moyen de savoir ce qu'elles se diraient.

— Et si tu rapportais toutes ces affaires chez toi, pour gagner du temps ? J'en ai pour une minute.

— D'accord, répondit Topaz en souriant. Au fait, où est passé ce bel Américain ? Il n'était pas là, tout à l'heure ?

Barbara eut un sourire rayonnant.

— N'est-il pas charmant ?

— Allez, ouste !

Je chassai Topaz en direction de la porte, résistant à l'envie de l'étrangler pour la faire taire.

— Vicky et moi avons notre premier rendez-vous, ce soir, annonça Topaz.

— Rendez-vous ? Ne dis pas de bêtises ! dis-je avec un rire nerveux.

— Bonté divine !

Barbara toussota, visiblement gênée, et elle trouva soudain quelque chose de très intéressant à regarder sur son bureau.

— C'est purement professionnel, m'empressai-je de dire.

— Professionnel ? répéta Topaz, dont le visage s'éclaira. Tu veux dire que tu veux que je travaille pour la *Gazette* ?

Zut !

— Quelque chose comme ça, marmonnai-je.

— Oh mon Dieu, Vicky… C'est mon *rêve* !

Topaz poussa un petit cri suraigu et sautilla plusieurs fois sur place.

— Tu ne le regretteras pas.

— Félicitations, ma chère, dit Barbara, clairement perplexe. Quand commencez-vous ?

Je ramassai les vêtements posés sur le fauteuil et les fourrai dans les bras de Topaz.

— Bon ! À tout de suite.

Tandis que Topaz passait la porte, je me tournai pour faire face à Barbara. Son expression trahissait une certaine inquiétude.

— Pete est au courant ? me demanda-t-elle.

— Il n'a pas besoin d'être au courant. C'est un arrangement privé.

Barbara me regarda avec perspicacité.

— Je crois que cette fille est amoureuse de toi. Je reconnais les signaux. Tu sais, j'ai fréquenté un lycée de filles. Un jour, dans le dortoir…

— Je vais juste enfiler ce haut dans les toilettes du sous-sol.

J'avais déjà entendu les anecdotes d'internat de Barbara des dizaines de fois – sur les festins nocturnes organisés en cachette, toutes nues, les batailles de polochons, toutes nues, les filles serrées comme des sardines, toutes nues.

— Il faut que je me dépêche.

— N'oublie pas de…

— Faire attention à ton vélo, je sais.

J'enjambai le très vieux vélo rose de Barbara, équipé d'un panier en osier, et j'allai aux toilettes. Tout en enfilant les vêtements de Topaz, je me demandai ce que je fabriquais. La journée entière avait été un cauchemar, et la soirée qui m'attendait promettait d'être mouvementée aussi. Il fallait que je me ressaisisse. Je me rassurai : c'était cela, être journaliste d'investigation. Prendre des risques. Vivre dangereusement. Être sur le fil du rasoir.

Topaz pouvait s'avérer utile. Je devais absolument découvrir de quoi elle et Probes avaient discuté le matin même, avant que j'arrive. De toute évidence, elle en savait plus sur Chester Forbes qu'elle ne voulait bien l'admettre. J'espérais seulement que l'alcool n'exacerberait pas sa passion pour moi.

17

— Tu avais l'air de bien t'entendre avec le flic de ce matin, dis-je avant de boire une gorgée de panaché.

Il n'était pas tout à fait 18 heures, mais le pub Les Trois Fûts était déjà très animé. La majeure partie des clients étaient des fermiers qui revenaient de la foire aux bestiaux de la ville voisine de Newton Abbot.

Topaz nous avait dégotté une table bien placée, dans un coin de la salle, à côté de la grande cheminée dans laquelle crépitait une belle flambée. La chaleur intense m'avait obligée à m'asseoir sur le banc en bois, à côté d'elle, ce qui était un peu trop intime à mon goût.

Topaz retira avec beaucoup de soin la cerise glacée de son Babycham et la posa dans un cendrier. Plus personne ne buvait de Babycham, de nos jours. Son faux champagne chichiteux, avec le logo de la marque qui représentait un faon, coûtait trois fois le prix de ma demi-pinte. C'était moi qui payais, et elle en était déjà à son troisième.

Topaz posa une main sur mon genou et le serra avec force. *Oh mon Dieu !* Barbara avait raison.

— Ne t'inquiète pas, me répondit-elle, je n'ai dit au policier que ce que tu m'avais ordonné de dire.

Ce n'était pas tout à fait exact, mais ce n'était pas la peine d'argumenter. Maintenant qu'elle croyait que nous travaillions ensemble, Topaz s'était détendue. Je ne savais pas vraiment comment lui annoncer qu'il n'y avait pas de poste disponible à la *Gazette*, mais je décidai de m'atteler à ce problème un autre jour.

Elle retira sa main pour mettre une mèche de cheveux devant l'un de ses yeux, ce qui, malheureusement, décala légèrement sa perruque. Elle imaginait sans doute que c'était sexy.

— On est bien, hein ? Je suis *tellement* contente que tu m'aies invitée à sortir.

J'avais envie de lui faire remarquer que suggérer un verre amical et demander un rendez-vous galant lesbien étaient deux choses très différentes, mais je ne voulais pas la distraire de ce dont nous parlions.

— Allez, Topaz, dis-moi ce que tu lui as dit…

Je baissai la voix.

— … d'une fille à une autre.

Je tressaillis comme elle posait la tête sur mon épaule.

— Bien sûr, maintenant que nous formons une équipe, c'est différent.

— Cela ne devrait pas l'être, dis-je d'un ton ferme. Tout ce que tu avais à faire, c'était dire la vérité à Probes.

— Tu te souviens, je t'ai demandé ce que je devais dire, et tu m'as répondu de ne pas hésiter, de dire exactement ce que j'avais vu.

— C'est-à-dire ?

Ma tête se remit à me lancer. *Seigneur !* Pas une *autre* migraine. Je n'en avais encore jamais eu autant coup sur coup. Le juke-box qui passait à plein volume *Brown Sugar* des Rolling Stones ne m'aidait pas franchement.

Elle tourna la tête vers moi et plongea effrontément ses yeux dans les miens.

— Toi. Et l'Américain.

Topaz Potter nous avait donc vus. La question était : où ? Était-ce dehors, dans la ruelle, ou dans les bureaux de la *Gazette* ? Son appartement était juste en face de la salle des journalistes. Il n'y avait ni rideaux ni stores aux fenêtres.

Chester s'était déplacé avec une lampe de poche, et j'avais quant à moi eu la stupidité d'allumer la lumière quand il était parti, éclairant opportunément tout le lieu.

Je pris un air indigné.

— Tu ne veux tout de même pas dire que tu nous as vus… *ensemble* ?

— Ne dis pas de bêtises.

Topaz liquida son troisième Babycham et me tendit son verre vide.

— Avec des chips fromage-oignons. Je meurs de faim.

Je pris le verre mais ne fis pas mine de me lever.

— Donne-moi les détails – et je t'achèterai aussi un sachet de cacahuètes.

Elle soupira.

— L'Américain a quitté la ruelle le premier. Ensuite, je t'ai vue, *toi*…

— Dehors. Pas *dedans*, tout de même.

— Si tu le dis. Je n'ai parlé au policier que de l'Américain, et…

Elle battit des cils.

— … et de nous.

— De *nous* ? *Nous* ? Pourquoi as-tu fait une chose pareille ?

À quoi jouait-elle, bon sang ? Pourquoi laisser entendre à Probes qu'il y avait quelque chose entre nous ? Je repensai au clin d'œil furtif qu'elle lui avait adressé avant de quitter l'accueil, au journal.

Topaz posa sur moi ses grands yeux verts et me regarda d'un air enamouré.

— J'ai bien remarqué la façon dont tu regardais…

Sa voix se changea en un murmure.

— … mes seins.

— Je n'ai jamais fait une chose pareille.

Je repensai à sa robe de nuit légère et sentis mes joues s'empourprer.

— À vrai dire, j'admirais juste ton médaillon en argent.

— Il n'y a pas de mal à être timide.

Elle prit ma main dans la sienne. Je la retirai vivement.

— Ils t'ont bel et bien plu, n'est-ce pas ?

— Le collier m'a plu, répondis-je d'un ton catégorique. Il date probablement du début de l'époque victorienne. Sans aucun doute en argent, incrusté de nacre.

Naturellement, étant donné mon éducation, je savais reconnaître un bijou de valeur quand j'en voyais un.

— Il devrait y avoir une photo de son ancien propriétaire à l'intérieur, avec une mèche de ses cheveux.

— Tu as raison. C'est le cas.

Les yeux de Topaz s'emplirent de larmes.

— Ce médaillon appartenait à ma tante, ajouta-t-elle en sortant un mouchoir rouge de sous son poncho et en se tamponnant les yeux. C'est tout ce qu'il me reste d'elle, à présent.

— Pour l'amour du ciel, je suis désolée pour ta tante, mais on nous regarde…

Trois fermiers qui portaient d'épais pantalons en sergé, des vestes et des casquettes en tweed interrompirent leur conversation pour se tourner vers nous et nous regarder d'un air ahuri. Ils imaginaient sans doute que nous étions au beau milieu d'une querelle d'amoureuses. Topaz se moucha bruyamment.

— Parle-moi de l'Américain.

— Chester Forbes ?

— Je croyais que tu ne savais pas comment il s'appelait, me dit-elle d'un ton accusateur, oubliant soudainement son chagrin.

— Je ne le sais pas.

Zut ! Les larmes inattendues de Topaz, suivant de près ses minauderies éhontées, m'avaient totalement prise au dépourvu.

— J'ai inventé ce nom. On ne peut tout de même pas continuer à l'appeler *l'Américain*, si ?

— Oh, j'ai cru…

Une unique larme coula sur sa joue

— J'ai cru que tu savais quelque chose.

Elle prit une profonde inspiration.

— Tu as déjà été amoureuse ?

C'était difficile de suivre les sautes d'humeur de Topaz, mais j'étais contente de changer de sujet.

— Oui. D'un homme.

— Je suis sortie avec un type pendant six mois… dit-elle.

— Avec un type ? Mais…

— Oh, je sais ce que tu penses.

Elle tordit son mouchoir d'un air désespéré.

— Il m'a brisé le cœur, et j'ai décidé de ne plus jamais sortir avec un homme. Plus jamais.

— C'est un peu radical, non ?

— Les hommes sont tous infidèles. Ils sont faibles et faciles à détourner du droit chemin.

Elle essuya une autre larme, étalant son eye-liner.

Je ne pouvais pas vraiment la contredire. Je croyais entendre ma mère. J'avais vu Pamela Dingles montrer le haut de ses bas sous sa minijupe. Le pauvre Papa avait été incapable de résister.

— Je l'aimais vraiment, continua à jacasser Topaz. Et puis l'autre s'est pointée, bien décidée à lui mettre le grappin dessus. Dave n'avait aucune chance.

— Dave ? Pas Dave Randall, quand même ?

J'étais sidérée. Pas *mon* Dave Randall !

Topaz hocha la tête avec un air tragique.

— Je ne pourrais jamais être aussi captivante qu'*elle*. Je ne suis pas riche, et je ne conduis pas une belle bagnole.

J'eus soudain la nausée. Ce *elle* ne désignait tout de même pas Annabel ? N'y avait-il donc aucune justice en ce bas monde ? Elle avait eu le culot de faire semblant qu'il n'y avait rien entre eux quand ils s'étaient vus à l'accueil, le mercredi.

— Au début, je croyais que c'était toi, poursuivit Topaz, offrant à mon *ego* fragile un certain réconfort, mais ensuite, je me suis rendu compte que la personne concernée l'avait subjugué. C'était comme si quelqu'un lui avait jeté un sort.

Les pensées se bousculaient dans ma tête.

— Tu crois que Dave est victime de *sorcellerie* ?

Topaz me regarda d'un air triste.

— Tout le monde sait qu'elle fait de la sorcellerie, mais nous avons tous bien trop peur pour le dire.

L'alcool faisait des merveilles sur Topaz.

— Je vais te chercher un autre verre. Reste ici. Ne bouge pas.

— N'oublie pas les chips et les cacahuètes.

Tandis que j'attendais au bar, mon assurance commença à faiblir. Je me trompais peut-être depuis le début. C'était Annabel, et non lady Trewallyn, qui était la meneuse. Peut-être qu'Annabel se trouvait prise dans un jeu sexuel sordide impliquant des poulets. Il n'était pas étonnant qu'elle ait nié leur importance, à la décharge ! Peut-être aussi qu'elle avait séduit sir Hugh, qu'elle l'avait tué, et qu'elle avait essayé d'étouffer l'affaire avec un faux rapport médico-légal ?

Cette perspective était perturbante, mais personne n'aurait pu nier que cela aurait fait un scoop extraordinaire en première page, avec tous les ingrédients préférés de Pete : JEUX *COQ*-UINS D'UNE POULE DE LUXE ASSOIFFÉE DE SEXE : UNE EXCLUSIVITÉ DE VICKY HILL !

Quand je regagnai la table dans le coin de la salle, Topaz était ragaillardie.

— Tu te souviens que tu me dois une faveur ?

— Ah bon ?

— Pour l'écharpe, nigaude ! dit-elle avec un petit rire. Bien sûr, j'ai gardé les gants en quelque sorte en guise de garantie.

Je ris nerveusement.

— Topaz, tu n'as pas besoin de m'acheter. Nous sommes amies en plus d'être des coéquipières.

— Tant mieux, dit-elle avec un sourire rayonnant, parce que je veux récupérer Dave, et que tu vas m'y aider !

— Honnêtement, je ne vois pas comment…

— J'ai lu dans un magazine que cela excitait les hommes d'imaginer deux femmes en train de le faire.

— Où veux-tu en venir ?

Elle me regarda intensément.

— Eh bien, je ne l'ai encore jamais fait avec une femme, mais… tu veux essayer ?

Je faillis m'étrangler avec mon panaché.

— Tu veux coucher avec moi dans le but de reconquérir Dave ?

J'avais déjà embrassé une fille, quand j'avais sept ans, et ce n'était pas vraiment dégoûtant. J'avais embrassé des garçons aussi, bien sûr, mais pas depuis que j'avais quitté le lycée. L'espace d'un instant, la vision de l'expression anéantie d'Annabel au moment où elle ferait une découverte aussi sordide s'avéra assez tentante. Elle nous surprendrait en train de nous tortiller de plaisir dans le lit de Dave au Cricket Lodge, tandis qu'il nous observerait, haletant de désir – pour moi, bien entendu.

— Nous devrions nous entraîner un peu, d'abord, dit Topaz. Peut-être quand j'aurai fini mon verre ?

— Nous entraîner ? répétai-je, horrifiée. Maintenant ?

— Il faut que nous soyons convaincantes, dit-elle, glissant une main sur ma jambe, sous la table. J'ai un livre avec des schémas.

— Je ne suis pas vraiment d'humeur…

— Ce ne sera pas long. Un quart d'heure, maximum.

Je ne savais pas quoi répondre. D'un côté, je voulais à tout prix perdre ma virginité et j'en étais arrivée au stade où je ne me souciais plus vraiment de savoir avec qui ; même si, à mon avis, le faire avec une fille ne compterait pas réellement. Topaz avait l'air d'être une brave fille – un peu nerveuse, mais au moins avait-elle l'air d'être propre. Comme c'était inattendu ! Ce soir-là pouvait être le soir où je deviendrais une femme. Alors pourquoi est-ce que j'hésitais ?

Et si Dave et Topaz découvraient qu'ils aimaient les orgies et invitaient Annabel à se joindre à nous ? Il était hors de question que je batifole nue avec ma rivale. Non, c'était une mauvaise idée.

Je jetai un coup d'œil à Topaz, qui avait descendu son Babycham presque d'un trait. J'allais devoir la repousser avec délicatesse. Je lui pris la main et la serrai doucement dans la mienne.

— Je suis désolée, Topaz, je crois que je ne pourrai pas.

Elle se renfrogna.

— Pourquoi ?

— Le problème, c'est qu'Annabel et moi travaillons ensemble…

— Annabel ? fit Topaz avec dédain. Cette traînée dans sa BMW tape à l'œil ? Tout en cheveux et en rouge à lèvres ?

Je hochai la tête.

— C'est une vraie catin, continua Topaz. Tu savais que cette voiture ne lui appartenait même pas ?

Je commençais à me sentir un peu étourdie.

— Je croyais que tu voulais dire que c'était *Annabel* qui t'avait volé Dave.

— Oh, *non* ! Annabel est trop occupée à coucher avec une grosse légume du coin.

— Seigneur ! Qui ça ?

Je me demandais si Pete savait qu'il n'était pas le seul. Je passai rapidement en revue dans ma tête les hommes importants de Gipping – le directeur de la banque, le receveur des postes, le président du Rotary Club. Ils avaient tous plus de cinquante ans.

— Je parle de cette maudite lady Trewallyn.

L'espace d'un instant, je restai sans voix. Peut-être était-ce pour cette raison que Dave avait blêmi quand j'avais mentionné la Porsche noire ? Il avait marché sur les plates-bandes de ce bon vieux Chester.

Topaz me saisit les mains et m'attira vers elle.

— Il *faut* que tu m'aides à le récupérer, Vicky. Il le *faut*.

Craignant qu'elle n'ait une autre crise de larmes, je décidai qu'il valait mieux la rasséréner pour le moment.

— Très bien. Laisse-moi réfléchir.

Mes pensées ne s'attardaient plus sur un torride ménage à trois. Il était hors de question que je rende service à Topaz si lady Trewallyn était impliquée. Cette femme m'avait terrifiée dès l'instant où je l'avais vue pour la première fois, aux funérailles de son mari. Ce n'était pas seulement à cause de son rouge à lèvres écarlate ou de la rapidité avec laquelle elle avait attaqué Chester. Il y avait quelque chose de menaçant chez elle. Plus j'y pensais, plus je prenais conscience que lady Trewallyn aurait fait une parfaite Grande Prêtresse. *Grand Dieu !* Dave était peut-être impliqué, lui aussi ! Le satanisme était la crème de la crème de la dépravation. Rares seraient les hommes qui refuseraient cela – et Dave semblait en plus avoir déjà un goût prononcé pour la douleur.

Je repensai à son expression sur la photo que Chester avait volée : alors même qu'il était pratiquement empalé sur un pieu au centre de la haie d'ifs, il avait l'air tout joyeux.

Topaz exerça une pression sur mon bras.

— Alors ? Tu as une idée ?

— Je réfléchis.

J'avais intérêt à être prudente. Topaz était peut-être une mine d'informations, mais elle était indéniablement instable.

— Bien sûr, la *Gazette* apprécie beaucoup ton aide.

— Ce n'est rien. J'adore observer les gens.

Elle bâilla et appuya la tête sur mon épaule.

— J'ai horriblement sommeil. Si nous n'y allons pas très bientôt, je ne vaudrai absolument plus un clou.

— Allons-y.

Heureusement, La Bouilloire de cuivre n'était qu'à cinq minutes de marche. J'aidai Topaz à se mettre debout et la guidai vers la porte.

— Tu es tellement gentille avec moi, Vicky, marmonna-t-elle, cramponnée à mon bras. Allez, soyons lesbiennes ! Les femmes sont vraiment beaucoup plus *fidèles*.

Il faisait froid, dehors. Des nuages noirs filaient dans le ciel ; la pluie menaçait à nouveau. La lueur jaune des réverbères éclairait notre route le long de la Grand-Rue déserte. J'avais eu bien tort de prendre Gipping pour une ville ennuyeuse. L'endroit semblait regorger de maniaques sexuels et de satanistes pervers.

Lady Trewallyn occupait toutes mes pensées. Si elle avait un accès illimité aux forces du mal, l'apparition de son ami américain ne lui aurait sûrement pas posé de problème. Ne se serait-elle pas tout simplement contentée de le zigouiller à l'aide d'un mauvais sort bien pratique ? Je ne croyais pas à toutes ces sornettes de mauvais sorts, mais beaucoup de gens y croyaient – surtout à la campagne. Pourtant, la façon dont elle s'en était prise physiquement à Chester, ce matin-là, au cimetière, était gravée dans ma mémoire. Peut-être qu'ils avaient été amants par le passé et que *Kandi* était le petit surnom qu'il lui donnait dans l'intimité ?

Je frissonnai, en partie à cause du froid, en partie parce que j'étais tout excitée par mes excellentes spéculations.

— Vicky, tu trembles, dit Topaz. Ne t'inquiète pas. Moi aussi, je suis nerveuse.

L'air frais l'avait dégrisée. Le cœur serré, je repensai à la suggestion qu'elle avait faite, un peu plus tôt, d'une expérimentation lesbienne.

Nous étions arrivées à La Bouilloire de cuivre. J'allais devoir réfléchir rapidement si je voulais éviter qu'elle ne fasse un caprice.

— Je crois qu'il vaut mieux que nous nous en tenions à une relation strictement professionnelle pour le moment.

— Je ne suis pas d'accord, s'entêta-t-elle. Tu as dit que tu m'aiderais à récupérer Dave.

— Bien sûr que je vais t'aider, mais c'est une tâche dangereuse. En plus, d'après la politique de l'entreprise, les employés ne peuvent pas joindre l'utile à l'agréable.

Topaz soupira.

— Je suppose que c'est un sacrifice nécessaire.

— Tu as tes clés ?

Elle les sortit de sa poche et jeta un coup d'œil furtif autour d'elle avant de chuchoter :

— Quand est-ce que je recevrai mes instructions pour la suite ?

Je ne voulais surtout pas qu'elle se pointe à l'improviste au bureau.

— Je passerai te voir demain, après le travail. N'oublie pas : tu es une indic *secrète*. Motus et bouche cousue !

— Alors, quelle est ma cible ? L'Américain ou lady Trewallyn ?

Je n'en étais pas sûre, et j'avais besoin de gagner un peu de temps.

— Je te tiendrai au courant. Pour le moment, tout ça est très confidentiel.

Topaz fronça les sourcils.

— Et Barbara ? Elle ne va rien dire ? Elle était là quand tu m'as engagée.

— Je m'occuperai d'elle.

Toute cette histoire échappait à mon contrôle. Étant donné la façon dont Topaz s'était servie de mon écharpe, je savais déjà qu'elle était capable de chantage.

Elle balaya rapidement la rue du regard – ce qui était un peu absurde, étant donné que nous nous tenions sur le trottoir, exposées aux regards, depuis plusieurs minutes.

— Demain, fit-elle, remuant les lèvres silencieusement.

Là-dessus, elle me donna une petite tape sur l'épaule, puis elle disparut dans le salon de thé.

Je pris le chemin de la maison, douloureusement consciente du fait que je venais de rendre ma vie mille fois plus compliquée. Non seulement j'avais, sur un coup de tête, offert à Topaz un emploi inexistant, mais en plus, je m'étais laissé embringuer dans un triangle amoureux bizarre qui impliquait le principal suspect dans une affaire de meurtre. Comme si cela ne suffisait pas, j'étais tombée par hasard sur une bande de satanistes.

Il était temps de faire mes propres recherches. Où sir Hugh avait-il rencontré lady Trewallyn ? Sa première épouse n'était-elle pas morte d'une crise cardiaque, elle aussi ? La *Gazette* s'enorgueillissait de son long historique de reportages de mariages et de funérailles – et, grâce à l'archivage méticuleux de Barbara, cette information ne devrait pas être très difficile à trouver. Barbara était âgée ; peut-être même s'en souvenait-elle personnellement.

Soudain, une vision du visage de la logeuse s'imposa à moi. Pourquoi n'avais-je pas pensé à elle plus tôt ? En tant que propriétaire de son entreprise Traiteur du berceau au cercueil, elle aurait des informations sur tout le monde, à Gipping, littéralement de la naissance à la mort de chacun !

Comme je passais une demi-heure avec ma logeuse tous les jours, à l'heure du petit-déjeuner, entre 7 h 45 et 8 h 15, j'aurais l'occasion idéale pour lui poser quelques questions amicales autour d'une tasse de thé et d'une tartine grillée.

Mais, une minute ! Comment avais-je pu me montrer aussi peu compréhensive ? J'avais toujours supposé que l'attitude revêche de Mme Poultry était un défaut, en dépit des divagations enamourées de Ronnie.

Eh bien ! J'allais y remédier au plus vite. Je lui proposerai d'être mon informatrice dès le lendemain matin. J'étais sûre qu'elle en serait ravie.

18

— Gipping est vraiment une ville charmante, dis-je en remuant mon thé, au petit-déjeuner.

Comme à l'accoutumée, Mme Poultry se tenait hors de mon champ de vision, juste derrière moi, et elle suçotait l'une de ses épouvantables pastilles pour la toux. Nous n'avions pas pour habitude de prendre une bonne tasse de thé ensemble, agréablement, le matin. Sa manière de procéder consistait à attendre que j'aie bu la dernière gorgée de thé et avalé la dernière miette de main, puis à se jeter sur ma tasse et mon assiette, s'empressant de débarrasser pour déclarer la cuisine fermée.

— Vous êtes née ici, je crois ? dis-je avec un sourire aimable.

— Pourquoi ?

— Par curiosité.

— Vous avez fini votre tartine ?

— Pas encore.

Franchement ! J'avais encore une demi-tranche de pain dans mon assiette. Je tendis la main vers le pot de confiture de fraises.

— Une seule cuillère à café, n'oubliez pas, ronchonna-t-elle. Ça coûte cher.

Ma logeuse se montrait si peu coopérative que c'en était contrariant. Recruter un indicateur était toujours une tâche délicate – à moins qu'il s'agisse de quelqu'un comme Topaz, qui s'était en fait portée volontaire pour être mon espionne sur la Grand-Rue.

En règle générale, personne n'aimait penser que les autres le ou la considéraient comme capable de raconter des histoires. Papa estimait que la méthode la plus efficace était un mélange de flatterie, quelque chose comme *Nous ne pourrions pas y arriver sans vous*, et du rappel discret : *C'est ce que nous ferons si nous y sommes contraints.*

Malheureusement, les tactiques de Papa ne fonctionnaient pas avec Mme Poultry. Dans l'espoir de l'attendrir, j'avais porté aux nues son service de traiteur. J'avais chanté les louanges de ses viandes froides et m'étais extasiée sur son cake aux fruits moelleux, mais en vain. La seule réaction de ma logeuse avait été un regard dur et glacial.

— Votre travail doit être passionnant. Des baptêmes, des mariages, des enterrements ! continuai-je gaiement. Et ce nom, *Traiteur du berceau au cercueil*… Du pur génie !

Elle resta silencieuse ; mais je ne me laissai pas démonter.

— Comme c'est merveilleux d'être présent au début de la vie et à sa toute fin. J'imagine ce dont vous devez être témoin…

J'eus un petit rire indulgent.

— Ça alors ! Vous devez savoir tout ce qu'il y a à savoir sur les citoyens de Gipping. C'est pour cela que…

— Êtes-vous en train de me demander d'espionner mes clients ? me demanda sèchement Mme Poultry.

— Bien sûr que non, répondis-je, sentant le rouge me monter aux joues. Étant nouvelle venue à Gipping, il m'arrive d'avoir besoin d'aide pour connaître les antécédents familiaux d'une personne : des détails susceptibles d'étoffer un peu une notice nécrologique, de temps en temps, ou…

— Certainement pas ! s'écria Mme Poultry, scandalisée. Traiteur du berceau au cercueil a la réputation de respecter la vie privée de ses clients. Notre devise ne serait pas *Délicieux, Digne de confiance et Discret*, sinon !

— Non, je ne…

— Vous autres, journalistes, êtes bien tous les mêmes !

Elle me retira vivement mon assiette – alors qu'il me restait encore une croûte de pain – et se dirigea vers l'évier à grands pas furieux.

Zut ! J'avais intérêt à essayer une autre méthode. Je me creusai les méninges et repensai soudain à Ronnie Binns. N'importe quelle femme aime se sentir admirée. Pourquoi Mme Poultry serait-elle différente ? En supposant qu'elle soit veuve depuis des années, elle devait avoir désespérément besoin de l'attention d'un homme.

— Oh ! j'ai failli oublier de vous le dire : j'ai croisé Ronnie Binns à la décharge, dis-je en regardant ma logeuse se démener pour enfiler une paire de gants caoutchouc.

Son arthrite lui jouait des tours.

— Il a l'air très épris de vous… Il est peut-être même disponible.

Mme Poultry fit volte-face, ses yeux lançant des éclairs.

— Comment *osez-vous* parler de moi de cette manière *répugnante* avec ce petit homme puant ?!

— Il trouvait que vous aviez de belles poubelles, balbutiai-je, décontenancée par une telle fureur. Votre nom n'a été mentionné que parce qu'il me parlait des poulets mutilés qu'il a trouvés au Manoir.

Mme Poultry, qui avait enfin réussi à enfiler ses gants en caoutchouc, croisa les bras sur sa poitrine généreuse.

— Et en quoi est-ce que cela me concerne ?

— Vous connaissez le *best-seller* torride *Mégères vaudoues* ?

— Un ramassis d'obscénités ! s'exclama Mme Poultry. Je ne lis pas de romans à quatre sous, et vous ne devriez pas le faire non plus. Pourquoi ?

— Dans ce livre, il y a une scène de sacrifice, et je crois que…

Je m'interrompis brusquement. Un étrange picotement courut le long de ma colonne vertébrale. Papa aurait appelé cela mon *système d'alarme interne*. Pourquoi Mme Poultry – elle qui ne cancanait jamais – serait-elle intéressée par cette histoire ? *À moins que... ?* Une pensée effrayante me vint à l'esprit. Prenant le ton le plus naturel possible, je lui demandai :

— Vous connaissez Annabel Lake ?

— Non. Je devrais ?

Bien sûr qu'elle allait nier ! Ce que je pouvais être stupide ! Annabel ne s'était-elle pas vantée d'avoir d'autres indics ? Mme Poultry était pour ainsi dire les yeux et les oreilles de Gipping ! Même si elle n'avait pas assisté aux funérailles de sir Hugh, ma logeuse était allée espionner la cérémonie. Je l'avais vue de mes propres yeux se cacher sous ce buisson d'aubépine, dans le cimetière. Et qui avait dû la payer pour le faire ? Annabel. Heureusement que je n'avais pas parlé à Mme Poultry du poison et des plumes de poulets ! Cela serait parvenu tout de suite aux oreilles d'Annabel.

Je regardai l'horloge de la cuisine et me levai précipitamment.

— Mon Dieu ! Il est déjà huit heures et quart... Merci pour le petit-déjeuner. Je dois y aller !

Au moins une partie du mystère serait résolue aujourd'hui même. On était vendredi, et le journal serait donc mis sous presse. Si Annabel mentait, la mort de Trewallyn dans des circonstances suspectes s'étalerait en première page. Si elle disait la vérité, alors il y avait trois personnes qui savaient ce qui était réellement arrivé à sir Hugh : le médecin légiste Sharpe, moi-même, et le tueur.

Mon entretien avec Mme Poultry n'avait pas été couronné de succès, mais je savais que Sharpe m'aimait bien. Nous avions beaucoup de choses en commun – les enterrements, pour commencer. À l'heure du déjeuner, peut-être que j'achèterais des sandwiches aux œufs et au cresson pour deux personnes et que je passerais à la morgue pour faire un brin de causette avec lui.

Je ne savais pas si l'on pouvait dire que j'avais hérité des gènes de mon père, mais mon instinct me disait que ce qui apparaîtrait en première page aujourd'hui ne serait que la partie visible de l'iceberg.

19

Tout le monde dans la salle des journalistes était en effervescence. Malheureusement, c'était mon bureau qui était le centre de l'attention. Je regardai, avec un sentiment d'appréhension croissant, Pete fouiller dans mes tiroirs et passer au crible mes dossiers.

— Vicky ! Où sont-elles, bon sang ?

La cigarette de Pete était collée à sa lèvre inférieure et elle s'agitait de haut en bas quand il parlait.

Un horrible pressentiment m'envahit.

— Qu'est-ce que vous cherchez ?

Annabel émergea de dessous mon bureau.

— Elles ne sont pas là-dessous, en tout cas.

— Les photos de Randall, dit Pete. La mort de Trewallyn est reléguée en dernière page. La course de haies va faire la une !

— La une ? Vous me donnez une première page ?

Annabel n'avait *pas* menti ! Cependant, comment cette histoire de crise cardiaque pouvait-elle être vraie ? Il faudrait que j'y réfléchisse plus tard. Pour le moment, la chance de ma vie s'offrait à moi, et je ne pouvais même pas la saisir. Ce n'était vraiment pas juste.

— Sans photos, ça ne vaut rien, dit Annabel, projetant ses seins en avant dans la direction de Pete. Mon article sur le tracteur est parfait. J'ai une super photo du nouveau Massey-Ferguson.

— On s'en fout, des tracteurs ! Le saut de haies est évocateur de danger. L'homme contre la nature. N'est-ce pas, Vicky ?

Je souris faiblement.

— Oui.

— Alors *réfléchis*, bon sang ! Sans les photos de Randall, nous sommes cuits.

— Je croyais que vous étiez toujours prêtes, vous, les éclaireuses, dit Annabel avec un petit ricanement. Je parie qu'elle les a perdues, ajouta-t-elle.

— Je t'entends ! dis-je, sur la défensive. Je sais exactement où elles sont.

À peine ces mots eurent-ils franchi mes lèvres que je me rendis compte de mon erreur. Chester avait volé les photos de Dave. Elles étaient définitivement perdues.

— Eh bien, qu'est-ce que tu attends ? me demanda Pete. Va les chercher !

— Elles sont chez moi.

Cela devrait me laisser le temps de trouver une solution.

Pete me regarda d'un air furibond.

— Tu as intérêt à te dépêcher. Nous partons pour Plymouth dans vingt minutes.

— J'y vais tout de suite. D'ailleurs, je les apporterai moi-même aux imprimeurs tout à l'heure.

— Tu n'as pas de voiture, dit Annabel avec une pointe de malveillance.

— Je vais prendre le bus.

— Annabel a une putain de voiture, intervint Pete d'un ton brusque. Elle va te conduire chez toi. Assurez-vous toutes les deux d'être à Plymouth pour 16 heures.

— Plymouth ! s'écria Annabel, ravie, son visage s'illuminant. Waouh !

— Vicky, nous enverrons ton truc en dernier…

Pete se dirigea vers son bureau avec raideur et cria :

— … et ne fais pas tout foirer !

Je sentis le sang refluer de mon visage.

— Je vais me débrouiller, Annabel. Je ne veux pas te déranger.

Annabel eut un grand sourire.

— Oh, mon Dieu… Nous allons à *Plymouth* !

En plus d'abriter la presse de notre journal, le principal centre d'intérêt de Plymouth était le HMS Dauntless, qui accueillait plusieurs centaines de marins, fantasmes de toutes les femmes.

— Si nous arrivons là-bas assez tôt, nous pourrons peut-être passer dans les docks, s'enflamma Annabel. Nous verrons peut-être même des *marins* !

C'était incroyable de constater à quel point la perspective d'apercevoir des hommes lestes en uniforme devenait soudain plus importante que le matériel agricole d'Annabel en première page. Toutefois, j'étais bien trop préoccupée par l'idée que la publication de cette semaine reposait entièrement sur mes épaules. Le journal n'avait encore jamais manqué une édition – pas même pendant la Seconde Guerre mondiale, quand Plymouth était bombardé.

La BMW était garée devant le bureau. Topaz était assise à la fenêtre du salon de thé, prenant visiblement très au sérieux son travail d'espionne de la Grand-Rue. Dès qu'elle nous vit, elle se baissa pour ne pas être vue.

— Combien de fois es-tu allée à Plymouth ? me demanda Annabel en démarrant et en s'insérant en douceur dans le trafic matinal. Tu ne trouves pas que cette ville est vraiment *géniale* ?

— J'y suis allée un nombre incalculable de fois, répondis-je sèchement.

En vérité, je n'étais jamais allée à Plymouth et, n'importe quel autre jour et en compagnie de n'importe qui d'autre, je me serais sans doute réjouie d'avoir l'occasion de passer une journée dans une métropole nautique.

Annabel s'arrêta devant le 10, Rumble Lane. Je fus soulagée de constater que la très vieille Morris Traveller de Mme Poultry n'était plus là. Ma logeuse était sortie.

— Dépêche-toi, me dit Annabel. On est à la bourre.

Descendant en hâte de la voiture, je remontai l'allée en courant, contournai la maison et m'arrêtai devant la fenêtre des toilettes du rez-de-chaussée. Sortant mon couteau suisse de ma poche, je soulevai le loquet de la fenêtre et me hissai péniblement à l'intérieur. Pourquoi devrais-je payer un supplément pour le privilège d'avoir une clé ?

Quelques minutes plus tard, je regagnai la voiture, brandissant une enveloppe blanche cachetée contenant un bon pour de la lessive en poudre. Avec un peu de chance, cela donnerait l'illusion que les photos étaient dans l'enveloppe. Quand je la remettrais à Pete et qu'il découvrirait de quoi il s'agissait, il me suffirait d'accuser Mme Poultry d'avoir accidentellement pris la mauvaise enveloppe avant d'aller au supermarché. Cela passerait pour une erreur bien innocente et, assurément, personne ne pouvait être renvoyé pour une chose pareille ? Ils seraient obligés de publier l'article sans photo.

— Plymouth, nous voilà ! dis-je d'un ton faussement enjoué.

Annabel exécuta un demi-tour en trois temps impeccable. Tandis qu'elle appuyait sur le champignon, la remarque de Topaz au sujet de la BMW me revint en mémoire.

— C'est vraiment une belle voiture… Elle est à toi ?

— Évidemment, répondit Annabel, se hérissant. Qu'est-ce que tu sous-entends, au juste ?

— Je me demandais pourquoi tu laisses les housses en plastique sur la banquette arrière et les papiers du concessionnaire sous nos pieds.

— Qu'est-ce que ça peut te faire ?

— Je disais ça comme ça, histoire de faire la conversation, m'empressai-je de dire. Elle n'a rien de commun avec le van de Pete, il est répugnant.

Elle sourit, apparemment soulagée de changer de sujet.

— Seigneur ! C'est horrible, hein ? Pete est vraiment un porc.

Nous rîmes et, pour la première fois, j'éprouvai une pointe de regret. J'avais tellement espéré que nous deviendrions amies ! Cette aventure à Plymouth aurait pu être amusante. Au lieu de cela, je devais prier pour qu'il se produise un miracle de dimension biblique pour faire apparaître comme par enchantement les photos de Dave dans l'enveloppe que j'avais sur les genoux.

La BMW passa en vrombissant devant un panneau indiquant le Cricket Pavilion.

— Arrête-toi ! criai-je.

Annabel donna un violent coup de frein, et la voiture chassa sur la chaussée mouillée.

— Bon sang ! Qu'est-ce qui se passe ?

Dave Randall habitait au Cricket Lodge, qui devait se situer à proximité du Cricket Pavilion abandonné. Il était peut-être chez lui, et il aurait forcément quelques photos supplémentaires qui traînaient.

— Il faut que je vérifie l'orthographe du nom de l'une des personnes présentes aux obsèques de Trewallyn, dis-je avec passion. Elle habite un peu plus loin, dans cette rue.

Annabel n'était pas ravie.

— Vicky, tu dépasses *vraiment* les bornes. Tu n'aurais pas pu téléphoner ?

— Elle n'a pas de téléphone fixe. Tu te souviens ? Il n'y aura pas de réseau tant que…

— Je suis au courant de ce qui est arrivé au clocher de l'église Saint-Andrew, et de bien plus encore. D'ailleurs… Non, rien. Attends un peu ! C'est à propos de Salome Steel, n'est-ce pas ?

Le visage d'Annabel était déformé par la jalousie.

— Ah ! j'en étais sûre ! Je savais que tu manigançais quelque chose…

— Non, ce n'est pas ça du tout. Je t'assure.

Zut ! Dans toute cette effervescence, j'avais complètement oublié le *Paparazzi Razzle*. Le journal à scandale de mauvais goût offrait une coquette somme d'argent à quiconque révélerait l'identité de l'auteure de *Mégères vaudoues*, dont on racontait qu'elle se cachait dans le Devon.

— Et tu croyais que je ne le devinerais pas ? fit Annabel, triomphante. Tout le monde veut savoir de qui il s'agit.

— Eh bien, pas moi.

Franchement, je trouvais cela révoltant. Je savais à quel point il était important de garder l'anonymat. Mes parents ne se seraient pas trouvés en Espagne sans une GÉNÉREUSE RÉCOMPENSE À QUICONQUE RÉVÉLERAIT L'IDENTITÉ DU VOLEUR DE BIJOUX NOTOIRE, LE FOG. Cela me faisait bouillir.

— Très bien. Nous *partagerons* l'argent, insista Annabel. C'est on ne peut plus équitable.

Non ! Si elle m'accompagnait chez Dave, mon secret serait éventé.

— Attends ! m'écriai-je, désespérée, essayant de trouver un plan. Annabel, je te jure sur la tombe de ma mère que je n'ai pas la moindre idée de qui est Salome Steel.

— Oh mon Dieu, Vicky… Je n'avais pas réfléchi ! dit Annabel.

Son expression s'adoucit subitement, pour se faire étonnamment compatissante.

— C'était vraiment indélicat de ma part, ajouta-t-elle en me tapotant le bras. Ma pauvre… Pete m'a dit que tu étais orpheline.

— Ce n'est pas grave, marmonnai-je. La vie continue.

Mon mensonge me mettait mal à l'aise.

— Mais je t'ai obligée à penser à la *tombe* de ta mère.

— Ne t'en fais pas pour ça. Ça ne me fait rien. Ce que je veux dire, m'empressai-je d'ajouter, c'est que je me plonge dans le travail pour garder l'esprit occupé. C'est pour ça que je suis aussi exigeante sur l'exactitude des informations de nos sources.

— Tu as raison. On ne peut pas ramener les morts à la vie, dit Annabel, hochant la tête. Vérifions l'orthographe du nom de cette personne. La réputation du journal est en jeu

Elle tourna brusquement pour quitter la route principale et s'engager sur un chemin bordé de haies de trois mètres de haut. Quelques instants plus tard, elle fut obligée de ralentir jusqu'à rouler à une allure d'escargot, car le chemin devenait de plus en plus étroit. C'était comme avancer dans un entonnoir feuillu.

Les haies, soigneusement taillées à l'entrée, devenaient de plus en plus denses et indisciplinées. Des branches acérées raclaient le toit et le capot de la BMW, éraflant la carrosserie rutilante.

Annabel fut prise de panique.

— Oh, mon Dieu, dit-elle avec une grimace comme une énième branche fouettait le pare-brise, l'éclaboussant généreusement de sève et de moucherons. C'est ridicule !

— Nous devons être presque arrivées.

Je serrai mon carnet entre mes mains. J'avais vu des films d'horreur commencer de cette façon : deux filles sur une route déserte les conduisant à la terreur et à une mort horrible.

Soudain, le semblant de chemin disparut complètement pour laisser la place à des ornières boueuses, inondées par une telle étendue d'eau qu'on aurait dit la Manche.

— Bon, ça suffit ! déclara Annabel. C'est *stupide* !

Elle éteignit le moteur et croisa les bras avec humeur sur sa magnifique poitrine.

— Je refuse d'aller plus loin.

— Oh là là ! fis-je, soulagée. Nous ne pouvons pas exactement faire demi-tour.

De chaque côté, la haie était à un centimètre de la voiture ; nous n'aurions même pas pu ouvrir une portière. Peut-être étions-nous coincées ! Nous allions rester prises au piège de cette nature hostile pendant des semaines ou jusqu'à ce que le journal soit mis sous presse, au moins. Je ne perdrais pas mon poste à la *Gazette* car tout le monde serait profondément soulagé de découvrir que nous n'avions pas été assassinées.

Annabel redémarra. Ses joues avaient pris une vilaine teinte rouge qui jurait avec ses cheveux auburn. Je ne l'avais encore jamais vue aussi en colère, et j'avais même un peu peur.

Nous avançâmes vers l'eau. Elle n'avait tout de même pas l'intention de rouler dedans ! Je lui attrapai le bras.

— Annabel, c'est peut-être très profond…

— Tiens-toi bien.

Elle fit patiner l'embrayage plusieurs fois, comme si elle attendait le coup d'envoi du starter aux 24 heures du Mans. Tout à coup, la BMW partit comme une flèche. Ses pneus firent jaillir des gerbes d'eau boueuse tandis que nous traversions la flaque géante qui, par chance, s'avéra assez peu profonde. Annabel gémit comme des mottes de vase épaisse éclaboussaient le toit, les vitres et le capot. Puis la BMW, soudain libérée des contraintes de son piège liquide, fut catapultée sur la terre ferme dans un sifflement sonore.

Je ne pus m'empêcher d'admirer l'expertise d'Annabel et, une fois de plus, j'éprouvai un sentiment familier d'infériorité face à un énième talent de ma rivale – la course automobile.

— Voilà le Cricket Pavilion ! dis-je alors qu'apparaissaient les contours indistincts d'un bâtiment à travers les vitres couvertes de boue. C'était un préfabriqué qui datait de la fin de la guerre, avec un toit de tôle ondulée à forte pente. Un porche pourrissant, couvert de graffitis, longeait la façade et donnait sur ce qui était autrefois un terrain de cricket parfaitement entretenu. Il était maintenant envahi par les orties et jonché de pièces détachées rouillées de vélos, que l'on trouvait inexplicablement dans tous les lieux désaffectés, n'importe où. Un grand panneau indiquait : DANGER, DÉFENSE D'ENTRER !

— Personne ne peut décemment vivre ici, gémit Annabel. Ce n'est vraiment *pas professionnel* de ta part, Vicky.

Je vis un panneau en bois qui indiquait un sentier à travers la forêt de pins.

— Le Cricket Lodge est par là.

Annabel se renfrogna.

— Comment sais-tu qu'elle est chez elle ?

— Elle est invalide, répondis-je, ouvrant vivement la portière avant qu'elle ne puisse me retenir. Je n'en ai pas pour longtemps.

La laissant regarder fixement sa bien-aimée BMW, maintenant couverte d'une boue épaisse et collante, je partis en trottinant et empruntai le sentier à travers les bois. Tous les bruits étaient étouffés par l'épais tapis d'aiguilles de pin qui parsemaient le sentier. Il y avait une petite clairière, un peu plus loin, où j'apercevais une cheminée.

Le Cricket Lodge était un endroit qui donnait la chair de poule. L'ancien pavillon de chasse était une réplique miniature du Manoir. Il y avait même une paire de gargouilles hideuses qui observaient les alentours sous le toit. J'étais surprise de constater que Dave Randall allait jusqu'à *habiter* sur la propriété des Trewallyn. Peut-être travaillait-il même pour la famille ? Soudain, je me remémorai les paroles qu'il avait prononcées dans l'alcôve : *Je dois rentrer, pour les faisans.* Se pouvait-il que Dave soit le garde-chasse à demeure des Trewallyn ?

— Ohé ! Il y a quelqu'un ?

Je frappai plusieurs petits coups secs à la porte. Il n'y eut pas de réponse.

— Dave ? Monsieur Randall ?

Ma voix paraissait sourde, étouffée par l'épais taillis qui entourait le pavillon. Peut-être Dave était-il dehors en train d'abattre des arbres ou se livrait-il à une autre occupation virile ? Peut-être était-il torse nu et se lavait-il avec l'eau de pluie d'un fût en bois, comme le garde-chasse de *L'Amant de lady Chatterley* ? J'avais souvent douté de l'idée selon laquelle la vie reflétait l'art, mais c'était là un parfait exemple de la chose. Si Topaz avait raison, Dave Randall était un Mellors des temps modernes, qui avait sa propre lady Chatterley. J'allais peut-être même les prendre en flagrant délit à l'instant même !

À l'arrière de la maison, le silence était encore plus oppressant, et un sentiment de malaise m'envahit. Un autre sentier herbeux conduisait vers l'est, en direction de la forêt de pins, plus loin. On apercevait la Folie de Hugh, qui dépassait à peine au-dessus de la cime des arbres. Le domaine des Trewallyn était vaste. Annabel et moi avions dû prendre l'entrée autrefois réservée aux livreurs, aujourd'hui inutilisée.

Soudain, les poils sur ma nuque se dressèrent. La porte de derrière était grande ouverte. J'avais toujours fait peu de cas de ce cliché auxquels avaient recours les médiums frauduleux, mais maintenant, j'en faisais l'expérience par moi-même ; quelque chose de maléfique rôdait à l'intérieur du Cricket Lodge.

Une pensée glaçante s'imposa à moi. J'avais vu Chester noter l'adresse de Dave, quand il avait volé les photos. Il savait où Dave habitait. Ce dernier était peut-être déjà mort. Chester avait montré un côté violent, au cimetière. La façon dont il avait fait passer lady Trewallyn par-dessus son épaule indiquait que c'était un homme qui se mettait facilement en colère. Le pauvre Dave avait peut-être été étranglé, poignardé ou même abattu par balle – Chester était américain, il avait sûrement une arme à feu.

Le klaxon d'Annabel vint rompre le silence, me rappelant brusquement à la réalité. Je me collai au mur du pavillon. Le tueur était peut-être toujours à l'intérieur, en train d'effacer toute trace de sa présence.

Je mourais d'envie de m'enfuir, mais j'étais une journaliste professionnelle. S'il s'avérait que Dave était bel et bien mort, je serais la première sur les lieux du crime, ce qui ferait un formidable scoop digne des gros titres. Quelle ironie du sort ! Même si les photos de Dave avaient été volées, il restait destiné à faire la une et à atteindre la renommée.

Annabel donna trois coups de klaxon insistants. Il n'y avait pas de temps à perdre. Je me préparai psychologiquement au bain de sang sur lequel je ne manquerais pas de tomber, et entrai.

20

L'intérieur du Cricket Lodge était lugubre. Le plafond était bas et il y avait deux minuscules fenêtres à petits carreaux séparés par des croisillons de plomb, couvertes de poussière et de toiles d'araignée, de chaque côté d'une cheminée ornementale de l'époque victorienne. Le peu de lumière du jour qui éclairait la pièce entrait par la porte ouverte.

Le cœur martelant ma poitrine, je balayai du regard la pièce à vivre principale pour voir s'il y avait du sang quelque part. L'endroit était froid et humide et sentait la vieille chaussette. Des journaux et quelques bouteilles de bière vides traînaient par terre. Une pendulette cassée trônait sur la cheminée, ainsi que plusieurs trophées de course de haies.

Un canapé marron usé, qui n'incitait pas franchement aux ébats amoureux, était placé contre un mur. Une table basse constituait le coin salle à manger et, dessus, se trouvaient encore les restes de ce qui avait sans doute été un petit-déjeuner.

L'endroit semblait à l'abandon, mais je devais m'assurer qu'il l'était bel et bien. Dans ce salon-salle à manger minuscule, deux portes fermaient, donnant sur d'autres pièces ; l'une d'elles était probablement la chambre.

Si Dave était mort, il serait sûrement dans la salle de bains, la pièce favorite des tueurs, en raison de la commodité qu'elle offrait pour le nettoyage qui suivait un meurtre. Dave serait indubitablement tout nu, ses jambes bien dessinées et musclées – qualité d'un athlète – passées par-dessus le bord d'une baignoire pleine d'eau ensanglantée.

Je regardai fixement la porte, avec une certaine appréhension. Honnêtement, j'étais un peu contrariée. Si Dave était en vie, je me serais rendue coupable de violation de propriété privée, et fouiller dans ses affaires serait donc un délit. S'il était mort, il serait question d'altération de preuves.

À nouveau, le klaxon de la BMW beugla de manière impérieuse, me poussant à agir. Je me dirigeai vers l'une des deux portes d'un pas décidé et l'ouvris à toute volée.

C'était la chambre de Dave, et elle était encore plus minable que la pièce principale. Une vision très perturbante m'attendait sur l'oreiller, et je m'en aperçus une fois que mes yeux se furent lentement accoutumés à l'obscurité.

M'armant de courage pour m'approcher du lit de Dave, je me retrouvai face au corps d'un poulet sans pattes, dont la tête marquée de petites taches orange était hideuse. Un petit mot était accroché avec une épingle à chapeau à la poitrine de la pauvre bête. Le souffle coupé, je m'aperçus que c'était le poulet que j'avais vu dans la poubelle, au Manoir. J'avais jeté dessus la barquette en carton du restaurant chinois qui dégoulinait de sauce aigre-douce. Cette fois, cela ne faisait plus aucun doute : Chester et lady Trewallyn étaient de mèche.

Le mot confirmerait mes soupçons. D'une main tremblante, je l'écartai à l'aide de mon stylo, et je fus étonnée de constater que ce n'était pas un mot, mais une photo.

À vrai dire, c'était l'une des deux photos que Chester avait volées sur mon bureau, le soir de l'avant-veille. L'épingle à chapeau qui la maintenait en place était enfoncée à l'endroit exact du trophée de Dave, qu'il tenait contre son cœur d'un air si triomphant.

C'était la preuve dont j'avais besoin. Topaz avait raison. La sorcellerie sévissait à Gipping. Lady Trewallyn devait être la Grande Prêtresse et Chester, le Dieu Cornu. Ils avaient assassiné sir Hugh, et Dave serait sans doute leur prochaine victime. L'ablation des pattes du poulet devait faire partie du rituel. J'avais regardé assez de films d'horreur pour savoir qu'un avertissement précédait toujours le meurtre.

Je me trouvais confrontée à un dilemme. Je pouvais prendre la photo de Dave, la nettoyer et la remettre à Pete. Personne n'en saurait rien, et j'obtiendrais ma première page. Ou alors, je pouvais me réserver pour le plus gros scoop et prendre la main dans le sac l'assemblée des sorcières.

Je n'avais plus envie de me contenter d'un article en couverture. J'étais bien décidée à décrocher la lune. Mon article allait avoir une portée nationale.

21

Ayant décidé de laisser la scène de crime intacte, je retournai à la BMW d'un pas assez allègre. J'avais un secret, un secret qui me donnait un curieux sentiment de pouvoir sur Annabel. La colère de Pete quand je m'avérerais dans l'incapacité de fournir les photos de Dave serait vite oubliée, dès que je lui dirais que j'avais de bonnes raisons de penser que le satanisme allait bon train à Gipping.

En attendant, je devais encore endurer le trajet jusqu'à Plymouth et les élucubrations immatures d'Annabel sur les qualités des marins. Je ne pouvais pas me permettre d'éveiller ses soupçons – après tout, je risquais pour ainsi dire d'être mise à la porte. Il aurait peut-être été plus prudent de changer de tactique. Étant donné que la gloire et la fortune m'attendaient, je pouvais me permettre d'être magnanime, maintenant. La laisser avoir son heure de gloire avec son ennuyeuse histoire de tracteur.

Annabel m'attendait quand j'arrivai dans la clairière. Elle avait mon enveloppe blanche dans une main, le bon pour la lessive en poudre. Quel culot révoltant d'ouvrir une enveloppe qui ne lui était pas adressée !

— Tu es vraiment une idiote ! cria-t-elle. Pete va être furieux !

Me préparant à d'autres insultes, j'inspirai profondément et pris une expression angoissée.

— Annabel ! Qu'est-ce qui ne va pas ?

— Heureusement que j'ai vérifié… Tu as pris la mauvaise enveloppe !

— Oh *non* ! m'écriai-je, portant les mains à mon cœur et me laissant tomber à genoux.

J'avais vu des femmes voilées de noir adopter la même posture devant le Mur des lamentations, à Jérusalem, et je trouvais que c'était une technique géniale pour susciter la compassion.

Annabel en resta bouche bée de surprise.

— Arrête, dit-elle en m'aidant à me relever. Tu vas faire une crise cardiaque si tu continues comme ça.

— Qu'est-ce que je vais bien pouvoir faire ? Oh, mon Dieu !

Je me détournai, feignant un profond désarroi, et me dirigeai d'un pas chancelant vers sa voiture couverte de boue.

Elle s'empressa de me suivre.

— Écoute, calme-toi… Ce n'est pas la fin du monde.

Elle démontrait l'étrange théorie selon laquelle quand une personne est hystérique, l'autre affecte automatiquement un sang-froid suprême, quelles que soient les circonstances.

— Montons dans la voiture et réglons le problème.

Annabel ouvrit la portière côté passager et m'aida à monter dans la voiture, allant jusqu'à me poser une main sur la tête pour m'éviter de me cogner accidentellement à l'encadrement de la portière.

— C'est tout… Allons, c'est tout, dit-elle d'une voix douce.

J'étais stupéfiée par l'efficacité de ma simulation d'effondrement. La sollicitude d'Annabel semblait sincère. Franchement, c'était embarrassant.

Elle démarra et nous reprîmes le chemin en sens inverse. Je lui jetai un rapide coup d'œil, m'attendant à la voir intensément concentrée, en train d'élaborer un plan pour sauver mon poste. Au lieu de cela, elle affichait un sourire satisfait. Ce ne fut que lorsque nous passâmes en douceur dans l'eau boueuse et qu'elle ne sourcilla même pas que je commençai à me méfier.

— Qu'est-ce que je vais faire ? dis-je, prenant un ton apeuré.

— J'ai un plan. Je vais m'occuper de Pete. Je pourrais lui dire n'importe quoi, il le croirait.

— Oh, Annabel, ce que tu es intelligente ! m'extasiai-je. J'aimerais *tellement* être comme toi !

— Il y a beaucoup de gens qui voudraient être moi, Vicky.

Elle regarda son reflet dans le rétroviseur et se sourit à elle-même.

— Laisse-moi te donner un conseil pour traiter avec les hommes. C'est simple.

Elle marqua une pause pour produire un effet dramatique.

— Couvre-les de compliments, donne-leur le sentiment d'être importants, et tu en feras ce que tu veux. Regarde Pete !

— Il est fou amoureux de toi.

— Je sais, dit-elle avec un soupir, et il n'est pas le seul.

— Ça doit être bien d'être à ta place.

— Laisse-moi te dire quelque chose, dit-elle sur le ton de la confidence. J'étais exactement comme toi, autrefois. Maladroite, naïve…

— À vrai dire, je ne…

— Non ! Laisse-moi finir, ordonna-t-elle. Puis, un jour, il s'est passé quelque chose d'horrible – je ne veux pas en parler –, et je me suis rendu compte qu'il fallait penser à soi avant tout, dans la vie. Si tu ne le fais pas, personne ne le fera.

La philosophie d'Annabel me surprenait. Derrière des apparences bravaches, se pouvait-il qu'il y ait une blessure d'enfance ? J'avais toujours supposé qu'elle était née avec une petite cuillère en argent dans la bouche – tout le monde sait qu'il est difficile d'éprouver de la compassion pour quelqu'un qui a une voiture neuve. Cependant, quoi qu'il ait pu se produire dans le passé d'Annabel, c'était sûrement dérisoire par rapport au fardeau d'avoir pour père un criminel.

À l'embranchement du chemin et de la route principale, elle arrêta la voiture et coupa le contact. À gauche, la route conduisait à Plymouth, à droite, à Gipping.

— Ma décision est prise, dit-elle d'un ton brusque. Je te reconduis au bureau.

— Et Plymouth ?

— Arrête de t'inquiéter.

Elle se retourna et tendit le bras pour prendre une chemise cartonnée et la jeta sur mes genoux.

— Jette un coup d'œil à ça.

La chemise contenait la photo sur papier glacé d'un tracteur Massey-Ferguson. Un homme costaud, qui portait une salopette et une casquette, se penchait par la vitre de l'habitacle et tenait en l'air – inexplicablement – un canard.

— Heureusement, je suis venue préparée, dit Annabel avec un petit sourire satisfait. Pete sera bien obligé de mettre ça en première page, maintenant.

Cette fois, ma paranoïa était bien réelle.

— Que vas-tu dire à Pete, au juste ?

Elle réfléchit.

— Pourquoi pas lui dire que ton imbécile de logeuse a pris la mauvaise enveloppe ? Personne ne se fait renvoyer pour une erreur commise de bonne foi.

Une heure plus tôt, j'aurais été tout à fait d'accord avec elle ; mais maintenant, je n'arrivais tout simplement pas à lui faire confiance.

— Je préférais expliquer moi-même à Pete ce qui s'est passé, en personne.

— C'est toi qui vois, bien sûr…

Elle marqua un temps d'arrêt, puis ajouta sombrement :

— Si tu sais comment t'y prendre avec lui, je t'en prie, vas-y.

— Tu as dit qu'il suffisait de le flatter.

— Tu sais comment il s'attend à être flatté, n'est-ce pas ? me demanda-t-elle, rajustant son soutien-gorge et donnant à chacun de ses deux superbes seins une petite tape rassurante.

J'imaginais aisément comment Annabel *flattait* Pete. Je n'étais pas née de la dernière pluie.

— Oui, bien sûr, répondis-je avec une assurance feinte, baissant les yeux sur mon pitoyable bonnet A. C'est un homme comme les autres, non ?

Annabel se contenta de hausser les sourcils en me regardant, puis elle redémarra et prit la direction de Plymouth. À peine un kilomètre plus loin, nous arrivâmes en queue d'une longue file de voitures coincées derrière un énorme tracteur qui roulait à une lenteur abrutissante.

— C'était juste ce qu'il nous fallait, ronchonna Annabel en consultant sa montre. Dix kilomètres à l'heure !

— C'est vraiment une chance que tu aies eu ton article sur le tracteur avec toi, dis-je d'un ton lourd de sous-entendus.

— La chance n'a rien à faire là-dedans. Comme je te le disais, il faut penser à soi avant tout. Guetter la moindre opportunité et la saisir. Le monde n'est pas fait pour les faibles, tu sais !

Alors que j'éprouvais encore un douloureux sentiment d'infériorité, je ne pus m'empêcher de songer qu'elle se serait bien entendue avec Papa. Je me demandais ce qu'il aurait pensé de mon arrogante rivale. Il n'aurait jamais été ébranlé par sa condescendance ; au contraire, il l'aurait utilisée à son avantage.

— Bon sang ! Tu as bien raison… Tu dois avoir d'excellents indics, ajoutai-je avec malice.

— Oh ! n'importe qui peut avoir des indics, Vicky, répondit Annabel d'un ton méprisant. Non, c'est *l'instinct* qui fait qu'on décroche un scoop. Soit on a cet instinct, soit on ne l'a pas.

— C'est pour ça que tu as écarté d'emblée l'histoire de poulets *maléfiques* de Ronnie, à la décharge, parce que tu la jugeais ridicule, dis-je, espérant de tout cœur que c'était la vérité.

— Exactement.

— Waouh !

C'était une bonne nouvelle. Annabel n'avait vraiment pas fait le rapprochement entre les poubelles de Trewallyn et la décharge, en fin de compte.

— Quelles autres qualités sont essentielles pour être un bon journaliste ?

— Je suis contente que tu te sentes libre de me le demander, dit Annabel. Beaucoup de gens ne le font pas parce qu'ils se sentent menacés par mes compétences.

— Ce n'est pas mon cas, dis-je entre mes dents. Je suis désireuse d'apprendre.

— Voyons voir…

Elle réfléchit un moment.

— La persévérance.

— La persévérance ? Tu peux me donner un exemple ?

— Eh bien…

Elle réfléchit encore.

— Ah, oui ! Quand Brian, le coursier, ne s'est pas présenté comme prévu, je ne suis pas restée là à pleurnicher, sans rien faire. J'ai pris la voiture, je suis allée dans les Marshes, et j'ai attendu devant chez lui jusqu'à ce qu'il rentre.

Mon cœur fit un bond dans ma poitrine.

— Tu as *vu* Brian ?

Annabel sourit à ce souvenir et continua.

— Quelques flatteries bien choisies, un billet de vingt livres, et j'ai obtenu une copie du rapport !

J'étais stupéfaite.

— Une copie du rapport ? Il ne t'a pas posé de questions ?

— Franchement, Vicky, ne sois pas stupide, dit Annabel en soupirant. Je lui ai montré ma carte de presse, évidemment. Brian a accédé aux dossiers de Sharpe depuis son ordinateur personnel.

Elle eut un petit rire.

— À vrai dire, il avait l'air très soulagé de me voir.

— Ça ne m'étonne pas !

J'eus un rire un peu trop jovial.

— Je présume qu'il avait une excuse pour ne pas s'être présenté à la *Gazette* ?

C'était un pari risqué, mais il fallait absolument que je sache ce qu'il en était.

— Qu'est-ce que ça peut faire ? C'est le résultat qui compte.

J'en avais quelque chose à faire, moi. Pourquoi n'avait-il pas dit à Annabel qu'il m'avait déjà donné le rapport ? Je ne comprenais pas du tout le comportement de Brian. Peut-être qu'il était sous le charme de mes yeux *trop cool* et qu'il espérait que je vienne lui demander des explications en personne. Ou alors, il essayait de dissimuler le meurtre de sir Hugh en remplaçant le rapport authentique par un faux ?

Je savais exactement ce que j'avais à faire.

— Qu'est-ce qui ne va pas, Vicky ? Tu as un drôle d'air.

— Tu as raison, répondis-je avec un soupir exagéré. Je ne me sens pas capable de m'occuper de Pete, en fin de compte.

Elle eut un air suffisant qui semblait vouloir dire : *Je te l'avais bien dit !*

Cependant, cette fois, son attitude prétentieuse ne me dérangeait pas. Je téléphonerais à Pete à l'imprimerie et je lui dirais que j'abandonnais mon article sur le saut de haies. Pour quelle raison ? Parce que Dave était mêlé à un scandale bien plus gros. Quand il me demanderait des détails, je me contenterais de sous-entendre que cela avait quelque chose à voir avec le sexe, mais que je ne pouvais pas en dire plus avant d'avoir vérifié à nouveau certains faits.

Il était temps pour moi de rendre une visite amicale mais discrète à Brian, à la morgue ; mais d'abord, j'allais devoir affronter la colère de Pete.

22

Pete eut une réaction mitigée quand je lui fis ma révélation. Après avoir passé cinq bonnes minutes à pester, me demandant ce qu'il était censé faire d'une première page blanche, à mon avis, il s'était enthousiasmé pour le scandale à venir. Bien sûr, j'avais généreusement parsemé le récit de mes découvertes du mot *nichon*, et j'avais également fait allusion à des déviances sexuelles impliquant au moins deux participants nus brandissant des cravaches. J'avais aussi fait promettre à Pete de me laisser l'exclusivité de l'article – faute de quoi je risquais de le donner au *Bugle*.

La déception de Barbara quand elle apprit qu'on ne lui parlerait pas de marins sexy aperçus à Plymouth le jour même ne fut pas aussi vive que je le craignais. Elle avait ouvert les deux battants de la porte en bois qui séparait l'accueil du bow-window donnant sur la Grand-Rue.

— Il serait temps de changer cette vitrine, dis-je en allant me tenir à côté d'elle.

Elle contemplait, mains sur les hanches, une collection plutôt triste de bibelots appartenant à la *Gazette* – un très vieux collier craquelé de cheval de trait, une écharpe élimée sur laquelle était écrit, sur fond jaune en lettres noires délavées, le nom de l'équipe de football locale, GIPPING GROWLERS, et une photo de la reine du carnaval de Gipping, en train d'être couronnée sous une pluie battante.

— Tu te rends compte, Vicky ? fit Barbara, surexcitée, les yeux brillants. Pete a accepté !

Elle s'éventa le visage dans un geste théâtral et poursuivit :

— J'avais tellement le trac que je n'ai pas dormi de la nuit.

— Que s'est-il passé ?

Je n'avais pas la moindre idée de ce à quoi elle faisait allusion, et je jetai un rapide coup d'œil à ma montre. Si cela s'avérait l'une des histoires interminables de Barbara, j'allais rater Brian : la morgue fermait à 17 heures.

— Comme tu le sais, le *Paparazzi Razzle* organise son concours *À la recherche de Salome Steel*, répondit Barbara avec enthousiasme. Alors, je me suis dit que si Salome Steel habite dans le Devon, ce serait normal que la *Gazette* aussi organise un concours !

— Quelle bonne idée, Barbara ! dis-je.

En réalité, je plaignais Salome Steel – énième victime de notre société, dans laquelle le désir de garder l'anonymat ne signifiait rien. Papa avait raison quand il disait que le pays allait à vau-l'eau.

— Quel est le premier prix à remporter ?

— Un séjour d'une journée pour deux personnes à Land's End… Honnêtement, Vicky, ma chérie, je sais à quel point tu aimes bavarder, mais…

Elle montra du doigt la vitrine.

— … je dois continuer. Que dirais-tu d'une banderole noire sur laquelle il serait écrit *Mégères vaudoues* en rouge ?

Elle inclina légèrement la tête sur le côté.

— Peut-être un crâne ?

— Ce serait super.

— Sois gentille, fais-moi la courte échelle.

Barbara s'agrippa des deux mains au rebord à un mètre de hauteur et leva un genou, m'offrant une vue imprenable sur une culotte bouffante écarlate bordée de dentelle noire. Détournant les yeux pour échapper à cette vision, je l'aidai à se hisser dans la vitrine et m'enfuis.

23

La morgue était commodément située derrière l'hôpital de Gipping, au-delà d'une cour entourée d'un mur. C'était un bâtiment de plain-pied en brique rouge, au toit plat et dépourvu de fenêtres, sans doute pour dissuader les gens macabres de jeter un coup d'œil à l'intérieur.

Laissant derrière moi la Grand-Rue animée, je m'engageai dans Scalpel Avenue, une zone résidentielle calme constituée de monotones maisons de l'époque édouardienne, mitoyennes d'un côté, avec des bow-windows et des murs en crépi.

L'une de ces maisons appartenait à MM. Ripley et Ravish, les célèbres entrepreneurs de pompes funèbres de Gipping – Tu redeviendras poussière dans la dignité. Les deux corbillards étaient garés dans la rue, spectacle étonnant au beau milieu d'un hiver glacial, alors que l'hypothermie était l'une des causes principales de mortalité chez les personnes âgées.

Il était tout juste 16 h 30. Avec un peu de chance, je cueillerais Brian avant qu'il ne rentre chez lui.

Avant que je puisse réfléchir davantage à la question, un horrible grincement de boîte de vitesses vint rompre le silence de l'après-midi. Une Morris Traveller que je connaissais bien apparut, roulant au pas. Je fus surprise de voir Mme Poultry, qui ne prenait d'habitude sa voiture pour aller en ville que le jour du marché. Si elle avait rendu visite à quelqu'un à l'hôpital – ce qui était peu probable, étant donné qu'elle n'avait pas d'amis, à ma connaissance

–, l'entrée du parking donnait sur la Grand-Rue. Puis, soudain, l'idée me vint à l'esprit que Scalpel Avenue finissait par devenir Tripp Lane, qui offrait un raccourci pour aller jusqu'à la décharge publique – et jusqu'à Ronnie Binns ! Mme Poultry avait eu beau paraître dégoûtée par mon message selon lequel Ronnie avait fait l'éloge de ses poubelles, elle avait dû changer d'avis.

Je fis un signe amical à ma logeuse lorsqu'elle arriva à ma hauteur, à son habituelle allure d'escargot, mais elle fit semblant de ne pas me voir. Elle avait les yeux rivés sur la route, droit devant elle, et les mains cramponnées au volant. De toute évidence, elle était embarrassée que j'aie deviné ce qu'elle manigançait. Je n'en pris pas ombrage. Penser que j'étais responsable d'avoir rapproché deux personnes âgées dans un monde si cruel me mettait du baume au cœur.

Je franchis sans me presser le portail de la morgue et vis le coupé noir Mercedes du médecin légiste Sharpe, garé à côté d'une Vespa LX 50 bleu ciel. Repensant au casque bleu ciel de Brian, je supposai que le scooter lui appartenait. J'avais une demi-heure devant moi, et cherchai donc des yeux un endroit où attendre sans être vue.

Quelques mètres plus loin, placée contre le mur qui longeait la route, se trouvait une benne à ordures noire et rouge sur laquelle étaient écrits les mots DÉCHETS HOSPITALIERS. Ignorant la puanteur, je m'installai derrière et me tins prête. Je n'eus pas à attendre longtemps. Quelques minutes plus tard, le tintement cristallin d'un rire de femme attira mon attention. Je me laissai tomber à genoux et jetai un coup d'œil sur le côté de la benne à ordures.

Sharpe, le médecin légiste, aidait une femme qui portait un élégant imperméable Burberry et un chapeau de pluie assorti à monter dans sa Mercedes, côté passager. Elle me tournait le dos, mais à la façon dont elle exerça une pression sur son bras et lui murmura quelque chose à l'oreille, je voyais bien qu'il y avait un *je-ne-sais-quoi*[1] sexuel entre eux, d'autant que Sharpe lui pinça les fesses.

Il s'installa au volant, démarra, et fit demi-tour. Quand la voiture passa devant ma cachette, je crus m'évanouir : la passagère avait du rouge à lèvres écarlate. C'était lady Trewallyn !

Elle en faisait, une belle veuve éplorée ! Je repensai à l'altercation au cimetière, lors des funérailles de sir Hugh, quand Chester avait fait tomber madame dans la boue. Déjà à ce moment-là, j'avais trouvé que Sharpe essuyait les genoux sales de lady Trewallyn avec un tout petit peu trop d'enthousiasme. La tragédie avait dû les réunir.

Annabel avait dit que c'était l'instinct qui faisait que l'on était une bonne journaliste. Mon instinct me disait que, tout comme elle avait ensorcelé Dave Randall, lady Trewallyn avait ensorcelé le vieux médecin légiste, suffisamment pour qu'il modifie son rapport.

Je trouvai Brian, qui portait une blouse vert pâle, en train de laver à grande eau le sol du vestibule de la morgue. Quand il m'aperçut, il laissa tomber son balai à franges, donna un coup de pied dans le seau d'eau savonneuse dans ma direction, et partit en courant dans le couloir, pour disparaître par une porte sur laquelle était écrit EXIT.

Je m'élançai à sa poursuite – évitant de justesse de me tordre la cheville sur le sol glissant – et sortis du bâtiment en trombe. Je courus jusqu'à l'avant, mais arrivai juste à temps pour entendre le moteur de la Vespa démarrer dans un bruit de casserole. Brian s'était enfui. *Zut !*

J'étais loin d'être découragée : au contraire, j'étais emballée à l'idée qu'il avait quelque chose à cacher ! Il me suffisait de retourner à la *Gazette*, de trouver son adresse, et d'aller attendre en bas de chez lui – exactement comme Annabel l'avait fait.

---

1. En français dans le texte.

Alors que je tournai dans la Grand-Rue, une voiture de police me dépassa à toute vitesse, gyrophare clignotant et sirène hurlant. Un flot grandissant de piétons suivit d'un pas pressé le véhicule qui disparaissait au loin, se répandant en spéculations.

— Que s'est-il passé ? demandai-je, rattrapant un vieil homme qui boitait.

— Il y a eu un accident de voiture sur le pont, cria-t-il, se mettant à trottiner de manière bancale. Dépêchez-vous, ou vous allez tout rater !

L'espace d'un instant, j'hésitai. Avec Pete et Annabel à Plymouth, je n'avais qu'un petit créneau pour trouver l'adresse de Brian. Néanmoins, être la première sur la scène d'un scoop était une priorité.

Je pris le raccourci par la place du marché, empruntai l'escalier en bois puis le sentier qui longeait la rivière Plym. Dix minutes plus tard, j'arrivai en première ligne.

La situation sur le pont avait l'air désespérée. Une Vespa bleu ciel broyée dépassait sous l'avant d'une moissonneuse-batteuse jaune vif. Mon estomac se souleva. *Brian !*

Quel manque de bol ! J'espérais qu'il n'était pas blessé – mon scoop de première page dépendait de son témoignage.

Je me frayai un chemin à travers la foule déferlante tandis qu'un policier essayait d'empêcher l'accès au pont à l'aide de deux cônes orange.

— Reculez ! Reculez, bon sang !

À ma grande consternation, je vis que c'était l'inspecteur Probes. Dès qu'il m'aperçut, son visage s'éclaira.

— Par ici ! Aidez-moi !

Je pus enfin montrer ma carte de presse, et la foule s'écarta comme la mer Rouge. La moissonneuse-batteuse entravait presque toute la largeur du vieux pont étroit. Brian avait dû tenter de se faufiler dans un petit interstice, avait été déséquilibré, et était tombé sous les roues géantes.

— Je n'arrive pas à les contenir, dit Probes, exaspéré, tandis qu'une femme particulièrement agressive, coiffée d'un foulard rouge à carreaux, lui marchait sur le pied et lui disait que le pont de la Plym était un endroit tristement connu pour son taux élevé d'accidents et qu'il aurait dû être fermé à la circulation des années plus tôt.

— Est-ce que quelqu'un a vu le motocycliste ? demandai-je avec inquiétude, balayant du regard les visages des badauds.

— Oui. Il est là, à mon avis, répondit un jeune garçon très mince, qui avait un piercing dans le nez. Là-dessous...

Il montra du doigt ce qui semblait être un tas de loques vertes sous le châssis.

— Oh, mon Dieu, *Brian* !

J'avais envie de vomir. Je n'avais encore jamais été aussi proche d'un corps brisé – un corps qui était bien vivant quelques minutes plus tôt.

Quelques instants plus tard, le hurlement d'une sirène et des éclairs de lumière bleue annoncèrent l'arrivée d'une ambulance. Elle arriva en direction du pont à toute allure, dispersant la foule et aplatissant les cônes de signalisation. Deux ambulanciers – un gros, l'autre maigre – en descendirent d'un bond. Ils se dirigèrent en toute hâte vers l'arrière du véhicule, ouvrirent les portières, et en sortirent une civière.

Une seconde voiture de police s'arrêta à côté de l'ambulance dans un crissement de pneus et ses passagers en descendirent précipitamment. L'un d'eux était Stalk, l'odieux inspecteur principal. Il avança de sa démarche orgueilleuse vers les passants curieux, brandissant sa matraque d'un air dangereux.

— Circulez, circulez ! Il n'y a rien à voir !

Son ton impérieux eut l'effet escompté. La foule obéit docilement et tout le monde s'éloigna, sauf la femme au foulard rouge à carreaux, qui s'arrêta pour ramasser le casque bleu ciel de Brian.

— Un petit souvenir ! déclara-t-elle fièrement, à la cantonade.

— Allons, madame, reposez ça tout de suite ! ordonna Stalk. C'est une pièce à conviction.

La dame jeta le casque par terre, vexée, et s'en alla à grands pas furieux.

Les ambulanciers tirèrent les loques de sous le véhicule. Le visage de Brian était ensanglanté, et sa jambe gauche formait un angle bizarre.

Stalk regarda fixement le corps.

— Il m'a tout l'air d'être mort.

Je me détournai, au supplice. Cependant, alors même que j'étais profondément bouleversée, un gros titre sensationnel s'imposa à moi : ROULE AVEC LE VENT, MEURS AVEC LE VENT – LE DERNIER VOYAGE D'UN MOTOCYCLISTE ! UNE EXCLUSIVITÉ DE VICKY HILL !

Le gros ambulancier tendit solennellement à Stalk un portefeuille en cuir taché de sang. Stalk en examina le contenu et me fit signe d'approcher.

— Vous travaillez pour le journal, n'est-ce pas ?

— C'est exact. Vicky Hill.

Mon cœur se mit à marteler ma poitrine. Et si Stalk découvrait que j'étais la dernière personne à avoir vu Brian vivant ? N'avais-je pas volé le rapport du médecin légiste ? Et ne m'étais-je pas fait passer pour Annabel ? *Oh, mon Dieu !* Et s'ils découvraient la vérité au sujet de mes parents ?

Ressaisis-toi, Vicky ! Je me pinçai le bras, pris mon carnet d'un geste vif et m'efforçai de paraître professionnelle.

— Connaît-on l'identité de la victime ?

— Ces gamins n'attachent pas leur casque. Ils se croient immortels, grommela Stalk tout en fouillant dans le portefeuille.

— Son nom est Dickson, Brian Dickson.

— Avec un K, je présume ?

Stalk m'ignora et se tourna vers Probes, qui venait vers nous, livide.

— Probes ! Vous feriez mieux de retrouver les parents, et tout le tintouin.

— Oui, monsieur, répondit Probe. Il était orphelin… comme vous, mademoiselle Hill, ajouta-t-il dans un sanglot.

Je rougis, ayant déjà oublié ce mensonge-là.

— Brian Dickson était un ami à vous ? demanda Stalk.

— Non, m'empressai-je de répondre. Je ne l'avais jamais vu de ma vie.

Je me mordis la lèvre et détournai les yeux. Comment avais-je pu sortir cette vieille rengaine ? Elle sentait la culpabilité à plein nez !

— Je parlais à Probes.

Stalk me considéra d'un air soupçonneux.

Probes déglutit bruyamment et murmura :

— Je crois qu'il ne va pas s'en sortir, monsieur.

À mon grand étonnement, mes yeux s'emplirent de larmes.

— Est-ce que ça va ? me demanda Probes d'une voix empreinte de sollicitude en me posant une main sur le bras.

— Ça va, merci. Je n'avais encore jamais vu…

Ma voix se brisa. Se pouvait-il que je sois responsable, d'une certaine manière ?

Le corps de Brian fut délicatement déposé sur la civière. Probes prit le drap blanc des mains de l'un des ambulanciers.

— Puis-je m'en charger ?

Sans crier gare, Brian se redressa brusquement. Ses yeux s'ouvrirent tout grand. Nous fîmes tous un bond en arrière, surpris. Je poussai même un cri.

Brian pointa vivement le doigt sur moi.

— Vous ! Annabel ! Vous devez…

Je reculai d'horreur, mortifiée.

— Du calme, mon garçon, dit l'ambulancier maigre, essayant de repousser Brian et de lui placer un masque à oxygène sur le visage. Brian le fit tomber par terre.

— Laissez-le parler ! s'écria Probes. Oh mon Dieu, Brian… Parle-moi !

— Elle est au courant pour nous, râla Brian. Elle est au courant !

— De quoi parle-t-il ? demanda Probes en se tournant vers moi. Qui est au courant ?

— Il délire, dis-je, désespérée.

— Annabel ! haleta Brian, peinant à respirer. Vous devez…

Là-dessus, il retomba brusquement en arrière sur la civière.

— Il est parti, observa froidement le gros ambulancier.

Probes le poussa d'un coup de coude et se mit à lui faire un massage cardiaque pour essayer de le ranimer.

— Allez ! cria-t-il. Allez, *Brian* !

— Il est fichu, je vous dis. Hémorragie interne.

L'ambulancier se tourna vers moi avec un sourire timide.

— Je m'appelle Steve, au fait.

— Bonjour. Enchantée, dis-je, contente d'avoir un nouveau contact, même si j'étais traumatisée par le désir de Brian de discuter sur son lit de mort. Est-ce qu'il est vraiment mort ?

— Ces moissonneuses-batteuses sont construites comme des tanks, dit Steve comme nous regardions Probes marteler vaillamment la poitrine de Brian et insuffler de l'air dans sa bouche ensanglantée. J'ai vu plein d'agriculteurs perdre la vie sous ces roues.

Du coin de l'œil, je continuai à observer les efforts désespérés du jeune policier. Il m'avait semblé tellement ringard quand je l'avais rencontré, à la *Gazette*, et pourtant, le voir en pleine action m'emplissait d'un désir inattendu, et honteux, étant donné les circonstances.

Enfin, Steve écarta Probes et couvrit le visage de Brian avec le drap blanc. C'était dur de croire qu'il était *réellement* mort.

— J'espère qu'on se recroisera, me dit Steve avec un clin d'œil. Comment vous appelez-vous ? Je vous ferai signe.

— Vicky Hill.

D'une certaine manière, j'avais l'impression que c'était mal de me faire draguer.

Les ambulanciers firent leur travail, claquèrent les portières de l'ambulance, et repartirent à toute allure, sirène beuglant à nouveau.

Probes s'assit lourdement sur le bord du trottoir, les pieds dans le caniveau. Il secoua la tête, l'air désespéré.

— Trop tard. Tout est ma faute.

J'étais surprise par son désarroi évident. Était-il ami avec Brian ? Ou peut-être était-ce l'exception qui confirmait la règle : un flic qui avait un cœur ?

Nous étions seuls sur le pont, à côté de la moissonneuse-batteuse abandonnée et de ce qui restait de la Vespa de Brian. Stalk avait dû interdire tout accès à cette partie de la ville jusqu'à ce que la dépanneuse arrive pour emporter l'épave.

Probes retira son casque, se gratta lentement la tête et fronça les sourcils.

— Brian vous connaissait.

— Tout le monde me connaît, dis-je d'un ton enjoué. Cela fait partie de mon travail.

— Non, il a été très précis…

Probes me regarda avec intensité.

— … et il vous a appelée *Annabel.*

— Il ne m'a pas *appelée* Annabel, il a juste crié : *Annabel !*

Je jetai un coup d'œil à ma montre.

— Grand Dieu ! Il faut que j'y aille. Barbara va se demander où je suis.

— Mademoiselle Hill !

Probes se releva précipitamment.

— Je sais que la presse et la police ne sont pas toujours d'accord, mais… Brian était mon ami.

Il marqua un temps d'arrêt.

— Si vous êtes au courant de quoi que ce soit de bizarre, du moindre détail, même insignifiant…

— Désolée, je ne sais rien.

Était-il dérangé ? Je n'aurais jamais parlé à un flic de l'arrangement que Pete avait avec le jeune homme mort. Cela aurait fait de moi une moucharde. Papa disait que ceux qui balançaient quelqu'un aux flics étaient des ordures.

Mais, une minute ! La mort de Brian n'était-elle pas simplement un tragique accident ?

— Vous ne soupçonnez tout de même pas quelque chose de louche, monsieur l'inspecteur ?

Je devais admettre que cette possibilité me déchargeait d'une partie de ma propre culpabilité. N'avais-je pas simplement pris Brian au dépourvu ? Peut-être pensait-il que je voulais récupérer mon argent – après tout, il avait été payé deux fois pour ses informations.

Probes s'avança vers moi. Je perçus une bouffée de son parfum viril. Tous ses efforts pour tenter de ranimer Brian lui avaient donné une odeur musquée. Il baissa la voix.

— Est-ce que nous pouvons parler en privé ?

Nous y voilà, pensai-je, me préparant à l'inévitable moment à la *Columbo.*

— Mademoiselle Hill, je veux que nous collaborions. Que nous échangions des informations. Aider la communauté.

— Bonne idée, répondis-je, contente que Papa ne soit pas là. Vous d'abord !

Probes prit une profonde inspiration.

— Je pense qu'il s'agit d'un autre meurtre.

D'un *autre* meurtre ? *Zut !* Brian avait dû révéler à son ami Probes le contenu du rapport d'origine, en fin de compte. Probes devait connaître depuis le début le rôle que j'avais joué dans la tragédie. *Sois prudente, Vicky.*

— Vous voulez dire que quelqu'un d'autre est mort ? dis-je d'un air faussement choqué. Mon Dieu ! Qui donc ?

Probes fronça les sourcils.

— Je crois qu'il vaudrait mieux que nous poursuivions cette conversation au poste.

C'étaient les mots que tout homme, toute femme et tout enfant redoutaient par-dessus tout. Arrestation imminente. J'allais être celle qui *aidait la police dans ses enquêtes*, selon la formule consacrée.

Probes ne pouvait rien prouver. Le rapport du médecin légiste était bien caché dans le réservoir d'eau de ma chambre mansardée. Brian ne m'avait d'ailleurs pas demandé ma signature quand il me l'avait donné. C'était sa parole contre la mienne – et, il fallait regarder les choses en face, les morts ne parlaient pas. Je ne craignais rien. D'ailleurs, je n'étais peut-être pas en si mauvaise posture que cela, après tout. À quel point le flic roux connaissait-il Brian, et pourquoi avait-il dit que tout était *sa* faute ? J'étais sûre de pouvoir lui soutirer la vérité avec quelques questions rusées.

Je gratifiai Probes d'un sourire éclatant et pris un ton suprêmement assuré.

— Je serais *ravie* de vous rejoindre au poste ! On s'y retrouve à 16 heures ?

24

J'avais l'habitude des postes de police. J'étais restée assise de nombreuses fois dans la salle d'attente de différents postes avec Maman, pendant que Papa aidait les flics dans leurs enquêtes. Nous passions le temps en lisant des magazines comme *Veuve de prisonnier* et *Incarcéré – Libre. Survivre sans votre homme.*

Tandis que Probes m'escortait dans les couloirs animés, je souris gaiement à tous ceux que je croisai de crainte que les gens s'imaginent que j'avais été arrêtée.

— Par ici…

Probes me fit entrer dans un bureau d'angle exigu plein de cônes de signalisation – j'en comptai onze, et je n'avais même pas regardé dans les coins et recoins cachés.

— Les gamins les volent, expliqua-t-il en en repoussant un d'un coup de pied.

Il me fit signe de prendre place sur une chaise en plastique, devant le bureau chargé de dossiers.

— Je vous en prie, asseyez-vous. Je vais faire du thé.

— Merveilleux. Je le prends avec un nuage de lait et une cuillère de sucre.

Probes quitta la pièce. Je me levai d'un bond, ne voulant pas passer à côté de cette extraordinaire occasion d'inspecter le bureau d'un policier.

Un mur était couvert de photos d'objets en argent volés, depuis les services à thé jusqu'aux chopes et aux chandeliers. Je ne pus m'empêcher de me dire que Papa aurait été tenté par la grande fontaine à thé munie de pieds de style

George III. Il avait toujours eu un faible pour les robinets bien tournés.

À côté des photos était accroché un plan des rues du Haut et du Moyen-Gipping. Des drapeaux rouges indiquaient les maisons qui avaient été cambriolées. Des drapeaux bleus montraient celles équipées d'un système d'alarme. Papa classait ses cartes par couleur, lui aussi, mais il ajoutait des drapeaux jaunes pour marquer les maisons où il y avait des chiens de garde. Je songeai que je dirais à Papa que celui qui avait échafaudé cette opération était très doué pour désactiver les alarmes. Avec mon œil averti, j'estimai que la valeur du butin s'élevait au moins à soixante-quinze mille livres au marché noir.

Enjambant les cônes orange avec précaution, je me dirigeai vers le mur opposé, à côté de la fenêtre. Les mots suivants y étaient écrits au marqueur noir, et soulignés : Éco-guerriers PRÉSUMÉS. La photo d'un groupe de neuf hommes et femmes devant un supermarché Tesco, affichant un air coriace, était accompagnée de la phrase question : CONNAISSEZ-VOUS CES PERSONNES ? Je reconnaissais les visages renfrognés des frères Barker – ce qui n'avait rien de surprenant –, mais les autres n'étaient pas du coin. Il n'y en avait qu'un qui avait l'air véritablement dangereux, un homme costaud qui devait avoir entre vingt et vingt-cinq ans, avait le crâne rasé et une moustache en guidon : RECHERCHÉ POUR DÉFAUT DE COMPARUTION DEVANT LE TRIBUNAL, CONDUITE SANS PERMIS ET TROUBLE DE L'ORDRE PUBLIC.

— Vicky ! Vous pouvez ouvrir la porte, s'il vous plaît ?

Probes était revenu avec deux mugs de thé brûlant en équilibre sur une boîte à chaussures. Il les posa avec précaution sur le bureau.

— Avant que nous allions plus loin, j'ai quelque chose à vous dire.

Il posa les mains à plat sur le couvercle de la boîte, l'air grave.

Je détestais cette phrase, car elle était toujours suivie d'une mauvaise nouvelle : *Grand-mère est morte* ; *Le chat s'est fait écraser* ; *Papa est en prison.*

— Nous avons des raisons de penser qu'il y avait deux rapports médico-légaux, ajouta Probes.

Le choc me fit prendre une profonde inspiration, ce qui provoqua une horrible quinte de toux. Probes s'empressa de venir auprès de moi, et il me donna de grandes tapes dans le dos, avec la même énergie que celle avec laquelle il avait martelé la poitrine de Brian quand ce dernier était à l'agonie.

— Arrêtez ! m'écriai-je d'une voix étranglée, le repoussant. J'ai juste besoin d'une minute…

Je me pris la tête entre les mains pour me ressaisir. *Zut !* J'inspirai profondément et repris :

— Je croyais que sir Hugh avait eu une crise cardiaque.

— Brian avait évoqué quelque chose d'innommable, à propos de… poulets.

— Des poulets ?

Probes se pencha vers moi et dit à voix basse :

— Dans le cadre de notre nouvel arrangement, ce que je m'apprête à vous montrer est strictement confidentiel.

— Notre arrangement. Bien sûr.

Je priai silencieusement pour que Papa me pardonne.

Probe prit une profonde inspiration, l'air grave.

— Est-ce que vous croyez à la sorcellerie ?

— Comme dans *Buffy contre les vampires* ? suggérai-je.

— Non, je ne parle pas de vampires ! répondit-il avec véhémence, me regardant d'un air sévère. Il faut que je sache, Vicky. *Est-ce* que vous y croyez, oui ou non ?

J'hésitai, ne sachant comment répondre. Est-ce que j'y croyais, ou pas ? J'avais soudain l'impression d'avoir à nouveau huit ans, d'être au catéchisme et d'apprendre ce que c'était qu'un miracle de Noël. Le pasteur s'extasiait sur la façon dont Jésus Christ avait nourri cinq mille personnes avec seulement cinq pains et deux poissons. J'avais dédaigneusement tourné cette idée en ridicule et dit au pasteur qu'il rêvait. Comme on pouvait s'y attendre, il avait été furieux et s'était empressé de me chasser du groupe pour cause d'hérésie.

— Bien sûr que j'y crois, répondis-je à Probes.

— J'ai trouvé ceci dans la sacoche du scooter de Brian.

Il ouvrit lentement le couvercle de la boîte en carton et en sortit une Vespa miniature. Une toute petite figurine de cire était attachée au scooter avec du fil noir. Des épingles étaient enfoncées dans son visage. L'avant du scooter était broyé.

Je frissonnai.

— C'est horrible.

— Et ceci, aussi.

Il inclina la boîte vers moi.

Je sentis le sang refluer de mon visage. Deux pattes de poulet aux griffes noueuses, également attachées avec du fil noir, étaient posées sur un lit de paille. Ma première pensée fut que c'étaient celles de l'oiseau que j'avais trouvé sur le lit de Dave Randall.

C'était difficile à dire. Quand on avait vu une patte de poulet, on les avait toutes vues.

— Bien sûr, j'ai déjà vu ce genre de choses, dit Probes d'une voix qui trahissait son exaltation, mais pas à Gipping.

Il prit une loupe et contourna le bureau pour venir se tenir à côté de moi, tout près de mon épaule. Une bouffée de son parfum viril et musqué parvint à mes narines.

— La figurine de cire s'appelle une *dagyde*.

Il me tendit la loupe.

— Le souci du détail est incroyable.

La roue avant du scooter miniature était tordue sous le garde-boue. Un bout de papier de la taille d'un timbre-poste était collé à l'arrière de l'autre roue.

— C'est une plaque d'immatriculation ?

J'étais fascinée. Des vêtements étaient peints en noir sur la minuscule figurine, imitant des vêtements en cuir. Elle portait même un casque bleu ciel en papier. J'en avais la chair de poule.

— C'est Brian, n'est-ce pas ? Qu'est-ce qui est écrit sur sa veste ?

— BLACK SABBATH.

Probes avait une lueur fébrile dans le regard. Il se pencha pour me murmurer à l'oreille :

— Je crois qu'il y a des *satanistes* parmi nous.

— Waouh… Black Sabbath ! répétai-je. Alors comme ça, Brian était un sataniste ?

— Ne dites pas n'importe quoi ! Black Sabbath est un groupe des années 1970, dit Probes, exaspéré.

— Ce n'est pas la peine d'être grossier, m'indignai-je. Je n'étais pas obligée de venir ici pour vous aider.

— Laissez tomber. C'était une perte de temps.

Probes tourna les talons et alla regarder par la fenêtre.

— Dans ce cas, je vais y aller. Au revoir.

J'étais impatiente de quitter son bureau ; cependant, j'eus à peine refermé la porte derrière moi que je me rendis compte que je m'étais laissé dominer par la colère. Mon but en me rendant de mon plein gré au poste de police n'était-il pas de découvrir pourquoi Probes était si bouleversé par la mort de Brian et pourquoi il avait dit *Trop tard. Tout est ma faute* ?

Cela n'allait pas du tout. Il fallait que j'y retourne. Je tenterais peut-être même la tactique du *Juste une dernière chose* de l'inspecteur Columbo, pour voir si cela plaisait à Probes.

Sans frapper et sans faire de bruit, je rouvris la porte et m'arrêtai net.

Probes se tenait immobile, devant le bureau, face à moi. Il avait les yeux étrangement vitreux, et il tenait la figurine de Brian en l'air, comme s'il la donnait en offrande aux étoiles. Solennellement, il replaça l'épouvantable dagyde dans la boîte à chaussures.

Je m'attardai dans l'embrasure de la porte et regardai, médusée, le policier se mettre à agiter les mains, d'abord dans le sens des aiguilles d'une montre, puis dans le sens inverse des aiguilles d'une montre. Il marmonna une sorte d'incantation, avant de terminer le rituel par de grands moulinets des bras spectaculaires, renversant une plante et un pot à crayons. Il avait l'air en transe.

Il prit ensuite un bocal à confiture en verre qui contenait quelque chose ressemblant remarquablement à des crottes de lapin. Il en fit tomber quelques-unes dans le creux de sa main, en parsema les « restes » de Brian, dans la boîte à chaussures, et cria :

— *Exitus acta probat !*

Mon Dieu ! Je n'en revenais pas ! Probes était l'un d'eux. J'avais pris l'un des membres de la police de Gipping sur le fait, en plein rituel satanique !

Éprouvant un sentiment d'horreur mêlé d'allégresse, je reculai, tournai les talons, et m'en allai aussi vite que possible sans attirer l'attention. Le culot du policier était incroyable. Il pratiquait la sorcellerie en plein jour, et dans un poste de police !

Dehors, je pris de grandes bouffées d'air frais et me repassai encore et encore les événements. Ma joie laissa la place au découragement quand je m'aperçus que, sans appareil photo pour immortaliser cette découverte sensationnelle, l'histoire ne valait pas tripette. Ce serait la parole du flic contre la mienne. À ce moment précis, je jurai de ne plus *jamais* sortir sans appareil photo.

Tandis que je rentrais chez moi, je commençai à assembler les pièces du puzzle. Probes était-il un sorcier ou un mage ? J'avais intérêt à vérifier quelle était la bonne terminologie. Peut-être que c'étaient Probes *et* Chester qui avaient laissé le *billet doux*[1] sur le lit de Dave Randall, en quelque sorte en guise d'avertissement ? *Mon Dieu !* Se pouvait-il que je sois la prochaine sur la liste ?

Quand j'avais pris la décision de devenir une grande journaliste d'investigation, je savais que révéler la vérité n'était pas censé être une mince affaire, mais je ne me serais jamais attendue à être confrontée à de tels dangers *à Gipping* !

Quand je m'engageai dans Rumble Lane et que je vis la Morris Traveller de Mme Poultry garée dans l'allée, je me surpris à me réjouir à la pensée qu'elle n'était pas le genre de logeuse curieuse qui me bombarderait de questions insignifiantes.

Je savais que Topaz attendait de recevoir d'autres instructions, mais je ne pouvais pas endurer l'analyse rétrospective de notre rendez-vous intime de la veille au soir. J'étais fatiguée et j'avais envie de prendre un bon bain chaud. Je me plongerais dedans jusqu'aux épaules – au diable la règle des *pas plus de dix centimètres* de Mme Poultry.

Plus tard, ce soir-là, dans mon lit, incapable de trouver le sommeil, je n'arrêtais pas de repenser à la mise en garde de Brian : Elle est au courant pour nous ! Vous devez…

« Vous devez *quoi* ? » J'aurais voulu pouvoir demander conseil à Maman et à Papa.

Cela faisait plus d'un mois que j'avais reçu la deuxième carte postale de la Costa Brava. Elle disait simplement : *Les affaires vont bien.* Parfois, je me demandais s'ils recevaient les lettres que je leur envoyais, à l'adresse du Ye Olde Matador Pub. C'était sans doute trop risqué pour eux de m'écrire. Avec les lois antiterroristes rigoureuses main-

1. En français dans le texte.

tenant en vigueur, même le courrier de Sa Majesté n'était plus sûr.

Je fus surprise de sentir une larme couler sur ma joue et tomber dans mon oreille. *Courage, Vicky !* Il fallait absolument que je fasse une bonne nuit de sommeil. Le lendemain était un samedi, et la *Gazette* paraîtrait donc dans les kiosques. Si Annabel avait réussi à décrocher la première page, en fin de compte, elle serait totalement imbuvable.

Je devais me tenir prête.

25

— Félicitations pour ta couverture, dis-je à Annabel, qui n'avait pas l'air de se réjouir de son exclusivité au sujet du tracteur.

Elle était assise à son bureau, le dos courbé, l'air accablée.

— Mon nom n'a même pas été mentionné, se plaignit Annabel, agitant le journal dans ma direction. J'ai aussi été éclipsée par une publicité géante pour de l'engrais. Regarde !

C'était vrai. En dehors du petit paragraphe vantant les mérites de l'achat d'un Massey-Ferguson, la moitié de la page était consacrée à un nouvel engrais révolutionnaire, présenté comme *le* fumier du XXIe siècle.

— Sans vouloir t'offenser, Annabel…

Je montrai du doigt la manchette – que je trouvais minable : LE MONTE-EN-L'AIR DE GIPPING A ENCORE FRAPPÉ : UNE EXCLUSIVITÉ DE PETE CHAMBERS !

— … si je devais choisir entre une histoire de cambriolage et une histoire de fumier, je choisirais le cambriolage sans hésiter.

Annabel eut un air renfrogné. Je lui donnai une tape réconfortante sur l'épaule. Quand une rivale est anéantie, c'est généreux de manifester un peu de compassion.

— La déception fait partie du travail. C'est dans l'ordre des choses.

— Tu as un sacré culot !

Annabel haussa les épaules pour faire retomber ma main.

— Comment ça ?

Elle projeta le menton en avant.

— Pete m'a dit que tu lui avais téléphoné et que tu lui avais promis un scoop formidable et tiré par les cheveux, dit-elle avec un ricanement mauvais. Tu lui as dit que tu avais découvert – je cite – que « Randall faisait partie d'un réseau sexuel de dépravés dirigé par des pervers et par les autorités locales »…

Elle leva les yeux au ciel d'un air excédé.

— Franchement, Vicky ! À quel point peux-tu être aux abois ?

Je n'avais pas pris en compte les confidences sur l'oreiller. Évidemment que Pete lui avait tout répété, mot pour mot.

— Je ne suis pas du tout aux abois. C'est la vérité.

— Non seulement ça, reprit Annabel, rejetant la tête en arrière, les narines dilatées, mais tu as dit à Pete…

Elle marqua un temps d'arrêt pour inspirer profondément, l'air indignée.

— « Annabel a une *petite* histoire de tracteur qui pourrait faire l'affaire, je suppose » !

— Mais nous étions d'accord pour…

— Je voulais le lui dire moi-même, m'interrompit-elle, furibonde. C'était mon idée. Je t'ai *sauvé* la peau. Tu m'es redevable.

Manquait-elle à ce point d'assurance ?

— Pour l'amour du ciel, ce n'est pas la fin du monde !

— Ça pourrait bien l'être. Pour toi, déclara-t-elle d'une voix menaçante. Eh bien, tout ce que je peux dire, c'est que tu n'as pas intérêt à avoir tout inventé. Pete a appelé les grands quotidiens, hier : le *Mirror*, le *Sun*, et même le *Times*.

— Les grands quotidiens ?

J'étais stupéfaite. Les grands quotidiens étaient la crème de la crème des aspirations journalistiques.

— Pete attend ton article *sensationnel* pour vendredi, c'est-à-dire dans six jours, seulement, m'annonça Annabel. Avant *midi*.

— Crois-moi, cela ne posera aucun problème.

J'avais confiance dans mes récentes découvertes. Tout ce qu'il me fallait, c'étaient des preuves. J'avais déjà deux titres accrocheurs : LE RENDEZ-VOUS GALANT DE LA LADY CHATTERLEY DE GIPPING ALORS QUE SON MARI GÎT MORT : UNE EXCLUSIVITÉ DE VICKY HILL ! Ou, si j'arrivais à trouver des preuves : UN POLICIER DU COIN FERME LES YEUX SUR LES AGISSEMENTS UNE VEUVE AMÉRICAINE QUI FRICOTE AVEC LE DIABLE. Un flic corrompu serait la cerise sur le gâteau. De plus, mon père serait fier de moi si je démasquais un officier de police.

— Oui, eh bien, ne sois pas trop sûre de toi, dit Annabel avec mépris. Ça fait une éternité, maintenant, que je travaille en secret sur un scoop *choquant* digne des gros titres. Même Pete n'est pas au courant… mais dès qu'il le sera, il se désintéressera totalement de ta petite histoire, parce que la mienne parle d'argent, de sexe, de pouvoir, et est accompagnée de photos !

— Que le meilleur scoop gagne, dis-je, consciente d'une curieuse sensation pesant sur mon estomac.

Pete entra d'un pas tranquille.

— Bonjour, les filles…

Il avait l'air d'être d'une humeur exceptionnelle.

— Vicky ! Comment va ma jeune star par cette belle matinée ?

— Très bien, merci, dis-je, souriant largement et adressant à Annabel un regard triomphant.

D'habitude, il se concentrait sur elle, mais aujourd'hui, c'était moi, la reine. Je devais admettre que c'était très agréable.

— Il y a du nouveau ? me demanda-t-il avec d'un air libidineux. Tu as quelques infos croustillantes pour nous faire tenir ?

La question me prit au dépourvu.

— Il y a eu un accident de scooter mortel, hier.

Pete éclata de rire.

— Très drôle ! C'est ce que j'aime, chez toi : ton sens de l'humour.

— Non, c'est vrai... Brian Dickson, le messager du bureau du médecin légiste, est mort.

— Notre Brian ? Merde !

— Vous étiez amis ? demandai-je innocemment, ravie de détourner l'attention de moi.

— On peut dire ça...

Pete regarda Annabel.

— Tu as entendu ça ? Brian a cassé sa pipe.

Je suivis son regard et vis les traits d'Annabel se déformer de manière extraordinaire. Remuant les lèvres silencieusement, elle était en train de me dire : *Ne dis rien sur moi, s'il te plaîîît* !

Pete fronça les sourcils.

— Qu'est-ce que tu as au visage ?

Annabel eut un air mortifié.

Pete prit l'une des deux cigarettes coincées au-dessus de son oreille, la mit entre ses lèvres et l'alluma. Il inhala profondément, se tourna vers moi, et dit :

— Donne-moi les faits.

— Brian est entré en collision avec une moissonneuse-batteuse sur le pont de la Plym, dis-je sans détour. Les flics ont les détails.

— Annabel, grommela Pete, je veux que ce soit *toi* qui traites avec la police, sur ce coup-là. Toi toute seule.

Annabel, très professionnelle, se leva et prit son sac bandoulière.

— Je vais aller au poste tout de suite.

Je fus prise de panique.

— Non ! C'est trop tôt.

— Pourquoi ? me demandèrent en chœur Pete et Annabel.

— Les flics doivent d'abord prévenir les parents de Brian.

Je savais que Brian était orphelin, mais *eux* l'ignoraient.

— C'est la procédure.

— Tu as raison. Merde !

Pete réfléchit quelques instants.

— Vicky, dans mon bureau.

Mon cœur fit un bond. Mon arrogance nouvellement acquise s'évapora en un clin d'œil. Cela avait toujours été Annabel qui avait passé des heures enfermée dans le bureau de Pete. L'avais-je remplacée de toutes les façons possibles et imaginables ?

Pete s'arrêta dans l'embrasure de la porte.

— On se prend un thé ?

— Je vais le faire, m'empressai-je de proposer.

— Non, Annabel va s'en charger. Annabel ! aboya-t-il, me faisant passer devant lui. Du thé !

Annabel en resta bouche bée, scandalisée.

— Je ne fais pas de thé.

— Du lait et un sucre, s'il te plaît, dis-je.

— Viens, Vicky.

Pete me donna, par jeu, une petite tape sur les fesses, me fit entrer dans son bureau et referma la porte derrière nous.

— Par ici !

Il indiqua un canapé écossais à deux places, contre le mur, qui rendait la pièce encombrée encore plus exiguë. Il y avait des photos de famille encadrées, sur le bureau.

Oh, mon Dieu ! Nous y voilà. Mes genoux se mirent à trembler violemment. Il ne s'attendait tout de même pas réellement à des faveurs sexuelles si tôt, un samedi matin ? Il n'était que neuf heures trente.

— Ne sois pas timide, dit-il en se mettant à fouiller dans le tiroir du haut de son bureau, manifestement inconscient de mon désarroi. Je sais que c'est ta première fois ici, mais ce ne sera pas la dernière.

J'avais les mains moites et la bouche soudain toute sèche. Que pouvait-il bien vouloir dire, par ma *première fois* ? Me résignant à mon sort, je retirai mes chaussures et m'allongeai sur le canapé. Nous allions devoir être très rapides. Annabel pouvait apparaître à tout moment avec le thé. Les paroles de ma mère résonnaient dans ma tête : « Méfie-toi de ce que tu souhaites. » J'avais souhaité perdre ma virginité. Je ne pouvais m'en prendre qu'à moi-même. Pete allait être l'heureux élu et, d'une façon détournée, je faisais cela dans l'intérêt du journalisme.

— Qu'est-ce que tu fabriques ? me demanda-t-il, une feuille de papier à la main, visiblement horrifié de me voir allongée. Tu es fatiguée ?

Surprise par son ton, je me redressai brusquement.

— Ce n'est pas le moment de faire la *sieste*, m'admonesta-t-il. Nous avons du pain sur la planche, jeune fille. Beaucoup de choses dépendent de ton scoop.

— Désolée, marmonnai-je, remettant subrepticement mes chaussures. J'ai mal dormi, cette nuit.

— Voici une liste des employés municipaux, dit-il en me tendant la feuille. Ce serait vraiment génial si nous pouvions coincer le vieux Rawlings.

— Le maire ?

— Ce serait bien fait pour lui. Il se comporte toujours comme un vrai salaud avec la presse.

Je pris la liste et, avec un sentiment d'angoisse, me rendis compte que ma vie devenait à chaque instant un peu plus compliquée.

— Et cette magistrate coincée. Comment s'appelle-t-elle, déjà ?

— Margaret Pierce ?

— C'est ça. Essaie de voir si tu peux les prendre tous les deux en flagrant délit.

— Et s'ils sont innocents et…

— Pierce essaie d'obtenir le siège pour les conservateurs aux prochaines élections. Ça leur enlèvera toute chance d'y parvenir.

Je me sentais mal à l'aise.

— Elle fait beaucoup de bénévolat au profit des aveugles, non ?

— Qu'est-ce que ça peut faire ? demanda Pete d'un ton enjoué. Le bénévolat ne fait pas vendre de journaux. Le sexe, si.

Soudain, il sembla avoir une illumination.

— Tu crois qu'ils sont adeptes du bondage ?

Par chance, on frappa à la porte à ce moment précis, ce qui m'évita d'avoir à répondre.

— Entrez ! cria Pete.

Annabel entra, portant à grand-peine un plateau sur lequel il y avait trois mugs de thé.

— Je me suis dit que je pourrais me joindre à vous…

Elle fit la grimace et posa violemment le plateau sur le bureau. Il n'était pas si lourd que ça !

— J'ai mis du lait et du sucre, ajouta-t-elle en tendant à Pete un mug sur lequel étaient écrits les mots : MEILLEUR PAPA DU MONDE ! Elle pointa du doigt la tasse restante.

— Pour toi.

Je remarquai que mon thé était noir : elle l'avait visiblement laissé infuser trop longtemps.

— Il a l'air parfait.

De toute évidence, elle était bien décidée à se joindre à nous. Elle prit sa propre tasse et s'assit à côté de moi sur le canapé.

Le téléphone de Pete sonna.

— Ouais ? fit-il en décrochant.

Il écouta Barbara pépier à l'autre bout du fil, puis lui répondit :

— Eh bien, dites-lui que c'est dommage pour lui !

Il reposa brutalement le combiné sur son socle.

— Ce Randall est à l'accueil, il est furax parce qu'il n'est pas dans le journal de cette semaine.

Dans l'effervescence générale, j'avais oublié la promesse que faite à Dave. Je me levai d'un bond.

— Je vais descendre vite fait et…

— Je me demande où ses *photos* ont bien pu passer, hein, Vicky ? fit Annabel avec malveillance.

— Attends une minute ! dit Pete. Randall n'est pas ton indic, Vicky ?

— En quelque sorte.

Je refusais de regarder Annabel.

Pete réfléchit sérieusement.

— Dis-lui que nous publierons son article samedi prochain, à la place. Les grands quotidiens éditeront ton scoop dimanche.

Il se frotta les mains, tout content.

— Nous serons les premiers à en parler. « C'est ici que vous l'avez lu en premier. » Génial !

— Bonne idée, Pete, dit Annabel, faisant un effort suprême pour attirer l'attention sur son décolleté en rajustant son soutien-gorge. À moins qu'un article encore plus *sensationnel* ne se présente, n'est-ce pas, Vicky ?

— Invite Randall à déjeuner, dit Pete avec enthousiasme, ignorant la dernière remarque d'Annabel. Tous frais payés. Garde la note.

— Super !

Je souris et me dirigeai vers la porte. Profitant de ce que Pete prenne une grosse gorgée de thé, j'attirai l'attention d'Annabel en toussotant, croisai les doigts et articulai silencieusement : « *Pax* ? »

À contrecœur, elle leva les doigts en réponse et marmonna :

— *Pax*.

C'était peut-être un accord enfantin de cour de récréation, mais étant donné que nous avions toutes les deux des secrets l'une sur l'autre, cela ferait l'affaire.

Je descendis, tellement soulagée que j'en avais la tête qui tournait. L'apparition inattendue de Dave m'avait sauvé la mise. Non seulement il m'avait arrachée aux griffes de mon patron lubrique, mais la présence même de Dave avait corroboré mon histoire et m'avait donné l'air d'être *très* professionnelle. J'avais également appris une leçon capitale : Annabel croyait que c'étaient les artifices féminins qui permettaient de décrocher les missions les plus intéressantes ; et pourtant, j'étais là, à deux doigts du scoop du siècle, et j'étais toujours vierge !

Bien sûr, il me fallait des preuves, mais j'avais le feu vert pour inviter Dave à déjeuner, et il n'y avait rien de tel que l'alcool pour délier les langues et révéler les secrets sordides. Je poussai la porte qui donnait sur l'accueil pour aller accueillir mon indicateur.

La vie était belle.

26

— Je ne suis pas dedans, hein ? fulmina Dave, m'agitant sous le nez l'édition du samedi de la *Gazette*. Vous m'aviez promis un article d'une page entière !

L'accès de colère de Dave me laissait sans voix. Où était passé l'homme modéré que j'avais rencontré trois jours plus tôt, quand j'avais pratiquement dû le *supplier* pour pouvoir faire cet article sur le saut de haies ? C'était vraiment typique du public de prétendre dédaigner la gloire et, tout de suite après y avoir goûté, de jouer les divas.

— Je peux vous servir une tasse de thé, monsieur Randall ? demanda Barbara d'une voix douce, apparaissant derrière le comptoir.

J'étouffai un cri de surprise. Barbara portait une coiffe tribale africaine faite de plumes écarlates et ornée de perles de couleurs vives. Autour du cou, elle avait un collier auquel pendaient des crânes en plastique.

Dave me jeta un coup d'œil nerveux.

— Non, merci.

— Barbara organise un…

— Un concours. Celui ou celle qui devinera qui est la véritable auteure de *Mégères vaudoues* gagnera une excursion en autocar pour deux personnes à Land's End, dit Barbara avec enthousiasme, rajustant sa coiffe, qui avait commencé à glisser sur une oreille. Toutes les semaines, la *Gazette* donnera un indice essentiel.

— C'est exact, dis-je, contente que l'accoutrement étonnant de Barbara ait décontenancé Dave.

Barbara brandit une fiche d'inscription de fortune.

— Écrivez simplement votre nom là-dessus, et glissez le formulaire dans l'urne, dit-elle en tapotant une boîte aux lettres en bois cadenassée, sur le comptoir. Si vous avez besoin de vous isoler, vous pouvez aller dans l'alcôve.

— Merci, Barbara. Monsieur Randall, voulez-vous ?

Je me tournai vers l'alcôve et fus surprise par un autre changement.

Des feuilles de palmier en plastique vert étaient épinglées au rideau pailleté. Une paire de maracas était posée sur un grand tambour, par terre, à droite de l'entrée. Je supposais que Barbara avait emprunté ces accessoires aux Chantres de Gipping, la troupe de théâtre amateur du coin, qui venait juste de monter une mise en scène très ambitieuse de *L'Odyssée de l'African Queen.*

Comme je le craignais, l'alcôve exiguë était censée ressembler à l'intérieur d'une case africaine. Un tapis en fausse fourrure noir et blanc à rayures était cloué à la cloison du fond ; les chaises en plastique vert avaient été recouvertes de vieille toile à sac ; mais le clou du spectacle était le gigantesque gorille en peluche marron clair dressé sur la petite table.

— Je veux des explications, dit Dave, dont la stupéfaction avait laissé la place à un agacement renouvelé, et elles ont intérêt à être bonnes.

Affichant l'un de mes sourires les plus chaleureux, je répondis :

— La vérité, Dave – je peux vous appeler Dave ? –, c'est que mon rédacteur en chef veut vous consacrer un article tout à fait *spécial.* En première page.

— Ah bon ?

— À vrai dire, il m'a demandé de vous inviter à déjeuner, demain. Tous frais payés.

— C'est d'accord, dit Dave, mais je veux récupérer mes photos.

— Bien sûr.

J'étais perplexe. C'était Chester qui les avait – à part celle accrochée au poulet, sur le lit de Dave. Cela signifiait-il que Dave n'avait rien vu du tout ? Se pouvait-il que quelqu'un ait secrètement retiré le poulet ? Et, si tel était le cas, pourquoi ?

— Tu veux que j'aille chercher les photos de M. Randall ? demanda Barbara, écartant vivement le rideau.

J'aurais dû me douter qu'elle nous écoutait.

— Est-ce qu'elles sont là-haut ? insista-t-elle.

— À vrai dire, ces photos étaient excellentes, mais il nous en faudrait d'autres, m'empressai-je de dire, des photos vous montrant dans le feu de l'action, en train de vous échauffer, sur l'aire de lancement, au Cricket Lodge, peut-être… « Un champion se détend, chez lui. » Ce genre de choses.

— Oh oui, *oui* ! s'extasia Barbara, battant des mains. Nos lecteurs vont adorer !

Dave grogna quelque chose d'inintelligible, mais il avait l'air content.

— Retrouvez-moi sur Riley Lane, mercredi après-midi. Il y a une petite vierge dans laquelle j'aimerais bien mordre à pleines dents.

— Je vous demande pardon ?

Je devins écarlate. Barbara porta une main à sa gorge et dut poser l'autre sur le dossier de ma chaise pour ne pas perdre l'équilibre.

— Une haie de *Buxus handsworthii*, de buis, pour le profane, dit Dave d'un ton empreint de mélancolie. Large, épaisse, et intacte. Près de deux glorieux mètres de splendeur.

— La perfection, dis-je, m'efforçant de refouler l'image évoquée par l'allusion de Dave à la *petite vierge*. J'aurais quand même besoin de discuter de certains détails avec vous autour d'un déjeuner, bien sûr. Pourquoi pas demain, disons à… ?

— À midi. Aux Trois Fûts.

Tandis que je regardais Dave quitter l'accueil – évitant soigneusement Barbara –, je me dis que les choses s'étaient plutôt bien passées. J'avais habilement éludé la question épineuse des photos disparues, et j'avais obtenu une interview *et* une séance de photos. Cette histoire de reportage allait être sympa, surtout maintenant que j'avais droit à des frais de représentation.

— J'espère qu'il ne s'attend pas à un déjeuner coûteux, dit Barbara, toujours aussi rabat-joie. Tu te rends bien compte que tu n'as pas droit à un remboursement, étant stagiaire ?

— Pete a dit que…

— C'est Wilf qui décide. C'est lui le rédacteur en chef.

Elle m'adressa un sourire complice.

— Je te conseille de manger avant d'y aller… S'il a un minimum de savoir-vivre, si tu ne manges pas, il ne mangera pas non plus.

Le pub Les Trois Fûts était réputé pour son plat du jour du dimanche, et je m'étais réjouie à l'idée d'y aller, mais nous devons tous faire des sacrifices, parfois, pour obtenir ce que nous voulons. Si je devais payer de ma poche pour que Dave passe aux aveux, ce serait de l'argent bien dépensé.

27

Il était un tout petit peu plus de midi. Le pub enfumé était bondé de clients du dimanche.

— Est-ce que la cruche de cidre est grosse ? demandai-je à Arthur, le barman au teint rubicond.

Une pancarte, derrière le bar des Trois Fûts indiquait que le cidre local était l'offre du jour, au prix réduit de cinq livres.

Le barman prit une énorme cruche et la posa violemment sur le comptoir.

— Sacré bon rapport qualité-prix, si vous voulez mon avis !

— Je vais en prendre une, avec deux verres, s'il vous plaît, dis-je, convaincue qu'elle durerait assez longtemps pour que Dave admette sa liaison avec lady Trewallyn et, avec un peu de chance, la découverte du corps de sir Hugh.

— Prenez garde, hein… C'est du vrai cidre du Devonshire, dit Arthur avec un grand sourire. Il va vous faire rouler sous la table.

— C'est juste du cidre, non ?

— Juste du cidre ? *Juste du cidre ?*

Il rit et secoua la tête.

Dave était assis à la table que j'avais partagée avec Topaz, l'autre soir. Il était affalé sur un banc en bois à haut dossier, les yeux fermés.

Je posai brutalement la cruche et les verres sur la table, dans un bruit mat.

— Cidre ! annonçai-je. Réveillez-vous !

Il ouvrit aussitôt les yeux.

— Merde, alors ! Une cruche entière !

Avec précaution, j'en versai dans les deux verres, remarquant que le liquide avait la couleur de l'urine, puis je m'assis à côté de lui.

— Qu'est-ce que vous prenez ? me demanda-t-il.

— J'ai fait un copieux petit-déjeuner, répondis-je, espérant qu'il n'entendrait pas mon estomac gargouiller, mais je vous en prie, prenez ce que vous voulez.

— Du rôti de bœuf avec tous les accompagnements traditionnels. Miam-miam !

Barbara s'était trompée quant au savoir-vivre de Dave.

— Oh là ! s'exclama-t-il après avoir bu une gorgée de cidre. Ça, c'est un vrai bon produit du cru !

— À votre santé !

J'avais misé gros sur ce bon produit du cru.

— Cul sec ! dit Dave avant de descendre son verre d'un trait.

Je bus une petite gorgée du bout des lèvres. Cela avait un goût de pomme. Franchement, je ne comprenais pas pourquoi le barman avait fait toute une histoire. Le cidre me paraissait totalement inoffensif.

— Alors, Vicks, quoi de neuf à la *Gazzzzzette* ? me demanda Dave en me donnant un grand coup de coude dans les côtes. Tu connais tout et tout le monde, pas vrai ?

— Oui, répondis-je avec un petit rire, c'est vrai…

Il y avait trois cruches vides sur la table. Les clients de l'heure du déjeuner avaient laissé la place aux fêtards de début de soirée. Je ne m'étais jamais rendu compte à quel point le pub Les Trois Fûts était un endroit charmant, rempli de gens charmants.

Après la deuxième cruche de cidre, j'avais décidé de renoncer à l'interview. Dave avait ostensiblement ignoré toutes mes tentatives pour glisser d'un ton détaché ses employeurs dans la conversation. J'avais dû l'écouter faire de longs discours rasants sur le saut de haies et sur les mérites du Fosbury Flop par rapport au traditionnel Straddle. Il était plutôt gentil, en fait. J'étais flattée qu'il partage ses rêves avec moi – y compris son espoir fou de voir les agriculteurs de la vallée de la Plym sponsoriser son rêve de toujours : présenter le saut de haies comme discipline olympique. Même quand je lui avais fait remarquer que certains pays – notamment en Afrique ou au Moyen-Orient – n'avaient pas de haies pour s'entraîner, il l'avait bien pris. Je comprenais pourquoi Topaz était à ce point amoureuse. C'était vraiment l'un des hommes les plus séduisants et les plus spirituels que j'avais jamais rencontrés.

— Je n'ai pas arrêté de jacter, déclara-t-il soudain, me donnant une tape sur le genou. Assez parlé de moi ! Parle-moi de toi. Dis-moi tout.

— Je fais souvent le thé, dis-je, consciente de sa main sur mon genou et aimant assez cela.

— Tu couvres les enterrements, non ? demanda-t-il d'un air dégagé.

Je me sentis flattée. Il *savait* qui j'étais ! Il avait dû se renseigner sur moi. J'avais dû lui taper dans l'œil.

— Tous, répondis-je, avant de boire une autre gorgée de cidre. Ouais ! C'est ça. Je n'en ai pas raté un seul depuis que je me suis installée à Gipping…

Je levai mon verre.

— Je suis la *reine* des enterrements.

Dave fit tinter son verre contre le mien.

— À la reine des enterrements !

— Hourra ! lançai-je.

Nous bûmes et reposâmes violemment nos verres sur la table.

— Alors comment se fait-il que ce soit Annabel Lake qui s'est chargée de la notice nécrologique de sir Hugh ? demanda soudain Dave.

J'eus l'impression d'avoir reçu un seau d'eau glacée sur la tête. Il avait envie de parler d'Annabel. Cela ne m'étonnait pas ! Tous les hommes de la planète avaient envie de parler *d'elle*.

— Elle est moins expérimentée que moi, tu sais, dis-je d'un air hautain. Elle a accompagné le reporter en chef au Manoir… Elle est encore en formation, bien entendu. En fait, ce qui demande du *talent*, c'est de noter les noms à l'église. Je me souviens de tous ceux qui assistent à mes enterrements… et aussi de tous ceux qui n'y assistent pas.

— Waouh !

— Comme toi, dis-je, agitant l'index dans sa direction en signe de reproche. Vilain Dave ! Tu aurais dû aller à celui de ce pauvre sir Hugh.

Une ombre passa sur son visage.

— J'avais mes raisons. Le fait est que…

— Un autre cidre sur votre ardoise, Vicky ? demanda Arthur, surgissant à notre table avec une nouvelle cruche à la main.

— Oui, oui. Sur l'ardoise. Au revoir.

Il choisissait vraiment mal son moment ! Quelque part, dans les brumes de l'alcool, je sentais que Dave était sur le point de passer aux aveux.

— Tu ferais mieux de te méfier d'elle, Dave, dit Arthur avec un clin d'œil. C'est une sacrée coquine !

Dave eut un regard concupiscent.

— C'est vrai ?

— Demande-lui de te parler de sa petite amie, la fille de La Bouilloire de cuivre. Tu vois un peu ce que je veux dire…

Avec un gloussement, Arthur emporta les cruches vides, se frayant un chemin jusqu'au bar à travers la foule des clients.

Dave se tourna vers moi, intrigué.

— Qu'est-ce qu'il raconte ?

— Parlons de l'enterrement.

— Je préférerais parler de toi.

Zut ! Le barman avait tout gâché avec sa remarque stupide. Dave me remit une mèche de cheveux derrière l'oreille. Ce contact m'électrisa. Et si je revenais au plan de départ de Topaz et que je suggérais un plan à trois, après tout ? Si cela pouvait me rapprocher de lady Trewallyn, alors très bien !

— Ce n'est pas sérieux, entre Topaz et moi, dis-je, posant une main sur la cuisse de Dave. On s'amuse, c'est très innocent.

Dave avait l'air perplexe.

— Quelle Topaz ?

— Tu es trop drôle !

Je ris. Les hommes étaient vraiment prévisibles. Maintenant qu'il s'intéressait à moi, il voulait comme par hasard oublier l'existence de Topaz.

— Topaz Potter. Ton *ex-petite amie* !

Son expression resta la même. Je baissai la voix.

— On s'est dit qu'un ménage à trois te tenterait peut-être ?

— Un quoi ?

— Un plan à trois.

Dave écarquilla les yeux, l'air incrédule. Il se leva d'un bond, agita la main pour attirer l'attention d'Arthur, et leva les deux pouces vers le haut en signe de triomphe.

Enfin, il se rassit et me passa un bras autour des épaules.

— Écoute, ma belle, je ne vois pas du tout qui c'est, mais je suis partant.

— Attends une minute !

Celle-là, c'était la meilleure !

— Tu me jures que tu ne la connais *vraiment* pas ?

— Croix de bois, croix de fer, si je mens, je vais en enfer.

Il me mit un doigt dans l'oreille.

— Tu aimes ça ?

Je sursautai, tout émoustillée. Si seulement je n'avais pas bu autant de cidre ! Pourquoi Topaz m'aurait-elle menti au sujet de Dave ? Il fallait absolument que je dessoûle.

— Est-ce que tu connais un certain Chester Forbes ?

Pour toute réponse, Dave rota et me fit brutalement lever.

— Je suis prêt !

Maman dit toujours que lorsque la passion d'un homme est excitée, tout le sang reflue de son cerveau. Dave en était la preuve vivante.

— M. Forbes est passé à la *Gazette* et t'a demandé explicitement, insistai-je, déterminée. Il avait l'air de trouver que le saut de haies était nuisible à l'environnement.

— Ouais, eh bien, on ne peut pas faire plaisir à tout le monde…

Dave m'empoigna les fesses. Vigoureusement.

— … mais toi, je crois savoir comment te faire plaisir.

Un frémissement de désir inattendu me parcourut. Toutes les autres questions que j'aurais pu avoir pour Dave m'échappèrent. Il était disponible. Il était libre, et il voulait me faire plaisir, à *moi*.

— Chez toi ou chez moi ? me demanda-t-il, agitant les sourcils d'un air plein de sous-entendus.

— Chez toi.

Je n'avais pas envie de perdre ma virginité dans une mansarde, avec Mme Poultry entendant mes cris de plaisir. De plus, cela me donnerait l'occasion de jeter un rapide coup d'œil au Cricket Lodge.

Je passai mon bras dans celui de Dave, et nous nous frayâmes un chemin en direction de la porte.

— Bonne nuit, Vicky ! cria Arthur. Eh ! tu as un ticket, mon gars !

Des acclamations s'élevèrent dans le bar. Plusieurs hommes donnèrent à Dave une tape dans le dos. Je ne m'étais jamais sentie aussi populaire.

L'air frais me saisit dès que nous sortîmes du pub. J'étais agréablement pompette, mais j'avais un peu peur que Dave ne soit pas en état de conduire. Je l'observai attentivement pour voir s'il titubait. Avant que je puisse m'en assurer, il m'avait attrapée par le bras et entraînée vers un vieux Land Rover vert.

— Allez, monte là-dedans !

Il ouvrit la portière côté passager et me hissa à l'intérieur comme si je n'étais qu'un sac de grain.

L'habitacle du Land Rover était impeccable et, comme on pouvait s'y attendre, plein d'accessoires de saut de haies. À l'arrière, des bottes en caoutchouc vertes étaient posées à côté de la banquette, ainsi qu'un pantalon et une grosse veste en moleskine. Des cisailles à haie, une faux terrifiante, des rouleaux de fil de fer barbelé, et de la ficelle étaient rangés dans un filet, sur le côté. Je supposais qu'il conservait toujours toutes ces choses avec lui au cas où il tomberait par hasard sur une haie impeccable, prête à être franchie, et où il ne pourrait pas s'empêcher de sauter par-dessus.

— Tout va bien ?

Sa voix paraissait inarticulée, à moins que ce soit mon ouïe qui ait été affaiblie.

— Très bien, merci.

Un sentiment d'angoisse s'empara soudain de moi. Mes jambes se mirent à flageoler. Même si, au pub, j'avais pris la décision capitale de permettre à Dave d'être celui qui prendrait ma virginité, maintenant que nous étions sur le point de passer à l'action, j'avais des doutes. Toutefois, c'était sûrement normal d'éprouver ce que Maman appelait « le trac de la nuit de noces », n'est-ce pas ?

— Ça va ? demanda encore Dave, cette fois avec un clin d'œil entendu.

Il mania maladroitement la clé de contact.

— Très bien. Vraiment.

Il était complètement beurré. Peut-être ne serait-il pas en mesure de se débrouiller. J'avais lu quelque part que quatre-vingts pour cent des hommes qui buvaient trop d'alcool avaient des problèmes sur le plan sexuel. Je n'étais certainement pas prête à gérer cela ; je savais déjà à peine ce que j'étais censée faire.

Dave démarra enfin. Un moteur diesel faisait un bruit très différent du rugissement sexy de la Porsche noire. J'éprouvai une pointe de regret à l'idée d'être conduite sur la scène d'un moment si important, unique dans une vie, dans un véhicule de qualité aussi inférieure.

Nous quittâmes le parking en trombe et fîmes un dérapage sur la droite, manquant de justesse un poteau en pierre. Par chance, il n'y avait pas de voiture de police cachée dans l'ombre. Le Land Rover remonta la ruelle étroite à toute allure, en direction du centre-ville.

— Nous n'allons pas chez toi ?

— Nous allons passer prendre Teresa.

Dave se cramponnait au volant et concentrait toute son attention sur la route.

— Où est-ce qu'elle habite ?

— Topaz, tu veux dire.

— Ou Annabel ? suggéra-t-il soudain. Tu crois qu'elle serait partante ?

La seule évocation du nom d'Annabel calma brutalement mes ardeurs. Je voulais perdre ma virginité, mais pas avec un ivrogne qui aurait volontiers couché avec n'importe qui – et surtout avec *elle*.

Je voulais rentrer chez moi tout de suite. Je devais trouver un moyen de me tirer de cette situation sans compromettre ma couverture. Rumble Lane était à deux pas. Mme Poultry interdisait formellement les visiteurs de sexe masculin. Je m'arrangerais pour qu'il m'accompagne jusqu'à la porte, puis je prendrais un air tout déçu quand elle le congédierait.

Maman dit que les hommes sont encore plus ardents quand on les repousse.

Je tendis le bras vers lui et lui caressai la cuisse.

— Je ne peux pas attendre une minute de plus, dis-je, m'essayant à l'un des rires graves, gutturaux, dont Annabel avait le secret. J'habite à une minute d'ici, à peine… Allons chez moi.

— Teresa ne va pas être déçue ?

— Dévastée, répondis-je, mais ne t'inquiète pas : tu vas déjà avoir fort à faire pour me satisfaire, moi.

— Bon sang !

Il eut un sourire ravi.

— Tourne à gauche ici et arrête-toi à côté du troisième réverbère. J'habite au numéro 10.

La Morris Traveller de Mme Poultry était garée dans l'allée. La maison était plongée dans l'obscurité. Elle ne pouvait tout de même pas être déjà couchée ? Il était à peine plus de 23 heures !

— Oh, quel dommage ! m'exclamai-je. Je croyais que ma logeuse était sortie, mais elle est là…

Je ne me réjouissais pas à l'idée de la réveiller.

— Il vaut mieux que tu me déposes ici.

Dave sembla ne pas m'entendre. Nous nous engageâmes dans l'allée étroite, heurtâmes le poteau d'angle en bois, et nous arrêtâmes à seulement quelques centimètres du pare-chocs de la Morris Traveller.

Les pleins phares du Land Rover étaient allumés, illuminant toute la façade de la maison.

— Pour l'amour du ciel ! criai-je. Éteins les phares !

Une lumière s'alluma à l'étage.

Dave éteignit les phares et se tourna vers moi.

— Faisons-le sur la pelouse.

Lady Trewallyn aimait peut-être batifoler nue au clair de lune, mais même si j'avais décidé de me lancer, cela aurait été ma première fois. Perdre sa virginité était censé être quelque chose de spécial.

— L'herbe doit être mouillée, lui fis-je remarquer. Nous ne voudrions pas attraper froid.

— J'ai une bâche en plastique, à l'arrière. On peut s'allonger dessus. Allez, viens !

Il descendit précipitamment du Land Rover, mais perdit l'équilibre et disparut de mon champ de vision. À contrecœur, je le suivis. Tous les sentiments romantiques que je pouvais encore avoir pour lui s'évaporèrent rapidement. C'était un crétin en état d'ivresse. S'il croyait que j'allais me donner en pâture à ses tâtonnements de voyou, il se trompait.

Il se releva, chancelant, et m'attira vers lui. Nous tombâmes contre le Land Rover. Écrasant ses hanches contre mon corps, il plaqua sa bouche sur la mienne. On aurait dit que sa langue forait pour trouver du pétrole. Tout ce à quoi je parvenais à penser, c'était au fait que Mme Poultry serait horrifiée si elle nous voyait. Elle n'assistait peut-être pas à l'office, à l'église, mais je voyais bien qu'elle avait des valeurs de l'époque victorienne.

— Détends-toi, marmonna Dave, ne s'arrêtant même pas pour parler. Ça va te plaire…

Je ne ressentais absolument rien. Ni désir, ni même un tout petit frémissement de plaisir, ce qui était loin d'être le cas de Dave. Quelque chose de chaud et de dur s'enfonçait dans ma cuisse.

Je parvins enfin à le repousser. Il était hors d'haleine. Je repensai à la mise en garde de Maman, qui disait qu'une fois qu'un homme était excité, c'était très cruel de l'arrêter – une histoire de surchauffe de l'anatomie masculine. Je me trouvais confrontée à un dilemme. La séance de photos était prévue pour le mercredi. Je ne pouvais pas me permettre de le contrarier.

— Dave ! Attends ! murmurai-je sur le ton de la séduction, posant mes doigts sur ses lèvres. Je suis une amante bruyante. Je ne vais pas pouvoir me laisser vraiment aller, ici… Et si quelqu'un sorti pour promener son chien passait ?

— Ça m'est égal.

— Faisons-le mercredi, chez toi.

Je croisai les doigts.

— Je ne peux pas résister à un homme en moleskine.

— Je ne peux pas m'arrêter maintenant, bébé.

Il m'empoigna les seins et se mit à les malaxer furieusement.

— Allez, donne-moi ce que je veux…

— Lâche-moi !

Je lui écrasai violemment le pied. Il poussa un cri de douleur.

— Écoute. Ce soir, cela ne va pas être possible, dis-je d'un ton ferme. Mercredi, ce sera bien mieux. J'amènerai même Topaz.

— D'accord…

Il oscilla un peu, apparemment désorienté.

— J'ai un peu la tête qui tourne.

Maman avait raison.

— Très bien, c'est réglé.

Je commençai à remonter l'allée.

— Au revoir.

— Tu ne m'embrasses pas pour me dire bonne nuit ?

Il trébucha, puis s'élança à ma poursuite. Je me mis à trottiner.

Il me rattrapa devant la porte d'entrée. Nous tombâmes sur le porche. Il y eut aussitôt une explosion de lumière, et Mme Poultry apparut dans l'encadrement de la porte, vêtue d'une longue robe de chambre écossaise rouge, à col montant. Elle avait des bigoudis dans les cheveux. Elle affichait une expression glaciale.

— Bonjour, madame Poultry, dis-je, essayant d'avoir un air normal. J'espère que nous ne vous avons pas réveillée ?

Elle ne fit aucun cas de moi. Elle avait posé son regard hostile sur Dave.

— Je vous présente mon ami, Dave…

— Oui, je connais M. Randall.

J'étais impressionnée. La célébrité de Dave en tant que champion de saut de haies était même parvenue jusqu'aux oreilles de Mme Poultry. Étant donné qu'elle affirmait ne pas lire les journaux et ne pas se livrer aux commérages, Dave pouvait être fier de lui. Je jouissais de sa gloire. Il est toujours agréable d'être accompagnée d'un homme qui suscite l'admiration partout où il va.

Je me tournai vers Dave, m'attendant plus ou moins à ce qu'il lui offre un autographe, mais je fus étonnée de constater que son visage était livide. Sans un mot de plus, il tourna les talons et fila comme une flèche en direction du Lange Rover. Le moteur démarra dans un vrombissement, Dave fit marche arrière à toute vitesse, heurta à nouveau le poteau d'angle, et disparut dans la nuit.

— Eh bien, voyez-vous cela ! m'exclamai-je. J'ignorais totalement qu'il était timide.

— Il a intérêt à payer pour les dégâts, dit Mme Poultry, le regard noir. Venez avec moi. *Tout de suite !*

Dans la maison, je m'armai de courage pour faire face à une longue admonestation au sujet de la règle interdisant les hommes sous son toit.

Nous entrâmes dans la cuisine. L'espace d'un instant, je me demandai si elle allait m'offrir une tasse de chocolat chaud. Elle n'en fit rien, se contentant de me faire signe de m'asseoir à la table. Je remarquai qu'elle était déjà dressée pour le petit-déjeuner.

— Je crains de devoir vous demander d'être partie d'ici la fin de la semaine, déclara Mme Poultry. Ceci est une pension de famille, pas un bordel.

— *Partie ?*

J'étais sûre d'avoir mal entendu. Ce n'était pas comme si elle m'avait surprise au lit avec Dave.

— En plus, vous avez bu.

— J'interrogeais Dave pour le journal. C'était un déjeuner d'affaires, qui a duré plus longtemps que prévu, dis-je, pour me défendre. Je connais les règles de la maison. Il me raccompagnait simplement à la porte, en parfait gentleman.

Mme Poultry resta de marbre.

— S'il vous plaît, laissez-moi rester ! la suppliai-je. Je me plais bien, ici, et vous êtes la meilleure logeuse que j'aie jamais eue.

En réalité, c'était la *seule* que j'eusse jamais eue ; mais je n'avais nulle part ailleurs où aller. Dans tout Gipping, Mme Poultry avait été la seule propriétaire de pension de famille à avoir accepté que je la paie en espèces et à ne pas m'avoir demandé de références. Papa avait soutenu que les opérations bancaires et les traces écrites auraient pu permettre de remonter jusqu'à lui, en Espagne.

— En outre, j'en ai plus qu'assez des quantités d'eau excessives que vous utilisez pour vos bains, reprit Mme Poultry. Sans parler des suppléments de confiture !

— Je vous les paierai…

Je n'avais plus d'argent dans mon porte-monnaie et je devais une fortune aux Trois Fûts.

— … demain.

— Que dirait votre mère ? me gronda-t-elle. Les jeunes d'aujourd'hui n'ont aucune gratitude. Aucune moralité. Pas la moindre décence.

— Le problème, c'est que je n'ai jamais bénéficié des conseils de parents…

Je pris une profonde inspiration et ajoutai d'un air mélancolique :

— Je suis orpheline.

— Le monde regorge d'orphelines, Victoria, répliqua Mme Poultry, impitoyable, mais les voyez-vous pour autant se comporter comme des traînées ? Vous êtes bien partie pour sombrer dans la débauche et la dépravation.

— Je vous en prie, donnez-moi une autre chance.

Mme Poultry s'assit à la table et déballa une pastille pour la toux. Elle commença à la suçoter lentement et lissa le papier d'emballage violet, tout en méditant sur mon sort. Les effets du cidre s'étaient dissipés ; j'étais fatiguée.

Après avoir plié le petit papier en un carré parfait, Mme Poultry se leva et déclara :

— Je suis une femme juste et charitable. Je ne voudrais pas que l'on dise que j'ai mis une orpheline dehors, dans le froid. Vous pouvez rester… à condition de ne plus jamais adresser la parole à Dave Randall.

— Merci, dis-je, n'ayant aucune intention de faire ce qu'elle me demandait, étant donné que je devais prendre en compte la séance de photos du mercredi. Je ferais mieux d'aller me coucher.

Tout en montant l'escalier jusqu'à ma chambre mansardée, je me dis que je m'étais plutôt bien sortie de cette situation délicate. Je n'allais pas être expulsée, j'allais toujours avoir les photos de Dave le mercredi et, surtout, je n'avais perdu ma virginité avec un ivrogne.

Je restai longtemps éveillée. Je décidai de ne pas dire à Topaz que Dave ne se rappelait même pas son nom. Elle avait l'air d'être quelqu'un de fragile. Si seulement je pouvais trouver une idée pour l'occuper !

Topaz entendait sûrement toutes sortes de potins, au salon de thé. Peut-être pourrait-elle se renseigner discrètement sur Probes et sur son intérêt pour la sorcellerie ?

Le lendemain était mon jour de repos. J'avais déjà prévu de passer au bureau pour voir si je pouvais mettre la main sur le faux rapport médico-légal. Le personnel étant réduit au strict minimum, le lundi – il n'y avait que Toni, qui rapportait les résultats sportifs du week-end, et Barbara, qui répondait au téléphone –, cela devrait être du gâteau.

28

Il était près de midi quand j'arrivai devant la *Gazette*. Cette fois encore, La Bouilloire de cuivre était fermée. Soudain, une pensée affreuse me traversa l'esprit. Et s'il était arrivé quelque chose à Topaz ? Et si je l'avais involontairement mise en danger ? Et si elle gisait là, étranglée ?

Je frappai plusieurs petits coups secs à la porte et pressai le nez contre la vitre. L'endroit était désert. Les chaises étaient même retournées sur les tables.

Je me baissai pour ouvrir le clapet de la boîte à lettres.

— Ohé, Topaz ! appelai-je. C'est Vicky !

Il n'y eut pas de réponse. Je m'engouffrai dans la ruelle étroite qui longeait le bâtiment jusqu'à l'arrière. Levant les yeux vers la façade de pierre, je remarquai que les rideaux de l'appartement de l'étage étaient tirés. J'essayai d'ouvrir la porte de derrière. Elle était fermée à clé. Jetant un coup d'œil autour de moi, je ramassai quelques petits cailloux et les lançai sur les vitres.

— Topaz ! C'est moi, Vicky !

Après quelques instants atroces pendant lesquels mon esprit passa en revue toutes les façons possibles et imaginables d'assassiner quelqu'un, Topaz écarta les rideaux, ouvrit la fenêtre, et se pencha au-dehors. Elle ne portait pas sa perruque, et ses cheveux étaient bruns et coupés court.

— Qu'est-ce que tu veux ? cria-t-elle.

— Je venais te dire bonjour.

— Je dormais.

— Il est presque midi !

J'étais choquée. Quelle fainéantise !

— Je peux entrer ?

— D'accord, répondit-elle à contrecœur, avant de refermer la fenêtre.

Quelques instants plus tard, elle ouvrit la porte de derrière. Elle était vraiment débraillée, dans un caftan *tie and dye* rose, serrant un châle en tricot violet autour de ses épaules. Elle n'était pas maquillée.

— Mon Dieu ! Tu es malade ? demandai-je, regardant fixement sa perruque, légèrement de travers, qui avait visiblement été mise à la hâte.

— Pourquoi ?

Topaz s'écarta pour me laisser passer, puis elle verrouilla la porte derrière moi. Sans un mot, elle remonta le couloir à pas feutrés pour m'emmener dans la cuisine – si l'on pouvait appeler cela comme ça.

Rudimentaire était le seul mot que j'aurais utilisé pour décrire la pièce. Il était difficile d'imaginer que qui que ce soit pût cuisiner dans un environnement aussi minable. Il y avait deux plaques de cuisson posées sur la paillasse. Il n'y avait pas de four, seulement un micro-ondes. Dans un coin de la pièce, il y avait un réfrigérateur bas, sur lequel était posé un grille-pain. Je comptai deux casseroles, une poêle, une bouilloire et une spatule. Il y avait un monceau de vaisselle sale dans l'évier. Toute la pièce aurait eu besoin d'un bon nettoyage, et l'odeur qui y flottait était la même que dans notre sous-sol, de l'autre côté de la route.

Dans un panier, dans un coin, dormait un très vieux labrador noir aux moustaches grises.

— Je ne savais pas que tu avais un chien, dis-je. Comment s'appelle-t-il ?

— Pantoufle, répondit Topaz. Il est sourd.

— Pas terrible, comme chien de garde, hein ? dis-je, essayant de faire de l'humour.

Topaz me lança un regard noir et s'affala dans l'un des deux fauteuils miteux qui flanquaient la petite cheminée de l'époque victorienne, remplie de détritus.

— En fait, il était chien d'aveugle.

— Pourquoi le salon de thé est-il fermé ?

Topaz soupira.

— Je n'ai pas envie de travailler en ce moment.

Pas envie de travailler ? On m'avait inculqué la valeur du travail. Seuls les riches pouvaient se permettre d'être oisifs.

— Tu ne peux pas te contenter de faire ce qu'il te plaît ! Tu tiens un commerce. Les gens s'attendent à ce qu'il soit ouvert.

Son attitude expliquait assurément le manque de clients. Pourquoi faire tout le chemin jusqu'en haut de la Grand-Rue dans l'espoir de prendre une tasse de thé, uniquement pour trouver porte de bois ?

Topaz haussa les épaules.

— Qu'est-ce que ça peut te faire ?

Je me sentis soudain coupable. Quelqu'un avait dû lui dire que Dave et moi étions sortis ensemble, la veille au soir. De toute évidence, elle était jalouse. Cela venait s'ajouter au fait que j'avais repoussé ses avances, le vendredi, et c'était plus qu'elle n'en pouvait supporter.

— Je t'ai dit que le journal m'avait demandé de rédiger un article de fond sur le saut de haies et sur Dave Randall ? lui demandai-je d'un ton désinvolte.

Le visage de Topaz se durcit.

— Non, tu ne me l'as pas dit.

— J'avais rendez-vous avec lui, hier soir.

— Tu ne lui as pas parlé de moi, si ? me demanda-t-elle, rougissante.

— C'était strictement professionnel.

Je repensai à la façon dont Dave m'avait plaquée contre le Land Rover et dont il avait enfoncé sa langue dans ma bouche. Ayant eu le temps d'y repenser, pendant la nuit, j'en avais conclu que son idée de faire l'amour sur la pelouse me plaisait, après tout. Il semblait être spontané, passionné – c'était probablement un amant excitant et inventif. Lady Trewallyn lui avait sans doute appris une ou deux choses. Je m'étais dégonflée parce que j'étais nerveuse, voilà tout.

— Vicky, c'est embarrassant, dit Topaz d'un ton penaud, me ramenant brutalement à la réalité. Tu sais, l'autre soir, au pub… ?

— Oui…

— Eh bien, quand j'ai trop bu, j'ai tendance à raconter n'importe quoi.

Elle se mit à rire.

— En fait, tu vois, je n'ai même jamais rencontré Dave Randall.

— Ça alors ! Tu m'as bien eue !

J'espérais que mon expression ne trahissait pas mon agacement. S'imaginait-elle que j'étais née de la dernière pluie ? Je repensai à la haine qu'elle avait exprimée pour lady Trewallyn, à ses larmes et à son cinéma. *Mince alors !* Elle avait même essayé de me persuader qu'elle était lesbienne et elle avait flirté avec moi bien avant d'avoir bu son premier Babycham.

— Ne te fâche pas, Vicky…

Topaz joua avec le médaillon en argent qu'elle avait autour du cou. Ses yeux s'emplirent de larmes.

Cette fois, je n'étais pas dupe. Les gens mentent pour cacher quelque chose. Je lui ferais cracher le morceau tôt ou tard.

— Je ne suis pas fâchée, répondis-je d'un ton mielleux. Les amies sont là pour ça. Pour partager leurs secrets. Partager leurs peurs.

Topaz m'adressa un sourire reconnaissant.

— Je savais que tu comprendrais.

Il y eut un silence gêné. Topaz était tellement imprévisible ! Si seulement je n'avais pas besoin de ses services d'espionnage…

— Tu sais quoi ? J'ai une mission clandestine, pour toi.

Je me préparai à son cri de joie.

Topaz fronça les sourcils.

— Il faut absolument que ça se fasse aujourd'hui ?

Son apathie commençait sérieusement à m'agacer. J'indiquai d'un geste vague le désordre de la cuisine.

— Tu ne peux pas rester ici à te morfondre ! Je croyais que tu voulais travailler pour la *Gazette* ?

Elle haussa les épaules.

— Ça dépend de quoi il s'agit.

Il y eut un long silence pendant lequel je comptai jusqu'à dix.

— Je veux que tu te renseignes sur ce nouveau flic, l'inspecteur Probes.

— C'est un officier de police.

— Oui, ça, je le sais.

Qu'est-ce qui clochait, chez elle ? Le faisait-elle exprès, jouait-elle les abruties ?

— J'ai juste besoin de quelques informations de base : où habitait-il avant de venir s'installer ici, est-ce que ses parents sont encore en vie, a-t-il des frères et sœurs ? Ce genre de choses…

Topaz secoua lentement la tête.

— Je ne préférerais pas.

— Pour l'amour du ciel, ce n'est pas difficile ! m'exclamai-je, exaspérée. Tu lui poses simplement quelques questions amicales quand il vient au salon de thé.

— Ça ne fait pas si longtemps que ça que j'ai ouvert, dit-elle d'une voix boudeuse. Je ne veux pas attirer l'attention, c'est tout.

S'il y avait bien une chose que mon éducation m'avait apprise, c'était que quand quelqu'un ne voulait pas attirer l'attention, c'est parce qu'il fait quelque chose d'illégal.

— Et Sharpe, le médecin légiste ? Est-ce qu'il lui arrive de venir prendre une tasse de thé ?

— Je ne vois pas qui c'est, dit-elle d'un air entêté. Il n'y aurait pas autre chose que je puisse faire, quelque chose qui ne prendrait pas autant de temps ?

Je me rendis soudain compte que j'étais en train de perdre le mien. Topaz ne valait rien comme informatrice.

— Tu sais quoi ? Et si nous attendions que tu sois un peu moins occupée pour que tu travailles pour la *Gazette* ?

— Ça ne te dérange pas ? Le fait est que je ne sais plus où donner de la tête, en ce moment.

Elle se leva et s'étira, me mettant ses seins sous le nez.

Tu essaies encore de me faire ce coup-là, pensai-je avec mépris.

— Bon, eh bien, je ne sais pas ce qu'il en est pour toi, mais moi, j'ai plein de choses à faire…

Je quittai La Bouilloire de cuivre, profondément perplexe. Ce n'était qu'une maigre consolation de penser que Pete n'apprendrait jamais que la *Gazette* avait failli engager une psychopathe. Il y avait quelque chose qui me tracassait. Qui était Topaz Potter ? Et pourquoi éprouvait-elle le besoin de porter cette perruque ? Elle était nouvelle dans la région et, manifestement, elle n'avait absolument pas le sens des affaires. À peine quelques jours plus tôt, elle était obnubilée par lady Trewallyn et Chester Forbes, et elle avait soi-disant le cœur brisé à cause de Dave Randall. De toute évidence, Topaz cachait quelque chose, et j'étais bien décidée à découvrir ce que c'était.

29

Alors que je traversais la rue, je vis Barbara dans la vitrine de la *Gazette* ; elle apportait la touche finale à sa banderole – *MÉGÈRES VAUDOUES* : qui est SALOME STEEL ?

— Je croyais que tu ne travaillais pas, aujourd'hui, dit-elle comme je l'aidais à descendre de la vitrine. J'ai besoin de quelqu'un pour m'aider à soulever les choses lourdes…

Elle montra du doigt un chaudron en fonte qui lui arrivait à la taille, et que je n'avais pas remarqué.

— C'est pour la vitrine.

— Je suis un peu pressée… Tony ne peut pas vous aider ?

— Tony ? répéta Barbara avec dédain. Il est bien trop faible ! Il nous faut un homme, un vrai… Quelqu'un qui ait une belle paire de biceps, comme Jimmy Kitchen.

Jimmy Kitchen, encore lui ! Pitié...

— Où avez-vous bien pu trouver une aussi grosse marmite ?

— À l'usine désaffectée de laine et textiles ! répondit Barbara avec un sourire rayonnant.

— Mais elle doit être horriblement lourde ! Comment avez-vous fait pour la hisser là-haut ?

J'étais perplexe.

Barbara rougit.

— Un… *ami* l'a déposée.

Elle toussota et détourna le regard. C'était une grande surprise ! J'aurais cru que les aventures amoureuses de Barbara étaient bien enfouies dans son passé.

— Tout le monde sera là, demain, dis-je. Essayons de faire rouler les choses dans le coin, en attendant.

Étant donné que l'orteil douloureux de Barbara faisait des siennes, il nous fallut quinze bonnes minutes pour manœuvrer le chaudron afin de le mettre à côté du tambour, à l'entrée de l'alcôve. J'eus beau essayer de soutirer des informations à Barbara sur son mystérieux ami, elle s'entêta à garder le silence. Je me dis que je demanderais à Topaz si elle avait vu quelqu'un déposer un chaudron, mais je ne me faisais guère d'illusions. Topaz m'avait paru particulièrement bouchée, le matin même.

— Vous savez où Tony est allé déjeuner ?

— Il est parti pour La Bassinoire il y a environ trois quarts d'heure.

Parfait. Le restaurant était loin du journal, à l'autre bout de la Grand-Rue, et le service y était d'une lenteur notoire.

— Il devrait essayer La Bouilloire de cuivre, dis-je. C'est plus près, et Topaz a besoin de clients réguliers.

— Il faut qu'elle offre des tasses de thé et peut-être un bon *Victoria sponge cake*, décréta Barbara. Elle va avoir du mal à attirer de nouveaux clients. Les gens voient encore La Bouilloire de cuivre comme une boutique de bric-à-brac. Ils n'aiment pas le changement.

— Une boutique de *bric-à-brac* ?

— On y vendait de vieux meubles dépareillés, des affiches bon marché, des vieilles casseroles et des vieilles poêles, dit Barbara. Tous les bénéfices étaient reversés aux Chiens guides d'aveugles. Une très noble cause.

Voilà qui était intéressant. Topaz avait probablement acheté la boutique et son contenu pour une bouchée de pain. Elle s'était contentée de redisposer les meubles et de mettre une pancarte sur la porte. Néanmoins, je ne pouvais pas la blâmer. N'avions-nous pas tous des rêves ?

Heureusement, notre conversation fut interrompue quand le téléphone sonna et que Barbara dut aller décrocher. Je montai en courant pour entrer furtivement dans le bureau de Pete avant le retour de Tony.

Je sursautai en voyant Wilf, qui tirait furieusement sur sa pipe, debout dans la salle des journalistes, un dossier en papier kraft à la main. J'avais oublié que notre insaisissable rédacteur en chef vivait pratiquement au bureau.

Je trouvais toujours Wilf déconcertant. Il avait un œil de verre bleu vif qui détonnait. Je n'aurais jamais vraiment su dire s'il me regardait ou non.

— Bonjour, monsieur, dis-je, jetant à la dérobée un coup d'œil à ce qui était écrit sur le dossier.

J'avais toujours été capable de lire à l'envers. C'était un autre des petits jeux de goûters d'anniversaire que mon père avait inventés. Je fus très surprise de constater qu'il s'agissait du faux rapport médico-légal.

Wilf retira sa pipe de sa bouche.

— Annabel, c'est bien ça ?

Je me hérissai.

— Non… Vicky Hill, monsieur.

— Ah ! la jeune fille qui va nous obtenir notre scoop de première page.

— Exactement, répondis-je avec un sourire radieux.

Manifestement, c'était à cause de sa mauvaise vue que Wilf m'avait tout d'abord prise pour Annabel, mais quand il avait entendu mon nom, il avait tout de suite su qui j'étais.

— Je me disais que nous pourrions avoir une petite conversation dans mon bureau, dit-il. Voulez-vous une tasse de thé ?

— Avec plaisir !

Je prenais le thé avec le rédacteur en chef de la *Gazette de Gipping* ! Pete avait du pouvoir, mais Wilf était le roi.

Le bureau de ce dernier était encombré, c'était le moins que l'on pût dire. Des tableaux d'affichage hérissés d'épingles retenant des photos et des coupures de presse des grands quotidiens couvraient toutes les surfaces. De vieux journaux étaient empilés sur le sol, formant de véritables tours, parmi lesquelles il fallait évoluer habilement pour traverser la pièce.

— Le thé est peut-être un peu fort, dit Wilf en versant un épais liquide contenu dans une théière marron dans un mug fendu, avant d'y ajouter quatre cuillerées de sucre. Je l'ai fait ce matin.

Je jetai un coup d'œil à l'horloge. Cela devait faire au moins quatre heures qu'il infusait. J'en bus une gorgée et faillis avoir un haut-le-cœur.

— Il est délicieux.

Je m'assis sur le bord d'une chaise en plastique, devant le bureau de Wilf. Le rapport du médecin légiste était juste à portée de ma main, tentant. Je luttai contre l'envie de le distraire, d'une manière ou d'une autre, pour le voler juste sous son nez.

Je regardai Wilf se donner beaucoup de mal pour aligner ses cure-pipes sur un petit carré de tissu, soigneusement placé sur une feuille de papier journal. Une boîte à tabac Sir Walter Raleigh en étain – SON GOÛT EST AUSSI DOUX QUE SON PARFUM – était ouverte, à côté d'un râtelier à pipes sur lequel étaient posées trois pipes Dunhill.

Le silence entre nous se prolongea tandis que Wilf se mettait à gratter le foyer de sa pipe avec un petit canif.

— Et si vous me parliez un peu de votre scoop, dit-il enfin. Pete en fait mystère… Il prétend que cela va changer le cours de l'histoire de notre journal.

J'hésitai. Premièrement, je n'avais rien de concret à raconter ; deuxièmement, Pete devait avoir ses raisons pour ne pas en avoir parlé à Wilf.

— Oh ! vous connaissez Pete, dis-je d'un ton enjoué. Je crois qu'il préférerait vous en parler lui-même.

— Vraiment ?

Wilf remplit méticuleusement le foyer de sa pipe, puis il tassa le tabac.

— Cela fait plus de quarante ans que je travaille ici, vous savez. La *Gazette* n'a jamais publié un article dont nous ayons eu honte.

J'acquiesçai d'un hochement de tête énergique.

— C'est pour cette raison que je suis fière de travailler pour vous, monsieur.

— Je connaissais déjà Pete quand il était gosse.

Il fit craquer une allumette et alluma sa pipe. Le tabac s'embrasa ; il aspira profondément. Conformément à la promesse de sir Walter, la fumée sentait bon, en effet.

— De temps en temps, il s'emballe pour des idées modernes, continua Wilf. Parfois, il ne comprend pas nos lecteurs, qui ne veulent pas que les choses changent. Ils savent que s'ils ouvrent le journal à la page 2, ils tomberont sur Les Potins de Gipping. Ils savent que s'ils l'ouvrent aux pages 11 et 12, ils trouveront une rubrique nécrologique.

— C'est ma rubrique, monsieur, dis-je avec enthousiasme.

— Gipping est fière de ses traditions. Nous sommes un journal joyeux.

Il tira une bouffée de sa pipe.

— Nous voulons des articles joyeux.

Je songeai aux dizaines d'enterrements auxquels j'assistais chaque semaine. Ce n'étaient pas exactement des événements *joyeux*, mais on s'amusait souvent beaucoup à la réception qui suivait la cérémonie.

Le bon œil de Wilf cligna intensément.

— Est-ce que quelqu'un a gagné au loto sportif ?

Je commençais à avoir un mauvais pressentiment. Wilf, et la ville de Gipping, d'ailleurs, pourraient-ils endurer des meurtres, des maniaques sexuels et des satanistes ?

— Mon article en est encore à ses débuts.

— Plus tôt vous nous le donnerez, mieux cela vaudra. Nous mettons sous presse vendredi. Je vous ai réservé la première page. Quand le vieux Reggie a gagné un demi-million de livres, nous lui avons consacré six pages entières ! Les lecteurs ont adoré ça. C'est pourquoi… Comment s'appelle-t-elle, déjà ? À l'accueil…

— Barbara Meadows.

— Voilà, c'est ça. Son concours Salome Steel est une bonne idée, dit Wilf, tirant sur sa pipe. Il nous faut quelque chose dans ce genre-là.

Je pris une profonde inspiration et suggérai prudemment :

— Je me disais qu'un bon petit meurtre rituel changerait peut-être un peu.

— Un quoi ?

La pipe de Wilf tomba sur le bureau. Même son œil de verre semblait montrer de l'affolement.

— Un *meurtre* ? Grands dieux, Vicky ! Vous imaginez la chape de désespoir qui tomberait sur nous si nous pensions qu'il y avait un meurtrier parmi nous ? La méfiance serait généralisée. Les soupçons pourraient déchirer des familles entières.

— C'était juste une idée, dis-je faiblement.

— Tenez-vous-en aux traditions, et vous deviendrez chroniqueuse. Vous aurez peut-être même un ordinateur portable.

Wilf prit une pile de dossiers sur son bureau.

— Tenez, apportez tout ça à Betty, à l'accueil.

Je n'arrivais pas à croire à ma chance. L'un des dossiers était le faux rapport médico-légal.

Même s'il était enfin entre mes mains, je quittai le bureau de Wilf le cœur lourd. Je n'aurais jamais pensé que le rédacteur en chef refuserait mon article. Pete avait raison : Wilf était vraiment coincé au Moyen Âge.

Profondément abattue, je m'assis à mon bureau et feuilletai le rapport. C'était exactement ce qu'Annabel avait prétendu : sir Hugh était mort d'une crise cardiaque et son corps avait été découvert dans la bibliothèque, par lady Trewallyn, cinq minutes avant minuit. On n'y faisait pas mention d'une haie d'ifs, de poison, ni de poulets. La seule chose que les deux rapports contradictoires avaient en commun, c'était la signature du médecin légiste Sharpe. Je décidai de le rapporter chez moi en cachette afin de comparer les deux signatures, pour en avoir le cœur net. Bien sûr, avoir vu lady Trewallyn et le vieux Sharpe se faire des mamours devant la morgue me suffisait comme preuve d'un complot.

Glissant le rapport sous ma saharienne, je descendis, et m'apprêtais à poser les dossiers sur le bureau de Barbara quand une idée me vint à l'esprit : pourquoi ne pas lui proposer de les ranger moi-même ? Ce serait une bonne excuse pour accéder à l'armoire d'archives de Barbara.

Puisque Gipping s'enorgueillissait de tenir un registre détaillé des naissances, des morts et des mariages, il serait peut-être prudent de faire quelques recherches sur lady Trewallyn. Mon instinct me disait qu'elle était coupable, et il était de mon devoir, en tant que journaliste d'investigation, de révéler la vérité à la ville, quoi que Wilf puisse en dire.

30

Barbara rechigna tout d'abord à accepter ma proposition d'aide, insistant sur le fait que c'était mon jour de repos.

— En fait, Wilf a suggéré que je vous donne un coup de main…

Je croisai les doigts et priai pour que Barbara ne le voie pas.

— Il s'inquiète de vous voir tant travailler.

Ça, c'était un mensonge éhonté. Barbara passait le plus clair de son temps au téléphone, à papoter avec ses amies.

— Wilf a dit ça ? s'étonna Barbara, l'air ravie. Juste ciel ! Je croyais qu'il ne m'avait même pas remarquée.

— Il trouve que le concours est une bonne idée.

Je ne précisai pas qu'il ne se rappelait pas son prénom.

— J'insiste pour vous aider à ranger ces dossiers.

— Le fait est que j'aimerais bien terminer ma vitrine… Je n'arrive pas à croire que Wilf se soit inquiété de ma petite personne !

Elle souleva l'abattant du comptoir pour que je laisse l'accueil derrière moi et pénètre dans son royaume. Mis à part une boîte de mouchoirs en papier, le miroir et le peigne en écaille qu'elle affectionnait, et un cardigan en tricot violet dans un casier, sous le comptoir, l'endroit était impeccablement rangé.

Comme Barbara se faisait appeler *mademoiselle*, je supposais qu'elle ne s'était jamais mariée. Elle paraissait être la réceptionniste de carrière par excellence. Son travail était probablement toute sa vie.

Les archives se trouvaient dans le coin, sur la gauche, à côté d'une rangée de classeurs à tiroirs vert olive. Nous y entrâmes, et je fus aussitôt déçue. Pour une raison ou pour une autre, j'avais présumé qu'elles ressembleraient au service des archives nationales de la bibliothèque – des kilomètres d'allées étroites séparant des étagères interminables chargées de boîtes et de livres. Cette pièce-ci n'était guère plus qu'un grand cagibi.

Barbara indiqua d'un geste l'étroite table en bois placée au centre. Dessus, un bac sur lequel il était écrit À CLASSER débordait de coupures de journaux et de feuilles de papier de toutes tailles.

Elle tira un escabeau bas de sous la table.

— J'étale tous les articles sur la table et je les classe par catégorie.

Elle me fit signe de m'asseoir et continua.

— C'est un peu exigu, mais j'aime bien manger ici, le midi. C'est important de s'accorder un moment de répit loin du tumulte de l'accueil.

— C'est sûr que c'est douillet.

Il y avait dans cette pièce, éclairée par une unique ampoule et dépourvue de fenêtre, une atmosphère horriblement oppressante.

— Si tu as des questions, n'hésite pas à me les poser.

Des étagères qui allaient du sol au plafond occupaient trois murs. Elles étaient pleines de dizaines de cartons étiquetés triés par sujet et par année. Les enterrements occupaient tout un mur, les mariages et les naissances, un autre. Le troisième mur était partagé en parts égales entre les événements mondains, comme ceux du Women's Institute, les expositions florales ou les ventes de charité, et les procès-verbaux des audiences au tribunal. L'un des cartons était jaune vif et portait une étiquette indiquant : GAGNANT DU LOTO SPORTIF 1990 – R. SHARPE.

— Je ne savais pas que c'était le médecin légiste qui avait gagné au loto sportif, dis-je en montrant le carton.

J'avais oublié que le prénom de Sharpe était Reginald.

— Wilf a dit qu'il avait gagné un demi-million !

— Il ne s'est jamais marié, tu sais, remarqua Barbara. Il ne voulait pas avoir la sensation d'être pieds et poings liés. C'est un vrai Don Juan… Les femmes sont folles de lui. Il est…

— Je ferais mieux de m'y mettre, l'interrompis-je.

Je savais à quoi m'attendre : à une énième évocation de souvenirs. Au début, ses récits m'intéressaient vraiment – on peut apprendre beaucoup de ses aînés sur la vie – mais après la répétition de la même histoire une dizaine de fois, l'ennui s'installe.

Barbara avait l'air d'être déçue.

— Je vais laisser la porte entrebâillée. Si tu as besoin de quoi que ce soit, appelle-moi.

Il fallait dire à sa décharge que son système de classement archaïque était très bien organisé. En vingt minutes, j'avais rangé les documents de Barbara et de Wilf. Je pus ensuite reporter mon attention sur le mariage des Trewallyn. Je remontai le temps, et ne mis pas longtemps à trouver l'article sur le mariage. Je fus surprise d'apprendre que sir Hugh s'était remarié deux mois à peine avant mon arrivée à Gipping. Apparemment, lady Trewallyn et lui s'étaient rencontrés à bord de *L'Aube dorée*, un paquebot de croisière de luxe qui accueillait principalement des personnes endeuillées depuis peu, et dont le slogan était L'AMOUR N'A PAS À S'ARRÊTER.

Une photo en noir et blanc accompagnée de la légende SIR HUGH SE REMARIE EN HAUTE MER montrait la nouvelle lady Trewallyn vêtue d'un sarong et d'un haut de bikini minuscule, qui contenait à peine sa poitrine. Ses cheveux étaient tirés en arrière, dégageant son visage, et ils étaient ornés d'une grosse fleur d'hibiscus. Sir Hugh se tenait à ses côtés, vêtu d'un traditionnel costume en tweed assorti d'une casquette à la Sherlock Holmes. Ils formaient un drôle de couple. Apparemment, sir Hugh était « très heureux d'avoir à nouveau trouvé l'amour à l'âge de soixante-quinze ans », et Katherine Vanderkamp disait qu'il était « trop chou » et que « le véritable amour ne voyait que la beauté intérieure de l'âme ».

L'article se poursuivait pour expliquer comment sir Hugh, accablé de douleur à la suite de la mort tragique de sa première épouse, trois mois plus tôt, était parti en croisière dans les Caraïbes et avait rencontré l'Américaine mondaine Katherine Vanderkamp à bord du bateau. Mme Vanderkamp avait récemment perdu son mari, célèbre anthropologue et expert en rituels tribaux africains, dans un accident de voiture.

Eurêka ! C'était une confirmation supplémentaire de la culpabilité de lady Trewallyn – jusqu'au lien avec l'Afrique. Il n'y avait qu'un seul hic : si c'était déjà une riche veuve, pourquoi empoisonner le désargenté sir Hugh ?

Réfléchis, Vicky, réfléchis ! Bien sûr, c'était évident. Lady Trewallyn avait trempé dans la magie noire avec son premier mari, et elle y avait pris goût – aux orgies, en particulier. Maman dit qu'une fois que les couples mariés dévient d'une sexualité normale, il n'y a pas de retour en arrière possible. C'était peut-être là que Dave Randall, et d'autres de son acabit, entraient en piste ? Lady Trewallyn était insatiable. Sir Hugh était un gentleman vieux jeu. Peut-être avait-il découvert ses secrets sordides et voulu la démasquer. Lady Trewallyn avait dû se débarrasser de lui pour éviter un scandale. Chester Forbes était un fantôme de son passé, et il menaçait de tout raconter à moins qu'elle n'achète son silence. Cela expliquait certainement la réaction horrifiée qu'elle avait eue au cimetière en le voyant. Tout ce qu'il me fallait, maintenant, c'étaient des preuves.

Contente de mes découvertes, je me tournai vers les dossiers consacrés aux enterrements. En l'espace de quelques minutes, je trouvai la notice nécrologique de lady Clarissa, et me sentis presque submergée de fierté à la pensée de faire partie d'un journal dont les archives étaient aussi bien tenues. Apparemment, je n'avais pas du tout compris la philosophie de base de la *Gazette*. J'avais considéré le travail de journaliste spécialisée dans les enterrements comme une tâche ingrate et une malédiction, sans voir ce que c'était en réalité : la préservation de l'histoire pour l'humanité tout entière.

Je dépliai le journal et l'ouvris à la rubrique nécrologique, aux pages 11 et 12.

Dans le coin en bas à droite, il y avait une photo en pied granuleuse d'une vieille dame aux cheveux permanentés, qui portait un twin-set, et aux pieds de laquelle était assis un labrador. Dans le court article qui l'accompagnait, on pouvait lire que Clarissa Turberville-Spat était née au Kenya, où son père, le colonel Turberville-Spat, possédait une plantation de café. Lady Clarissa avait rencontré sir Hugh au cours de sa visite annuelle en Angleterre pour la Cheltenham Gold Cup, en 1963.

Après avoir fait un pari gagnant en misant sur Mill House, sir Hugh avait fait sa demande en mariage. Ils avaient coulé des jours heureux ensemble pendant quarante-cinq ans. Lady Clarissa collectionnait les timbres et soutenait avec ferveur les Chiens guides d'aveugles. Le nom d'Ethel Turberville-Spat, sa nièce et unique héritière, figurait dans la liste des personnes ayant assisté à ses obsèques.

Mis à part ce nom-là, je connaissais tous ceux de la liste ; mais, personnellement, je trouvais l'article ennuyeux et me demandais qui l'avait écrit. Il était dépourvu de la perspicacité humaine que j'aimais à instiller dans mes notices nécrologiques.

— J'étais là quand elle est morte, tu sais.

La voix de Barbara me fit sursauter. Je ne l'avais pas entendue entrer.

— Tout le monde disait qu'elle avait le cœur fragile, mais, franchement, c'est l'absinthe qui l'a tuée.

— Mon Dieu ! Les gens boivent encore ce truc ?

— C'est censé intensifier les expériences sexuelles, mais ça n'a pas fait grand-chose, pour moi.

Les yeux de Barbara se voilèrent.

— À part…

— Vous disiez que vous étiez *présente* quand lady Clarissa est morte ?

— Comment, ma chérie ?

Barbara s'arracha au souvenir torride dans lequel elle était plongée.

— Ah, oui ! Clarissa s'est effondrée lors de la veillée funèbre de Maurice Wheeler – *juste* devant moi. Elle était là, en train de rire d'une plaisanterie, et l'instant d'après… Eh bien…

— Sir Hugh s'en va épouser une héritière américaine qui vient de perdre son mari, dis-je d'une voix monocorde. Ça a dû en surprendre plus d'un.

— Cela a certainement surpris Henrietta.

Barbara hocha la tête et prit une profonde inspiration, s'apprêtant manifestement à se lancer dans une autre série de révélations.

— Bien sûr, *Henrietta*…

— Il est déjà si tard que ça ? m'écriai-je en regardant ma montre.

J'en avais eu assez des potins de Barbara pour une journée, et je n'avais pas du tout envie d'écouter l'histoire larmoyante de l'une de ses amies.

— Il faut vraiment que je file. Je dois dire que votre système de classement est excellent.

— C'est ce que je fais le mieux, dit Barbara avec un sourire rayonnant de fierté.

Je la laissai refermer le cagibi et m'éclipsai, très pressée de rentrer chez moi. Une soirée chargée m'attendait. Pour une journaliste d'investigation, recueillir des faits est essentiel. Même si je n'avais pas encore de preuves concrètes que Katherine Vanderkamp avait tué son mari en ayant recours à la sorcellerie, je savais que je tenais quelque chose.

Pour ce qui était des rapports médico-légaux, je devais comparer les deux signatures. Si elles étaient identiques, cela confirmerait mon intuition selon laquelle le Sharpe faisait lui aussi partie de la congrégation de sorciers. Comme c'était commode ! Lady Trewallyn pouvait assassiner qui bon lui semblait : son crime était dissimulé par le médecin légiste qui, à son tour, était protégé par la police. Tout cela me poussait à m'interroger sur les innombrables enterrements auxquels j'avais assisté au cours des quelques derniers mois. Se pouvait-il que la moitié de ces décès soient des sacrifices humains ?

Avec cette épouvantable pensée en tête, je me hâtai de regagner Rumble Lane pour enfiler mon pyjama en pilou bleu et me plonger sérieusement dans quelques lectures vespérales.

31

Dans l'intimité de ma mansarde, je sortis le rapport médico-légal d'origine du Tupperware en plastique caché dans le réservoir d'eau.

Je pris ensuite la loupe de bijoutier – un cadeau de Papa pour mon seizième anniversaire, utile, et absolument indispensable pour examiner une signature contrefaite –, que j'avais cachée sous mes chaussettes en laine, dans le tiroir où je rangeais mes sous-vêtements.

Je comparai la dernière page des deux rapports. Mes soupçons étaient fondés : non seulement les deux signatures étaient identiques, mais elles avaient été apposées avec le même stylo-plume.

Étant membre du corps médical, Sharpe avait pour écriture un gribouillage illisible, que même un faussaire expérimenté n'aurait jamais pu imiter. Le S initial avait les mêmes tourbillons compliqués sur les deux documents ; le H et le P avaient des boucles et des courbes inhabituelles. L'une des raisons pour lesquelles Papa avait arrêté de travailler dans le commerce d'art était que les bons faussaires coûtaient trop cher.

Tout cela était très bien, mais qu'allais-je bien pouvoir faire maintenant ? Je ne pouvais pas décemment m'attendre à ce que Sharpe avoue faire partie de la congrégation. Avec Brian six pieds sous terre, il semblait bien que j'étais dans une impasse. La poupée à l'effigie de Brian aurait pu me servir de preuve mais, bien entendu, Probes la conservait précieusement dans une boîte à chaussures. Annabel avait certainement raison : je n'arriverais peut-être pas à mes fins, après tout.

Déprimée, je glissai les rapports du médecin légiste sous mon oreiller et grimpai dans mon lit, espérant un éclair d'inspiration.

J'étais sur le point de m'endormir quand on frappa violemment à la porte. Je me levai d'un bond.

— Victoria ? appela Mme Poultry, s'acharnant sur la poignée. Ouvrez cette porte immédiatement !

Dieu merci, j'avais eu la présence d'esprit de fermer à clé.

— Quelqu'un demande à vous voir.

Quelqu'un demandait à me voir, *moi* ? Mon ventre se noua. Les seuls visiteurs nocturnes que la famille Hill recevait portaient des uniformes bleu foncé et avaient des menottes. Topaz avait dû me trahir et me dénoncer à la police. *Oh, mon Dieu !* J'allais être arrêtée.

— J'arrive tout de suite !

Je jetai un rapide coup d'œil autour de moi, tirai un peu sur les couvertures, et allai ouvrir à Mme Poultry.

— Oh, mon Dieu, Vicky !

À mon grand étonnement, Annabel bouscula ma logeuse pour passer et se jeta sur mon lit.

— Qu'est-ce que tu fais ici ? demandai-je, aussitôt méfiante.

Annabel était pâle, échevelée – mais je remarquai qu'elle avait du rouge à lèvres fraîchement appliqué.

Mme Poultry se tenait dans l'embrasure de la porte, les poings sur les hanches, suçotant une pastille Coff-Off pour la toux.

— J'ai bien peur que votre amie ne puisse pas rester. Pas de visiteurs après 21 heures.

— Madame Poultry, je vous présente Annabel Lake, dis-je, essayant de rassembler mes esprits. Annabel, je te présente ma logeuse, madame…

— Oui, je sais qui c'est, m'interrompit Mme Poultry d'un ton hargneux.

Évidemment ! Pourquoi étais-je surprise ? Tout le monde connaissait Annabel.

Je forçai ma rivale à se relever et essayai de la pousser vers la porte.

— Elle va s'en aller…

Les pieds d'Annabel semblaient cloués au sol. Elle ne bougeait pas d'un pouce.

— Je ne partirai pas sans Vicky, dit-elle avec un air de défi. C'est la seule personne en qui je puisse avoir confiance.

Alors même que j'étais sérieusement perturbée par son arrivée, mon cœur se gonfla de joie. Comme la vie pouvait être bizarre ! J'avais toujours imaginé qu'Annabel avait des tas d'amis. Savoir qu'elle me mettait en première place changeait tout.

Elle me saisit les épaules, plongea ses yeux dans les miens et me regarda intensément.

— Il est arrivé quelque chose, Vicky. Il faut absolument que tu viennes. C'est notre métier, en tant que journalistes. C'est notre vocation !

— Ça ne peut pas attendre demain matin ? demandai-je, douloureusement consciente de la désapprobation de Mme Poultry.

Annabel secoua la tête.

— Non. C'est une question de vie ou de mort. Nous devons y aller *tout de suite*.

— Vous ne direz pas que je ne vous avais pas prévenue, dit Mme Poultry d'un air sinistre.

Si je ne risquais pas d'être mise à la porte, qu'il en soit ainsi ! Annabel avait besoin de moi.

— Laisse-moi le temps de me changer, dis-je, comme j'étais en pyjama.

— Nous n'avons pas le temps. Ils sont peut-être encore là-bas…

Annabel me prit par la main et m'entraîna.

Nous laissâmes Mme Poultry derrière nous et descendîmes l'escalier quatre à quatre, dans un vacarme assourdissant.

— Laisse-moi au moins mettre mes chaussures ! criai-je.

Annabel avait déjà franchi la porte en courant.

J'attrapai ma saharienne sur le portemanteau de l'entrée, l'enfilai par-dessus mon pyjama et enlevai mes pantoufles. *Zut !* J'avais laissé mes chaussures dans ma chambre. Ne voulant pas croiser Mme Poultry dans l'escalier, je mis ses bottes en caoutchouc. Annabel faisait déjà patiner l'embrayage, au volant de sa voiture. Elle donna trois coups de klaxon, prolongés et bruyants.

— Dépêche-toi !

Sa BMW commença à rouler avant même que j'aie refermé la portière, côté passager. Elle mit les gaz. J'accrochai ma ceinture de sécurité. Nous remontâmes Rumble Lane en trombe et nous engageâmes dans la Grand-Rue, nous éloignant du centre-ville à toute allure.

— Pour l'amour du ciel, dis-moi ce qui se passe ! dis-je, me cramponnant à mon siège comme elle prenait un virage particulièrement serré, menaçant de faire basculer la voiture sur deux roues.

Annabel ne me répondit pas, trop concentrée sur sa conduite. Elle agrippait le volant d'une main et, de l'autre, maniait le levier de vitesses avec beaucoup de talent.

Tandis que nous continuions à rouler, je commençai à maudire mon manque de prévoyance. Premièrement, j'étais en pyjama ; deuxièmement, j'avais volé les bottes de Mme Poultry ; troisièmement, il se pouvait qu'elle fût en ce moment même en train de rassembler mes affaires et de les jeter par la fenêtre.

Brusquement, Annabel tourna dans une petite route gravillonnée à l'entrée de laquelle un panneau indiquait

Canal de Gipping – Défense d'entrer sous peine de poursuites.

— Où allons-nous ?

Les pneus projetaient des graviers qui écaillaient sans doute la peinture de la carrosserie, mais Annabel ne ralentit que quand la route laissa la place à une piste cavalière, à peine assez large pour une seule voiture. Une brume épaisse et spectrale dérivait en nappes devant le pare-brise, projetant une lueur étrange et angoissante. On ne voyait pas à plus d'un mètre cinquante. Côté conducteur, je distinguais à peine une épaisse haie, et de mon côté, la noirceur d'une étendue d'eau.

— Nous n'avons pas le droit de venir ici… C'est une violation de propriété privée.

J'avais peur. De plus, nous étions trop près de la berge à mon goût. J'avais eu affaire à des fous toute la journée ; pourquoi Annabel ne serait-elle pas folle, elle aussi ? Je repensai à la fureur dans laquelle elle s'était mise quand elle avait dû préparer le thé. Et si elle s'imaginait que j'avais pris sa place en tant que maîtresse de Pete ? Elle aurait très bien pu me pousser dans le canal ! Tout le monde savait que j'étais orpheline. Elle n'aurait eu qu'à dire que je m'étais enfuie. Même Mme Poultry s'en serait moquée, parce que j'avais payé jusqu'à la fin de la semaine, et cela lui aurait évité bien du tracas.

Étouffant un sanglot, je me pinçai l'intérieur de la cuisse de toutes mes forces. Je devais me ressaisir. Comment savoir ce qu'Annabel avait découvert ? Même si nous étions maintenant amies, cela ne changeait rien à nos relations professionnelles. Nous étions toujours rivales, et toujours dans une course pour la première page.

Le brouillard se dissipa pour révéler un pittoresque cottage de plain-pied à côté d'une gigantesque écluse. Annabel s'arrêta et coupa le moteur. L'endroit était plongé dans les ténèbres et donnait la chair de poule.

— Que faisons-nous ici ? Nous allons avoir des ennuis, chuchotai-je. Ce n'est pas… ?

— Le Beaver Lock Lodge, si, répondit-elle à voix basse. J'habite ici.

— Tu habites *ici* ?

Ma curiosité fut aussitôt remplacée par de l'envie pure.

— Toute seule ?

Elle devait être bourrée de fric. Le Beaver Lock Lodge était l'un des cinq cottages identiques éparpillés sur vingt kilomètres le long du canal de Gipping. À peine deux semaines plus tôt, il y avait eu une annonce dans le journal indiquant qu'il y en avait un à vendre, pour plus de deux cent soixante-quinze mille livres. Comment avait-elle bien pu se le permettre ?

— Chut ! siffla-t-elle. Tu vois quelque chose ?

— Qu'est-ce que je suis censée chercher à voir ? demandai-je d'un ton irrité.

— Quand je suis rentrée chez moi, j'ai vu quelqu'un se déplacer à l'intérieur avec une lampe de poche.

— Eh bien, il n'y a plus personne, maintenant.

S'il y avait bien une chose que je savais avec certitude, c'était comment les cambrioleurs procédaient. Ils entrent, font ce qu'ils ont à faire, et ressortent. Si quelqu'un les surprend, ils ne s'attardent pas pour voir qui c'est.

— Tu en es sûre ?

Annabel ne semblait pas avoir l'intention de descendre de la voiture. Nous restâmes assises là, dans le noir et dans le froid.

— C'était peut-être un cambrioleur, suggérai-je. Pourquoi n'as-tu pas simplement appelé la police ?

— Pas tout de suite… Je pense être sur une piste, tu vois.

Je perçus dans sa voix une pointe d'excitation qui ne me plaisait pas du tout.

— Ton scoop renversant, je présume, dis-je d'un ton détaché.

Je vous en supplie, mon Dieu, faites que son article ne soit pas meilleur que le mien !

— Peut-être.

— Dans ce cas, pourquoi moi ?

— Je ne suis pas aussi courageuse que toi…

— Bien sûr que si, dis-je, me préparant à l'insulte qui suivait immanquablement tous les compliments d'Annabel.

Elle eut un rire narquois.

— Enfin, quand même, tu es vraiment dans ton élément sur le terrain, tu risques ta vie.

— C'est vrai…

— Je veux dire, tu dois bien admettre, tu ne te soucies même pas de ce que tu *portes*.

Elle pinça le tissu de ma saharienne et fit la grimace.

— Je meurs de froid, dis-je en ouvrant la portière. Allez ! Allons-y.

— Je n'ai pas envie, gémit-elle d'une voix d'enfant, me suivant quand même.

J'avais déjà des ampoules aux talons à cause des bottes en caoutchouc de Mme Poultry, qui n'étaient pas à ma taille.

Je remontai péniblement l'allée et posai la main sur la poignée de la porte d'entrée. Elle s'ouvrit aussitôt.

— Quelqu'un est bel et bien entré dans la maison.

— Je ne ferme jamais à clé.

— Est-ce que tu sais que quatre-vingt-dix pour cent des cambrioleurs sont juste des opportunistes ? lui demandai-je sévèrement. Ils ont sûrement fait du repérage pendant des semaines.

J'allumai la lumière.

— Oh ! cria Annabel, courant au centre de la pièce et se mettant à tournoyer sur elle-même comme un derviche. Mes affaires ! Mes belles affaires !

Cela ne faisait pas l'ombre d'un doute. La pièce avait été mise à sac. Les placards et les tiroirs étaient ouverts, tout leur contenu avait été mis en tas par terre, au milieu de la pièce. Les photos avaient été décrochées des murs et posées contre les meubles. Les coussins du canapé avaient été jetés de côté. Cependant, aucune plante n'avait été renversée sur le sol, le canapé n'avait pas été aspergé de ketchup ; même le bar vitré était intact.

— Annabel ! Calme-toi. Prenons une profonde inspiration et voyons ce qui a été volé.

La maison étant une ancienne maison d'éclusier, elle était petite. Il y avait un salon, une cuisine tout en longueur, et deux portes qui s'ouvraient sur la minuscule entrée. L'endroit avait l'air luxueusement meublé, et équipé de tous les appareils de la meilleure qualité. Il y avait de la dentelle partout – sur le dossier des fauteuils, et sur toutes les surfaces possibles et imaginables. Le salon évoquait davantage le boudoir d'une prostituée que le style flamand qu'Annabel avait – vraisemblablement – espéré imiter.

— Pourquoi moi ?

Annabel s'assit sur l'ossature du canapé, l'air perplexe.

— Où ranges-tu tes bijoux ?

— Dans la chambre.

Elle montra du doigt une porte décorée de stickers représentant des angelots et sur laquelle son prénom était écrit. Elle referma une main sur sa gorge.

— Je ne peux pas y aller. Et s'ils… Tu sais… Et s'ils avaient fait la grosse commission sur mes affaires ?

— La quoi ?

J'étais exaspérée.

— Oh, je t'en prie, Annabel ! Ne sois pas ridicule.

Il était vrai que, parfois, les cambrioleurs – en particulier les adolescents perturbés – trouvaient désopilant de laisser derrière eux une carte de visite très personnelle.

— Je crois que je vais rester ici.

La chambre d'Annabel était peinte en vieux rose et en doré. Sur le mur du fond trônait un lit à baldaquin tape à l'œil orné de ce qui semblait être la dentelle de toutes les réserves de Belgique. Le clou du spectacle était un gigantesque coussin de velours rouge en forme de cœur pourvu de petits bras sur le côté.

Soudain, j'eus une extraordinaire révélation. Comment avais-je pu ne pas m'en rendre compte plus tôt ? Annabel devait être une sorte d'*escort-girl*. C'était pour cette raison qu'elle laissait la porte d'entrée ouverte, pour les visiteurs nocturnes. Cela expliquait assurément qu'elle ait de l'argent à ne plus savoir qu'en faire – et une voiture flambant neuve.

— Est-ce que tout va bien ? chuchota Annabel, qui s'était approchée sans bruit dans mon dos. Oh ! Oh ! Qu'est-ce que c'est que ça ? me cria-t-elle dans l'oreille d'une voix perçante. L'oreiller ! L'oreiller !

Il y avait quelque chose sur le coussin en forme de cœur. Je m'approchai du lit. Instinctivement, je savais déjà ce que c'était. Une dagyde.

— Ne regarde pas !

Je devais réfléchir. Cette dagyde était très différente de celle de Brian : tandis que cette dernière était admirablement détaillée, celle-ci était une affreuse poupée de papier mâché. Un pantalon noir et un haut jaune étaient peints grossièrement sur le corps, des brins de laine orange étaient collés à la tête. Une épingle à chapeau était enfoncée dans l'un des yeux dessinés au crayon.

Annabel regarda par-dessus mon épaule et se remit à crier.

— C'est une poupée !

Son effroi semblait authentique. Soudain, les paroles de Brian – *Vous devez...* – me revinrent avec une clarté saisissante. Brian savait que je n'étais pas Annabel Lake, mais il avait gardé mon secret. Il savait que j'avais le rapport médico-légal d'origine – peut-être que son existence avait été divulguée, et que quelqu'un croyait que c'était Annabel qui était en possession des preuves accablantes. C'était de *cela* qu'il s'agissait. La poupée était un avertissement.

— Ne t'inquiète pas, dis-je. Ce n'est qu'une blague de gosses.

— Je ne connais pas d'enfants.

Elle se dirigea vers l'armoire et commença à fouiller dans ses chaussures.

— Mes bijoux sont toujours là.

Elle s'arrêta, les mains sur les hanches, et eut un air interrogateur.

— Voyons voir… Si ce ne sont pas les bijoux, ce doit être…

— Ce *gros* scoop sur lequel tu travailles ?

— Attends une minute ! s'exclama-t-elle. Ça a peut-être un rapport avec Salome Steel ? Je ne lis pas ses livres, mais est-ce qu'ils ne parlent pas de poupées de ce genre ?

Elle fronça les sourcils.

— Ou peut-être que quelqu'un a eu cette idée en *lisant* ses livres ?

Zut ! Annabel chauffait. *Mais, une minute !* Topaz ne m'avait-elle pas dit que l'amant d'Annabel était une grosse légume ? Je pouvais toujours essayer.

— Tu as peut-être raison, dis-je. C'est peut-être un avertissement de la part d'une épouse en colère ?

Annabel blêmit.

— Tu ne sais pas de quoi tu parles.

— Ne t'inquiète pas, ton secret est bien gardé, avec moi. Nous sommes amies, tu te souviens ?

— J'ai juré de n'en parler à personne…

Annabel s'assit au bord du lit et continua d'une voix douce :

— Tout a commencé quand je me suis lancée dans mes recherches pour cet *énorme* scoop. J'ai interviewé Walter et, de fil en aiguille… nous sommes tout simplement tombés amoureux.

Je n'en croyais pas mes oreilles.

— Walter ? Walter *Rawlings* ? Le *maire* de la ville ?

Le maire, Walter Rawlings, était aussi à la tête du service de l'urbanisme, et il s'investissait dans toutes sortes de choses dans le sud-ouest de l'Angleterre, de la concession automobile au conseil d'administration de Devon Satellite Bell.

Annabel eut un air mélancolique.

— Walter dit que sa femme ne le comprend pas. Il dit que le sexe est mécanique, avec elle, et…

Elle rougit.

— … nous parlons même mariage.

Soudain, cela fit tilt.

— Ce cottage est à lui, n'est-ce pas ? Et la BMW aussi ?

— La voiture était un cadeau, répondit-elle, sur la défensive.

Annabel était une idiote. Je la plaignais même un peu. Tout le monde sait qu'un homme n'épouse jamais sa maîtresse !

— C'est pour ça que tu n'as pas appelé la police ?

— Je ne pouvais pas. La femme de Walter est la cousine de l'inspecteur principal Stalk.

— J'ai raison. C'est elle qui a mis cette poupée là, en signe d'avertissement.

Le visage d'Annabel se décomposa.

— Il n'est pas étonnant que Walter ne l'aime pas. C'est vraiment horrible, de faire ça…

Elle fronça les sourcils.

— Mais pourquoi aurait-elle mis la pagaille dans le salon ?

— Pour trouver les bijoux qu'il t'a offerts.

— Pourquoi regarder derrière les cadres des photos dans le salon et laisser la chambre intacte ?

Annabel se leva et se mit à arpenter la pièce.

— Non ! s'exclama-t-elle. Je crois que je vais le dire à Walter. Il faut qu'il sache de quoi elle est capable.

— Tu ne peux pas le lui dire, pas à *lui* ! dis-je, affolée. Et s'il mettait un terme à votre liaison ?

Elle me regarda d'un air inquiet.

— Ne dis pas ça…

— Écoute, dis-je d'une voix apaisante, et si tu te mettais au lit et que tu faisais une bonne nuit de sommeil ? Tu y verrais plus clair demain matin. Il est déjà… *minuit* !

Merde, alors ! Il était effectivement minuit. Je sentis le sang refluer de mon visage. Mes jours étaient déjà comptés chez ma logeuse. J'aurais peut-être pu me faufiler par la fenêtre des toilettes, mais elle veillait probablement, attendant mon retour. Je me sentis soudain incroyablement fatiguée. L'idée de regagner Rumble Lane et d'entrer furtivement dans la maison pour affronter la colère de Mme Poultry m'était insupportable.

— Tu veux que je passe la nuit ici ? me risquai-je à demander. À moins que tu attendes quelqu'un, bien sûr…

— Je ne vois Walter que deux fois par semaine.

Annabel hésita.

— Je dois avouer que je me sens mal à l'aise, avec ce truc sur mon lit. Tu veux bien… Tu veux bien t'en débarrasser ?

Je me ragaillardis. Quel coup de chance ! Dieu était avec moi, en fin de compte. J'avais justement besoin d'une dagyde en guise de preuve !

— Bien sûr, répondis-je. Tu peux me donner un sac en plastique ?

Annabel ne se fit pas prier. Elle sortit de la chambre comme une flèche et revint quelques instants plus tard avec un sac en plastique Tesco. Je glissai avec précaution la fragile poupée à l'intérieur.

— Tu vas la jeter tout de suite, hein ? me demanda Annabel. Elle me donne les jetons.

— Je la balancerai dans le canal demain matin.

Naturellement, je n'avais absolument pas l'intention de faire une chose pareille.

— Oh, Vicky… Tu crois que quelqu'un risque de revenir ?

— Ça m'étonnerait… mais promets-moi de toujours fermer la porte à clé.

Je me dirigeai vers la porte.

— Tu as une couverture et un oreiller ? Je vais dormir sur le canapé.

Annabel rougit.

— Écoute, j'ai encore un peu peur… Tu peux dormir dans mon lit… mais ne te fais pas d'idées *bizarres.*

— Comment ça ? demandai-je avec véhémence.

— C'est juste quelque chose que Barbara a dit… Ce n'est pas la peine de t'emporter. Il faut être tolérant, voilà ce que je dis. Viens, tu peux m'aider à dresser une barrière.

Elle commença à entasser des oreillers et des coussins au milieu du lit comme si elle construisait la grande muraille de Chine.

Enfin, elle fit un pas en arrière pour admirer son œuvre.

— Tu prends le côté gauche. Je vais me changer en privé.

Je retirai ma saharienne, les bottes en caoutchouc, et me glissai dans le lit. Il n'y avait pas beaucoup de place. Cela ne m'étonnait pas qu'Annabel ait délibérément divisé le lit à son avantage.

Quelques minutes plus tard, elle entra d'un pas nonchalant, vêtue d'un déshabillé rose, léger et transparent, très court. J'éprouvai une pointe de jalousie. Ses seins étaient énormes. Pas étonnant qu'elle ne pût s'empêcher de les projeter en avant sous le nez des hommes ! Ils avaient pratiquement leur vie propre.

Annabel croisa les bras sur sa poitrine.

— Qu'est-ce que tu regardes ?

— Rien, dis-je, lui tournant le dos et tirant la couette rose et moelleuse jusque sous mon menton. Ça alors, ce que je suis fatiguée !

Elle passa une éternité à gigoter. J'étais épuisée, mais je n'arrivais pas à dormir non plus, et j'aurais voulu qu'elle dise quelque chose. Alors que nous étions allongées dans le noir, comme cela, je ne pus m'empêcher de repenser au camp des éclaireuses. Les longues nuits d'été passées à dormir à la belle étoile, à partager des secrets, à grignoter en cachette, à manger du chocolat jusqu'à en être malades… La vie était tellement plus simple, à cette époque-là !

Une fois de plus, je regrettai qu'Annabel et moi ne soyons pas de vraies amies. Ce soir-là, j'avais vu une autre facette de la personnalité de ma rivale. Elle m'avait paru vulnérable, et elle m'avait même demandé de l'aide. Peut-être m'étais-je trompée à son sujet. Après tout, cela ne devait pas être agréable d'avoir une poupée vaudoue et un amant gâteux, même si elle avait bel et bien décroché une maison et une voiture luxueuses. Avant que je n'aie pu lui offrir quelques paroles réconfortantes amicales, une respiration régulière et un léger ronflement m'indiquèrent qu'Annabel avait fini par s'endormir.

Je restai éveillée pendant des heures, à penser à la dagyde. Évidemment, c'était un avertissement, mais de la part de qui ? Chester, Probes, ou Trewallyn ? L'importance des deux rapports médico-légaux était de plus en plus grande. Si je n'avais pas fait preuve de vivacité d'esprit, Annabel aurait pu faire le rapprochement. C'était du pur génie d'accuser la femme de Walter d'avoir mis cette poupée-là. J'avais beau désapprouver les infidélités de Papa, elles m'avaient donné un aperçu inestimable sur la façon dont les épouses trompées se vengeaient.

Je n'attendais pas le lendemain avec impatience. J'allais sûrement être expulsée. Annabel me permettrait peut-être de rester chez elle ? Je pourrais m'éclipser quand elle recevrait. J'aurais même quelqu'un pour me déposer au travail tous les matins. Mieux encore : je pourrais garder un œil sur elle.

Satisfaite de mon plan, je sombrai enfin dans le sommeil, imaginant comme il serait merveilleux de vivre au Beaver Lock Lodge.

32

Ce fut le vrombissement lointain d'un aspirateur qui finit par me tirer d'un profond sommeil. L'espace d'un instant, je ne me rappelai plus où j'étais. Mme Poultry ne passait jamais l'aspirateur aussi tôt. Puis, brusquement, je me souvins que je n'étais pas dans ma chambre, sur Rumble Lane.

J'ouvris les yeux et me trouvai nez à nez avec un mur de coussins. J'étais dans le luxueux lit à baldaquin d'Annabel, au Beaver Lock Lodge.

Tandis que je restais là, à paresser dans ses draps de satin rose, je me dis que c'était vraiment gentil de la part de ma nouvelle meilleure amie de m'avoir laissée dormir. Elle rangeait sans aucun doute le désordre laissé par l'intrus dans le salon. Avec un peu de chance, elle aurait mis de l'eau à chauffer pour que je puisse savourer un bon petit-déjeuner sans me presser avant que nous ne partions pour le travail ensemble.

Mes étirements matinaux furent brusquement interrompus quand la porte de la chambre s'ouvrit à toute volée et qu'une dame âgée aux cheveux châtain clair et frisottés, vêtue d'un tablier à fleurs rose, entra comme une tornade avec un aspirateur.

Très surprise, je me levai d'un bond. Les activités annexes d'Annabel devaient très bien marcher pour qu'elle puisse se permettre une femme de ménage.

— Oh ! s'exclama la dame en éteignant l'aspirateur. Je ne savais pas qu'Annabel avait de la compagnie…

Je la reconnus instantanément : c'était l'une des personnes que je voyais régulièrement aux enterrements auxquels j'assistais.

— Madame Millicent P. Evans, épouse de M. Leonard R. Evans ? Nous nous sommes déjà rencontrées, dis-je en lui tendant la main. Vicky Hill, *Gazette de Gipping.*

Mme Evans regarda fixement ma poitrine et eut un mouvement de recul. Je me rendis compte que les trois premiers boutons de mon haut de pyjama s'étaient ouverts. Elle jeta un coup d'œil en direction du lit défait.

— Ce n'est pas ce que vous croyez, dis-je, m'empressant de refermer les boutons.

Annabel ne se souciait peut-être pas de sa réputation, mais moi, oui. Je montrai du doigt le mur de coussins qui divisait le lit et ris.

— Annabel et moi travaillons ensemble. Nous sommes juste amies.

— Eh bien, on ne sait jamais, de nos jours… dit Mme Evans, l'air soulagée. Annabel a bien besoin d'une bonne *amie*. C'est ce que je me tue à lui dire. *Annabel*, lui dis-je, *tu as bien besoin...*

— Je suppose que mon amie est dans la cuisine en train de faire du thé ? dis-je avec optimisme.

Mme Evans secoua la tête.

— Oh, non… Elle est déjà partie.

Partie ? Un horrible pressentiment commença à me nouer le ventre. Je cherchai ma montre des yeux. J'aurais juré l'avoir laissée sur la table de chevet.

— Vous n'auriez pas l'heure, par hasard ?

— Je commence à 9 heures…

— *9 heures !* m'écriai-je d'une voix perçante. Excusez-moi !

Je passai à côté d'elle en coup de vent pour aller dans le salon – maintenant impeccablement rangé –, où je me rappelais très bien avoir vu une horloge, dans un coin.

Je constatai avec horreur qu'il était près de dix heures et demie ! *Zut !* Comment avais-je pu dormir aussi tard ? Il y avait sûrement un malentendu. Annabel savait que je n'avais ni vêtements ni moyen de transport. Elle avait peut-être oublié que j'avais dormi là ? Je ne bougeais pas dans mon sommeil, et la barrière de coussins entre nous était si haute qu'elle avait pu ne pas me voir. J'étais bien décidée à ne pas me sentir visée. Quand elle s'apercevrait de son erreur, elle se répandrait en excuses sincères, j'en étais persuadée.

Cela mis à part, je devais aller au travail au plus vite. Même si je ne me réjouissais pas à la perspective de regagner Rumble Lane et d'affronter l'orage, il fallait que je me change. Il n'était pas question que je tente de rentrer dans l'une des tenues d'Annabel. Elle faisait la moitié de ma taille.

Je me dirigeai vers la porte d'entrée, où les bottes en caoutchouc de Mme Poultry m'attendaient, sur une feuille de papier journal, à côté du sac en plastique Tesco. Je récupérai ma saharienne sur le dossier du fauteuil et m'apprêtai à l'enfiler quand Mme Evans sortit de la chambre, son chiffon à poussière dans une main et une bombe d'encaustique dans l'autre.

— On prévoit de la pluie ! s'écria-t-elle. Oh, vous allez attraper la mort, habillée comme ça !

Elle retira prestement son tablier, révélant un maillot de foot délavé des Gipping Growlers et un legging gris qui moulait des cuisses robustes.

— Et si nous mettions ça au-dessus de votre pyjama ? Nous devons garder ces petites fesses au chaud.

Une autre remarque sur mes fesses ! pensai-je.

— Ma veste suffira, dis-je en l'enfilant, glissant mes pieds nus dans les bottes en caoutchouc.

Apercevant mon reflet dans le miroir en pied à côté de la porte d'entrée, je frissonnai. Se pouvait-il vraiment que ce soit moi ? J'avais l'air d'un épouvantail avec mes cheveux hirsutes et mon pyjama froissé.

Mme Evans saisit les pans de ma saharienne et commença à la boutonner, tirant fermement sur le tissu comme si j'étais une petite fille.

— Voilà ! Empêchons les courants d'air de rentrer. Vous avez des gants, mon chou ?

— Je n'ai pas froid. Merci. Je dois y aller.

Je me baissai pour prendre le sac en plastique, mais m'arrêtai net. Un petit mot y était collé, avec du ruban adhésif – *Pour Vicky*.

Je le regardai fixement pendant plusieurs secondes. Pourquoi Annabel aurait-elle mis mon nom là-dessus si elle ne m'avait pas oubliée ? La dure vérité me frappa de plein fouet. Elle avait fait exprès de me laisser faire la grasse matinée. Elle avait sûrement aussi caché ma montre. Quel sale coup ! Eh bien, nous étions deux à pouvoir jouer à ce petit jeu.

J'ouvris le sac en plastique et regardai la dagyde, à l'intérieur.

— Oh non !

— Qu'y a-t-il, mon chou ?

— Annabel a dû oublier…

Je fronçai les sourcils d'un air faussement soucieux et lui montrai le petit mot.

— Elle était censée me laisser des documents, dans ce sac.

L'inquiétude se lisait sur le visage de Mme Evans.

— Des documents importants ?

— Oui. Très. Pour cet article sur lequel elle travaille avec le maire, M. Rawlings.

Mme Evans émit un étrange claquement désapprobateur, et je me rendis compte que le bruit provenait de son dentier mal ajusté.

— Il ne ressortira rien de bon de tout ça, croyez-moi.

— Vous avez tout à fait raison.

Je ne savais pas si Mme Evans parlait de la liaison d'Annabel ou de son article, mais à ma plus grande joie, je sentais qu'elle était désireuse de bavarder. Quelle importance auraient cinq minutes de retard supplémentaire si l'on considérait la situation dans son ensemble ?

— Je le lui ai dit ! reprit Mme Evans. *Annabel*, je lui ai dit, *méfie-toi des hommes qui te promettent de faire de toi une star.*

— Il a dit ça ?

J'éprouvais une pointe de jalousie. Walter Rawlings était un homme puissant, très influent dans le Devon. Il était passé dans l'émission *Westward Television Celebrity Squares.*

— Oh, oui ! Tout commence par des promesses…

Mme Evans s'assit sur la chaise de l'entrée, visiblement prête à se lancer dans une longue causette au sujet de son employeuse.

— C'est ce qui est arrivé à ma fille, Sadie.

— Sadie Evans est *votre* fille ?!

Tout le monde à la *Gazette* avait entendu parler du numéro de Sadie Evan au Banana Club, sur Plymouth Hoe. D'après Pete, le talent de Sadie pour le pole dance arrachait des larmes aux hommes.

— C'est l'attrait pour les hommes plus âgés, voyez-vous. Ils ont de l'argent, une belle voiture, merci bien, mais ils ne quittent jamais leur femme.

— Les hommes n'épousent jamais leur maîtresse, dis-je d'un ton ferme.

— Oh, je *sais* ! Je n'arrête pas de dire…

— J'ai peur que cette affaire sur laquelle ils travaillent ensemble soit dangereuse, dis-je. Je me demande de quoi il peut bien s'agir…

Le front de Mme Evans se plissa sous l'effet de la concentration. Ses dents cliquetèrent trois fois.

— Ça a peut-être quelque chose à voir avec cette Folie, au Manoir…

— La Folie de Hugh, dans les bois du domaine des Trewallyn ?

Zut ! Alors Annabel travaillait bel et bien à un article avec Rawlings.

Mme Evans hocha la tête.

— Je l'ai entendue en parler au téléphone. Une histoire d'allées et venues en pleine nuit.

Mon Dieu ! Se pouvait-il qu'Annabel suive exactement la même piste que moi ?

— Naturellement, lady Trewallyn est impliquée dans tout ça ?

— Oh, oui, affirma Mme Evans. Je crois que c'était son idée. Je fais le ménage au Manoir. Tous les vendredis. Le maire était là-bas, un matin, alors que je faisais les vitres.

— Le maire a *rencontré* lady Trewallyn ?

C'était un coup dur pour mon plan.

— Ça, oui ! et ils étaient cul et chemise. Oui, ça me revient, maintenant… Je me suis dit : *Cet homme va briser le cœur d'Annabel, mais on ne peut pas lui en vouloir… Lady Katherine est une femme tellement charmante !*

— Tous les hommes ont effectivement l'air de tomber amoureux d'elle.

La jubilation que m'inspirait l'idée que le cœur d'Annabel puisse être brisé par une rivale de taille était amoindrie par la pensée que lady Trewallyn recrutait sans doute tous les hommes disponibles de Gipping pour batifoler au sein de sa congrégation.

— Lady Trewallyn était au courant de la profession de Sadie, dit Mme Evans. Nous avons eu une conversation très agréable. On appelle ça des danseuses exotiques, maintenant, vous savez !

— Cela a dû lui faire un choc terrible quand sir Hugh est mort, dis-je de but en blanc.

— Oh, oui ! Elle était anéantie… Ils étaient très unis, vous savez.

— Apparemment, c'est Dave Randall qui a trouvé le corps dans la haie, dis-je innocemment.

Mme Evans émit un grognement railleur.

— N'importe quoi ! Madame m'a dit que c'était *elle* qui avait retrouvé sir Hugh, dans la bibliothèque.

Bien sûr que c'était ce qu'elle disait !

— Randall traîne tout le temps dans les parages, tout enamouré, mais c'est l'effet qu'elle a sur les hommes, bien sûr.

Mme Evans se leva.

— Bon ! Il faut que je me remette au travail.

— Vous m'avez bien aidée, merci.

— On ferait n'importe quoi pour notre chère Annabel, répondit-elle en faisant claquer son dentier.

Soudain, une curieuse expression passa sur son visage, comme si elle avait une illumination.

— Vous ne logez pas chez Mme Poultry ?

— Si. Pourquoi ?

Elle m'empoigna le bras.

— C'est le concours Salome Steel ! chuchota-t-elle d'un ton pressant. J'ai entendu dire qu'elle connaissait la véritable identité de l'auteure.

— C'est vrai ?

Cela m'étonnait que Mme Poultry s'intéresse seulement à la question, étant donné qu'elle avait déclaré que *Mégères vaudoues* était *un ramassis d'obscénités*.

Un silence gêné s'installa entre nous, jusqu'à ce que je comprenne enfin que Mme Evans voulait que je demande à Mme Poultry qui était l'auteure. Il était hors de question que je le fasse.

— La *Gazette* donne des indices toutes les semaines. Je pourrais peut-être vous les donner en avance ?

— Et en échange, je garderai un œil sur notre Annabel…

Mme Evans soupira.

— Ce n’est pas pour moi que je vous demande ça, c’est pour Sadie, ajouta-t-elle en sortant un morceau d’essuie-tout de la poche de son tablier et en se tamponnant les yeux. Depuis qu’elle est montée sur scène, M. Evans lui a interdit de remettre les pieds à la maison. Ça fait des mois que je ne l’ai pas vue. Vous savez ce que ça fait de ne pas pouvoir voir sa propre famille ?

— Oui, je le sais.

Effectivement, je savais ce que cela faisait, et c’était atroce.

— De ne pas pouvoir faire les courses ensemble, le samedi matin ? continua Mme Evans dans un sanglot. De ne pas pouvoir assister au bingo ensemble au club, le jeudi soir ?

Elle déglutit difficilement.

— Aller passer une journée à Land’s End serait une excursion tellement *spéciale*, pour nous.

— Et M. Evans n’en saurait jamais rien.

Le visage de Mme Evans s’éclaira.

— Il paraît que, par beau temps, on peut même voir la France !

Je n’avais pas le cœur de lui dire que voir la France depuis Land’s End était géographiquement impossible.

— Je vais voir ce que je peux faire. Il faut que j’y aille… Au revoir !

Dehors, la petite pluie s’était transformée en une bruine constante. Le temps était tellement maussade que je ne voyais même pas le canal, qui n’était pourtant qu’à quelques mètres de la maison.

En un rien de temps, ma saharienne trempée se mit à me coller à la poitrine. Mes cheveux étaient plaqués sur ma tête ; de l’eau tombait goutte à goutte du bout de mon nez.

J'étais profondément déprimée et j'avais envie de pleurer. Loin d'être enchantée d'avoir découvert le scoop secret d'Annabel, je me rendais compte qu'elle travaillait non seulement à la même chose que moi, mais que l'affaire était pratiquement dans le sac, pour elle.

Toutefois, j'avais recruté une excellente indicatrice. Mme Evans avait l'air d'être une bonne personne, qui se souciait sincèrement du bien-être d'Annabel. Même son désir de tricher pour remporter le concours Salome Steel était touchant. C'était pour sa fille, après tout.

Mme Evans était chaleureuse, gentille et affectueuse – contrairement à ma mère, qui ne m'avait jamais dorlotée. *Seigneur ! Tu n'es tout de même pas jalouse de l'affection que la femme de ménage d'Annabel lui porte ?*

Annabel, Annabel, *Annabel* ! Qu'avais-je bien pu faire pour mériter une telle ennemie ? Ma légère antipathie pour elle s'était transformée en une profonde aversion. Mes yeux me brûlaient comme je retenais mes larmes. *Alors, pourquoi ne pas me laisser aller à les verser ?* pensai-je. Ce n'était pas comme si qui que ce soit s'en souciait.

Le crissement des pneus d'une voiture me coupa dans mon élan. Devant moi, une forme sombre sortit de la grisaille matinale. Mon cœur fit un bond dans ma poitrine. Peut-être qu'Annabel avait eu une crise de conscience et qu'elle était revenue me chercher ? Mon ventre se noua quand la voiture approcha. Ce n'était pas la BMW d'Annabel, c'était la Porsche noire.

Zut ! Mon premier instinct fut de tourner les talons et de regagner, clopin-clopant, la sûreté relative du Beaver Lock Lodge, mais je me ravisai quand l'idée me vint à l'esprit que c'était sûrement là que la Porsche se rendait, justement. *Grand Dieu !* Se pouvait-il que ce soit *Chester* qui avait déposé la dagyde en guise d'avertissement pour

Annabel et qu'il soit revenu pour terminer le boulot ? Et la bienveillante Mme Evans ? Allait-il la tuer, elle aussi ?

Je m'arrêtai, paralysée. La voiture allait arriver à ma hauteur d'un instant à l'autre. Avec le canal d'un côté et la haie de l'autre, j'étais fichue.

33

— C'est bien la route du Beaver Lock Lodge ? appela une voix que je connaissais tandis que la Porsche s'arrêtait à ma hauteur. Je cherche Annabel Lake, la journaliste.

Quel culot ! Le tueur allait jusqu'à demander sa route !

— Bonjour. Il fait vraiment un temps épouvantable, hein ?

— Merde, alors !

Chester retira ses lunettes de soleil et se pencha à la vitre.

— Vicky ? C'est *vous* ?

— Tiens ! fis-je en agitant mollement la main. Je ne vous avais pas reconnu tout de suite.

— Qu'est-ce que vous fabriquez ici, bon sang ? Non ! Ne me dites rien…

La voix de Chester était empreinte d'ironie.

— Vous êtes sortie de bonne heure pour vous entraîner au saut de haies sous la pluie… *et* en pyjama, en plus ?

— Exactement, répondis-je avec un sourire forcé. Il y a une excellente haie de troènes, par ici.

— Vraiment ?

Chester me considéra d'un air très amusé.

— Alors, vous devez connaître Annabel Lake.

J'eus un moment d'hésitation. *Attention, Vicky.* Si j'admettais la connaître, il ne tarderait pas à découvrir que nous travaillions ensemble à la *Gazette*, et je serais grillée. Il y avait aussi la pauvre Mme Evans… Je doutais qu'il fallût la torturer bien longtemps pour lui faire révéler tout ce qu'elle savait.

Je devais empêcher Chester d'aller au Beaver Lock Lodge, même s'il me fallait pour cela mettre ma propre vie en danger.

— Est-ce qu'Annabel Lake conduit une BMW gris métallisé ? demandai-je d'un air faussement innocent.

Chester hocha la tête.

— Elle m'a dépassée il y a une heure, dis-je, faisant mine de frissonner de froid. Mon Dieu ! Je n'aurais pas dû m'arrêter pour bavarder. Il fait un froid glacial, et j'ai une *très* longue route à faire à pied pour rentrer chez moi.

— Laissez-moi vous déposer, dit-il, coupant le moteur.

— Vous êtes *sûr* ?

— Oh oui, tout à fait sûr.

Il descendit et se glissa dans l'espace étroit entre la haie et la voiture.

— Vous allez devoir passer par-dessus le siège du conducteur.

Il ferma la portière, m'attira tout contre lui et nous exécutâmes un pas de deux maladroit pour que je puisse monter de son côté.

— Permettez-moi de prendre votre sac…

— Non ! Ce n'est pas la peine, répondis-je d'un ton brusque.

S'il regardait dedans, il saurait que j'avais trouvé la dagyde ! Il saurait que je voyais clair dans son jeu. Je me jetai sur le siège-baquet côté passager et, dans ma précipitation, la jambe de mon pyjama se prit dans le levier de vitesses.

— Attention, voyons, dit Chester, l'air amusé. Je peux vous aider ?

J'étais mortifiée. Cela devait lui donner des sensations fortes de pouvoir regarder mes fesses – comme à tous les hommes.

— Non, merci.

Je tirai sur mon pantalon. Le tissu se déchira. Je basculai sur le côté, me cognai la tête contre le tableau de bord, et roulai sur le sac en plastique. Il y eut un bruissement et un vilain craquement. Zut !

La journée pourrait-elle être pire ? *Bien sûr que oui !* pensai-je alors. J'étais en train de monter dans la voiture d'un *meurtrier* !

Chester se rassit au volant, mit sa ceinture de sécurité – pendant que je m'empressais d'attacher la mienne – et démarra.

— Attendez ! m'écriai-je, me rendant soudain compte que le seul endroit où il y aurait assez de place pour faire demi-tour était le Beaver Lock Lodge.

Nous allions être obligés d'y aller quand même, en fin de compte et, avec la chance que j'avais, Mme Evans allait nous voir.

— J'ai bien peur que vous ne soyez obligé de regagner la route principale en marche arrière.

— Pourquoi ?

— Quelques minutes avant que vous n'arriviez, le camion poubelle de Gipping s'est engagé sur cette route pour ramasser les poubelles, dis-je, tout agitée. Nous sommes mardi. Nous allons tomber dessus quand il reviendra dans l'autre sens.

— Aucun problème.

Chester exécuta une impeccable marche arrière en ligne droite, à toute vitesse. C'était le signe distinctif d'un habitué des courses-poursuites. Je ne pouvais pas m'empêcher d'être impressionnée.

TUUUT ! TUUUT !

— Bon sang !

Chester appuya à fond sur la pédale de frein.

Ronnie Binns et son camion poubelle – sur lequel les mots CONSEIL RÉGIONAL DE GIPPING étaient bien visibles – venaient de s'engager sur la petite route gravillonnée qui conduisait au Beaver Lock Lodge et nous empêchaient de partir.

— J'aurais juré l'avoir vu passer, marmonnai-je, me demandant si Ronnie vidait *réellement* les poubelles d'Annabel le mardi ou si c'était juste une excuse pour lui rendre visite.

Ronnie fit marche arrière sur quelques malheureux mètres, puis il fit signe à Chester de passer, à grand renfort d'appels de phares et avec un autre coup de klaxon prolongé.

Nous cahotâmes sur le coin de l'accotement herbeux, et nous engageâmes sur la route principale.

— Je suppose que je vais devoir vous dire où j'habite, dis-je d'un ton léger, jetant à la dérobée un coup d'œil à mon chauffeur.

Chester avait l'air furieux.

— J'habite sur Rumble Lane, continuai-je comme si de rien n'était. Ce n'est pas très loin. C'est très gentil de votre part de me déposer.

Il ne répondit toujours pas. Puis, soudain, sans crier gare, il appuya à fond sur l'accélérateur. La violence de l'accélération me projeta en arrière sur mon siège. Je regardai le compteur de vitesse. Nous allions déjà à cent dix kilomètres à l'heure ! À mon plus grand désarroi, Chester prit un virage en épingle à cheveux sans ralentir et doubla trois voitures d'un coup, ignorant les coups de klaxon des automobilistes furieux.

Je me cramponnai à mon siège comme il accélérait encore. Nous arrivâmes à une intersection en T. Il ralentit à peine, coupant la route aux véhicules venant en sens inverse, et évitant de justesse un cycliste.

— Gipping est dans cette direction ! criai-je alors que nous nous éloignions à toute allure du centre-ville.

Chester ne fit qu'accélérer.

— Je vous en supplie, ralentissez !

Il resta sourd à prières. Horrifiée, je vis que nous passions, en trombe, devant un panneau sur lequel il était écrit : VOUS QUITTEZ GIPPING – REVENEZ VITE ! et prenions la direction de la lande.

Je regardai le paysage défiler derrière la vitre, stupéfaite, éprouvant une pointe de regret à la pensée que je ne vivrais pas assez longtemps pour connaître l'extase sexuelle, que je n'aurais jamais ni mari ni enfants.

Soudain, Chester tourna à gauche, dans un parking vide, équipé de trois tables de pique-nique en bois et d'un local en béton vandalisé sur lequel était écrit le mot TOILETTES. L'endroit était désert.

Voilà, Vicky, c'est fini.

La Porsche s'arrêta brutalement. Chester coupa le contact et se tourna vers moi.

— Il est grand temps que vous et moi ayons une petite conversation.

Je hochai docilement la tête, serrant le sac en plastique contre ma poitrine.

— Vous êtes une jeune femme intéressante. Quelqu'un qui ment autant que vous a forcément quelque chose à cacher.

Mon cœur se serra. Je savais ce qui m'attendait. Un interrogatoire. Je repensai aux conseils de Papa :

1. rester le plus près possible de la vérité ;
2. ne rien admettre sans la présence d'un avocat ;
3. se montrer polie et ne jamais provoquer le conflit.

Chester se frotta le menton, l'air pensif.

— Commençons par ce goujat de Randall. Vous m'aviez dit que vous le connaissiez à peine, mais il paraît que vous et lui étiez dans tous vos états, dimanche soir.

Devant mon expression choquée, il ajouta :

— C'est une petite ville. Les langues vont bon train.

— Nous ne nous étions pas encore rencontrés, la semaine dernière, répondis-je avec colère. Nous n'avons vraiment fait connaissance que cette semaine. Qu'est-ce que ça peut vous faire, de toute façon ? Dave et moi sommes tous les deux célibataires.

Du calme, Vicky.

— Dave fait partie du menu fretin, dit Chester. Vous êtes bien plus intéressante. Que faisiez-vous à rôder autour des porcheries du Manoir, au juste ?

— Je vous l'ai déjà dit, je m'entraînais au saut de haies.

— Après vous être régalée de plats achetés chez le traiteur chinois ? demanda Chester d'un ton railleur. Vous pensiez que je ne vérifierais pas ce que vous maniganciez ?

Il se pencha vers moi et ajouta d'une voix menaçante :

— C'est vous, n'est-ce pas ? C'est vous qui déposez ces cadavres de poulets à travers tout Gipping !

— Certainement pas ! m'écriai-je, offensée.

— Vous croyez que je ne suis pas au courant de ce qui se passe dans les bois ?

Les bois, encore ! L'accusation de Chester m'intriguait. S'il croyait que je faisais partie de la congrégation de lady Trewallyn, cela signifiait qu'il n'était plus le bienvenu dans le lit de cette dernière. Cela expliquait assurément pourquoi il s'était montré à ce point en colère contre son ex-amante au cimetière ; pourquoi il rôdait au Manoir ; et pourquoi il était entré par effraction dans les bureaux de la *Gazette* pour voler les photos de Dave. Il avait découvert qu'elle couchait avec Dave et était fou de jalousie. J'étais prête à parier qu'il n'était pas encore au courant pour Sharpe !

Je ne m'énervai pas. Je savais que c'était le moment idéal pour passer un accord. Il avait sûrement des informations indispensables pour étayer mon scoop. De plus, si mon intuition était bonne, et qu'il avait été exclu de la congrégation, il serait disposé à parler.

— La bonne nouvelle, c'est que Dave et lady Trewallyn ne sont plus ensemble, dis-je. La mauvaise nouvelle, c'est qu'elle a rencontré quelqu'un d'autre.

Chester pâlit.

— Qui ça ?

— Sharpe, le médecin légiste. Je les ai vus ensemble, le jour de l'enterrement, d'ailleurs. Juste après votre départ. L'alchimie entre eux a été immédiate. Ensuite, je les ai vus se faire des mamours à la morgue. Il est très riche. Il a gagné un demi-million au loto sportif.

Les épaules de Chester s'affaissèrent. Il resta silencieux et regarda à travers la vitre d'un air morose, sans aucun doute anéanti par ma révélation. Peut-être aimait-il vraiment lady Trewallyn, après tout.

Je posai la main sur son bras et exerçai une pression réconfortante.

— Je suis désolée. Vous voulez en parler ?

— Bien sûr, je vais tout vous raconter…

Il tourna à nouveau la tête vers moi ; son expression était dure.

— … pour dix mille livres.

Était-il complètement fou ? Le plus que la *Gazette* eût jamais payé pour des informations était cinquante livres, et encore : en trois versements !

— Pourquoi est-ce que je vous donnerai dix mille livres, à *vous* ?

— Parce que vous êtes journaliste, répondit-il avec un rire mauvais. D'ailleurs, j'allais voir Annabel Lake quand je vous ai croisée par hasard.

Pour une fois, je ne savais pas quoi répondre. Il était donc au courant depuis le début !

— Vous pensiez vraiment que je ne vous avais pas vue vous cacher, à la *Gazette*, l'autre nuit ?

Je sentis mes joues s'empourprer mais fis preuve d'audace.

— Je travaillais tard et vous m'avez fait peur.

Désireuse d'esquiver l'histoire de l'alarme, je changeai de sujet.

— Bon sang ! Vous devez *vraiment* détenir une histoire sensationnelle à raconter pour en demander une somme pareille.

— Il est temps que tout le monde sache la vérité sur Katherine Vanderkamp, dit-il, et j'ai des preuves ! Si vous n'êtes pas intéressée, je suis sûr qu'Annabel…

— Elle n'est que stagiaire.

J'espérais que mon visage ne trahissait pas mon enthousiasme. Des preuves signifiaient des photos ! Il en avait peut-être même une de lady Trewallyn se pavanant toute nue ! Toutefois, comment persuader Chester de me remettre le gros lot sans lui donner l'argent ?

— Naturellement, cela fait un certain temps que je sais ce qui se passe dans les bois, dis-je, et puis, lady Trewallyn n'est pas d'ici, ce qui fait baisser le prix…

Je fis mine de considérer son offre.

— Évidemment, il faudra que je voie d'abord les preuves, mais je suis sûre que mon rédacteur en chef négociera…

— Je ne négocie pas, m'interrompit Chester. C'est à prendre ou à laisser.

Zut !

— Donnez-moi vingt-quatre heures.

— D'accord, dit-il à contrecœur. Passé ce délai, j'irai voir ailleurs.

Il glissa une main dans sa poche, en sortit un petit morceau de papier et griffonna un numéro dessus.

— C'est mon numéro de portable. Appelez-moi.

Je le mis dans ma poche. Chester démarra, et le moteur de la Porsche émit son rugissement habituel.

Tandis que nous regagnions la sécurité de Gipping, je repensai à l'accusation de Chester, selon laquelle j'aurais été coupable d'avoir déposé des cadavres de poulets « à travers tout Gipping ».

— Juste une dernière chose, dis-je, façon Columbo. Ces poulets… Pour votre information, je suis végétarienne, et je ne ferai jamais rien qui puisse nuire à l'une des créatures de Dieu.

— Kandi non plus. Elle milite en faveur des droits des animaux. Elle est anti-fourrure, fait campagne contre l'élevage des poulets en batterie, ce genre de choses.

Lady Trewallyn devait donc être une éco-sorcière.

— C'est un coup monté contre elle, quelqu'un a essayé de lui faire porter le chapeau… mais ça m'est égal, maintenant, dit-il d'une voix dure. C'est fini, entre elle et moi.

Toute pensée concernant les révélations de Chester s'évanouit quand la Porsche tourna dans Rumble Lane. Je n'en croyais pas mes yeux. Une voiture de police était garée devant le numéro 10. C'était horrible : Mme Poultry avait appelé les flics.

34

— Vous m'avez bien dit que vous habitiez au numéro 10, n'est-ce pas ?

Chester se gara derrière la voiture de police pour me déposer.

— Bon sang ! Je déteste ces fils de putes.

— Moi aussi, dis-je, incapable de me défaire de la peur que Mme Poultry ait trouvé les rapports médico-légaux.

Ce ne fut que lorsqu'il redémarra que je me rendis compte que je ne pouvais pas l'appeler sur son téléphone portable. *Vicky, espèce d'idiote !* Il pouvait loger n'importe où à Gipping – ou dans le Devon, d'ailleurs. *Bon sang de bonsoir !*

Je remontai l'allée, clopin-clopant, grimaçant de douleur à chaque pas. Avec le frottement, mes ampoules avaient éclaté. À mon grand désarroi, Mme Poultry m'attendait à la porte d'entrée. Elle avait les bras croisés sur la poitrine et affichait un air sévère.

— Où avez-vous passé la nuit ? demanda-t-elle. Qu'est-il arrivé à votre visage ?

— Je me suis pris une porte, répondis-je. J'étais avec Annabel, vous vous souvenez ?

— Le mensonge est la langue du diable ! me gronda-t-elle.

Je me demandai si elle m'avait vue descendre de la voiture de Chester. Avant que je n'aie pu me défendre, elle regarda fixement mes pieds et ajouta :

— Ce sont mes bottes, il me semble.

Elle tourna les talons, rentra à grands pas furieux, et dit par-dessus son épaule :

— L'inspecteur Probes vous attend dans la cuisine…

Je retirai les bottes et accrochai ma saharienne au portemanteau de l'entrée.

— … et ne vous avisez pas de monter furtivement, cria Mme Poultry depuis la cuisine. Venez ici *tout de suite* !

Serrant les dents, je me préparai à l'inévitable interrogatoire. Je ne savais toujours pas ce que j'étais censée avoir fait.

Probes se leva d'un bond quand j'entrai dans la pièce. Il écarquilla les yeux en voyant mon pyjama en pilou bleu – plutôt dans un triste état – et mes pieds nus couverts d'ampoules à vif. Je le regardai d'un air de défi.

— Bonjour, monsieur l'inspecteur. Que me vaut cet honneur ?

Probes s'éclaircit la voix et sortit un petit carnet et un crayon de sa poche de poitrine.

— Mme Poultry m'a fait savoir que votre amie Annabel Lake semblait très bouleversée, hier soir. Ne vous voyant pas rentrer à la maison, votre logeuse s'est inquiétée. Voulez-vous me raconter ce qui s'est passé ?

— Il ne s'est rien passé, dis-je, me demandant si c'était Probes qui s'était introduit au Beaver Lock Lodge par effraction pour déposer cette poupée sur le lit d'Annabel.

— Ce n'est ni ce que j'ai entendu, ni ce que j'ai vu, Victoria, dit froidement Mme Poultry.

Elle se tourna vers Probes et ajouta :

— Je n'aurais pas fait perdre de temps à la police si je n'avais pas été profondément inquiète.

J'étais ébahie. En quoi est-ce que cela la regardait ? Au cours des quelques derniers mois, elle ne s'était pas souciée une seule fois de savoir si j'étais morte ou vive, et voilà que, tout à coup, elle s'en préoccupait ?!

— C'est personnel, à vrai dire, déclarai-je.

— Et le bleu ? demanda Probes en montrant du doigt mon visage.

— C'est Annabel, répondis-je solennellement.

L'incrédulité de Mme Poultry était presque palpable. Je n'osais même pas regarder Probes.

— Je sais que j'aurais dû appeler Mme Poultry pour lui dire de ne pas se faire de souci, mais…

Je laissai ma phrase en suspens.

— Vous savez ce que c'est, quand on est pris dans le feu de l'action, ajoutai-je.

— Tout à fait.

Probes toussota et regarda ses pieds.

— Eh bien, je crois que cela explique tout.

Il referma son carnet et le remit soigneusement dans sa poche avec son crayon.

— Puis-je vous déposer quelque part, mademoiselle Hill ? Une fois que vous serez *habillée*, bien sûr !

— Ce ne sera pas la peine, monsieur l'inspecteur, je vais emmener Victoria au travail, intervint Mme Poultry. Je vais au marché et c'est sur mon chemin.

Elle lui adressa un sourire éclatant – une vision plutôt terrifiante car je n'avais encore jamais vu ses dents du haut et celles du bas exposées en même temps.

— Je vais vous raccompagner à la porte.

À l'instant où ils quittèrent la cuisine, je serrai le sac en plastique dans ma main et montai en courant. Me préparant au pire, j'avais la bouche sèche quand j'ouvris à toute volée la porte de ma chambre. À mon grand soulagement, elle était exactement dans le même état que quand j'étais partie – les rapports médico-légaux étaient toujours sous mon oreiller, et les cartes postales, emballées dans du plastique étaient toujours dans le réservoir d'eau.

Je sursautai quand on frappa à la porte. Je me ruai dessus et l'entrebâillai.

— Oui ?

Mme Poultry se tenait sur le palier, une tasse de thé à la main. L'espace d'un instant, je crus que c'était pour moi, puis elle en but une gorgée.

— Nous partons dans cinq minutes.

— Merci.

L'eau me vint à la bouche. J'aurais bien bu une bonne tasse de thé.

Reportant mon attention sur les preuves incriminantes, je décidai qu'il serait plus sage de cacher les deux rapports du médecin légiste dans le réservoir d'eau, dans le sac plastique, avec la dagyde d'Annabel. Hélas, quand j'ouvris le sac, mes pires craintes furent confirmées : la poupée en papier mâché était complètement écrasée. *Zut !* J'avais même déjà trouvé un titre accrocheur : HÉRAUT DE MORT, POUPÉE DE HAINE.

— Vous êtes prête ? me cria Mme Poultry depuis le rez-de-chaussée.

— J'arrive dans une minute !

Je fourrai les rapports dans le sac, ouvris le panneau en bois, soulevai le couvercle du réservoir d'eau et calai le tout avec précaution derrière le robinet flotteur, juste en dessous de la surface de l'eau. Je me hâtai ensuite de retirer mon pyjama, enfilai un jean et un pull bleu marine. Malheureusement, ma saharienne étant trempée, j'étais obligée de me rabattre sur mon K-way de secours jaune fluo.

Mme Poultry, qui portait son manteau en tweed et son chapeau cloche, tira plusieurs fois sur le starter de la Morris Traveller. Celle-ci démarra en crachotant à la quatrième tentative. Les panaches de fumée des gaz d'échappement nous enveloppaient comme un nuage bleuté. La Morris Traveller émit un grincement et un bruit métallique tandis que Mme Poultry sortait prudemment de l'allée en marche arrière.

— C'est très gentil de votre part, dis-je.

Elle ne répondit pas. Nous partîmes à une allure si extraordinairement lente que nous fûmes même dépassées par un vieux monsieur qui promenait son chien. Il allait nous falloir une éternité pour faire les trois kilomètres jusqu'au journal.

Enfin, Mme Poultry prit la parole.

— Vous me décevez, Victoria, commença-t-elle.

C'est parti !

— Ne vous ai-je pas déjà dit ce qu'il en était des visiteurs de sexe masculin ?

— L'homme à la Porsche me déposait simplement, parce qu'il pleuvait.

Elle eut le souffle coupé.

— Vous ne devez *jamais* accepter qu'un inconnu vous dépose où que ce soit ! *Jamais !*

— Oh, non, il était…

— Voilà ! Vous voyez ! Vous imaginez déjà que c'est un homme bien, m'interrompit-elle, appuyant à fond sur l'accélérateur.

La Morris Traveller eut un soubresaut et s'immobilisa dans un grincement.

— Étant donné votre accoutrement inconvenant, je prie pour qu'il n'ait pas mis en péril votre pureté.

Mis en péril ma pureté ? Je réprimai une envie de rire.

Mme Poultry essaya de redémarrer. Une odeur d'essence écœurante nous parvint par les buses d'aération.

— Je crois que vous avez noyé le moteur, dis-je, en proie à une envie de rire encore plus forte. En fait, Chester…

— Chester ! *Chester ?* répéta Mme Poultry avec mépris.

— C'est comme ça qu'il s'appelle. Chester Forbes. Il est américain. À vrai dire, c'est un ancien amant de lady Trewallyn.

Je m'aperçus que c'était l'occasion idéale pour aborder le sujet de la présence de ma logeuse au cimetière de l'église de Saint-Pierre-Martyr.

— Il a fait son apparition à l'enterrement de sir Hugh et a provoqué un scandale au cimetière. Vous n'avez pas vu ce qui s'est passé ?

— On n'a pas demandé au Traiteur du berceau au cercueil de s'occuper des rafraîchissements après la cérémonie, déclara Mme Poultry, éludant soigneusement la question.

— Que pensez-vous de lady Trewallyn ? Elle est très belle.

Mme Poultry ne répondit pas. Elle se contenta de tourner la clé dans le contact et, dans un autre soubresaut, nous repartîmes.

— Elle ne ressemble en rien à sa première épouse, lady Clarissa, n'est-ce pas ? insistai-je. Apparemment, sir Hugh était anéanti quand elle est tombée raide morte à la veillée funèbre de Maurice Wheeler. Ce n'était pas un de vos événements ?

— Si vous avez discuté avec Barbara Meadows, sachez que c'est une commère notoire et qu'elle raconte n'importe quoi. Lady Clarissa était une ivrogne. C'était un simulacre de mariage.

L'emportement de Mme Poultry me surprit, mais j'allais devoir attendre pour la cuisiner à ce sujet : une ambulance était garée devant La Bouilloire de cuivre. Son gyrophare lançait des éclairs bleus, les portières arrière étaient ouvertes. Une petite foule avait déjà commencé à se rassembler sur le trottoir.

— Oh, non… murmurai-je. Topaz !

Quelque chose d'affreux avait dû lui arriver. Mes premières pensées furent qu'elle avait été assassinée, ou qu'elle s'était suicidée. Elle paraissait déprimée. Je m'étais bien rendu compte qu'elle n'était pas dans son état normal, mais au lieu de faire preuve de compassion, j'avais cruellement ignoré les signes. S'il lui était arrivé quelque chose, c'était ma faute.

— Je vais vous déposer ici, décréta Mme Poultry, indifférente au drame qui se déroulait sous ses yeux.

La Morris Traveller monta lourdement sur le trottoir dans un bruit sourd, et je descendis de la voiture.

Tandis que je me dirigeais vers le salon de thé, je m'aperçus que l'effervescence était centrée sur l'autre côté de la rue, à la *Gazette*, et non à La Bouilloire de cuivre. De plus, le salon de thé était en fait ouvert, pour une fois – prêt à accueillir de nouveaux clients, sans aucun doute. Je résistai à la tentation de m'arrêter pour féliciter Topaz d'avoir suivi mes conseils, et me frayai plutôt un chemin à travers la foule de plus en plus importante devant la *Gazette*. Je dus brandir ma carte de presse pour rejoindre Barbara, qui montait la garde à l'entrée et m'attendait.

— Vite ! dit-elle, entrouvrant la porte, comme si elle s'attendait à ce que les gens, dehors, se ruent à l'intérieur. Qu'est-ce que tu as au visage ?

— J'ai pris une porte, répondis-je, ébahie de voir celui de Barbara, qui s'était peint deux bandes bleues sur chaque joue. Que se passe-t-il ?

Je me faufilai dans l'entrebâillement. Barbara referma la porte et retourna la pancarte PARTIS DÉJEUNER, bien qu'il ne fût pas tout à fait 11 h 30.

— Dieu merci, te voilà… Annabel te réclame, dit-elle en faisant de grands gestes en direction de la porte qui donnait sur le couloir. Elle a eu un terrible accident.

35

Tony, Edward et Pete se tenaient groupés sur le pas de la porte qui donnait sur le sous-sol. Ils affichaient un air angoissé. Le vélo rose de Barbara était couché sur le côté, dans le couloir.

Je posai une main sur le bras de Tony.

— Que s'est-il passé ?

— Les ambulanciers sont…

— Elle s'est pris les pieds dans le vélo de Barbara, voilà ce qui s'est passé ! dit Pete.

— Je ne le mettrai pas dehors, rétorqua Barbara avec colère. On me le volerait.

— Où étais-tu passée, bon sang ? me demanda Pete.

— Elle aidait la police dans le cadre d'une enquête, dit Probes, apparaissant comme par magie à mes côtés. Je crains de n'avoir été contraint de vous l'emprunter.

Pete jura tout bas.

— Quel genre d'enquête, inspecteur ? Est-ce que je peux vous être utile ?

— Pendant que vous discutez, tous les deux, je vais aller voir Annabel, dis-je comme une pensée me venait à l'esprit.

Était-il possible que l'accident d'Annabel soit lié à la dagyde écrasée que j'avais en ma possession ?

Du haut de l'escalier, on ne voyait pas grand-chose dans la pénombre du sous-sol. Je distinguais deux hommes en blouse blanche. Le corps massif de Steve s'étendait sur presque toute la largeur de la kitchenette. Il était à genoux, maladroitement penché au-dessus de ma collègue. La porte du sous-sol qui donnait sur l'extérieur était ouverte, et Tom, dans l'embrasure, s'apprêtait à la mettre sous oxygène.

Je rassemblai mon courage et descendis l'escalier raide et branlant, prenant soin d'éviter l'unique chaussure marron au talon compensé de sept centimètres sur la troisième marche.

On étouffait dans la kitchenette exiguë, qui empestait la sueur. C'était Steve, qui transpirait abondamment sous sa blouse blanche. Je regardai par-dessus son épaule et vis Annabel étendue sur le dos, la tête vers la porte ouverte du sous-sol. Elle avait une mine épouvantable.

Steve se tourna vers moi. Son visage s'éclaira.

— Oh, bonjour ! Vous vous souvenez de moi ? Steve ? Nous nous sommes rencontrés sur le site de l'accident de la moissonneuse-batteuse et du scooter. C'est un vilain bleu que vous avez là. Vous voulez… ?

— Annabel ! m'écriai-je, adressant à Steve un bref hochement de tête. C'est moi, Vicky…

— J'ai téléphoné à la *Gazette*, continua Steve d'un ton enjoué. La réceptionniste ne vous l'a pas dit ?

— Pourrions-nous parler de ça plus tard ? lui demandai-je, indiquant Annabel d'un geste. Mon amie est blessée.

— Ma chaussure… Oh, Vicky, gémit Annabel, levant une main dans un geste pathétique pour me saluer.

Tom lui fit aussitôt poser le bras et lui plaqua un masque à oxygène sur le nez et la bouche.

— Ne bougez pas, dit-il sèchement. Steve, ajouta-t-il du même ton brusque, concentre-toi ! On est en train de travailler. Prends ça…

Il lui tendit quelque chose qui ressemblait à un long ballon dégonflé.

— Plus tard, me dit Steve avec un clin d'œil.

Il reporta son attention sur sa patiente, et lui enveloppa adroitement la jambe dans la gaine en caoutchouc.

— Prêt à pomper ! cria-t-il.

— Tom ? fit Probes, qui était descendu derrière moi sans que je m'en rende compte. Quel est le diagnostic pour la jambe de la jeune femme ?

— Nous ne pouvons pas en être sûrs avant de lui avoir fait passer une radio.

— Je vais prévenir sa famille, dit Probes.

— Son père est en mer, il est dans la marine, dit Pete, qui se tenait au milieu de l'escalier. Sa mère est partie avec le vétérinaire du coin. Annabel est pour ainsi dire toute seule.

Cette nouvelle me surprit. Peut-être était-ce le sombre secret auquel elle avait fait allusion ?

Annabel se remit à gémir, et marmonna quelque chose d'incohérent.

— Qu'est-ce qu'elle essaie de dire ? demandai-je.

— Elle n'arrête pas de délirer au sujet d'une Folie, dans les bois.

— Ah, oui, la Folie !

Merci, madame Evans...

— C'est tout ?

— Elle a mentionné une poupée, répondit Steve en étendant Annabel sur la civière. Une histoire de menace de mort.

— Une poupée ?

Probes se tourna vers moi. Nos regards se croisèrent. Il haussa les sourcils, et nous échangeâmes un hochement de tête complice.

— Est-ce qu'elle l'a décrite ?

Steve haussa les épaules.

— Ça m'a paru bizarre... Elle a dit que la poupée avait une épingle à chapeau enfoncée dans l'œil.

— J'aimerais que nous nous penchions sur la question, me dit Probes à voix basse.

— Bonne idée.

— Nous allons l'emmener par-derrière, dit Tom. Steve, amène l'ambulance dans la ruelle.

Ils firent passer la civière sur laquelle Annabel était étendue au-dessus du mur puis la déposèrent dans l'ambulance. Une fois l'effervescence retombée, Probes, Pete et moi regagnâmes l'accueil.

— Cela vous dérange si je vous emprunte encore un peu Vicky, monsieur ? demanda Probes. Nous n'aurions besoin que de quelques minutes.

— J'ai plein de choses à faire, dis-je, espérant de tout cœur que Pete vienne à ma rescousse. Brian Dickson n'est pas enterré à l'église de Saint-Pierre-Martyr, cet après-midi ?

Probes toussota, l'air gêné.

— Ce n'est pas aujourd'hui. J'ai bien peur de ne pas pouvoir dire pourquoi.

Pete devint rouge comme une tomate.

— Vicky, je peux vous dire un mot ? dit-il en m'entraînant à l'autre bout de l'accueil. Bon, écoutez-moi bien, chuchota-t-il. Tout cela ne me plaît pas plus qu'à vous. Ce foutu flic nous a à l'œil. Je crois qu'il sait que je payais Brian. C'est pour ça que Brian ne va pas être enterré tout de suite.

Les pots-de-vin avaient-ils indirectement causé la mort prématurée de Brian ? Il n'y avait rien d'étonnant à ce que Pete soit inquiet.

— Vous croyez que… ?

— Chut ! siffla Pete, pointant le doigt en direction de Probes, qui avait l'air fasciné par l'un des gros titres de Gipping – LA TRAGÉDIE DE LA TOUR DE LA VALLÉE DE LA PLYM – encadrés au mur. Ce flic a quelque chose de louche, et je veux découvrir de quoi il s'agit.

J'étais totalement d'accord. J'avais beau trouver que Pete était tordu, son instinct de journaliste était très sûr.

Il se pencha vers moi, me faisant profiter au maximum de sa mauvaise haleine, et ajouta :

— Comme Annabel n'est pas là, il va falloir que tu t'en charges. C'est un homme, pour l'amour du ciel ! Flirte avec lui. Fais en sorte qu'il se dégèle un peu. Montre-lui ta petite culotte, tu vois ce que je veux dire ?

Je voyais très bien ce qu'il voulait dire – en théorie – mais mettre cela en pratique était une autre histoire. Pete et moi rejoignîmes Probes, qui était toujours plongé dans la contemplation de la coupure de presse.

— Vicky, et si tu emmenais monsieur l'inspecteur à La Bouilloire de cuivre pour avoir un peu d'intimité ? suggéra Pete. La *Gazette* paiera vos rafraîchissements.

— Monsieur l'inspecteur ? dis-je d'un air faussement timide, m'approchant furtivement de lui. Allons-nous-en de cette maison de fous ! Je suis tellement affamée que je pourrais défaillir.

— Eh bien… d'accord… si vous insistez.

Probes avait l'air mal à l'aise.

Déjeuner à La Bouilloire de cuivre me donnerait l'occasion de voir comment allait Topaz. J'étais contente qu'elle n'ait pas atterri à l'hôpital. Je savais que j'avais été dure avec elle mais, parfois, un peu d'amour vache s'impose. Nous avons tous besoin d'amis – en particulier d'amis qui aient accès au grand public. M. Tout-le-monde peut vous en apprendre beaucoup sur ce qui se passe dans une ville.

Quand nous entrâmes dans le salon de thé, mon estomac gargouilla. Je mourais de faim.

36

Quand Topaz nous vit entrer ensemble, Probes et moi, elle devint livide. J'étais contente de constater qu'elle avait fait un petit effort vestimentaire. Sa robe en serge vert olive, quoique tachée, était repassée, et sa charlotte en dentelles était d'un blanc immaculé. Mon petit laïus d'encouragement l'avait manifestement arrachée à sa torpeur.

— Bonjour, Topaz ! Une table pour deux ?

Elle tourna immédiatement les talons et disparut dans la cuisine, derrière le rideau de franges.

— Elle est affairée, aujourd'hui, dis-je pour justifier sa grossièreté éhontée.

Probes retira son casque et se mit à en tripoter nerveusement le bord.

— Nous ferions peut-être mieux d'aller ailleurs ?

Je balayai la salle du regard et me réjouis de voir trois clients assis à une table, dans un coin – M. et Mme Errol Fairweather et Mlle Mary J. Larch. Je leur souris pour leur montrer que je les reconnaissais, mais ils m'ignorèrent ostensiblement. C'étaient probablement les trois personnes endeuillées les plus malheureuses d'Angleterre. Parfois, je me demandais si les gens me voyaient comme le mauvais présage d'une catastrophe imminente.

Je reportai mon attention sur Probes.

— Asseyons-nous quand même. Topaz me garde toujours une table.

Je le menai à la table à côté de la fenêtre. Probes avança ma chaise pour que je m'asseye la première – un geste agréable, à notre époque –, puis il prit place en face de moi. Je soulevai ma chaise sous mes fesses et traînai ma chaise de l'autre côté de la table pour aller m'asseoir à côté de lui.

— C'est pour qu'on ne puisse pas nous entendre, dis-je en réponse à son air surpris.

Il s'écarta de moi de quelques centimètres. Je me dis qu'il fallait que j'y aille mollo avec lui, parce que c'était un lieu public et qu'il était de service.

Quelques instants plus tard, Topaz nous rejoignit. Refusant de nous regarder l'un et l'autre, elle se contenta de poser brusquement deux menus sur la table.

— Bonjour, Topaz ! dis-je joyeusement. Les affaires reprennent, on dirait… Qu'est-ce que tu nous conseilles de bon, aujourd'hui ?

— Le cake aux fruits, répondit-elle d'un air renfrogné. J'ai des problèmes en cuisine.

— Parfait ! m'exclamai-je avec un grand sourire. Du cake aux fruits et du thé, dans ce cas.

— Et lui ? lança-t-elle d'un ton hargneux.

Je commençais à regretter de m'être inquiétée pour elle, mais j'étais bien décidée à rester aimable. Puis, soudain, je me rappelai qu'elle avait catégoriquement renié la conversation lesbienne torride que nous avions eue l'autre soir, aux Trois Fûts. Quel horrible manque de considération de ma part ! Bien sûr ! Elle était jalouse de ma relation avec Probes. Elle croyait probablement ne pas se soucier de moi, jusqu'à ce qu'elle me voie entrer avec quelqu'un d'autre. *Mon Dieu !* C'était formidable ! Je n'avais encore jamais été au cœur d'un triangle amoureux.

J'indiquai Probes d'un geste et dis :

— Tu te souviens de l'inspecteur Probes, n'est-ce pas ?

— Non, répondirent en chœur Topaz et Probes.

Tous deux rougirent. Je les regardai tour à tour, avec une méfiance croissante. Probes examina ses ongles, et Topaz tira sur la même mèche de cheveux agaçante qui dépassait toujours de sa charlotte en dentelle. Je repensai au clin d'œil qu'elle lui avait adressé au journal, après le cambriolage, et les pensées commencèrent à se bousculer dans ma tête.

— Écoutez, je sais que vous vous êtes déjà vus, parce que j'étais là, à l'accueil du journal, quand vous vous êtes rencontrés ! dis-je sèchement.

S'il y a bien une chose que je ne pouvais pas supporter, c'était quand des menteurs amateurs essayaient de duper une professionnelle.

— Je me fiche complètement que vous vous connaissiez, je voulais juste être polie.

— Ah ! ça me revient, maintenant, dit Topaz, écarquillant les yeux. Après le cambriolage ?

— Ah oui, voilà quand c'était ! fit Probes avec un rire bizarre qui se termina par un grognement.

Tous deux gloussèrent et firent un cinéma, à grand renfort de *Eh bien, ça alors !* et *J'avais oublié !* et *Je perds la tête !* et *C'est l'âge !*

— Très bien, maintenant que tout est clair, dis-je froidement, tu pourrais peut-être nous apporter du thé ?

— Bien sûr.

Topaz fit volte-face et repartit vers la cuisine.

— Ça la rend jalouse de me voir avec d'autres hommes… ou d'autres femmes, d'ailleurs. Les relations sont tellement compliquées ! Vous avez une petite amie ?

— J'ai bien peur de ne pas être là pour bavarder, répondit Probes d'un ton brusque. Les freins de son scooter ont été délibérément coupés. C'était un meurtre.

— Un meurtre ?

J'étais choquée. Comment Probes pouvait-il rester assis là, me regarder droit dans les yeux, et faire comme s'il n'avait rien à voir là-dedans ?!

— Pourquoi qui que ce soit aurait-il voulu tuer Brian ?

— J'espérais que vous pourriez me le dire, répondit Probes, me regardant fixement, sans ciller. Nous pensons qu'il y a un lien entre cela et la mort de sir Hugh Trewallyn.

— Sir Hugh a fait une crise cardiaque, dis-je d'un air innocent.

— Mademoiselle Hill, je ne suis pas tout à fait franc avec vous…

Il jeta un coup d'œil par-dessus son épaule, en direction de la cuisine, et baissa la voix pour se mettre à chuchoter.

— Je suis venu à Gipping pour une autre raison.

— Ah ?

Je me forçai à sourire mais eus l'impression que mon cœur s'était arrêté de battre.

— Dans le cadre d'une enquête plus large, dont je ne suis pas libre de discuter pour le moment.

— Je ne vois pas en quoi je pourrais vous être utile.

Je me cramponnai à la table de peur de tomber littéralement de ma chaise. *Il est au courant, pour mes parents ! Il est au courant !*

— Quand avez-vous vu Brian en vie pour la dernière fois – à part quand il était allongé sur la civière ?

Zut ! Je pouvais difficilement admettre que j'avais vu Brian à la *Gazette* ou, pire encore, qu'il s'était enfui de la morgue en me voyant arriver !

— Brian et moi n'avons jamais été officiellement présentés.

C'était la stricte vérité.

— Il vous a pourtant reconnue, insista Probes, exaspéré.

Je haussai les épaules.

— Comme je vous l'ai peut-être déjà dit, je suis assez connue du grand public.

Probes sortit son carnet et l'ouvrit d'une chiquenaude.

— Nous devons reconstituer le dernier trajet de Brian, dit-il en sortant un crayon de sa poche de poitrine. L'accident a eu lieu à 16 h 45. Par conséquent, nous savons qu'il a quitté la morgue avant la fin de sa journée de travail, ce qui ne lui ressemblait pas. Où étiez-vous ?

— J'aidais Barbara à faire son classement.

— Mlle Meadows affirme que vous êtes partie peu avant 16 h 30, et que vous étiez pressée.

Bon sang de bonsoir, que le diable emporte Barbara ! Je sentis le rouge me monter aux joues.

Franchement, monsieur l'inspecteur, c'est sûrement Sharpe, le médecin légiste, que vous devriez interroger, plutôt que moi.

— Apparemment, M. Sharpe est en vacances. Il est parti ce matin.

— Tout seul ?

— Pourquoi cette question ? demanda Probes d'un ton brusque.

— Sans raison.

— Si vous faites de la rétention d'informations, mademoiselle Hill, vous risquez d'avoir de gros ennuis.

— Et voilà ! fit Topaz en me donnant un coup de coude dans la tête.

Probes et moi nous écartâmes vivement l'un de l'autre tandis qu'elle posait violemment le plateau entre nous, sur la table, renversant une bonne dose de thé dans les deux soucoupes fêlées.

— Vous voulez payer tout de suite ?

— Je peux avoir une facture ?

— Laissez-moi vous inviter, dit Probes, qui avait déjà sorti un billet de cinq livres. Topaz le lui arracha des doigts sans un mot et se dirigea vers la caisse enregistreuse, à côté de la porte.

— Voilà votre monnaie, dit-elle en revenant, brandissant une main entre nous comme un couteau.

Elle se pencha en avant et siffla à l'oreille de Probes :

— Comment as-tu *pu* ?

Là-dessus, elle repartit d'un air furibond.

— Je me passerai de thé, dit Probes, qui avait l'air agité et renversa la salière.

Il se leva.

— Je suis désolé. Je viens de me rappeler qu'il fallait que je retourne au poste. Si quoi que ce soit vous revient en mémoire, vous savez où me trouver.

Profondément perturbée, je regardai Probes quitter le salon de thé, puis s'arrêter pour parler à quelqu'un, au-dehors. Collant le nez contre la vitre, je vis Topaz et lui plongés dans une conversation animée. Je me levai d'un bond et me dirigeai à grandes enjambées vers le portemanteau à gauche de la porte vitrée. Entendre ce qu'ils disaient était impossible, mais je voyais bien que Topaz était en colère. Elle agitait les mains en tous sens quand soudain, à mon grand étonnement, Probes les prit dans les siennes et l'attira vers lui pour déposer un baiser sur le sommet de sa charlotte en dentelle.

Je regagnai furtivement ma table, absolument anéantie. Même si je n'avais eu confiance ni en l'un ni en l'autre, je me sentais doublement trahie. *À moins que...* La pensée semblait ridicule. Se pouvait-il que Probes envoûtât toutes les femmes de Gipping ? J'avais raison de me méfier de lui. Cependant, la question demeurait entière : que pouvaient bien fabriquer ces deux-là ? Pourquoi tous ces mystères ? Pourquoi faire semblant qu'ils ne se connaissaient pas ?

J'eus envie de rentrer sous terre en repensant à tous les sous-entendus sexuels que j'avais faits au sujet de Topaz lors de mes conversations avec Probes, et à mon prétendu rendez-vous galant aux Trois Fûts. C'était tellement humiliant ! J'avais cru Topaz follement amoureuse de moi. Les deux tourtereaux avaient dû bien rire à mes dépens !

J'étais bien décidée à lui demander des explications.

Par chance, les Fairweather avaient fini de manger et ils se dirigeaient vers la caisse pour payer. Topaz rentra, prit leur argent sans même un sourire ou un *Merci*, puis elle disparut aussitôt derrière le rideau de franges en plastique, dans la cuisine.

Furieuse, je me levai, me dirigeai d'un pas vif vers la porte, et retournai la pancarte pour indiquer que l'établissement était fermé.

Topaz se tenait devant l'évier de la cuisine, dos tourné à moi.

— Topaz, j'ai deux mots à te dire.

Elle se retourna, et je fus surprise de voir qu'elle avait le visage tout marbré d'avoir pleuré.

— Qu'est-ce qui se passe ? lui demandai-je, la prenant par le bras et l'entraînant vers la cheminée victorienne pour la faire asseoir dans l'un des vieux fauteuils.

Je m'assis dans l'autre. Pantoufle ronflait dans son panier, dans le coin.

— Est-ce que le flic a dit quelque chose qui t'a fait de la peine ? demandai-je.

Topaz fronça les sourcils et secoua la tête. Elle souleva sa robe en serge, farfouilla dessous un moment, et finit par sortir un mouchoir en tissu d'une poche cachée.

— Tu sais, dans mon métier, j'ai tout le temps affaire à la police, dis-je. Les flics peuvent être des brutes sans cœur. Il a bien dû dire *quelque chose*.

— Oh, Vicky, tu es tellement gentille avec moi ! Le problème, c'est que…

Topaz renifla.

— On m'a dit de ne pas parler aux journalistes.

— Mais je ne suis pas seulement une *journaliste*, nous sommes amies !

Honnêtement, nous autres, journalistes d'investigation, avions un travail assez dur comme cela.

— Ne pas parler aux journalistes… Je n'ai jamais rien entendu d'aussi ridicule. Tu sais ce que je crois ?

Elle secoua tristement la tête.

— Je crois que Probes est amoureux de toi.

— Oh, mince alors !

Elle écarquilla les yeux.

— Comment l'as-tu deviné ?

— C'était assez évident.

— J'étais sûre que Colin vendrait la mèche, dit-elle avec un soupir. Je t'en prie, ne sois pas fâchée, Vicky.

Colin ! Comment aurais-je pu ne pas l'être ? J'avais été bernée, et je n'avais rien vu venir. Même si je n'étais pas convaincue par l'idée des amours saphiques, franchement, je me sentais lésée.

— Pourquoi m'avoir menée en bateau ? Pourquoi avoir prétendu que tu voulais récupérer Dave Randall ?

— C'est une longue histoire.

— Parle, je t'écoute, fulminai-je. *Tout de suite !*

Topaz prit une profonde inspiration.

— Colin et moi sommes cousins germains. Nous avons grandi ensemble, au Kenya. Ma tante était la sœur de son père.

— Et alors ?

— Cela signifie que nous ne pourrons jamais nous marier.

— Ne sois pas stupide ! m'exclamai-je. Nous sommes au XXIe siècle.

Topaz secoua la tête d'un air triste.

— Ma tante et mon oncle Henry – le père de Colin – avaient une horrible maladie cardiaque génétique… Quant à ma grand-mère, qui avait adopté les coutumes locales, elle a fini dans un asile d'aliénés.

Pantoufle, percevant la tension entre nous, quitta péniblement son panier et s'approcha de nous en se dandinant. Ce chien avait quelque chose qui me turlupinait, mais je n'aurais pas su dire quoi, exactement. Comme il enfonçait sa truffe veloutée au creux de la main de Topaz, la vérité m'apparut subitement.

— Tu es la nièce ! Ethel Turberville-Spat !

Je n'arrivais pas à le croire.

Topaz hocha la tête d'un air malheureux.

— Mais pourquoi avoir pris un autre nom ? Et pourquoi cette affreuse perruque ?

Tout en caressant Pantoufle, Topaz m'expliqua :

— Je ne voulais pas que quelqu'un me reconnaisse. Surtout pas Dave Randall. Nous avons eu une brève aventure, en avril dernier, quand je logeais au Manoir, mais ça a fini en eau de boudin. Par la suite, j'ai appris que Dave couchait avec *elle*.

Cela expliquait assurément pourquoi Dave n'avait jamais entendu parler de Topaz Potter.

— Pourquoi ce déguisement ?

— J'étais à l'enterrement de Maurice Wheeler quand Tatie est morte.

— Tu viens de me dire qu'elle avait une maladie cardiaque.

— Oui, mais ce n'est pas ça qui l'a tuée. Je l'ai senti, ici…

Elle se martela la poitrine.

— C'est pour ça que je suis ici incognito et que je fais semblant d'être une serveuse. Il ne faut pas que l'on me reconnaisse.

— Et le salon de thé ?

— Tatie me l'a légué. Autrefois, c'était…

— Une boutique d'articles d'occasion vendus au profit des aveugles. Je sais.

Cela expliquait l'absence de talents culinaires de Topaz.

Elle m'attrapa la main et dit d'un ton pressant :

— Vicky, je sais qui a assassiné ma tante. Je ne peux pas le prouver, c'est tout.

— Qui est-ce ?

— Lady Trewallyn et ses disciples !

— Topaz, dis-je d'une voix douce, ton oncle Hugh n'avait même pas encore rencontré Katherine Vanderkamp quand ta tante est morte.

Elle eut un air déçu.

— Tu en es *sûre* ? Il avait pourtant toujours une maîtresse sous le coude. Si ce n'était pas *elle*, qui était-ce, alors ?

— Katherine a rencontré ton oncle lors d'une croisière à peu près un mois après l'enterrement de ta tante. Je l'ai lu dans les archives de la *Gazette*. Si tu veux être journaliste d'investigation, il faut que tu vérifies plusieurs fois tes sources avant de porter des accusations extravagantes.

— Je *suis* sûre de mes sources ! protesta Topaz, levant le menton d'un air de défi. Ma tante était terrifiée. Elle m'a dit qu'elle s'était promenée tard dans la nuit, une fois, et qu'elle avait vu quelque chose se passer dans les bois. Il y avait de la lumière dans la Folie de Hugh. Des silhouettes encapuchonnées, même !

Des silhouettes encapuchonnées ! D'autres visions dans les bois !

— Est-ce qu'elle en a parlé à ton oncle ?

— Il lui a répondu qu'elle imaginait des choses, s'écria Topaz. Elle en a même parlé à Tonton Henry. Il connaît un gros bonnet à Scotland Yard, alors quand elle est morte, il s'est débrouillé pour faire envoyer Colin ici, pour qu'il enquête.

Ce n'était pas étonnant que les forces de l'ordre se plaignent de manquer de fonds, si elles envoyaient leurs hommes à la chasse au dahu.

— Et puis, certains bijoux de famille ont disparu…

Elle toucha le médaillon victorien qu'elle avait autour du cou.

— Une grande fontaine à thé très précieuse de style George III, des pièces d'argenterie prises dans la vitrine en noyer du salon, ce genre de choses.

— Le monte-en-l'air de Gipping, dis-je d'une voix monocorde. Ton oncle n'a pas signalé les vols ?

— Le temps qu'on s'en aperçoive, il était déjà parti pour sa maudite croisière.

Les yeux de Topaz s'emplirent de larmes.

— Tonton Hugh n'en avait rien à faire. Il ne l'a jamais vraiment aimée.

L'espace d'un instant, je me demandai si Topaz était capable d'avoir tué sir Hugh. Probes était peut-être dans le coup aussi ? Ils avaient tous les deux grandi en Afrique. Ne devaient-ils pas s'y connaître, en sorcellerie ? Ce serait certainement une explication au comportement bizarre de Probes avec la dagyde de Brian. Cela expliquait aussi pourquoi Topaz essayait de faire accuser Katherine. Elle aurait aisément pu enfoncer les plumes dans la bouche de sir Hugh et déposer les cadavres de poulets dans les poubelles du Manoir et sur le lit de Dave !

— Je ne comprends toujours pas pourquoi tu voulais que je couche avec Dave, dis-je.

— Pour l'amour du ciel, il sait *forcément* ce qui se passe ! Il *habite* dans les bois !

Topaz marqua une pause pour reprendre son souffle.

— Si tu couches avec lui, tu pourras découvrir ce qu'il en est.

Elle n'avait pas tort. Tout le monde connaît le pouvoir des confidences sur l'oreiller.

Je me levai et me dirigeai vers la porte. Topaz vint se poster devant moi pour m'empêcher de partir. Ce n'était pas la première fois qu'elle faisait cela. Je me sentais très mal à l'aise.

— Nous pourrions rédiger l'article ensemble !

— Bonne idée…

Jamais de la vie.

— … mais pour le moment, j'ai besoin que tu sois mon espionne sur la Grand-Rue.

— D'accord ! dit Topaz, dont le visage s'éclaira. J'ai failli oublier de te dire ce que j'ai vu l'autre soir…

— Vas-y.

— Barbara et un homme chauve flippant ont déposé une énorme marmite au journal.

— Merci, Topaz. Au revoir.

— Tu vois ! Tu as *besoin* de moi, Vicky !

Les histoires d'amour de Barbara ne m'intéressaient pas plus que les problèmes familiaux de Topaz. Je devais remettre mon article deux jours plus tard, et je n'avais absolument rien de concret.

En dépit de tout ce qui s'était dit, je restais persuadée que lady Trewallyn était une sorcière, très douée pour couvrir ses arrières. Il fallait que je me débrouille pour aller dans les bois des Trewallyn, pour chercher des indices.

Soudain, j'eus une idée brillante. Annabel était en sécurité à l'hôpital. Sa voiture était garée devant la *Gazette*. Pourquoi ne pas la prendre pour aller faire une petite virée nocturne ?

37

Je n'eus aucun mal à faire démarrer la BMW d'Annabel en trafiquant les fils. Je battis mon propre record de deux minutes et cinq secondes. Je retrouvai aussi ma montre : elle était cachée dans la boîte à gants, ce qui eut tôt fait de chasser les scrupules que j'avais à prendre la voiture.

Barbara était aux toilettes quand je m'en allai. Personne ne me posa de questions. Je me contentai de dire à la cantonade qu'Annabel m'avait demandé de passer au Beaver Lock Lodge prendre quelques affaires pour son séjour à l'hôpital.

La chance fut également de mon côté sur Rumble Lane. Mme Poultry m'avait annoncé pendant le petit-déjeuner qu'elle rentrerait tard, le soir même. *Vous pouvez avoir un double des clés*, avait-elle ajouté sombrement, *mais je veux le récupérer demain matin sans faute.*

Quand j'entrai dans la maison, je fus accueillie par une délicieuse odeur de hachis Parmentier.

J'en eus l'eau à la bouche. D'habitude, la porte de la cuisine était fermée, mais ce soir, elle était grande ouverte. L'espace d'un merveilleux instant, je crus que ma logeuse m'avait laissé de quoi dîner ; mais sur la table, un petit mot disait simplement : *Ne touchez pas à mon hachis.*

Au moins, son absence signifiait que j'allais pouvoir me faire des tartines grillées. Papa soutenait toujours que c'était un suicide professionnel que de partir pour un boulot de nuit le ventre vide.

Comme je n'avais pas le regard parcimonieux de Mme Poultry rivé sur moi, j'étalai une épaisse couche de beurre sur deux tranches de pain, y ajoutai trois généreuses cuillères à café de confiture de fraises, et les engloutis avec voracité.

Après avoir soigneusement lavé mon assiette et vérifié qu'aucune miette ne traînait, je versai un peu d'eau dans le pot de confiture et le secouai énergiquement pour que le niveau de son contenu semble n'avoir pas diminué.

En tant qu'ancienne éclaireuse, je menais ma vie selon la devise : *Soyez toujours prête !* Dans cette optique, je pris mon unique ensemble de lingerie osé, de la collection Millénium de nuits de folie de Marks & Spencer, et j'en retirai l'étiquette. Dave et moi avions planifié de faire l'amour le lendemain, mais j'étais tout à fait sûre que cela ne le dérangerait pas que j'arrive plus tôt que prévu.

Par-dessus mes sous-vêtements, j'enfilai une paire d'épais collants noirs puis un legging noir, un maillot de corps Thermolactyl sous un pull à col roulé noir, et une paire de baskets. Le mieux, c'était d'avoir enfin l'occasion de mettre la cagoule que Papa m'avait offerte pour Noël.

Je mis mon Canon Digital Rebel – que j'avais récupéré chez Ken's Kamera dans l'après-midi – dans un petit sac à dos en Nylon, avec une lampe de poche et un Kit Kat.

De retour en bas, je regardai mon reflet dans le miroir de l'entrée et fus ravie de constater que je ressemblais un peu à Catwoman. Cette tenue élégante mettait en valeur ma silhouette. Contrairement à Annabel, qui devait faire du 90E et était lourde du haut – la pauvre fille –, mes hanches et mes seins paraissaient parfaitement proportionnés. Sans vouloir me jeter des fleurs, j'étais franchement irrésistible. Dave était un sacré veinard !

C'était un plaisir de conduire la BMW d'Annabel. Arrivée à la hauteur du panneau indiquant le Cricket Pavilion, je m'engageai sur le chemin étroit. Le faisceau lumineux des phares de la voiture créait un étrange tunnel, et éclairait des branches cassées et des grosses pierres, çà et là.

Sur la gauche, juste avant la flaque géante qu'Annabel avait traversée si imprudemment, dans un vrombissement de moteur, une Harley Davidson noire était appuyée contre un arbre. Mon ventre se noua. C'était un soir de pleine lune. Bien sûr, la congrégation devait se réunir !

Je fis marche arrière, laissai la BMW dans le sous-bois, et décidai de continuer ma route à pied.

Quand j'arrivai dans la clairière devant le Cricket Pavilion, je crus mourir d'excitation. Trois voitures étaient garées là – une Golf Polo cabossée, une Ford Fiesta noire, et une Mazda blanche ornée d'un autocollant sur lequel il était écrit : LES FERMIERS DE LA VALLÉE DE LA PLYM LE FONT DANS LES GRANGES.

Mme Evans voulait sans doute parler du pavillon, et non de la Folie. Je m'approchai sur la pointe des pieds. En effet, j'entendis le murmure de plusieurs voix, à l'intérieur.

Le cœur battant la chamade, je montai l'escalier en bois à pas de loup jusqu'au porche délabré. Par chance, les fenêtres étaient barricadées avec des planches. Je me dirigeai tout doucement vers la porte d'entrée et me faufilai à l'intérieur sans être vue.

Les idées de gros titres se bousculaient dans mon esprit de journaliste. BOURGADE SOMNOLENTE OÙ RÈGNE LA SORCELLERIE : UNE EXCLUSIVITÉ DE VICKY HILL ! Ou, s'ils étaient au beau milieu de leurs ébats : ORGIE DÉCOUVERTE AU CRICKET PAVILION – LE SECRET MORTEL DE GIPPING.

Les voix venaient de derrière une porte à deux battants qui donnait sur le grand hall. Des rayons de lune éclairaient, sur la gauche, une petite cuisine jonchée de détritus et, à ma droite, un escalier étroit. Dans bon nombre de ces vieilles salles communales, il y avait une tribune des musiciens. Si mon intuition était bonne, un balcon de ce type me donnerait une vue imprenable. J'ondulai jusqu'en haut de l'escalier et m'accroupis derrière la balustrade, contente d'être tout en noir. J'étais totalement invisible.

La pièce en dessous de moi était éclairée par des dizaines de bougies. Sept silhouettes vêtues de capes noires à capuche étaient assises en cercle sur des cageots retournés, buvaient de la Heineken et se passaient un paquet de chips de taille familiale. L'un de ces personnages avait une faucille brodée au dos de sa cape. Une huitième personne se tenait en dessous de moi, debout devant la porte à deux battants, et fumait une cigarette. Il n'y avait aucun signe de lady Trewallyn, ni des cinq sorciers qu'il manquait pour arriver au nombre magique de treize, mais il n'était pas encore minuit.

Contre le mur du fond était placée une table à tréteaux tendue de tissu noir – l'autel, de toute évidence. Je ne voyais aucun autre équipement occulte – ni chaudron, ni instruments de torture, ni aucun de ces pauvres poulets –, mais je me dis qu'ils devaient les conserver sous clé et les sortir quand ils passaient aux choses sérieuses.

Je me préparai psychologiquement à être témoin d'atrocités. Il y aurait sans aucun doute une orgie, même si, franchement, le sol avait l'air un peu dur, bien qu'il fût couvert de sciure.

Ce n'était pas exactement ce à quoi je m'étais attendue, mais c'était ainsi, de nos jours. Il s'agissait de sorcellerie moderne, après tout.

Je sortis tout doucement mon appareil photo de mon sac, pour me tenir prête à prendre une photo choc, puis je m'installai et attendis. Je savais que je n'aurais qu'une chance, et je me demandais ce qui serait le plus provocateur et donc le mieux en première page : une orgie entre les citoyens de Gipping, ou une lady Trewallyn toute nue, éclaboussée de sang, tenant en l'air un poulet sacrifié ?

— Il est presque 22 h 15, ronchonna une voix de femme qui avait un cheveu sur la langue. Moi, je dis que nous devrions commencer sans lui.

— Je me gèle les couilles, dit l'homme qui se trouvait en dessous de moi, passant d'un pied sur l'autre. S'il n'est pas capable d'être là à l'heure, il est viré.

À ce moment-là, on frappa fort, trois fois, à la porte, en bas.

— Tu es en retard ! gronda l'homme. Le mot de passe ?

— Oh, c'est bon ! Flash Éclair.

Un homme trapu entra à grandes enjambées. Il arborait une impressionnante moustache en guidon. Son crâne rasé brillait à la lueur des bougies.

— Pour l'amour du ciel, mets ta capuche ! dit sèchement Cape à Faucille en se levant. C'est une réunion top secrète.

— Pas si secrète que ça, dit le nouveau venu. Il y a une putain de BMW cachée dans le sous-bois.

— Qu'est-ce que tu racontes ? demanda l'homme qui se gelait les couilles.

— Oh, merde ! C'est cette journaliste, dit Miss Zozote. Annabel Lake !

— Celle qui a des gros seins ? fit une autre voix d'homme.

— Tu m'avais dit que tu t'en étais occupée.

— J'ai mis la poupée sur son lit comme tu me l'avais dit, dit Miss Zozote. Barry et moi…

— Pas de prénoms ! lança Cape à Faucille. Est-ce que vous avez trouvé les plans et… ?

Soudain, un éclair aveuglant de lumière phosphorescente illumina l'intérieur du pavillon. Quelqu'un s'écria :

— C'est elle ! Elle est là !

Les bougies furent éteintes précipitamment et la pièce se trouva plongée dans l'obscurité, tandis que des cris d'affolement s'élevaient :

— Dispersez-vous !

— Chopez cet appareil photo !

— Le flash venait de là-haut !

Je m'immobilisai. *Zut, merde, et maudit soit Ken's Kamera !* Je n'avais même pas appuyé sur le bouton ! Il s'était déclenché tout seul. Pete avait raison. Ce type était nul.

Tandis que la pièce se vidait, je me jetai par-dessus la balustrade du balcon, retombai sur le sol, trois mètres plus bas, et roulai sur le côté comme un parachutiste pour amortir ma chute. Je m'élançai ensuite comme une flèche à travers la pièce, à l'aveuglette, heurtai la table, et plongeai sous la nappe.

— Il n'y a rien là-haut ! cria une voix, vraisemblablement depuis le balcon. Je parie qu'elle est en train de courir en direction de sa voiture !

Je m'accroupis sur le sol sale, et entendis les pas s'éloigner puis une cavalcade dans l'escalier du porche. Enfin, le silence total se fit.

Je me sentais profondément découragée. Annabel courait bel et bien après le même scoop que moi, mais elle avait été imprudente. Les sorciers en savaient assez ce qu'elle manigançait pour déposer une dagyde sur son lit en guise d'avertissement.

Après avoir compté jusqu'à 750, je me dis que la voie devait être libre. Il aurait été trop dangereux de retourner à proximité de la BMW ce soir. Ils devaient la surveiller. Je décidai donc de revenir à mon plan d'origine et d'aller chez Dave Randall.

Je me sentais grisée par l'adrénaline et, même si j'étais toute tremblante parce que je venais de frôler la mort, j'étais *tout à fait* d'humeur à faire l'amour. Dave me prendrait-il dans ses bras dès qu'il ouvrirait la porte ? Est-ce qu'il… ? *Oh, mon Dieu !* Je m'arrêtai net.

Le vélo rose de Barbara était appuyé contre un arbre.

J'étais tellement choquée que je crus m'évanouir. Si Barbara avait été présente dans le pavillon, j'aurais tout de même reconnu sa voix – elle n'arrêtait pas une minute de jacasser. *À moins que*... L'idée paraissait grotesque. Et si je me trompais, et que lady Trewallyn n'était pas la Grande Prêtresse ? Peut-être – *peut-être* – que c'était Barbara Meadows.

Les répercussions que cela aurait étaient tellement énormes que j'eus soudain l'estomac noué. Barbara savait qu'Annabel était à l'hôpital. Elle saurait que quelqu'un lui avait emprunté sa voiture. Quelle était la probabilité qu'elle pense que c'était moi ?

Il me fallait absolument un alibi en béton, et je savais exactement qui cela pouvait être.

Dave Randall.

38

À mon grand soulagement, la lumière était encore allumée au Cricket Lodge. Ne voulant pas faire peur à Dave, je retirai ma cagoule, ébouriffai un peu mes cheveux, et toquai doucement à la porte.

Au bout de quelques minutes, il l'entrebâilla. Son visage se décomposa.

— Qu'est-ce que tu veux ?

— Dans une demi-heure, ce sera mercredi, dis-je, projetant ma poitrine en avant comme l'aurait fait Annabel. Je ne pense qu'à ça depuis ce baiser de dimanche soir. J'ai juste envie que tu...

— Je ne suis pas d'humeur, ce soir, m'interrompit-il avant de claquer brusquement la porte.

Pas d'humeur ? Quelle humiliation ! Faisait-il un caprice parce que j'avais refusé de coucher avec lui sur la pelouse, l'autre soir ? *Que le diable l'emporte !* J'étais à des kilomètres de chez moi, et les sorciers me cherchaient déjà. Il *devait* me laisser entrer.

Je m'apprêtais à frapper de plus belle à la porte quand j'entendis des éclats de voix – l'une de ces voix était celle d'une femme. Quel goujat !

Je contournai la maison sur la pointe des pieds jusqu'à la fenêtre de la chambre. Les rideaux étaient tirés ; il y avait bien un interstice au milieu, mais trop petit pour que je puisse voir quoi que ce soit. Je n'entendais que des bribes de la conversation, un fatras de mots : *plus jamais, une dernière fois, notre secret.*

Totalement abattue, je tournai les talons, appréhendant le long trajet à pied pour rentrer à la maison. Mes ampoules n'avaient pas cicatrisé. J'allais être estropiée à vie.

Revenant douloureusement sur mes pas, je fus surprise de constater que le vélo rose de Barbara était toujours là où elle l'avait laissé. Ses disciples avaient sûrement insisté pour la reconduire chez elle.

Je le regardai fixement pendant quelques instants. J'aurais pu prendre la vieille entrée de derrière le Manoir, dépasser la Folie, et filer à toute allure sur le chemin de halage pour regagner Rumble Lane. Le lendemain, je me lèverais de bonne heure, referais à vélo le trajet jusqu'à la BMW, et procéderais à l'échange. Facile.

Une fois que je me fus habituée au guidon élevé et à être assise très droite, je trouvai le vélo étonnamment confortable. Il n'était pas étonnant que Barbara y soit si attachée. En revanche, j'avais toujours du mal à croire que cette chère Barbara, si sympathique, fût capable de meurtre – d'orgies toute nue, oui, mais de massacre sans pitié ?

De retour sur Rumble Lane, je cachai le vélo de Barbara dans un parterre de digitales sauvages, dans le taillis, tout au bout de l'impasse.

Heureusement, Mme Poultry n'était toujours pas rentrée. Quelques minutes plus tard, j'étais confortablement installée dans mon lit. Épuisée, je ne tardai pas à sombrer dans un profond sommeil, dont je fus tirée par un fracas sonore, au rez-de-chaussée.

Il était 3 heures du matin !

Je me levai d'un bond, le cœur tambourinant dans ma poitrine. Quelqu'un essayait d'entrer par effraction.

J'ouvris la porte de ma chambre sans faire de bruit et, sur la pointe des pieds, m'aventurai sur le palier. À mon grand soulagement, j'entendis la voix de ma logeuse et celle d'un homme. *Mon Dieu !* Non seulement Mme Poultry rentrait ivre et cassait des choses en titubant, mais en plus, elle avait amené quelqu'un avec elle ! Quelle était la probabilité que ce soit Ronnie Binns ?

La chambre de Mme Poultry était juste sous la mienne. Je rentrai précipitamment dans ma chambre, pris une paire de cache-oreilles dans le tiroir de ma commode, et plongeai sous les couvertures. Les imaginer se tortiller tout nus me soulevait l'estomac. Je forçai mes pensées à se tourner vers Barbara.

Il fallait que j'infiltre la congrégation, d'une façon ou d'une autre. Barbara m'avait toujours bien aimée. Elle serait probablement ravie – surtout quand je lui avouerais que j'étais toujours vierge. Le problème, c'était que je l'aimais bien aussi, et que l'idée de la trahir me mettait un peu mal à l'aise.

Je supposai que c'était l'aspect douloureux du journalisme d'investigation, et me dis que j'étais trop fatiguée pour y penser pour le moment. Je fermai les yeux.

Le lendemain allait être une grosse journée.

39

Je n'étais pas la seule à ne pas m'être réveillée. Mme Poultry était toujours dans son lit quand je descendis, le lendemain matin. Sa nuit de passion avec Ronnie Binns avait dû l'épuiser.

Comme je prenais ma saharienne sur le portemanteau de l'entrée, je remarquai un cadenas sur la porte du sous-sol.

Mme Poultry m'avait dit qu'elle entreposait ses réserves pour son service de traiteur en bas, mais elle n'avait jamais eu de raisons de cadenasser la porte auparavant. *À moins que... Oh, mon Dieu !* J'étais prête à parier que les deux amants avaient eu une fringale pendant la nuit et qu'ils étaient descendus se faire un casse-dalle post-coïtal. Elle avait dû découvrir la confiture diluée, mais franchement, c'était le cadet de mes soucis.

Étant déjà en retard pour le travail, je ne pouvais pas aller remettre le vélo à sa place, en fin de compte. Je me hâtai d'aller à la *Gazette*, me tourmentant à propos de la façon dont j'allais bien pouvoir aborder Barbara. Je pouvais difficilement mentionner la congrégation au détour d'une conversation à bâtons rompus et lui dire que je voulais faire une demande d'adhésion.

À l'accueil, Tony, perché sur le tabouret de Barbara, derrière le comptoir, buvait tranquillement une tasse de thé et mangeait un sandwich au bacon.

— Où est Barbara ? lui demandai-je.

Il haussa les épaules et montra du doigt sa bouche pleine.

Barbara n'était jamais en retard. Elle vivait pratiquement au bureau. Et si elle avait dû rentrer chez elle à pied la veille au soir, après tout ? Il avait fait plus froid que d'habitude. D'ailleurs, beaucoup de personnes âgées mouraient d'hypothermie dans ces conditions. Les cimetières étaient pleins de tragédies hivernales.

Le téléphone sonna. Tony continua à mâcher son petit-déjeuner, décrocha et me tendit le combiné.

— *Gipping Gazette*, dis-je en le regardant d'un œil noir. Que puis-je faire pour vous ?

— Vicky ? fit une voix mélancolique à l'autre bout du fil.

Mon estomac se noua.

— Barbara ! Vous êtes malade ? Nous commencions justement à nous inquiéter pour vous.

— Mon orteil me joue des tours. Il est infecté. Je ne peux même pas porter mes pantoufles, alors marcher, n'en parlons pas…

Elle avait l'air d'être déprimée. Je me sentis coupable. De toute évidence, Barbara était *bel et bien* rentrée chez elle à pied, la veille au soir.

— … mais quelque chose d'horrible s'est produit, dit-elle en faisant un drôle de bruit de déglutition. Quelqu'un m'a volé mon vélo.

Quelle ingéniosité ! Barbara allait jouer les imbéciles.

— L'avez-vous signalé ?

— Pas de police ! s'écria-t-elle avec un soupçon d'hystérie dans la voix. Qu'est-ce que la police a à faire d'un vélo volé ?

Naturellement, elle ne voulait surtout pas que la police s'en mêle.

— Vous savez quoi ? dis-je. Je vais me renseigner discrètement, à condition que vous consultiez un médecin au sujet de cet orteil.

— Le docteur Jolly, le podologue, va arriver d'une minute à l'autre.

J'eus un autre accès de culpabilité. Si elle devait avoir recours aux aptitudes médicales de Jolly-la-Piquouse, Barbara pourrait s'estimer heureuse de conserver son orteil, en fin de compte. Je décidai de ne pas lui parler de l'oignon fatal de Mme Reynolds.

— Je dois y aller, dis-je. Je vous rappellerai plus tard au sujet de votre vélo. Au revoir.

À ce moment-là, Pete entra en trombe, agitant le talkie-walkie qu'il avait à la main.

— Où est passée la voiture d'Annabel ? Elle n'est plus dans la rue !

Je sentis le rouge me monter aux joues.

— Je l'ai conduite au garage de Ted, ce matin. Je me suis dit qu'elle serait contente que le plein soit fait.

Il appuya sur le bouton du talkie-walkie et hurla dedans.

— La voiture va bien. Maintenant, éteins ce maudit truc et fous-moi la paix cinq minutes !

Il posa brutalement le gadget sur le comptoir.

— Pas de repos pour les braves. Où est Barbara ?

— Absente, à cause de son orteil douloureux.

— Bon Dieu de bon Dieu ! Nous sommes entourés d'infirmes, ici ! grommela-t-il. Vicky, suis-moi.

Je suivis Pete dans son bureau, à l'étage, sachant pertinemment qu'il allait me demander où en était mon scoop.

— La porte ! cria-t-il.

Il alla s'asseoir derrière son bureau pendant que je fermais la porte, puis j'allai me tenir devant lui, gênée. Il s'alluma une cigarette et en tira une longue bouffée.

— Nous sommes foutus.

Je ne fis pas de commentaire. Je détestais être seule avec Pete.

— J'ai un pote. En free-lance. Il m'a appelé à 7 heures ce matin pour me dire que ce foutu *Bugle* publiait une exclusivité au sujet de Gipping dans le journal d'aujourd'hui.

Il frappa violemment le bureau du plat de la main et se leva d'un bond.

— Nous sommes la *Gazette de Gipping* ! me hurla-t-il. Si le *Bugle* nous a devancés avec une exclusivité sur la commune, nous sommes morts.

Je commençais à me sentir mal. Tout le monde s'intéressait-il donc à la même histoire que moi ?

— Vous savez de quoi il s'agit ? demandai-je prudemment.

— Si je le savais, tu crois que j'aurais cette putain de conversation avec toi ? fulmina-t-il. Il y a une taupe au sein de ce journal.

— Eh bien, ce n'est pas moi, déclarai-je avec véhémence. Je travaille toujours seule. Mes sources sont fiables à cent pour cent.

Même si d'autres journalistes étaient sur le coup, personne n'était au courant du rôle de Barbara dans l'affaire.

— Je suis sûre que personne d'autre n'a mon article. Ça va être énorme.

Pete n'avait pas l'air convaincu.

— Tu ferais mieux de me montrer ce que tu as.

Je secouai la tête.

— Sauf votre respect, Pete, ma maman – Dieu ait son âme – disait toujours : « Dites un secret à quelqu'un, et vous le dites au monde entier. » C'est comme ça que je travaille, c'est tout.

— Tu es dure en affaires, dit Pete. Très bien. Demain. À midi. Sur ce bureau, ou tu es virée. Oh ! et je veux des photos.

— Je peux de nouveau vous emprunter le Nikon, s'il vous plaît ? Vous aviez raison, Ken's Kamera est nul. Il faut que je prenne quelques derniers clichés.

— D'accord…

Pete fronça les sourcils, glissa une main dans sa poche et en sortit les clés de voiture d'Annabel.

— Attends une minute… Comment as-tu pu conduire sa BMW sans ceci ?

— J'ai pris le double dans le tiroir de son bureau, répondis-je du tac au tac en lui arrachant les clés des mains, mais je veux bien prendre celles-ci. Merci. Au revoir.

Tandis que je quittai le bureau, je sus soudain exactement comment me faire apprécier de Barbara.

J'allais lui rendre son vélo *en personne*.

40

Je retournai au petit trot sur Rumble Lane, récupérai le vélo de Barbara dans le taillis, et l'enfourchai pour faire en sens inverse le trajet que j'avais fait la veille au soir, par l'entrée de derrière du Manoir.

En voyant apparaître la Folie de Hugh au-dessus de la cime des arbres, je repensai à ce que Topaz m'avait dit. Sa tante avait vu *de la lumière dans la Folie de Hugh, des silhouettes encapuchonnées, même*. Mme Evans aussi. Puisque j'étais là, cela valait la peine que je jette un coup d'œil.

Je fus étonnée de voir que le cadenas pendait à sa charnière. Je restai immobile et tendis l'oreille, mais je n'entendis aucun bruit en dehors du bruissement du vent dans les arbres. Convaincue d'être seule, j'ouvris la porte et entrai.

La pièce circulaire, avec son escalier en colimaçon en fer forgé, était vide. De petites taches de lumière entraient par les meurtrières, dans les murs, et éclairaient un sol de pierre d'une propreté étonnamment impeccable. Un balai était appuyé contre un mur. Quelqu'un avait fait le ménage.

Je décidai d'explorer l'étage.

Arrivée en haut, je m'arrêtai, le souffle coupé. Sur ma droite, une fenêtre à meneaux offrait une vue magnifique sur Gipping et le Dartmoor et, sur ma gauche, une ouverture était couverte par un rideau de velours rouge.

J'écartai le rideau et jetai un coup d'œil de l'autre côté. *Seigneur !* On aurait dit un harem d'Arabie.

Des coussins violet foncé étaient éparpillés sur le sol, des tentures rouges, orange et jaunes étaient accrochées aux murs et retombaient en plis souples, et il y avait un immense miroir circulaire au plafond. Une bouteille de vin vide et deux godets en étain étaient posés sur une table basse, à côté de trois cierges.

Ce devait être le coin VIP ! C'était là que la Grande Prêtresse et ses suivantes s'apprêtaient et attendaient minuit. Peut-être les poulets avaient-ils été conservés en bas ? Le matériel aussi ! Évidemment, après l'interruption de la veille au soir, les sorciers savaient que cet endroit n'était plus sûr et avaient décidé de s'en aller.

Je sortis mon appareil, pris quelques photos et, comme je zoomais sur les godets en étain, songeai : *L'ADN !* Je sortis un mouchoir en papier propre de la poche de ma saharienne, pris l'un des godets et m'immobilisai.

Il y avait un papier d'emballage de pastille Coff-Off pour la toux.

Bien sûr, Mme Poultry n'était pas la seule à apprécier cette marque d'horribles pastilles pour la toux – mais elle était sûrement la seule à lisser le papier d'emballage et à le plier en un carré parfait.

Elle ne faisait tout de même pas partie de la congrégation ? Topaz n'avait-elle pas accusé son oncle d'avoir eu plusieurs maîtresses ? Peut-être que j'étais trop pressée d'imaginer le pire, et que cet endroit n'était rien de plus qu'un nid d'amour ?

Totalement confondue, j'essuyai le bord des deux gobelets, mis le mouchoir en papier dans un sachet, et quittai la tour. En arrivant au Cricket Pavilion, je pris quelques photos supplémentaires, puis je continuai mon chemin à vélo jusqu'à la BMW, et mis le vélo dans le coffre.

De retour à la *Gazette*, je garai la voiture d'Annabel dans l'allée et pris la direction des Marshes.

Toutes mes pensées étaient tournées vers cette chère Barbara, si sympathique. Même si elle était *réellement* une sorcière, était-elle capable de meurtre ?

41

— Oh ! Où l'as-tu trouvé, petite futée ? s'écria Barbara.

Je me tenais sur le porche de sa maison de l'époque édouardienne, située au bout d'une rangée de maisons mitoyennes. Elle était sortie sur le seuil et avait refermé la porte derrière elle, soi-disant pour « garder la chaleur à l'intérieur ».

— Sur le parking des Trois Fûts, répondis-je, observant attentivement sa réaction. Peut-être que quelqu'un vous l'avait emprunté ?

— Oui, et je parie que je sais qui, marmonna Barbara, comme pour elle-même. Enfin ! je n'ai pas à me plaindre, ajouta-t-elle en affichant un sourire éclatant. Il aurait pu être démonté pour les pièces détachées. Les bicyclettes comme celle-là sont rares, tu sais ! Je l'ai depuis…

— Je suis tout essoufflée d'avoir tant pédalé, dis-je, interrompant l'une de ses anecdotes interminables. Vous m'offririez une tasse de thé ?

— Pas maintenant, Vicky, ma chérie… Je m'apprêtais justement à faire une sieste.

C'était une première. Depuis quand Barbara laissait-elle passer une occasion de cancaner ?

Je remarquai qu'elle avait un gros bandage autour du pied droit.

— Oh, quel manque de tact de ma part ! m'exclamai-je. Permettez-moi de vous aider à rentrer.

— Le docteur Jolly a été un peu brutal, dit-elle, transférant son poids sur l'autre pied avec une grimace de douleur. Laisse le vélo contre le mur, veux-tu ? Merci d'être venue. Au revoir, ma chérie.

Là-dessus, elle se détourna, s'apprêtant à disparaître dans la maison.

— Attendez ! m'écriai-je. Je suis coincée dans un triangle amoureux avec Topaz et Dave Randall, et je ne sais pas quoi faire.

Barbara fit volte-face, la curiosité illuminant son visage.

— Un triangle amoureux ?

— J'ai désespérément besoin de vos conseils.

Manifestement tiraillée, elle me demanda :

— Est-ce que cela peut attendre demain ?

— À vrai dire, je suis tellement bouleversée que je crois que je vais m'évanouir…

Je me mis à osciller de droite et de gauche, et laissai volontairement tomber le vélo.

Barbara se rua dessus et saisit le guidon pour le rattraper, et j'en profitai pour passer sous son bras et entrer précipitamment dans la maison.

Comme dans la plupart des maisons mitoyennes de cette époque-là, la porte d'entrée donnait directement sur le salon, et, derrière, il y avait une toute petite cuisine et des toilettes. Sur la droite, un escalier conduisait aux chambres, à l'étage.

Mon attention se porta immédiatement sur une table à abattants, à ma gauche, sur laquelle il y avait une montagne de coupons de tissu et une boîte à ouvrage ouverte. À côté était posée une figurine GI Joe ; le soldat avait un bandeau sur l'œil et fumait la pipe, et on lui avait enlevé sa tenue de combat. *Merde, alors !* Barbara n'aurait pas pu être moins discrète ! Ce n'était pas étonnant qu'elle ait cherché à m'empêcher d'entrer.

— C'est pour la vitrine, dit-elle en entrant avec son vélo. Je vais faire un petit costume. Qu'est-ce que tu en penses ?

Son attitude à l'égard de ces poupées meurtrières me sidérait. On aurait cru qu'elle parlait de modèles de tricot.

— On dirait Wilf, dis-je, me demandant ce que notre rédacteur en chef avait fait pour mériter un tel traitement.

Soudain, il y eut un grand bruit au-dessus de nous, suivi d'un chapelet de jurons terminé par *Fait chier !*

Nous nous immobilisâmes toutes les deux. Barbara n'était pas seule.

— Il vaudrait mieux que tu y ailles, ma chérie.

Elle avait l'air nerveuse.

Des pas lourds résonnèrent bruyamment dans l'escalier, et je me trouvai alors face à l'homme au crâne rasé et à la moustache en guidon. J'eus l'impression que mon cœur s'arrêtait de battre. Tous les doutes que je pouvais avoir quant à l'appartenance de Barbara à la congrégation se dissipèrent.

— Freddy ? balbutia cette dernière. Je te présente Vicky. Nous travaillons ensemble.

— Bonjour, dis-je.

Freddy se renfrogna. Il portait un jean sale, une chemise sans manches, et avait une femme nue tatouée sur le haut du bras, accompagnée du prénom SADIE. De près, il était encore plus intimidant.

— Freddy est mon neveu.

Neveu ? Bien joué, Barbara !

— D'où est-ce que ça vient, ça ? demanda Freddy en voyant le vélo de Barbara.

— Vicky l'a trouvé aux Trois Fûts.

— Aux Trois Fûts, répéta-t-il, me perçant de son regard. Tiens donc.

J'avais l'estomac noué. Il n'était pas dupe.

— Bon, eh bien, je ferais mieux d'y aller, dis-je précipitamment.

Je serais obligée de me renseigner sur la congrégation une autre fois.

— Et si vous restiez pour prendre une tasse de thé ? suggéra-t-il. Vous allez m'aider à le préparer.

C'était un ordre et non une requête.

Barbara s'assit lourdement dans un fauteuil. Son visage était déformé par l'inquiétude. Elle se demandait sans doute s'il allait la trahir.

Je suivis Freddy dans la cuisine. Il ferma la porte derrière moi, se retourna brusquement, et me plaqua contre le mur.

— À quoi est-ce que vous jouez ? me demanda-t-il d'un ton hargneux.

— Je ne vois pas ce que vous voulez dire…

— Vous croyez que je suis *aveugle* ? fit-il, plantant son index dans mon épaule. C'était *vous*, dans les bois, hier soir ! Donnez-moi votre appareil. Je veux ces photos.

— Vous vous trompez… C'était Annabel Lake, dis-je, croisant les doigts derrière mon dos.

— Tante Babs m'a dit ce matin qu'Annabel Lake était à l'hôpital, répliqua-t-il férocement. C'est *vous* qui avez trafiqué les fils de sa voiture pour la faire démarrer.

— Ah, *ça* ! dis-je, dans tous mes états. Annabel m'a dit que je pouvais la lui emprunter. J'avais un rendez-vous galant avec Dave Randall et, en retournant à la voiture, j'ai entendu du vacarme… Je suppose que j'ai été prise de panique.

— Et vous avez volé le vélo de ma tante, gronda Freddy.

— Je me suis dit que quelqu'un la reconduirait…

— Tante Babs n'a *rien* à voir là-dedans, déclara-t-il, baissant la voix au point de murmurer, et vous n'avez pas intérêt à lui en parler, sinon, vous allez le regretter.

C'était plutôt curieux de la part d'un homme adulte d'avoir peur de sa tante, qui était une vieille dame. *À moins que...* Je me rappelai soudain où j'avais vu le visage de Freddy auparavant : sur le mur, au poste de police. RECHERCHÉ POUR DÉFAUT DE COMPARUTION DEVANT LE TRIBUNAL, CONDUITE SANS PERMIS – d'où le vélo – ET TROUBLE DE L'ORDRE PUBLIC.

Freddy était en cavale.

— Est-ce que votre tante sait que vous êtes recherché par la police ? demandai-je d'un ton dégagé.

Il recula, choqué.

— De quoi est-ce que vous parlez ?

— Passons un accord, dis-je. Racontez-moi tout sur votre petit groupe, et je garderai votre secret.

— Vous perdez votre temps. Ces gens-là ne seraient pas foutus de trouver de l'eau dans la mer. Ce sont des amateurs.

Je ne le croyais pas un seul instant.

— Tout va bien, là-dedans ? nous cria Barbara.

— On arrive tout de suite ! répondit Freddy.

Il se dirigea vers le plan de travail d'un pas lourd et mit la bouilloire à chauffer sur la cuisinière.

— Donnez-moi quelques noms, au moins, dis-je en sortant mon carnet et mon stylo de ma poche. Qui est Barry ?

— Je ne l'ai croisé qu'une fois, répondit Freddy en haussant les épaules. C'est le propriétaire du jardin bio Cueillette à la ferme, sur Pennymoor.

— Et les autres ?

— Je n'en sais rien, et ça ne m'intéresse pas vraiment. Je me suis joint à eux histoire de rigoler.

Pour rigoler ? Freddy avait peut-être l'air coriace, mais il n'avait pas la moindre idée de ce à quoi il avait affaire.

— Écoutez, dis-je, nous savons de source sûre que lady Trewallyn est impliquée.

Freddy me regarda d'un drôle d'air.

— Évidemment qu'elle est impliquée.

— J'ai besoin d'un coup de main.

J'avais conscience d'enfreindre l'une des règles d'or de Papa, mais le temps me manquait. Je sortis mon portefeuille de la poche de mon jean et regardai à l'intérieur.

— C'est tout ce que j'ai, dis-je en lui tendant un billet de cinq livres. Je n'ai pas de frais de représentation.

Freddy me l'arracha des mains.

— Barry nous a dit que le vieux Rawlings essayait de mettre la main sur ses biens depuis des mois. Il lui avait même proposé une tonne de fric. Et puis, du jour au lendemain, elle l'a laissé tomber comme une vieille chaussette. Typiquement féminin !

Voilà qui était intéressant. Rawlings avait cherché à rejoindre la congrégation, lui aussi, mais lady Trewallyn avait refusé. Pourquoi ?

— Vous pourriez la prendre en photo en pleine action ? demandai-je.

Freddy rit.

— Elle est partie.

— Partie ?

— Un de mes potes est chauffeur privé. Il l'a conduite à l'aéroport de Heathrow.

Bon sang ! Ce n'était pas la réponse que j'espérais entendre, et elle ne valait certainement pas cinq livres.

La bouilloire se mit à siffler sur le gaz.

— Passez-moi les sachets de thé, s'il vous plaît, dit Freddy.

Mon regard se posa sur l'horloge de la cuisine, et je me rendis compte que les heures de visite à l'hôpital allaient bientôt être terminées. Il fallait que je me dépêche.

— Merci, mais je ne prendrai pas de thé. Appelez-moi si vous avez du nouveau.

Laissant Freddy dans la cuisine, j'allai dire au revoir à Barbara, et la trouvai profondément endormie dans son fauteuil, ronflant doucement. J'étais contente qu'elle ne soit pas mêlée à tout cela.

Diriger la congrégation en se faisant passer pour des Éco-guerriers était du pur génie. De plus, quelqu'un avait averti lady Trewallyn que j'étais sur ses talons. Toutefois, des questions restaient sans réponse. Qui avait tué sir Hugh – et pourquoi ?

42

Je pris la direction de l'hôpital avec les clés de la BMW d'Annabel, et m'arrêtai même au Tesco en chemin pour lui acheter une grappe de raisin et une boîte de chocolats Cadbury's Milk Tray. Sachant que j'allais être porteuse de mauvaises nouvelles, je me disais que cela ferait peut-être passer la pilule.

Un infirmier qui avait un piercing à l'arcade sourcilière et portait une blouse verte m'indiqua la salle commune des patients, qui donnait sur un jardin clos laissé à l'abandon.

Annabel était la plus jeune des patients ; les autres avaient bien cinquante ans de plus qu'elle. Elle était assise dans un fauteuil roulant à côté de la fenêtre, et plongée dans une conversation animée au talkie-walkie. Elle portait un peignoir de soie bleu canard sur lequel étaient brodés des dragons. Je m'attendais plus ou moins à ce qu'elle ait la jambe dans le plâtre, mais elle avait seulement la cheville légèrement bandée. *Tout ce cirque pour une entorse !*

Elle me fit signe d'approcher tout en finissant sa conversation par un très factice :

— Je te reçois cinq sur cinq, Roger. Terminé.

— Je t'ai apporté tes clés de voiture et des friandises, dis-je.

— Pose-les là, me répondit-elle en indiquant d'un geste une desserte en plastique à côté d'une chaise qui avait l'air très inconfortable.

Je m'exécutai et m'assis.

— Qu'est-ce que tu as au visage ?

— Je me suis pris une porte.

— Tu devrais regarder où tu vas, dit Annabel. Heureusement que j'ai ce talkie-walkie ! C'est à l'un des enfants de Pete, il me tient au courant des dernières nouvelles.

— Comment vas-tu ?

— Ça allait, jusqu'à ce que je voie *ça*...

Elle prit l'exemplaire du jour du *Plymouth Bugle*.

— Je vois que tu es passée à côté d'un scoop, ajouta-t-elle.

Je pris le journal et, consternée, eus le souffle coupé. À la une du tabloïd du plus mauvais goût figurait le gros titre suivant :

LA VEUVE NOIRE DE GIPPING !

LADY LE JOUR, TRAÎNÉE LA NUIT :
LES SECRETS SORDIDES DE KANDI KANE

« Je l'aimais »

DÉCLARE LE MAC AU CŒUR BRISÉ AU VOLANT DE SA PORSCHE

Naturellement, il y avait une photo de Chester, avec ses lunettes de soleil, regardant au loin d'un air malheureux. Il y avait même une photo en pied de lady Trewallyn en grande tenue de danseuse de revue, portant une immense coiffe pailletée et révélant beaucoup de chair dénudée.

Il s'avérait que Chester Forbes et Kandi Kane montaient des arnaques depuis des années. Il repérait des hommes riches et âgés que Katherine séduisait ; le mariage était de courte durée – grâce à ses appétits sexuels – et ils se partageaient les bénéfices. Seulement, cette fois, elle était apparemment tombée amoureuse pour de vrai.

— Pete est furieux. Je *savais* que j'aurais dû aller à l'église, dit Annabel avant de faire claquer sa langue en signe de désapprobation. L'instinct, Vicky, l'instinct !

J'aurais vu tout de suite qu'il y avait quelque chose de louche chez lui. Quant à elle, j'ai toujours su qu'elle était fausse, évidemment.

Maudite Annabel ! Maudit Pete ! Maudit Chester !

— Elle a pris le large, bien sûr, continua Annabel. C'est Mme Evans qui me l'a dit. Elle s'est enfuie avec le vieux Sharpe pour aller vivre en Espagne.

Et moi qui pensais que Mme Evans était *mon* indic !

— Oh, et le petit article à sensation sur les poulets de Ronnie Binns est en page 11. L'instinct, Vicky ! Je t'avais bien dit que cette histoire n'était pas pour nous.

J'ouvris le journal à la page 11.

DES POULETS EXTRATERRESTRES !

LE CAUCHEMAR D'UN RUDOLOGUE !

Une photo de Ronnie dans ses cuissardes, l'air effrayé, s'accompagnait d'un gros plan de quelque chose qui ressemblait davantage à E.T. qu'à un poulet. *Ah ! les miracles de Photoshop*, pensai-je. Cela expliquait certainement que Ronnie ait eu, comme par hasard, une crise d'amnésie.

Toutefois, je ne me laissai pas décontenancer. Annabel pouvait penser ce qu'elle voulait, mais moi, je savais de quoi il retournait.

Elle prit le sachet contenant le raisin, en grignota quelques grains du bout des lèvres, d'un air dégoûté, puis les reposa sur la table.

— Je n'aime pas les pépins.

— Quand seras-tu autorisée à quitter l'hôpital ?

— J'ai une légère commotion, alors on ne me laissera pas sortir à moins que je loge chez une amie. Oh…

L'air renfrogné d'Annabel laissa la place à un sourire mielleux.

— Vicky, je me demandais…

— Ma logeuse n'accepterait jamais, m'empressai-je de dire. Walter ne peut pas s'occuper de toi, ou payer une infirmière pour qu'elle le fasse ?

Annabel déglutit bruyamment.

— Nous avons rompu.

— Rompu ? Ma pauvre !

— Oui, comme tu dis. Je peux garder la voiture, mais…

Sa lèvre inférieure tremblota, et j'aurais juré voir une larme dans l'un de ses yeux.

— Je dois quitter le cottage d'ici Noël.

— Pour être honnête, ça ne me surprend pas.

— Qu'est-ce que tu sous-entends ?

— Des rumeurs couraient au sujet de Rawlings et de lady Trewallyn, dis-je, repensant à la remarque de Mme Evans. J'ai bien peur que tu aies été remplacée.

Annabel blêmit.

— Il m'a dit qu'ils étaient juste bons amis…

— Et tu as gobé cette vieille rengaine ?

— Cette femme a couché avec la moitié des hommes de Gipping ! s'écria-t-elle.

— Il n'est pas trop tard, dis-je. Elle est en Espagne, maintenant. Tu peux facilement reconquérir Walter.

Elle secoua la tête d'un air malheureux.

— Pas maintenant que je l'ai dit à sa femme…

— Espèce d'idiote ! m'exclamai-je. Les hommes mariés n'aiment pas qu'on les enquiquine. Leurs femmes sont là pour ça. C'est pour ça que les sirènes du sexe comme lady Trewallyn font des maîtresses parfaites.

Je montrai du doigt la photo de Kandi.

— Ne le prends pas mal, Annabel, mais regarde-la… Elle est canon.

Annabel renifla et sortit un mouchoir en papier de la poche de son peignoir.

— La femme de Walter a été infecte, elle m'a traitée de tous les noms… et bien entendu, elle a *nié* être entrée dans le cottage par effraction.

— C'est parce que ce n'était pas elle… Je suis passée au Cricket Pavilion, l'autre soir, ajoutai-je d'un ton dégagé, pour faire un brin de causette avec les Éco-guerriers. Barry m'a dit que c'était l'un d'entre eux qui avait mis la poupée sur ton lit, pour plaisanter. Il s'était inspiré de *Mégères vaudoues*.

— Tu as parlé à Barry ? s'écria Annabel, incrédule. Ça fait des semaines que j'essaie de lui mettre la main dessus !

— Enfin, ça ne sert plus à rien... Maintenant que lady Trewallyn a été démasquée, elle n'est plus propriétaire de la Folie et elle ne peut plus la vendre. Cette histoire se termine en queue de poisson.

Avec un gémissement pitoyable, Annabel tendit la main vers la boîte de chocolats. Elle déchira le papier d'emballage, choisit deux chocolats fourrés au caramel, et les enfourna.

L'espace d'un instant, j'éprouvai une pointe de compassion pour elle, puis je me rappelai qu'elle avait caché ma montre dans la boîte à gants de sa voiture.

— Je vais demander à ma logeuse si tu peux prendre la chambre d'amis, si tu veux, mais ne te fais pas trop d'illusions. Bon ! il vaut mieux que j'y aille. J'ai un scoop à écrire.

Comme je me levais, un homme à l'allure distinguée qui portait blouse blanche et faisait osciller un stéthoscope, s'avança vers nous d'un pas nonchalant. C'était le portrait tout craché de Bill Clinton.

— Oh mon Dieu ! s'exclama Annabel, qui devint écarlate et recracha précipitamment ce qui restait des chocolats au caramel dans un mouchoir en papier. C'est le docteur Frost !

Elle me tendit le mouchoir humide roulé en boule.

— Vite ! Prends ça, prends ça. Et ne t'embête pas à demander la chambre à ta logeuse, Vicky. Je suis tout à fait heureuse ici.

Glissant ses mains sous son peignoir de soie, elle réarrangea ses seins puis se tourna pour adresser au médecin un sourire éclatant.

Tandis que je reprenais sans me presser la direction de Rumble Lane, je m'efforçai de garder mon calme. C'était dommage que Chester ait fait affaire avec le *Bugle*, mais ce qui était fait était fait, et je n'avais pas le temps de m'apitoyer sur mon sort.

Je devais rendre mon article dans les vingt-quatre heures et, pour le moment, je n'avais que des théories, aucune preuve. Dieu merci, Annabel n'avait pas deviné que les Éco-guerriers n'étaient qu'un écran de fumée destiné à cacher la congrégation, quoique Freddy pût en dire.

Si Barbara ne jouait aucun rôle dans la congrégation et que lady Trewallyn avait décampé, je ne voyais qu'une autre personne qui pût être la Grande Prêtresse.

Mme Poultry.

43

Ce soir-là, après avoir mangé un sandwich au fromage et aux pickles Tesco en cachette dans ma chambre, je sortis à nouveau les rapports du médecin légiste.

C'était maintenant très clair, pour moi : sir Hugh avait été assassiné dans les bois ; Dave Randall avait retrouvé son corps, mais lady Trewallyn avait acheté son silence avec des ébats torrides, sans savoir que Brian avait déjà remis à la *Gazette* le vrai rapport médico-légal. Afin de ne pas éveiller les soupçons quant à son passé douteux, lady Trewallyn avait alors séduit Sharpe, qui avait rédigé un *nouveau* rapport, indiquant que sir Hugh était mort d'une crise cardiaque – ce que, bien entendu, la *Digitalis purpurea* avait provoqué, de toute façon. Ils avaient eu une aventure et n'avaient pas tardé à s'enfuir ensemble.

La preuve des magouilles de Brian aurait totalement étayé ma théorie si quelqu'un n'avait pas saboté les freins de son scooter. Certes, j'avais vu lady Trewallyn et Sharpe quitter la morgue quelques minutes à peine avant que Brian ne décampe ; mais j'avais également vu Mme Poultry dans les parages. Chester – maquereau et ancien amant éconduit de Las Vegas – entrait en scène aussi et venait mettre du sable dans l'engrenage. Je m'étais toujours demandé pourquoi Chester n'avait pas dit au *Bugle* que lady Trewallyn trempait dans les sciences occultes, mais maintenant, je le savais. Parce que ce n'était pas le cas, tout simplement.

Y avait-il un lien entre la mort de sir Hugh et les histoires de Topaz, selon lesquelles sa tante avait été assassinée parce qu'elle *avait vu quelque chose se passer dans les bois* ? La Folie était indéniablement un nid d'amour, et j'étais certaine que Mme Poultry avait été l'une des maîtresses de sir Hugh. Barbara ne m'avait-elle pas dit que Henrietta avait été choquée par les secondes noces de sir Hugh ? Je n'avais pas fait le rapprochement, sur le moment, mais j'étais sûre que le prénom de Mme Poultry était Henrietta. Quand la tante de Topaz était morte, peut-être avait-elle cru qu'il l'épouserait, *elle* ? Cela expliquerait le comportement bizarre qu'elle avait eu lors des funérailles de sir Hugh, quand elle s'était cachée sous ce buisson d'aubépine.

Je repensai au fait que Mme Poultry avait, à 3 heures du matin, ramené un homme à la maison, ce qui n'était pas du tout son genre ; et puis, aujourd'hui, il y avait un cadenas sur la porte du sous-sol. Peut-être – *peut-être* – que ce qui avait été conservé au rez-de-chaussée de la Folie se trouvait maintenant dans son sous-sol.

Je consultai ma montre. Il n'était pas tout à fait 18 heures. Je savais que c'était risqué ; j'attendrais que Mme Poultry soit couchée, puis j'irais jeter un coup d'œil.

44

Par chance, Mme Poultry alla au lit de bonne heure. Je crochetai le cadenas et le glissai dans ma poche, ne voulant pas prendre le risque d'être enfermée au sous-sol.

Je refermai la porte derrière moi sans faire de bruit, je descendis l'escalier à tâtons dans le noir. Il faisait une chaleur étouffante et moite, et il y avait dans l'air une forte odeur d'humidité.

Au pied de l'escalier, j'allumai ma lampe de poche et balayai la pièce du faisceau lumineux. Les murs étaient couverts de moisissures noires. Sur ma gauche, il y avait un grand congélateur. Je l'ouvris immédiatement pour jeter un coup d'œil à l'intérieur. Il contenait les provisions habituelles pour un service de traiteur – des boîtes de vol-au-vent congelés, des roulottés au saumon, et des friands à la saucisse. Je fouillai plus profondément, et là, pour ma plus grande joie, je découvris un sac en plastique plein de pattes de poulets. *Ah ! Excellent.* Je refermai le couvercle du congélateur et reportai mon attention sur le reste de la pièce. Ce qu'il me fallait vraiment, c'était du matériel ésotérique – un chaudron, des instruments de torture, des trucs de *sorcière*.

Derrière moi, un vieux drap rose recouvrait quelque chose qui ressemblait à un mini-monstre du Loch Ness – tout en bosses et excroissances. Je soulevai un coin du drap et fis un bond en arrière, stupéfaite.

Là, dans le faisceau lumineux de ma lampe de poche, étincelait la grande fontaine à thé de style George III au robinet bien tourné. Je retirai prestement le drap et découvris une montagne de boîtes contenant des trésors en argent – des chopes, des plats de service, des chandeliers, et divers bibelots.

Seigneur ! Non seulement Mme Poultry était une sorcière, elle était aussi le tristement célèbre monte-en-l'air de Gipping ! C'était tout à fait logique. Qui d'autre pouvait entrer chez les gens sans qu'on lui pose de questions ? Pendant que la famille rendait un dernier hommage au défunt à l'église, Traiteur du berceau au cercueil ne se contentait pas de dresser le buffet.

Cependant, il ne s'agissait pas d'une cambrioleuse ordinaire. Mme Poultry avait probablement des dons de voyance. Peut-être même sentait-elle ma présence ici en bas, en cet instant précis.

Soudain, il y eut un éclair de lumière aveuglant. Le sous-sol tout entier s'illumina comme s'il y avait une explosion nucléaire. Je poussai un cri et lâchai ma lampe de poche.

— Victoria !

Mme Poultry, dans sa robe de chambre écossaise, descendit, un tisonnier à la main.

— Qu'est-ce que vous faites ici ? Comment êtes-vous entrée ?

Reste calme, Vicky !

— Oh ! bonjour, madame Poultry, dis-je d'un ton aimable, comme si être prise la main dans le sac était la chose la plus naturelle du monde.

Mme Poultry se tenait au pied de l'escalier, me barrant le passage. Elle avait une drôle de lueur dans le regard. L'espace d'un instant, je songeai avec horreur qu'elle allait peut-être me frapper.

— Eh bien ? fit-elle, sortant son mouchoir en dentelle de sa poche et se tamponnant le nez.

Je remarquai qu'il était tout rouge et à vif.

— Je fais des recherches pour un article sur les caves, improvisai-je, et plus particulièrement sur les *Stachybotrys*. J'ai remarqué que la porte était entrouverte, et je n'ai pas pu m'empêcher d'entrer…

— Pardon ?

— Vous avez de la moisissure, ici.

Je ramassai ma lampe de poche, la rallumai et éclairai les murs noircis.

— C'est pour ça que vous avez le nez qui coule et une vilaine toux. Ce n'est pas une allergie. Ce sont des champignons.

— Des champignons.

Commençant à m'enthousiasmer pour mon sujet, je continuai à jacasser, remerciant intérieurement Papa pour l'une de ses histoires préférées sur la façon dont il avait accédé à une chambre forte souterraine pour l'examiner en se faisant passer pour un inspecteur en bâtiment.

— Les *Stachybotrys* sont particulièrement mortels. Il faut que vous fassiez des analyses. Voulez-vous que je vous procure un kit ?

Un curieux sourire – plutôt une grimace, en fait – se dessina sur les lèvres de Mme Poultry.

— Comme c'est gentil de votre part de vous préoccuper de ma santé, Victoria. Comment s'intitule votre article ?

— CHAMPIGNONS TOXIQUES : LES SPORES MORTELLES, répondis-je du tac au tac. Vous n'avez pas entendu parler d'Alice Potts ? Elle avait des moisissures dans son sous-sol, et elle a poursuivi le conseil municipal en justice et obtenu des milliers de livres de dommages et intérêts.

Mme Poultry hocha la tête et sourit à nouveau, mais ses yeux restaient froids.

— C'est fascinant, Victoria. Et si vous m'en disiez davantage autour d'une tasse de chocolat chaud ? Et je pourrais peut-être jeter un coup d'œil à ce vilain bleu ?

Soulagée qu'elle ait cru à mon histoire, je la suivis jusqu'à la cuisine. Elle disparut dans le cellier – sans doute pour aller chercher sa boîte à pharmacie. Je m'assis et fus surprise de trouver, sur la table, un exemplaire fatigué de *Mégères vaudoues*. Plusieurs pages étaient écornées.

Mme Poultry réapparut avec une boîte de cacao en poudre et une pâte à l'odeur infecte.

— Je n'utilise que des plantes médicinales, dit-elle. Aucune de ces saletés chimiques.

Après m'avoir étalé la mixture sur le visage, elle s'affaira à faire chauffer du lait dans une casserole et mesura méticuleusement une cuillère à café rase de cacao Bournville. Elle me donna même une assiette avec un Cadbury's Chocolate Finger, avant de s'asseoir en face de moi.

— Vous avez des pièces d'argenterie magnifiques, dis-je d'un ton innocent. Certaines ont l'air très précieuses, en particulier cette belle fontaine à thé… Je comprends que vous préfériez les conserver au sous-sol, avec le monte-en-l'air de Gipping qui rôde dans les parages.

— Le métal argenté ne vaut rien, affirma Mme Poultry.

Le métal argenté ? Mon œil ! Un silence gêné s'installa entre nous. Je bus une gorgée de chocolat chaud ; il était amer.

— J'ai entendu dire que vous saviez où habitait Salome Steel, dis-je en montrant le livre du doigt.

— C'est exact, répondit-elle aimablement. Vous aimeriez peut-être que je vous montre où c'est ?

— Maintenant ? m'étonnai-je. Elle ne va pas être couchée ?

— Juste ciel, Victoria, il n'est que 22 h 30.

La soirée prenait une tournure tout à fait étonnante. Non seulement le butin du monte-en-l'air de Gipping se trouvait au sous-sol, mais j'étais sur le point de voir où habitait Salome Steel et de découvrir son identité.

Maintenant que j'avais suffisamment amadoué Mme Poultry pour lui donner une fausse impression de sécurité, elle ne tarderait plus à m'inviter à rejoindre sa congrégation. J'étais complètement surexcitée. Pete allait avoir un choc. Au lieu d'un seul scoop, j'allais en avoir trois !

45

Cinq minutes plus tard, nous étions dans la voiture. Mme Poultry avait emporté une couverture écossaise « au cas où j'aurais froid » et une Thermos de chocolat chaud « au cas où j'en voudrais davantage ».

Ma logeuse était devenue tellement chaleureuse et prévenante avec moi que je commençais à me demander si je m'étais trompée à son sujet pendant des mois. Mon père ne faisait-il pas le même genre de commerce qu'elle ? Est-ce que cela importait *vraiment* qu'elle ait volé toute cette argenterie ? Tant mieux pour elle ! Avec son arthrite aiguë, elle ne serait pas en mesure de diriger éternellement son entreprise. Sans famille pour prendre soin d'elle, elle devait assurément prendre des dispositions pour ses vieux jours. Quant au fait que c'était une sorcière, eh bien, les sorcières n'étaient pas *toutes* mauvaises. Certaines se souciaient même de l'environnement et du réchauffement climatique.

Dix minutes plus tard, nous avions quitté le Moyen-Gipping et traversions le pont de la Plym. Apparemment, *à deux pas d'ici* ne signifiait pas la même chose pour Mme Poultry et pour moi.

— Comment avez-vous découvert où habite Salome Steel ? demandai-je, surprise de constater que les mots qui franchissaient mes lèvres paraissaient inarticulés et lointains.

Je n'entendis pas la réponse de Mme Poultry. J'avais un drôle de bourdonnement dans les oreilles. J'étais fatiguée. J'allais peut-être fermer un peu les yeux. Juste une seconde.

*

Je fus réveillée par un bruit de papier déchiré et d'aspiration bruyante. J'ouvris les yeux. J'avais l'impression d'avoir la tête dans du coton, la bouche pâteuse et la langue chargée. J'étais gelée.

Avec un sursaut, je m'aperçus que j'étais toujours dans la Morris Traveller, mais que la voiture était arrêtée. Il faisait nuit, au-dehors, et la pleine lune brillait dans le ciel. À côté de moi, ma logeuse buvait à sa Thermos et mangeait un sandwich. Un sac en papier déchiré était étalé sur la couverture écossaise dans laquelle ses jambes étaient enveloppées. Elle avait l'air d'être bien au chaud.

Avais-je été *droguée* ? L'idée semblait tirée par les cheveux. Pourtant, Mme Poultry avait bel et bien disparu dans le cellier pour aller y chercher sa boîte à pharmacie, ce qui lui avait fourni l'occasion idéale pour glisser un somnifère dans mon chocolat chaud. J'aurais dû me douter que sa générosité était trop belle pour être vraie.

Je regardai ma logeuse du coin de l'œil. Elle déballait précautionneusement un deuxième sandwich. J'aurais aisément pu la maîtriser, lui prendre les clés, la jeter hors de la voiture, et aller chercher de l'aide. Je ne m'étais encore jamais attaquée physiquement à une personne du troisième âge – d'une certaine façon, l'idée ne semblait pas correcte.

Peut-être que je dramatisais ? À cause de mes parents, j'avais passé ma vie entière sur mes gardes, et cela me poussait à me méfier de tout le monde. *Ne sois pas ridicule, Vicky ! Si elle avait voulu te faire du mal, tu serais déjà ligotée et bâillonnée, à l'heure qu'il est – ou même morte !* Cette petite balade avait un rapport avec la congrégation, j'en étais persuadée. Je décidai de jouer le jeu.

— J'ai dû m'assoupir, dis-je, m'étirant voluptueusement, comme un chat.

Je regardai à travers la vitre, côté passager. On distinguait les formes ondoyantes de la lande, qui s'étendait à l'horizon.

— Waouh ! Salome Steel habite ici ?

Comme Mme Poultry ne répondait pas, j'ajoutai :

— Je meurs de soif… C'est du chocolat chaud ?

— Du thé.

Elle but ce qui restait dans sa Thermos jusqu'à la dernière goutte, replaça la tasse en plastique sur le bouchon, et posa la Thermos par terre, derrière son siège, avec le sac en papier soigneusement plié. En silence, elle tendit ensuite le bras dans ma direction et essaya d'ouvrir la boîte à gants de ses doigts perclus d'arthrite.

— Attendez, je vais le faire…

La boîte à gants s'ouvrit ; elle contenait un petit objet emballé dans du tissu. Je le lui donnai, et elle le posa sur ses genoux.

— J'ai bien peur d'avoir usé de subterfuges pour vous amener ici.

Mme Poultry se tourna vers moi. Son visage était plongé dans l'ombre.

— Parlez-moi de votre amitié avec la fille du salon de thé, exigea-t-elle.

Topaz ?

J'étais sidérée. Pourquoi pouvait-elle bien se soucier de Topaz ? Je me creusai la tête, tant bien que mal dans mon état léthargique, mais je ne me rappelai pas avoir parlé de Topaz à Mme Poultry.

— Elle est un peu bizarre, mais je la connais à peine. Pourquoi ?

— Ne mentez pas, siffla Mme Poultry. Quand j'ai téléphoné à la police de Gipping lundi soir pour dire que vous aviez disparu, l'inspecteur Probes m'a conseillé d'appeler La Bouilloire de cuivre…

Elle marqua un temps d'arrêt, puis ajouta d'un ton mauvais :

— L'inspecteur a sous-entendu qu'elle et vous étiez… *intimes.*

Maudit Probes, avec sa grande bouche ! Mme Poultry voulait savoir si j'étais toujours vierge. Tout le monde sait qu'il faut être vierge pour rejoindre une congrégation.

Cela expliquait certainement qu'elle ait été horrifiée quand elle m'avait vue faire des mamours à Dave, le dimanche soir ; et puis, elle s'était mise très en colère quand j'avais passé la nuit chez Annabel et que j'avais accepté que Chester me reconduise à la maison dans mon pyjama. N'avait-elle pas exigé de savoir s'il avait *mis en péril ma pureté* ?

— Ne vous inquiétez pas, madame Poultry, je vous jure que je suis toujours vierge, dis-je d'un ton enjoué. Je sais à quel point c'est important pour la congrégation.

— La congrégation ? Quelle congrégation ? demanda-t-elle sèchement.

— Vous n'êtes pas une sorcière ? balbutiai-je.

— Certainement pas ! Quelle suggestion scandaleuse !

Une drôle de sensation commença à se faire sentir au creux de mon estomac. Si cette fausse virée pour aller voir Salome Steel n'avait pas pour but de me faire intégrer une congrégation, alors pourquoi m'avait-elle amenée ici, et où étions-nous, au juste ?

— Je plaisantais, bredouillai-je. En fait, c'est Topaz qui pensait que vous étiez une sorcière, mais je lui ai dit qu'elle se faisait des idées.

— C'est comme ça qu'elle se fait appeler, maintenant ? dit Mme Poultry d'un ton dédaigneux. J'ai tout de suite reconnu Ethel au Tesco, ce matin. Quel déguisement ridicule !

Alors que, saisissait la pleine signification des paroles de Mme Poultry, je compris que Topaz avait raison de penser que sa tante avait été assassinée, mais qu'elle s'était trompée de tueuse.

Grâce à son service de traiteur, Mme Poultry avait non seulement la possibilité de commettre des vols, mais aussi l'occasion idéale d'empoisonner les invités !

J'étais vraiment dans le pétrin.

— Vous croyez que je ne sais pas ce que vous manigancez, toutes les deux ? continua Mme Poultry, tenant fermement le ballot qu'elle avait sur les genoux.

— Vous avez mis les rapports du médecin légiste dans une cachette vraiment facile à trouver, Victoria.

— Oh, *ça* ! fis-je avec une désinvolture feinte, alors même que mon estomac faisait des galipettes. C'est de l'histoire ancienne, maintenant, bien sûr. Avec le scandale sur lady Trewallyn en première page du *Bugle*, il n'y a plus rien à dire, l'histoire est morte et enterrée. Qui se soucie qu'elle ait tué son mari ? Elle a quitté le pays, point final !

Mme Poultry commença à déballer l'objet sur ses genoux.

— Entre nous : bon débarras ! continuai-je à baragouiner. Il paraît que sir Hugh était un vrai coureur de jupons. Il avait des rendez-vous galants dans cette Folie, dans les bois, et il couchait avec la moitié des femmes de Gipping – Barbara Meadows, Mary J. Larch…

— Ce n'est pas vrai ! cria Mme Poultry, sortant brusquement du tissu un Beretta 92FS qu'elle braqua sur moi. Il n'aimait que *moi* !

— Ne tirez pas !

En fait, il était difficile de voir si c'était un vrai Beretta ou un pistolet à air comprimé, mais Papa disait qu'il fallait toujours présumer le pire.

— Je ne dirai rien. Je n'aime pas les flics.

Mme Poultry glissa sa main libre sous son manteau et en sortit mes deux précieuses cartes postales d'Espagne.

— Il me semble que ceci compte beaucoup pour vous, Victoria, dit-elle en enlevant le cran de sûreté du Beretta. Je vous conseille de descendre de cette voiture.

Oh mon Dieu ! C'était bien pire que ce que j'avais imaginé. Je me hâtai de descendre, lamentablement.

La Morris Traveller démarra dans un crachotement, puis, après un demi-tour en onze temps, elle s'éloigna en cahotant sur les chemins accidentés de la lande.

Hébétée par le choc, je regardai les phares disparaître au loin, alors que la brume descendait. J'étais totalement seule, mais j'étais en vie.

46

Je m'élançai à la poursuite de la Morris Traveller au petit trot. Le sol s'élevait en pente douce jusqu'à l'un des nombreux affleurements de granite massifs qui jonchaient la lande. La pleine lune était assez brillante pour éclairer mon chemin, alors j'étais sûre d'avoir une bonne vue, de là, et de pouvoir m'orienter.

Comment avais-je pu être aussi stupide ? Aussi naïve ! Mme Poultry était purement et simplement une meurtrière et une voleuse. Il n'y avait jamais eu de congrégation. Toutes ces histoires de poulets maléfiques et de dagydes n'étaient qu'un stratagème instrumentalisé par ma logeuse, qui jurait n'avoir même jamais lu *Mégères vaudoues*. Les Éco-guerriers s'étaient embarqués dans le même délire et avaient dû estimer qu'envoyer une poupée à Annabel était une plaisanterie hilarante. Et dire que j'étais tombée dans le panneau, moi aussi !

Il était trop tard pour décrocher un scoop digne de faire la une, maintenant. Mme Poultry – de façon anonyme, bien sûr – allait dire à la police que mes parents étaient en Espagne. J'étais en rade sur la lande, et j'allais probablement mourir d'hypothermie. Je m'apitoyais sur mon propre sort, mais peut-être était-ce mieux ainsi.

Soudain, sans crier gare, un épais brouillard, impénétrable, s'abattit sur moi et m'enveloppa complètement. Je fus obligée de m'arrêter. Je ne voyais même plus mes pieds.

Merde, alors ! C'était le brouillard meurtrier ! Comme tout le monde, j'avais entendu parler de ces redoutables nappes de brume venues de nulle part. J'avais également tourné en dérision les anciens mythes et légendes, qui disaient que c'étaient les fées qui faisaient apparaître le brouillard pour conduire les voyageurs infortunés jusqu'à des bourbiers sans fond. Maintenant, je n'étais plus aussi sûre de moi.

J'avançai tout doucement. C'était comme jouer à une version horrifiante de colin-maillard. Des larmes me brûlaient les yeux. Je me mis à gémir et commençai à prier Dieu. Je n'avais pas discuté avec Lui depuis le cambriolage, à la *Gazette*. Je Lui rappelai que Mme Poultry avait enfreint au moins cinq des Dix Commandements et que je n'en avais enfreint aucun. Je ressuscitai même la promesse de rester vierge en échange de mon retour à Gipping saine et sauve et de l'immunité pour Maman et Papa.

Comme par magie, la brume se dissipa. Le ciel étoilé réapparut. En revanche, l'affleurement rocheux vers lequel je m'étais dirigée s'était volatilisé. J'étais totalement perdue. Je ne savais même pas sur laquelle des trois landes du sud-ouest de l'Angleterre je me trouvais. Combien de temps étais-je restée sans connaissance ?

Et si j'étais en Cornouailles ?! La semaine dernière encore, le *Bugle* avait rapporté que la Bête des Landes de Bodmin avait sauvagement attaqué un randonneur de la Ramblers' Association. Nous nous en étions tous gaussés sur le moment, mais… et si c'était vrai ?

Ça suffit, Vicky ! Ressaisis-toi ! Un élan d'espoir m'emporta soudain. Quand nous avions pris la route, la jauge de carburant de Mme Poultry indiquait que le réservoir n'était rempli qu'au quart. Quand nous nous étions arrêtées, l'aiguille avait à peine bougé. Les landes de Bodmin se trouvaient au nord-ouest et l'Exmoor, au nord-est ; cela faisait un trajet de cent kilomètres dans les deux cas, depuis Gipping. Nous avions quitté Rumble Lane peu après 22 h 30 et il était maintenant minuit. Mme Poultry conduisait à quarante kilomètres à l'heure, ce qui signifiait qu'il était fort peu probable que je me trouve ailleurs que dans le Dartmoor. Cette pensée était étonnamment réconfortante.

Annabel se moquait peut-être de mon passé d'éclaireuse, mais n'avais-je pas décroché mon insigne de Suiveuse d'étoiles du premier coup ? Je savais que Gipping était dans le sud-est du Dartmoor ; tout ce que j'avais à faire, c'était trouver l'étoile polaire, et je saurais alors où était le Nord.

Tournant lentement sur moi-même, j'observai le ciel étoilé et parvins à localiser la Grande Ourse. Je traçai un trait imaginaire vers le haut, et… voilà !

Zut ! J'avais avancé dans la mauvaise direction : je m'étais éloignée de la civilisation pour me rapprocher des traîtres marais et tourbières qui entouraient la tristement célèbre prison du Dartmoor, dont l'emplacement même aurait dissuadé n'importe quel détenu de tenter de s'évader.

Je tournai à droite et repris mon chemin, sans cesser de jeter des coups d'œil par-dessus mon épaule pour vérifier que l'étoile polaire était toujours à 7 heures. Je grimpai sur une grande butte herbeuse et, en redescendant de l'autre côté, j'aperçus une rangée de cyprès majestueux, au loin – non pas des arbres sauvages comme des aubépines ou des sorbiers des oiseaux. *Des cyprès, Vicky ! Un signe de vie humaine !*

Je me mis à courir… et ce fut à ce moment-là que je cessai de faire attention et que je fonçai droit sur la tourbière.

Il ne fallut que trois pas pour que le sol se mette à frémir. Tout se passa tellement vite que je n'eus pas le temps de faire un bond de côté. Je m'enfonçais. J'étais entraînée vers le fond. La masse vaseuse de tourbe et de végétation puante m'engloutit jusqu'aux genoux, puis jusqu'aux cuisses. Désespérément, je me débattis pour tenter de me libérer, mais je ne fis que m'enfoncer plus profondément encore, horrifiée par les étranges sifflements et bouillonnements produits par la tourbière.

Je me mis à crier à l'aide. L'épaisse boue gluante m'aspira plus profondément. J'en avais jusqu'à la taille. Jusqu'à la poitrine. *Oh, mon Dieu !* J'allais vraiment mourir.

Je hurlai jusqu'à en avoir la voix rauque. Puis, comme par miracle, je sentis de la terre ferme sous mes pieds ; mais à quoi bon ? J'étais toujours coincée dans de la boue froide et épaisse.

Soudain, j'entendis un chien aboyer. Il se rapprochait. Un gros bouledogue anglais apparut, se dandinant, dans mon champ de vision. Il s'arrêta au bord de la tourbière, aboya deux fois, et s'assit.

— Ohé ! Ohé !

Un homme de grande taille d'une soixantaine d'années approcha à grandes enjambées. Il portait un manteau sur un pyjama rouge et blanc à rayures et, pour ma plus grande joie, il avait une canne et une bouée de sauvetage.

— Parbleu, ma petite demoiselle ! Vous êtes dans le pétrin…

Me tirer de là ne fut pas facile, mais l'homme était extraordinairement fort. Je me cramponnai à la bouée de sauvetage – du HMS Dauntless – et me laissai traîner sur le ventre sur le bourbier puant, jusqu'en lieu sûr. Épuisée et dans un état lamentable, mais tellement heureuse d'être en vie, je restai assise un moment, en état de choc.

— Amiral Charles Gunn. Retraité. Le chien s'appelle Horatio, dit l'homme en sortant une flasque de sa poche intérieure. Tenez, ça va vous remettre d'équerre en un rien de temps !

— Vicky Hill, dis-je. Enchantée.

L'amiral indiqua les cyprès d'un geste.

— J'habite là-bas. Ce n'est pas loin. Vous allez faire un brin de toilette.

Tout en utilisant sa canne pour tâter le terrain et nous orienter à travers les tourbières, l'amiral me dit qu'il aimait travailler à son « petit passe-temps », la nuit, et que comme

Horatio avait un « problème de fond de cale », ils étaient souvent dehors.

Il avait vu une voiture passer devant son cottage à environ 23 heures.

— J'ai d'abord cru que c'étaient des amoureux qui allaient faire des câlins, dit-il, mais quand j'ai vu une seule personne repasser dans l'autre sens, j'ai flairé quelque chose de louche.

— Vous m'avez sauvé la vie, dis-je d'une voix tremblante.

— Ces tourbières sont des pièges mortels. Même les gens du coin ne s'aventurent jamais par ici en plein jour, alors la nuit, n'en parlons pas. C'est pour ça que j'ai acheté ce cottage. Pour ne pas être embêté par les gens.

J'eus envie de vomir en prenant conscience de ce à quoi j'avais échappé. Mme Poultry était du coin. Elle savait à quel point la lande était dangereuse, et elle avait volontairement choisi de venir ici.

Son intention avait été de me tuer.

47

L'amiral habitait un cottage de carte postale au toit couvert de chaume, à côté d'un petit ruisseau.

Dans la salle de bains – ou *la poulaine*, comme l'appelait l'amiral – je fis de mon mieux pour me débarbouiller. Je sentais horriblement mauvais – même Horatio se tenait à distance respectueuse. Heureusement, je réussis à retirer presque toute la vase puante de mon K-way en le rinçant sous la douchette.

L'amiral me donna un caleçon long couleur crème, dont je dus retrousser les jambes, et un gros pull-over en laine. Il était bien trop grand pour moi, mais il était propre et chaud. Pour mes chaussures, c'était une autre histoire, car l'amiral faisait deux fois ma pointure. En fin de compte, je lui empruntai ses immenses bottes en caoutchouc.

Je n'avais plus qu'une idée en tête : retrouver ma logeuse.

Étant la fille d'un voleur professionnel, je savais que Mme Poultry ne quitterait pas Gipping sans son argenterie. Son arthrite était tellement sévère que j'étais à peu près sûre qu'elle avait un complice. Une idée commença à poindre dans mon esprit.

Dans la cuisine aux poutres apparentes, Horatio dormait profondément dans son panier, à côté de la cuisinière à feu continu. L'amiral me tendit mon troisième grog brûlant en disant :

— Nous devons appeler la police.

— Nous n'avons pas le temps. Je dois retourner à Gipping immédiatement.

— Ne dites pas de bêtises !

Il se dirigea vers le bureau en chêne dans le coin de la pièce et décrocha le téléphone posé à côté de son ordinateur.

— Vous n'irez nulle part, ma petite demoiselle. Vous avez eu un choc épouvantable.

— Vous ne comprenez pas. Je suis journaliste.

Je m'élançai vers lui comme une flèche et lui pris le combiné des mains.

— N'appelez pas la police, pas encore.

— Journaliste !

L'expression pleine de sollicitude de l'amiral laissa la place à un air furieux. Il me repoussa et se posta devant son ordinateur, protégeant l'écran derrière lui.

— Comment pouvez-vous tomber aussi bas et être à ce point aux abois, tous autant que vous êtes ?

J'étais perplexe.

— Je ne comprends pas…

— Vous travaillez pour le *Paparazzi Razzle* ! fulmina-t-il. N'essayez pas de le nier !

— Non, pour la *Gazette* ! répondis-je. Pourquoi… ? Oh !

Je restai bouche bée d'étonnement en voyant les ouvrages de référence sur l'Afrique empilés sur son bureau ; une rame de papier dont les pages étaient marquées de Post-it ; un tableau blanc calé derrière l'ordinateur, sur lequel trois noms étaient écrits au marqueur rouge : Susu, Kisi, et Fatu – les infâmes Mégères vaudoues.

— Mon Dieu ! C'est *vous*, Salome Steel !

J'étais sidérée.

— Mais, vous êtes…

— Un homme, dit l'amiral, l'air à la fois irrité et résigné.

Il indiqua d'un geste le combiné que j'avais toujours à la main.

— Allez-y, appelez votre journal… mais laissez-moi vous dire une chose. J'ai servi dans la marine de Sa Majesté pendant quarante ans. J'ai été décoré de la médaille du Courage par la reine Élisabeth en personne. Vos commérages vont détruire ma réputation.

— Je ne suis pas ce genre de journaliste !

C'était vrai. Tout le monde avait le droit à une vie privée. Je reposai le combiné du téléphone.

— Je garderai votre secret pour moi, à condition que vous m'aidiez à retourner à Gipping.

Je lui fis un bref récit des événements qui avaient abouti à mon sauvetage dans la tourbière, mais décidai de ne pas mentionner l'argenterie. Après tout, je le connaissais à peine, et puis, un homme qui se faisait appeler Salome Steel et écrivait des romans d'amour avec des scènes de sexe torrides n'était pas forcément normal. Qui aurait pu savoir comment l'amiral aurait réagi à la perspective d'un tel butin ?

— Tout le monde sur le pont ! s'exclama-t-il en se dirigeant vers la porte de derrière à grandes enjambées.

Horatio, sentant l'agitation ambiante, se tortilla pour se lever de son panier et aboya.

— Il n'y a pas de place pour toi, mon vieux ! dit l'amiral en s'arrêtant pour caresser le vieux chien.

Il me tendit un casque de moto.

— Mettez ceci, jeune Vicky… C'est le branle-bas de combat !

48

La vieille Ariel Red Hunter était étonnamment rapide. Munie d'un casque et de lunettes protectrices, je me cramponnai à l'amiral tandis que nous filions à toute allure sur les sentiers couverts de bruyère de la lande, passions sur une barrière à bétail et nous dirigions vers les lumières lointaines de Gipping.

C'était grisant. Ce n'était pas étonnant que les hommes deviennent accros à ces machines. La liberté, la vitesse, le vent sur mon visage et la puissance que je sentais vibrer entre mes jambes… J'aurais aisément pu devenir la compagne d'un motard.

Il nous fallut moins d'un quart d'heure pour faire un trajet qui nous aurait pris quarante minutes en voiture à quarante kilomètres à l'heure.

L'amiral voulait aller tout de suite voir la police, mais je le persuadai de me déposer chez moi pour changer de vêtements et de chaussures, soutenant que Mme Poultry serait partie depuis bien longtemps et que je ne craignais rien. Pendant ce temps-là, l'amiral irait trouver Probes, et il lancerait le signalement de la Morris Traveller de Mme Poultry à toutes les patrouilles.

Il avait l'air de ne pas comprendre que je ne veuille pas annoncer moi-même la nouvelle à la police, mais je savais comment fonctionnait la loi. Je me contenterais d'*aider la police dans ses enquêtes* pendant que les flics récolteraient toute la gloire.

Je tenais à mon scoop. Je l'avais bien mérité ! Oui, c'était dangereux, mais j'étais bien décidée à prendre Mme Poultry la main dans le sac.

Papa disait que l'élément de surprise était souvent plus efficace que n'importe quelle arme, alors je demandai à l'amiral de me déposer au bout de Rumble Lane.

J'arrivai trop tard. La Morris Traveller n'était pas devant le numéro 10. La maison était plongée dans l'obscurité.

Profondément déçue, je retirai les bottes de l'amiral et me faufilai par la fenêtre des toilettes du rez-de-chaussée. Une fois à l'étage, dans ma chambre, j'enlevai le caleçon long, et je m'apprêtais à enfiler mon jean quand je m'aperçus que la porte du placard dans lequel se trouvait le réservoir d'eau était ouverte.

J'avais été tellement préoccupée par la pensée que Mme Poultry avait mes précieuses cartes postales que j'en avais oublié les preuves les plus incriminantes de toutes. Elle avait dû prendre aussi les rapports du médecin légiste ! Elle allait peut-être même essayer de me faire chanter. Les mots *entrave à la justice* et, pire encore, *complicité de meurtre* résonnèrent dans ma tête.

Je pris une profonde inspiration. Je devais absolument aller jeter un coup d'œil au sous-sol. Peut-être n'avait-elle pas encore commencé à déplacer l'argenterie ? Je descendis en courant et constatai avec joie que le cadenas maintenait toujours bien fermée la porte du sous-sol.

Je crochetai de nouveau la serrure, allumai la lumière, et descendis l'escalier quatre à quatre.

— Bon sang de bonsoir ! criai-je.

Les boîtes n'étaient plus là. L'argenterie avait disparu. J'ouvris la porte du congélateur à toute volée. Vide.

Soudain, j'entendis un son derrière moi :

— Hmmm !

Je m'immobilisai.

— HMMM !

Je me retournai lentement. Là, derrière la porte, attaché avec du ruban adhésif aux tuyaux du chauffage central, assis, se trouvait Dave Randall.

Il était ligoté et bâillonné, son visage empourpré était couvert de sueur, il avait les yeux exorbités de peur.

Je le regardai fixement, surprise.

Il n'était vraiment pas si beau que ça.

49

— Pendant tout ce temps, tu étais son complice ! dis-je en aidant Dave à se relever. Elle était chez toi, l'autre soir… C'est pour ça que tu ne m'as pas laissée entrer !

Dave se toucha l'arrière de la tête avec précaution.

— Elle m'a frappé !

Il avait l'air à la fois hébété et incrédule.

— Elle m'a proposé du chocolat chaud, et quand je lui ai dit que je n'aimais pas ça, elle m'a frappé !

— Dave, tu te rends compte que tu pourrais aller en prison pour ça ? lui demandai-je d'un ton sévère. Tu peux dire adieu à ton rêve de Jeux olympiques !

Il me regarda d'un air effaré.

— Cette vieille bique m'a obligé à le faire, dit-il d'une voix geignarde. J'ai déplacé les trucs qui étaient à la Folie, pour elle… Je lui ai juste rendu service, quoi ! Elle ne m'a même pas payé. Je le jure.

— Le recel est le cadet de tes soucis. Les flics s'intéressent bien plus au fait que c'est toi qui as découvert le corps de sir Hugh.

Dave blêmit.

— Comment tu le sais ?

— Tu as un mobile. Tout le monde sait que tu avais une aventure avec lady Trewallyn.

— On n'a couché ensemble qu'une fois ! s'écria-t-il. Elle m'a dit qu'elle me ferait un strip-tease et que je passerais une nuit que je n'étais pas près d'oublier si je ne disais à personne que c'était moi qui avais retrouvé son homme.

Les hommes sont si faciles à soudoyer, pensai-je avec dégoût.

— Si ça s'apprend, continua-t-il, ma carrière est foutue.

— Pas si tu fais ce que je te dis. Si tu m'aides, je convaincrai les flics de faire preuve de clémence quand ils considéreront ton cas. Tu auras peut-être même droit à une peine assortie d'un sursis.

— Mais je ne sais rien ! gémit-il.

— Tu dois bien savoir où elle est allée.

— Quelque part vers le nord, dit-il. Nous ne la rattraperons plus, maintenant.

Nous pouvions y arriver. Mme Poultry ne pouvait pas aller bien loin avec un réservoir rempli au quart, et la seule station-service ouverte à cette heure-là de la nuit était celle qui se trouvait sur l'autoroute, à dix kilomètres de là, à la hauteur de Barrington Cross.

— Où est ton Land Rover ? m'écriai-je.

50

Le Land Rover de Dave était garé à l'abri des regards, au bout du cul-de-sac. Alors que nous quittions Rumble Lane, une voiture pie dont le gyrophare lançait des éclairs bleus tourna dans l'impasse à toute vitesse, suivie de la moto de l'amiral.

Nous traversâmes le Moyen-Gipping à toute allure, dépassâmes le Manoir, et nous élançâmes dans la campagne.

— Je jure que je n'ai rien à voir avec la mort de sir Hugh, insista Dave. Il était à la Folie avec Mme Poultry la nuit où il est décédé.

— Elle devait savoir que tu les avais vus ensemble. À mon avis, c'est Chester qui a mis la photo sur ton lit pour t'avertir de ne pas t'approcher de Katherine. Il était jaloux. Ensuite, Mme Poultry s'est pointée avec le poulet, elle a vu la photo, et elle s'est aperçue que ça cadrait parfaitement avec son plan.

— Son plan ?

— Faire accuser Katherine du meurtre de sir Hugh. Et, bien sûr, tu l'as aidée en ne le signalant pas à la police.

Dave se mordit la lèvre, l'air angoissé.

— Oh merde !

— Comme tu dis. Katherine non plus n'est pas allée voir la police. Au lieu de cela, elle s'est assuré le concours de Sharpe et lui a demandé de rédiger un *second* rapport. Même diagnostic. Crise cardiaque. Parfait.

— Je parie qu'elle lui a fait un strip-tease, à lui aussi, commenta Dave d'un ton mélancolique.

Il m'expliqua ensuite comment Mme Poultry avait monté l'escroquerie à l'argenterie. Il l'avait aidée à déplacer les objets volés, jusqu'à ce qu'il passe professionnel et veuille arrêter ; mais Mme Poultry l'en avait empêché, le menaçant d'anéantir ses chances d'être sponsorisé par les agriculteurs de la vallée de la Plym. À ce moment-là, sir Hugh s'était déjà immiscé dans la combine. Tout ce que Dave dit sur ce qui s'était passé ensuite, c'était que les choses s'étaient compliquées.

Droit devant nous, une lueur tirant sur le jaune s'élevait pour nous accueillir – les lumières de l'autoroute. Nous franchîmes la crête de la colline et là, en contrebas, s'étendaient l'autoroute à six voies et la station-service de Barrington Cross, nichée dans un vallon boisé à côté de la bretelle d'accès à l'autoroute.

La silhouette solitaire de Mme Poultry se tenait à la pompe à essence de la station-service. Elle peinait à replacer sur son socle la pompe qui semblait avoir sa volonté propre.

— Elle est là ! criai-je, tout excitée. Nous la tenons !

Dave appuya fortement sur le klaxon. *TUUUUUT !* Nous arrivâmes en trombe sur l'aire de stationnement et nous arrêtâmes dans un crissement de pneus tout contre son pare-chocs avant, l'empêchant de s'enfuir.

Surprise, Mme Poultry lâcha la pompe et trébucha dessus. Se relevant en chancelant, elle ouvrit d'un coup sec la portière côté conducteur et se jeta sur son sac à main, sur la banquette arrière. *Vite, Vicky ! Dépêche-toi ! Elle essaie d'attraper son pistolet !*

Je bondis hors du Land Rover, pris Mme Poultry par la taille, et la projetai contre le côté de la Morris Traveller.

Lui maintenant fermement les bras le long du corps, je criai à Dave :

— Appelle les flics ! Vite !

— J'ai du réseau ! s'écria Dave en agitant son téléphone portable.

Dieu merci, nous nous trouvions sur le réseau cellulaire du sud-ouest de l'Angleterre régi par le gouvernement.

Mme Poultry ne sourcilla même pas. Elle me regardait froidement, ses yeux plongés dans les miens.

— Je veux les cartes postales, murmurai-je d'un ton pressant. Tout de suite !

— Je les ai envoyées au poste de police, répondit-elle avec un sourire mauvais, et les rapports aussi, avec un gentil petit mot expliquant où je les avais trouvés.

— Je ne vous crois pas.

Personne ne se baladait avec des timbres dans son sac à main, sûrement pas avec l'affranchissement exact.

Comme je jetais un coup d'œil à la banquette arrière de sa voiture, Mme Poultry saisit sa chance. Elle m'écrasa violemment le pied droit, me donna adroitement un coup de pied dans le tibia gauche et, comme je me pliais de douleur, me donna un uppercut dans le menton. Je vacillai et tombai dans une flaque sale d'eau grasse.

Je voyais trente-six chandelles, j'avais la tête qui tournait et envie de vomir. Je m'efforçai de me remettre les idées en place.

— Dave ! Au secours !

Je me remis debout tant bien que mal, consciente que Dave courait en tous sens avec l'appareil photo de son téléphone portable, comme un photographe professionnel.

Mme Poultry était à moitié penchée dans sa voiture, le bras tendu vers la banquette arrière. Je lui empoignai la cheville et la tirai en arrière de toutes mes forces. Elle essaya de me repousser à coups de pied, mais je tins bon, même quand les coups du *Guide de voyage de l'Automobile Association* se mirent à pleuvoir sur ma tête. *De l'arthrite, tu parles !*

Dave continuait à nous mitrailler, criant :

— Regarde par ici, Vicky ! Ouais ! Parfait… eeeeet juste une dernière !

Dans un dernier effort suprême, je lâchai le pied de Mme Poultry pour me jeter sur ses genoux, saisis les manches de son manteau, la tirai hors de la voiture et la jetai par terre.

À califourchon sur elle, je lui maintins les bras au-dessus de la tête. Nous étions toutes deux haletantes.

Dave arriva en courant avec de la ficelle prise à l'arrière de son Land Rover, et nous la troussâmes comme un poulet.

— J'ai de super photos ! s'exclama Dave avec un sourire rayonnant.

Tandis qu'il montait la garde, je fouillai dans le sac à main de Mme Poultry. Par chance, les deux rapports médico-légaux étaient à l'intérieur, ainsi que mes précieuses cartes postales. Je les glissai dans la poche de ma saharienne. Maintenant, ce serait sa parole contre la mienne.

Les voitures de police envahirent la station-service, suivies de l'amiral. À ce stade, un petit nombre de clients du Little Chef, ouvert 24 heures sur 24, étaient sortis pour voir ce que c'était que tout ce remue-ménage.

Mme Poultry et Dave furent embarqués dans deux voitures de police différentes.

Alors que je me tenais là, contemplant, émerveillée, toute l'argenterie planquée à l'arrière de la voiture, j'éprouvai une pointe de culpabilité. Certes, j'avais appréhendé une tueuse en série, mais j'avais également capturé une voleuse. J'espérais que Papa comprendrait.

— Bien joué, Vicky ! me dit Probes en venant se placer à mes côtés, d'un ton chaleureux traduisant son approbation. Je crois que vous avez votre première page !

En dépit de mes genoux écorchés et de mes vilains bleus, une douce chaleur emplit mon cœur.

— Oui, répondis-je. Une exclusivité de Vicky Hill !

51

— Oh, Vicky, tu es tellement courageuse ! s'exclama Topaz, appuyant son menton au creux de ses mains et me regardait avec adoration. Je voudrais être comme toi…

— Je ne faisais que mon travail, répondis-je modestement.

On était samedi après-midi, et le salon de thé s'était enfin vidé. Les affaires n'avaient jamais aussi bien marché. Topaz prenait une pause bien méritée, et elle était venue s'asseoir avec moi à ma table habituelle, qui donnait sur la Grand-Rue.

La *Gazette* était étalée devant nous.

UNE EMPOISONNEUSE À GIPPING ?

LE CHEMIN VERS LE MEURTRE D'UNE VOLEUSE D'ARGENTERIE

DU POISON ! DE LA VOLAILLE ! ET MOI !

Fidèle à sa parole, Wilf m'avait donné six colonnes, une promotion au poste de chroniqueuse, *et* un ordinateur portable. Les ventes du journal avaient atteint un niveau record. Pete avait été ravi de pouvoir écrire : *C'est ici que vous l'avez lu en premier !*

Topaz avait même accroché une grande banderole sur laquelle il était écrit : COMMANDEZ VOTRE JOURNAL DU DIMANCHE ICI AUJOURD'HUI ! et une pancarte indiquant : DÈS DEMAIN À LA BOUILLOIRE DE CUIVRE ! LA JOURNALISTE QUI, APRÈS AVOIR ÉTÉ DROGUÉE, ENLEVÉE ET TENUE SOUS LA MENACE D'UNE ARME SUR LA LANDE, A APPRÉHENDÉ à elle toute seule LA CÉLÈBRE PROPRIÉTAIRE D'UN SERVICE TRAITEUR DEVENUE VOLEUSE ET TUEUSE EN SÉRIE !

Comme je m'y étais attendue, Topaz se montra jalouse du rôle que Dave avait joué dans la course-poursuite, même quand je lui fis remarquer que sans ses photos explicites, la première page aurait indéniablement manqué de punch.

Je fus ravie d'apprendre que Dave avait accepté de suivre mon conseil et d'être témoin à charge. La *Gazette* lui fit même un peu de publicité pour l'aider à faire face aux frais de justice :

CHANTAGE !

LE CAUCHEMAR DE TOUT ATHLÈTE OLYMPIQUE !

— Comment savais-tu que ces fleurs pouvaient entraîner une crise cardiaque ? me demanda Topaz en pointant le doigt sur la photo d'un massif de digitales prise sur Rumble Lane, accompagnée de la légende adéquate suivante : LE BOUQUET DE LA MORT.

— J'ai *tellement* de choses à apprendre !

— C'était facile à deviner.

Le rapport d'origine du médecin légiste était toujours dans le tiroir de ma commode. Maintenant que Brian était mort et que Sharpe était à l'étranger, il y avait certaines choses que la police n'avait pas besoin de savoir. De plus, du moment que justice était faite, était-ce vraiment important ?

— Et puis, bien sûr, on en a retrouvé des traces dans la bouteille de vin qui était restée à la Folie de Hugh, continuai-je.

Quand on l'avait confrontée à ces preuves, Mme Poultry avait avoué avoir empoisonné sir Hugh et la tante de Topaz. Leurs corps devaient être exhumés le lundi.

— J'aurais juré que lady Trewallyn était la tueuse, dit Topaz.

— C'était exactement ce que Mme Poultry voulait faire croire à tout le monde.

Quand on l'avait interrogée, Mme Poultry avait avoué qu'elle savait que Katherine Vanderkamp avait été mariée à un célèbre anthropologue africain et qu'elle s'était emparée de l'idée du vaudou pour la faire accuser. Toutefois, ma logeuse n'avait pas prévu le phénomène Salome Steel, qui faisait que tout le monde et n'importe qui fabriquait des poupées maléfiques et mutilait des poulets.

— Je présume que tu vas abandonner le salon de thé, maintenant, dis-je avec optimisme.

Le mariage de lady Trewallyn avait été annulé et Topaz avait donc hérité du domaine.

— Oh, non ! Je vais louer le Manoir à un agriculteur, répondit-elle en tendant le bras sur la table pour exercer une pression affectueuse sur ma main. Ne t'inquiète pas, Vicky. Ma place est ici, à La Bouilloire de cuivre. *J'adore* travailler à des missions secrètes.

— Mais c'est bien trop dangereux ! m'exclamai-je, horrifiée. Que va dire ton cousin ?

— Colin trouve que c'est une super idée !

Topaz fit un geste en direction de la *Gazette*, sur le trottoir d'en face : Barbara était dans la vitrine et remplaçait sa banderole *MÉGÈRES VAUDOUES* par un cheval en peluche grandeur nature.

— C'est drôle, quand même… J'aurais juré qu'elle manigançait quelque chose, avec ce gros chaudron et ce type flippant…

Topaz eut un petit rire.

— C'était peut-être son gigolo !

— Ne sois pas ridicule, dis-je, gênée d'avoir eu exactement la même idée.

J'avais laissé entendre qu'on m'avait dit que Salome Steel était allée s'installer en Cornouailles. Parmi les gens du coin, personne ne s'intéressait à ce qui se passait au sud du Tamar. Par chance, Barbara s'était ragaillardie quand Wilf avait approuvé sa nouvelle suggestion, pour la vitrine – la mise en scène d'*Equus* par les Chantres de Gipping, pour leur spectacle de Noël.

Une Saab 9-3 Cabriolet gris métallisé s'arrêta devant La Bouilloire de cuivre. Le docteur Frost en descendit, et il contourna la voiture pour aller ouvrir la portière côté passager. Annabel sortit à son tour du véhicule, vêtue d'un survêtement Juicy Couture et de bottes UGG en peau de mouton. Elle avait des lunettes noires et s'appuyait lourdement à une canne.

Zut ! J'aurais dû me douter que ma journée se passait trop bien.

— Oh, regarde ! C'est Annabel Lake ! s'écria Topaz d'une voix perçante, toquant au carreau.

Annabel regarda dans notre direction et fit la grimace. En un éclair, Topaz s'élança vers la porte, me laissant seule témoin du spectacle répugnant d'Annabel roulant un patin au docteur Frost.

À ma grande consternation, je vis alors Topaz apparaître dans la Grand-Rue, prendre le bras d'Annabel et l'entraîner dans la direction de la porte du salon de thé.

Quelques secondes plus tard, Annabel – grimaçant de douleur – était propulsée vers ma table et forcée de s'asseoir.

— Vicky est là ! s'exclama Topaz.

— Contente de te voir de nouveau sur pied, dis-je, émerveillée de voir comment Annabel parvenait à faire de son invalidité l'occasion d'afficher son sens personnel de la mode.

— Le docteur Frost me prête sa maison de campagne jusqu'au mois de mai, dit Annabel. Elle est équipée d'une cuisinière à feu continu.

— Oh, qui s'intéresse aux cuisinières à feu continu ? fit Topaz. Vicky n'est-elle pas géniale ? Elle a attrapé une tueuse en série ! Et résolu l'énigme du plus grand vol d'argenterie de tous les temps !

— Franchement, Topaz, répondit sèchement Annabel, je n'arrive pas à croire que Vicky n'ait pas soupçonné sa logeuse plus tôt. L'argenterie était dans son sous-sol, pour l'amour du ciel !

— En fait, l'argenterie était à la Folie, dis-je en montrant, en page 4, une photo de la Folie de Hugh accompagnée de la légende LE TRÉSOR DU NID D'AMOUR. Mme Poultry croyait à tort que lady Trewallyn allait vendre la Folie à Devon Satellite Bell. Il fallait bien qu'elle déplace son butin.

Annabel se tut. Une drôle d'expression passa sur son visage.

— Bon sang ! J'aurais dû le deviner ! Annabel, espèce d'*idiote* !

— Pas de chance ! intervint Topaz en me regardant d'un air triomphant. Vicky y est arrivée la première.

Annabel me regarda, ses yeux lançant des éclairs.

— Et je parie qu'il y a autre chose que tu es arrivée à faire la première !

Je sentis mes joues s'empourprer et essayai de changer de sujet.

— Topaz, et si tu nous resservais du thé ?

— Tout de suite, *boss* !

Topaz s'éloigna en virevoltant tandis qu'Annabel se levait, chancelante. Elle tremblait de colère.

— Je *sais* qu'il y avait deux rapports médico-légaux ! s'emporta-t-elle. Ce scoop aurait dû être à moi, tu me l'as volé !

Je me rappelai ma montre cachée, la condescendance d'Annabel, ses remarques méchantes et sournoises.

— C'est strictement professionnel, dis-je avec un sourire contrit. Comme tu l'as dit toi-même, l'univers du journalisme est impitoyable, impitoyable, *impitoyable*, mais ça ne veut pas dire que nous ne pouvons pas être amies.

— Tu as un *sacré* culot !

Là-dessus, elle quitta le salon de thé, clopin-clopant.

Topaz me rejoignit avec une tasse de thé.

— Où est-elle passée ?

À ce moment-là, mon téléphone se mit à sonner. Grâce à la fusion de Devon Satellite Bell et de West Country Wireless, Gipping bénéficiait maintenant d'une excellente couverture du réseau – et de la télévision par satellite.

Topaz se jeta sur mon téléphone.

— Secrétariat de Vicky Hill, bonjour !

Elle écouta attentivement la voix à l'autre bout du fil, puis elle posa une main sur le micro, leva les yeux au ciel et chuchota :

— C'est cet épouvantable Ronnie Binns. Il dit qu'il a trouvé quelque chose à la décharge. Tu veux que je prenne un message ?

— Dis-lui que je serai là dans un quart d'heure.

Topaz lui passa le message et raccrocha, puis elle me regarda d'un air étonné.

— Il n'a pas vendu cette stupide histoire de poulets extraterrestres et de cauchemar de rudologue au *Bugle* ?

— Une journaliste d'investigation doit toujours garder l'esprit ouvert et explorer toutes les pistes, répondis-je d'un ton ferme.

Je quittai La Bouilloire de cuivre d'un pas allègre. L'avenir ne m'avait jamais paru aussi radieux. J'avais eu une promotion, un scoop en première page, et j'avais pléthore d'informateurs. D'ici quelques mois, j'aurais les moyens de m'acheter une voiture.

Mon sourire vacilla un peu ; il restait à régler le problème de mon inopportune virginité, mais peut-être était-ce mieux ainsi. En tant que journaliste d'investigation en quête de gloire et de fortune, je ne voulais surtout pas avoir d'attaches contraignantes.

Mes pensées se tournèrent vers mes parents, en Espagne. J'avais de la chance d'avoir bénéficié de leur expérience –

de la vision de l'amour et des relations qu'avait Maman et du code de déontologie de Papa en affaires.

Papa disait toujours que le monde ne devait rien à personne et que c'était à moi de travailler pour gagner ma vie, et c'était exactement ce que j'avais l'intention de faire. Gipping regorgeait de secrets qui ne demandaient qu'à être découverts. Je sentais, je *savais* que j'étais à deux doigts de la prochaine exclusivité de Vicky Hill !

Remerciements

Je souhaite exprimer ma plus profonde et sincère gratitude à :

Claire Carmichael, assistante hors pair, gourou australien, et merveilleuse amie. Merci à toi pour ton humour infaillible, tes suggestions géniales, et ton soutien indéfectible. J'espère pouvoir un jour te remercier de tous les services que tu m'as rendus en t'offrant une petite île.

Mark Davis, président de Davis Elen Advertising et extraordinaire patron. Merci de m'avoir soutenue dans la réalisation de mes rêves et de les avoir faits vôtres.

Linda Palmer, collègue auteure, âme sœur, et complice dans le crime. Merci pour tes conseils désintéressés, ta gentillesse, et ton infinie générosité dans le partage de tes expériences dans l'édition.

Kerry Madden, auteure et enseignante, qui a découvert le personnage de Vicky Hill et a insisté pour que je lui donne vie.

Sarah Smith, alias Pose, ma fille, qui n'a jamais cessé de croire en moi.

La famille Dennisons, avec des remerciements tout particuliers pour mes parents, pour m'avoir transmis leur sens de l'humour et avoir partagé avec moi leur vision originale et souvent intrigante de la vie et de l'amour. Heureusement, ils n'ont jamais été des criminels recherchés par la police.

Lecteurs et sympathisants : James Ward, Kevin Butterworth, Cam Galano, Andra Berkholds, Rob Nau, Gavin Reardon, le clan d'Elen, Giles Instone, et Tamara Sobel. Un grand merci tout particulier à Mark Durel, qui lit avec enthousiasme chaque incarnation de Vicky depuis le premier jour.

Natalee Rosenstein, éditrice chez Berkley Prime Crime. Merci, non seulement pour avoir eu foi en moi, mais aussi pour les suggestions brillantes sans lesquelles Vicky serait peut-être toujours en train de dépérir dans un tiroir.

Merci, aussi, à Michelle Vega, assistante d'édition chez Berkley Prime Crime, qui fait tout avec le sourire et est la personne la plus efficace que je connaisse.

Mon agente, Betsy Amster, pour avoir donné sa chance à une auteure inconnue.

Le UCLA Writers Program, pour m'avoir permis de passer d'écrivain amateur à auteure professionnelle.

Enfin, Jason Elen, mon mari, qui a de bon cœur endossé les rôles de bonne d'enfants, sergent instructeur, fervent supporter, thérapeute, cuistot, blanchisseur, homme à tout faire, et sans l'amour et le soutien duquel je n'aurais jamais pu terminer ce livre. Tu es mon héros.

HANNAH DENNISON
PETITS MEURTRES EN HÉRITAGE
Les mystères de Honeychurch
"Génial et parfait pour chasser le blues !"
M.C. BEATON
City
ROMAN

HANNAH DENNISON
UN MEURTRE PEUT EN CACHER UN AUTRE
Les mystères de Honeychurch
STOP TGV
"Génial et parfait pour chasser le blues !"
M.C. BEATON
City

HANNAH DENNISON
BAL MORTEL À HONEYCHURCH
Les mystères de Honeychurch
"Génial et parfait pour chasser le blues !"
M.C. BEATON
City

HANNAH DENNISON
LES MORTS ONT DU SOUCI À SE FAIRE
Les mystères de Honeychurch
"Génial et parfait pour chasser le blues !"
M.C. BEATON
City

HANNAH DENNISON
ARNAQUES ET PETITS MEURTRES
Les mystères de Honeychurch
"Génial et parfait pour chasser le blues !"
M.C. BEATON
City

HANNAH DENNISON
FÊTES FATALES AU MANOIR
Les mystères de Honeychurch
"Génial et parfait pour chasser le blues !"
M.C. BEATON
City

HANNAH DENNISON
MEURTRES EN MINIATURE
Les mystères de Honeychurch
"Génial et parfait pour chasser le blues !"
M.C. BEATON
City

HANNAH DENNISON
UN NOËL MORTEL
Les mystères de Honeychurch
"Génial et parfait pour chasser le blues !"
M.C. BEATON
City

HANNAH DENNISON

Série des petits meurtres à Honeychurch

PETITS MEURTRES EN HÉRITAGE

UN MEURTRE PEUT EN CACHER UN AUTRE

BAL MORTEL À HONEYCHURCH

LES MORTS ONT DU SOUCI À SE FAIRE

ARNAQUES ET PETITS MEURTRES

FÊTES FATALES AU MANOIR

MEURTRES EN MINIATURE

UN NOËL MORTEL

Série des Mystères de Tregarrick

MEURTRES À MARÉE HAUTE

MEURTRES À LA CRIQUE

Petits meurtres à la sauce anglaise.

Achevé d'imprimer en février 2023
sur les presses de la Nouvelle Imprimerie Laballery
58500 Clamecy
Numéro d'impression : 302060

Imprimé en France

La Nouvelle Imprimerie Laballery est titulaire de la marque Imprim'Vert®